Diario de diez lunas

Diario de diez lunas

Carmen Garijo

Primera edición: febrero de 2017

Printed in Spain – Impreso en España

ISBN: 978-84-9129-052-0
Depósito legal: B-22687-2016

Compuesto en Arca Edinet, S. L.
Impreso en Romanyà Valls, S.A., Capellades (Barcelona)

SL 9 0 5 2 0

Penguin
Random House
Grupo Editorial

Es difícil escribir un agradecimiento cuando tanta y tan buena gente me ha ayudado con sus ánimos, su lectura cariñosa o crítica, sus consejos. Incluso con su asombro: ¿Tú? ¿Novela? Sí, yo. Novela. Un acicate más cuando soy una curranta de la letra impresa que aspira a subir ese peldaño invisible, pero tan alto, de la creación literaria. En este primer salto del reportaje a la literatura muchos me habéis acompañado: familia, amigos, compañeros de trabajo y profesión. Así que para ellos y para ti, que ahora comienzas la lectura de mis diez lunas, repito las palabras de Alfredo Bryce Echenique: «... Uno escribe para que lo quieran más».

Te quería, y por eso confiaba en ti. En un edificio anodino de una calle anodina de esta gran ciudad, tumbada en esta cama de la planta 11 donde miles de desconocidos se han deseado, se han abrazado antes, veo sus sombras entrelazarse en las paredes. Y no sé si estoy soñando o son tan reales como tu sombra, que se aleja dejándome aquí, sola en la oscuridad de mi propia sangre. Cierro los ojos y todo se vuelve rojo. Los abro. Rojo. Ya no me deja respirar esta máscara de látex con la que tantas veces hemos jugado. Porque te quiero, y confío en ti. Pero hoy ha sido diferente. No ha surtido efecto mi señal, con los brazos atados sobre el pecho y la bola de goma impidiéndome hablar: las manos abiertas pidiéndote ayuda, pidiéndote aire, pidiéndote la redención. Y ahora, a diferencia de tantas otras veces, tú, mi dueño, mi dios, no me has liberado de las sombras. No me has abrazado mientras recuperaba la respiración. No me has consolado mientras lloraba en tus brazos, asustada y a la vez agradecida ante quien me quita y me da la vida por su sola voluntad. Porque me amas, y por eso confío en ti. Soy tuya y me place cumplir tus deseos más ocultos, que solo yo puedo entender y colmar con mi total entrega. Hoy he sentido tu sombra deslizarse lejos de mí, y he sabido que ya estaba decidido. Que mi entrega no tendría más recompensa que una incierta luz al final de un incierto túnel. ¿Será verdad que te has ido, que no vas a volver despacio, sin hacer ruido, para salvarme de improviso una vez más? Mi respiración es agónica, todo es rojo a mi alrededor, me agito, me hundo en esta roja oscuridad. Ya no encuentro placer en la tortura. Solo encuentro muerte. Y no me importa morir si ese es tu deseo, el último que colmaré. Te quería, y confiaba en ti. Por eso estoy aquí, tumbada en esta cama de la planta 11 de este edificio anodino que nadie se para a mirar. Muriéndome.

PRIMERA LUNA

Mario entró en casa, soltó el maletín junto al arca de la entrada y se aflojó el nudo de la corbata. El sudor y el roce de la camisa habían dejado un cerco rojo en su cuello, como si hubiera intentado degollarse. Era un hombre moreno, fuerte, con un cuello robusto que siempre le daba problemas para encontrar camisas que no le apretaran. Rascándose la piel enrojecida fue hacia el salón, donde encontró a Elena dormida en uno de los sofás, con la cajita de un test de embarazo en la mesita del teléfono. Sorprendido por encontrarla en casa antes de las ocho de la tarde, se acercó y miró el color de la prueba. Positivo. Le tomó una mano a su mujer y la besó en la frente inclinándose sobre ella despacito, con delicadeza, como se besa a una niña a la que hay que proteger.

«Está tan cansada..., con esas ojeras y la piel de repente tan blanca, parece una niña». Y Mario sintió que, desde ese momento, ya nada sería igual entre ellos. Cómo amarla. Qué debía sentir un hombre. Qué se suponía que debía hacer. Cómo pedirle sexo, deseo, todo lo que necesitaba de ella, cuando vivía algo tan frágil en su interior. No quería perderla. Era egoísta, se daba cuenta. «Joder, ¿qué se supone que tiene uno que decir cuando va a ser padre de alguien a quien ni siquiera conoce?».

—Elena..., Nena..., cómo estás...

—¡Ay! ¡Mario!, te estaba esperando, quería decirte...

—Ya lo sé, Nena. He visto el Predictor. ¿Estás contenta? Se llamará como yo, como mi padre y como mi abuelo, ¡Mario!

—¡Mario! ¿Y si es niña?

—Pues María, claro.

De repente, todas las telarañas que el sueño había sembrado en la mente de Elena se despejaron. Una despertaba y qué encontraba. A un extraño egoísta que se apropiaba de su vida, que le hacía sentir mal. Que le provocaba la náusea con ese olor a hombre, a sudor, a whisky. ¡Mario! ¡María! No percibía en su marido orgullo, ni cariño... Elena odiaba llorar, mostrarse débil. Pero no podía parar las lágrimas delante de ese hombre monstruoso, al que acababa de descubrir viviendo a su lado. «Lo odio. Me odio. No quiero seguir con esto. Mi niño, mi niña, te mereces algo más. Otro padre que te quiera a ti, no a sí mismo reflejado en otra persona. Te mereces otra madre, una mujer de una pieza, que sepa desde el principio qué hay que hacer. Te quiero, como quiera que te llames, pero siento que no te merecemos».

—Elena, no llores, dónde vas. ¡Qué he dicho!

Mario no entendía nada mientras miraba cómo su mujer corría por el pasillo. Esa mujer a la que a pesar de todo admiraba. Tan complicada. Tan frágil. Tan fuerte. Tan sencilla.

—Voy al baño. Tengo que vomitar. ¡Eres un cabronazo!

—Pues empezamos bien. ¡Vaya embaracito nos espera!

Ocho y diez de la mañana. Elena abrió los ojos cuando oyó cerrarse la puerta de la entrada. La noche había sido larga, habían vuelto a hacer el amor como antes, con más pasión que paciencia, con más ternura que técnica. «Tengo que controlar mis nervios», pensó, recordando su reacción de la tarde anterior. «No quiero convertirme en la típica embarazada llorica de las pelis americanas». Ahora que Mario se había ido a trabajar se levantó, fue al baño, vomitó, se duchó, se lavó los dientes, marcó un teléfono y se tumbó en el sofá.

—Mamá, soy yo. Nada, que estoy embarazada y quería decírtelo a ti la primera porque…

—¡Qué alegría, Elenilla, hija! La mejor noticia que me podías dar. ¿De cuánto estás? ¿Para cuándo viene el niño? ¡O la niña! En cuanto se acerque la fecha, yo me voy allí contigo, ¿eh? Ah, claro, tu marido y la pesada de su hermana que digan lo que quieran, pero tu madre soy yo, y vas a necesitar que te cuide. ¡Hija, para cuándo calculas que viene, que no me dices nada!

Lola, la madre de Elena, estaba feliz y su voz cálida, optimista y confiada, siempre mandona y llena de energía, la tranquilizaba en la misma medida en que, desde su adolescencia hasta ahora mismo, la sacaba de quicio.

—No lo sé, mamá. Y no te hagas muchas ilusiones. Y no lo cuentes todavía, que mira lo que pasó la otra vez y…

—¡Ay, ni te acuerdes de aquello! ¡Si es de lo más normal! Yo, antes de teneros a vosotras, perdí un niño que se iba a llamar Antonio, como tu abuelo. Pero, claro, luego vinisteis tú y tu hermana y no os iba a poner Antonia, pobrecillas. Y mira tu prima Ana, dos abortos y la niña tan bonita, que ya mismo cumple un añito… Por cierto, que la vi el otro día y me dijo que su hermano Antonio…

—Mamá, por favor, me da igual la prima Ana y la colección familiar de Antonios. Ahora solo puedo pensar en mi estómago. Antes de hacerme la prueba creí que me había salido una úlcera o algo parecido. Me paso el día vomitando, mami. —Por fin, un hombro en el que llorar—. Ayer de camino al trabajo tuve que pararme en una cafetería para vomitar. Y anoche no me pude ni siquiera terminar un melocotón. ¿Qué hago, mamá? El niño va a salir enano, a este paso.

—No te preocupes tanto, Elenilla, hija mía, la naturaleza sabe más que nosotros y si cuaja, es que todo va bien. ¿Has ido ya al médico? ¿Qué te ha dicho? ¿Es la misma, esa amiga de tu cuñada, o vas a cambiar?

—Es la misma, pero todavía no he ido. Dentro de un rato tengo la primera cita. Ya me conoce, además me toca por el seguro y también tiene privada, así que es fácil lo de las bajas, los análisis… y me cae bien. Como es amiga de mi cuñada Yoli, pues se toma interés. ¿Tú qué crees, mamá? Si estamos a mitad de junio y mi última regla fue como el 10 de mayo... pues nacería para finales de febrero, pero eso nunca se sabe, ¿verdad? Y como es el primero...

—Claro, hija, tú tranquila, que ahí dentro no se queda, ya vendrá, cuando Dios quiera. ¿Será niña?

—Ay, yo qué sé, no me agobies. Bueno, sí, la verdad es que yo creo que es niña. Pero cómo lo voy a saber. Lo único que quiero es no pensar, no llorar, no morirme de miedo y que pasen rápido los tres primeros meses.

—Claro, hija, tú tranquila, que será lo que Dios quiera. Tú no te pongas nerviosa, que luego los niños salen muy llorones. ¿Y lo vas a decir en tu trabajo a ese señor, tu jefe, tan guapetón y tan majo?

—Pues... no sé si esperar a que se note más... Es que dentro de dos meses se va el director de cuentas, y ese puesto iba a ocuparlo yo. No sé qué hacer, no creo que sean tan machistas solo por estar embarazada...

—¡Pues claro, cariño! No te preocupes, que te lo mereces la que más, eres la más lista y además la más mona de todas. Ninguna de tus compañeras, ni siquiera tu hermana, tiene tanto estilo como tú, y siempre has sacado las mejores notas. Bueno, menos cuando aquella profesora estúpida, aquella..., cómo se llamaba...

—Bueno, mami, yo también te quiero. Te llamo esta noche, ¿vale?

«Menudo subidón tiene la abuela. Vas a ver, chiquitina. Para esta noche ya nos habrá organizado toda la casa, tu cuartito, tu canastilla y hasta tu bautizo. Tú tranquila, mi niña. Quédate aquí conmigo calentita. Que la abuela charla mucho pero va a cuidar de las dos».

Solo eran las ocho y veinte de la mañana y Elena no podía más. Todavía no se había vestido, tenía cita con la tocóloga antes del trabajo y todo le parecía tan difícil... Además tenía que pedir hora con el dentista... «¿Dónde está el sujetador negro?». No quería encontrarse al final del embarazo sin dentadura... Ya le había advertido Dori, la higienista, la otra vez... «¿No abrocha? ¿Y el blanco? Mierda, ahora tengo que cambiar de braguitas, dónde hay... unas blancas...». Recordaba lo que le dijo Dori, que no era verdad que cada embarazo costase un diente, pero sí que agravaba los problemas ya existentes. «Maldita cremallera, siempre se atasca a mitad de la espalda... pero cómo me va a abrochar el vestido si ya estoy como una vaca. Ya he perdido la cintura. Nunca volveré a ser delgada, casi sin caderas, como un chico con tetas..., bueno, de tetas justo ahora no me puedo quejar..., mejor una blusa y el traje gris..., dónde está el maldito bolso... y la tarjeta del seguro que va a caducar pronto y nunca se sabe, si hay algún problema... Ah, apareció, maldito bolso...». Hablaría con Mario. Seguro que estaba tan asustado como ella, no tenía que ser tan injusta. Aunque qué morro, él tendría que ser el fuerte, por los dos. O por los tres. ¿Podría seguir yendo al gimnasio? Tampoco quería convertirse en una ñoña llena de lacitos y melindres. O mejor, tendría que cambiar de ejercicio y nadar, es lo que recomendaban todos los manuales. Ah, las llaves..., tenía de pronto muchísima hambre... pero se le había hecho tarde. «De todas formas da igual, seguro que vomitaría antes de llegar al ambulatorio. Qué desastre, dónde narices he vuelto a dejar el bolso...».

—Buenos días, Rafael.

—Buenos días, doña Elena, ya me ha referido, al salir su esposo, que estaba yo fregando el portal, la buena nueva. Mi más rendida felicitación, y que sea para bien.

—Gracias, Rafael, por sus felicitaciones. Que tenga usted un buen día.

«Anda que el portero, tampoco es cursi ni nada, y ceremonioso. Seguro que lleva media hora pensando la frasecita. ¿Y Mario?, qué cotilla, si le ha faltado tiempo para largarlo. Para que luego digan de las mujeres».

Elena de la Lastra. Una mujer valiente. Que andaba deprisa y a grandes zancadas. Acostumbrada a hablar alto y tener razón. Elena entró suave, tímida, en el ambulatorio y se dirigió, escaleras arriba, a la planta 1 consulta 7 de Tocología. Doctora Susana López Pinto. Demasiado bien se sabía el camino desde la otra vez, cuando acudió tantas veces en pocas semanas. Al principio subió aquellas escaleras incrédula. En pocos días ilusionada. Asustada. Alarmada. Para acabar en una de las camas del edificio de Maternidad de La Paz. Deshecha. A medida que subía la escalera iba perdiendo más y más confianza. Quizá era demasiado pronto. Quizá demasiado tarde. Náuseas. Se detuvo a mitad de los escalones, apoyándose en la pared con los ojos cerrados. «Respira hondo, tienes que tranquilizarte. Respira. Tranquila». Falsa alarma.

—No tienes que sentirte culpable, Elena. —La doctora, quien ya la llevó la vez anterior, le hablaba dulcemente, como una madre le hablaría a una hija asustada ante su primera regla—. Es relativamente frecuente que el primer embarazo no llegue a cuajar, como dicen las abuelas. En tu caso fue un proceso natural, no hay ninguna razón objetiva para que se repita ahora. —Miró a Elena a los ojos con una sonrisa, intentando transmitirle seguridad—. A ver… el Predictor confirma el embarazo, y según tus cálculos… apenas estás de cuatro semanas. Esto quiere decir, según las tablas, que tu fecha aproximada de parto será el 9 de febrero, pero tenemos que confirmarlo con una analítica completa. En cualquier caso, aunque son cuarenta semanas, desde la semana 38, que es la fecha de la edad de fertilización del bebé, y dependiendo según las abuelas de las fases de la luna, el parto puede adelantarse o atrasarse… En fin, ya sabes, esto no son matemáticas —le hablaba casi con ternura al verla tan seria, mirando las tablas como si fueran el oráculo—. ¡Vamos, Elena, alegra esa cara, mujer!

—Perdona, Susana, es que no sé qué decir.

Elena de nuevo tenía doce años y le daba vergüenza reconocer que necesitaba fiarse de alguien, que alguien le diera la certeza de que esta vez no iba a pasar nada.

—Esto no ha hecho más que empezar, Elena. Y llámame Tana, por favor, hay confianza. Mira, tenemos mucho tiempo por delante. Lo primero, una analítica completa para confirmar todo y descartar posibles problemas. Tu Rh es positivo, ¿verdad? No hay problema por esa parte. Para una ecografía es pronto, mejor lo dejamos para tu próxima visita, más o menos en la semana 5, aunque es un poco pronto... Pero te la puedo hacer en mi consulta, por la tarde, ¿te parece bien? Y te quedas más tranquila.

Con estos detalles prácticos Elena iba bajando de su nube particular. Susana había visto una y mil veces esa misma expresión en sus pacientes, y sabía que nada de lo que le dijera podría animarla. Era algo que tendría que vivir a solas.

—Mientras tanto cuídate, mímate y descansa todo lo que puedas, sin dejar de hacer tu vida normal. Los cuidados básicos ya los conoces, es cuestión de sentido común... Nada de fumar, ni alcohol. No tomes carnes crudas, como precaución, hasta que tengamos la analítica. Y puedes hacer deporte o ejercicios suaves, siempre sin cansarte en exceso. Como guía, calcula que cuando no puedas hablar a la vez que haces el ejercicio debes bajar el ritmo.

—Sí, ya lo sé, Tana. De verdad que te agradezco tus ánimos..., es que... no sé qué me pasa...

—No tienes que explicarme nada, Elena. Pero tienes que hacer el esfuerzo. Dentro de unos días ni recordarás esta incertidumbre. ¿Tienes mi número de móvil? Para cualquier cosa no dudes en llamarme. Y si no me localizas díselo a Yoli, ya sabes que casi todas las semanas nos vemos aunque sea un ratito. Con toda confianza.

—Muchas gracias, Tana, por todo. —Sonríe..., lo intenta—. Y no te preocupes, me cuidaré al máximo. —Elena se levantó, se puso la chaqueta—. Gracias, pediré cita para la próxima semana, ya en tu consulta privada, si te parece. Ahora vamos a vernos a menudo...

«Parece tan sencillo». Elena bajaba las escaleras decidida, atravesando el hall de las consultas externas donde esperaban dos mujeres embarazadísimas, que miraron con envidia su tripa, aún plana. Salió de la clínica y avanzó por la acera buscando el sol en su piel. «Que alegre la cara. Que no me culpabilice. Ya lo sé. Lo sé con la cabeza. Pero el corazón tiene sus propias razones. Pienso una cosa y hago todo lo contrario. No me entiendo ni yo. Tengo que llamar a Yoli. Lo haré en cuanto tenga un minuto, como se entere por Tana y no por Mario o por mí se va a cabrear. Qué coñazo, encima a quedar bien con la gente, como si no tuviera bastante con lo que tengo».

Al día siguiente, ya a las ocho y media de la mañana, la cola para las extracciones de sangre en la clínica de la aseguradora desanimaba a cualquiera. Elena tenía el número 25, y acababan de entrar los primeros pacientes. Dejó al cuidado de su turno a la señora que tenía el número 24 y fue a sentarse. No tenía buena cara. Demasiado blanca, con unas ojeras oscuras que no llegaban a desaparecer ni siquiera bajo el flash iluminador de Christian Dior.

Se sentó con aire abatido, cerró los ojos unos instantes pero inmediatamente se levantó para ir al cuarto de baño.

—Pero Elena, reinona, ¿qué haces por aquí tan temprano?

—Buenos días, Marcos. —«Joder, el que faltaba, ¿qué hará aquí el capullo de Marcos?»—. Pues nada, una amiga, que tiene que sacarse sangre y es una hipocondríaca... Bueno, te dejo, que está en el baño y ya casi le toca. Voy a buscarla.

—Vale, hasta luego, jefaza. ¡Oye, que te dejas el bolso en la silla! Si quieres le digo al *boss* que estás aquí, por si llegas un poco tarde.

—No, no te preocupes, gracias, si esto es cuestión de media hora. A las diez estoy allí de sobra.

Lo que le faltaba, el cotilla de Marcos. Y seguro que se había olido algo nada más verla. Vaya puñetera casualidad... Pero, claro, su mujer era enfermera, seguro que la traía cada mañana de la manita, como si fuera boba. Y encima le tenía que preguntar su vida en capítulos. Si la gente pasara de ella solo la mitad de lo que a ella le interesaba la vida de nadie... Seguro que para cuando llegara a la oficina ya estaba todo el mundo cotilleando, haciendo conjeturas, lo último que le interesaba en este momento. Qué mala suerte, pero qué puñetera...

Una señora mayor entró en el baño y al oír los sollozos de Elena se acercó a la puerta del retrete y golpeó suavemente la puerta.

—Señora, ¿le ocurre algo? ¿Quiere que llame a una enfermera?

—No, no, gracias. —Elena salió rápidamente, secándose las lágrimas con la manga—. Es que estoy un poco mareada, pero ya se me pasa. Gracias.

«Qué vergüenza, si es que lloro por nada, serán las hormonas que...».

—¡Venga, muchachita, que se te pasa el turno! ¿Dónde te habías metido? Ya van por el 21, y están entrando de tres en tres.

—Gracias, señora, no sabe cómo se lo agradezco.

—Nada, hija, nada, si para eso estamos las mujeres, para ayudarnos entre nosotras, que si una tiene que contar con un hombre para algo... Si se te nota en la carita que vas a ser madre, ¿verdad, hija? Si yo te contara, cuando iba a nacer mi primer hijo, el Pepe..., que ya tengo nietos y todo, no te vayas tú a figurar, y bien guapos, pero entonces la vida era de otra manera y los hombres no...

«Tierra, trágame».

De pie frente al arco de entrada de Torre Picasso, donde Elena trabajaba como ejecutiva de cuentas en la agencia de publicidad y relaciones públicas DBCO España, dudó un momento, miró el reloj y, como faltaban unos minutos para las diez, decidió dar una vuelta a la manzana mientras ordenaba sus ideas. No sabía qué sería mejor. Si decir a sus compañeros más cercanos que estaba embarazada o esperar a decírselo a Jaime Planas, el director de su división. Aunque en la cabeza de Elena, tan confusa, aún quedaba un resquicio de sensatez que le avisaba del peligro que corría su nuevo puesto, aún virtual y a merced de la rumorología. Sería profundamente injusto, y la pondría en una situación muy difícil dentro de la empresa, que le denegaran el ascenso y se lo ofrecieran a un chico menos preparado y con menos experiencia que ella, solo por estar embarazada. Pero sabía que no podía fiarse de su jefe. Y mucho menos de los siempre demasiado lejanos y crípticos intereses de la compañía, normalmente cambiantes en virtud de los intereses propios de quien los interpretaba. Y el mejor amigo del hijo de Jaime, Pedro, trabajaba codo con codo con Elena y aspiraba en secreto a ese puesto, para el que se sentía mejor preparado que cualquier mujer. «Dónde va a parar. Ellas nunca tendrán la capacidad de abstracción y organizativa de un hombre. Por mucho que quieran ser como nosotros, las mujeres son seres prácticos, hechas para el día a día. Para que la vida en cada departamento sea más confortable, para solucionar los pequeños roces entre los miembros de un equipo... Pero las grandes estrategias, los planes a largo plazo, la definición de objetivos... son cosas de hombres. Además son medio lelas. Cuando se enamoran son capaces de guardar las gafas de sol en el cesto de las patatas. Qué no harán con un balance anual, ¡ja, ja, ja!». Así hablaba Pedro, un niñato mimado y chulito que se creía alguien y se peinaba con fijador como el director general, el muy pelota. Y así pensaban el 90 por ciento de los hombres que rodeaban a Elena. Y ella estaba harta, más que harta, de tener que demostrar sus capacidades a diario como si fuera su primer día de trabajo. Estaba más que harta de ir a trabajar enferma para no tener que oír que las mujeres, ya se sabe, con el rollo hormonal se escaqueaban siempre que les daba la gana. Estaba más que harta de saberse examinada a cada paso por sus jefes. Y por sus compañeros.

Mejor sería callarse, esperar un mes, rezar por que nadie se lo notara, por no empezar a vomitar en medio de la oficina. Mejor sería no decir nada todavía, aceptar el puesto que era suyo, que se había merecido tras años de trabajo sin horarios ni condiciones. Y luego explicar lo que le pasaba. Algo natural, absolutamente normal y a lo que tenía absolutamente todo el derecho. Sin ningún tipo de duda. Aunque...

—Buenos días, Pepita, ¿ha llegado Jaime?

—Hola, Elena, sí, ha llegado hace un momentito. Está con Marcos. ¿Sabes ya la noticia? Han encontrado muerto en su casa de Zúrich a uno de los jefes suizos, al director financiero. Al parecer por algún juego sexual raro. Lo encontraron con una bolsa atada a la cabeza, y unas pastillas de esas que... se usan para..., en fin, ya sabes, *poppers*... —Al notar que Elena no sabía nada, y que además no la estaba entendiendo, prefirió callarse, prudente—. Bueno, ya te lo contarán ellos. Si quieres aviso a Jaime cuando salgan. Tiene que pasar por aquí para recoger las dietas de la última convención.

—No, no me había enterado de nada. Ayer salí pronto y acabo de llegar, no he hablado con nadie... Pero bueno, no le digas nada a Jaime, ya lo veré. Y hasta luego, que voy tarde.

—Venga, hasta luego, Elena.

«Valiente cabronazo, el tal Marquitos. Le había faltado tiempo para ir a hacerle la pelota al jefe. Claro, como es coleguita de Pedro, comen juntos y van a la salida a la bolera de

Azca a ligarse a las niñatas... Menudo par de horteras, el tal Pedro Picapiedra y el Marcos Mármol, con su gomina y su prozac. *Poppers*, ¿no es lo que inhalan los gais para potenciar el orgasmo? ¿Dónde había leído algo sobre eso...? Y una bolsa en la cabeza, qué raro. De verdad que la gente está fatal».

Elena trabajaba en su despacho. Un espacio luminoso decorado por ella misma con muebles en acero y detalles en cuero color tabaco. Con una magnífica vista de Madrid. La primera vez que entró aquí se sintió como en una de esas películas de ejecutivos neoyorquinos. Ahora raras veces miraba por la cristalera, y colocó su mesa de espaldas a ella.

—Elena, tu marido por la línea 2. ¿Te paso o estás ocupada?

—No, María, pásamelo, por favor, pero por la línea privada. Gracias.

—Muy bien. Por cierto, cuando puedas tengo unos gastos que pasarte a la firma...

—Sí, en cuanto veas que cuelgo puedes pasar. ¿Mario? ¿Hola?

—Doña Elena, hola, soy Toni. Le paso ahora mismo con don Mario. ¡Y enhorabuena!

—Nena..., no, nada, te llamaba solo para ver cómo estás. Te veo preocupada y no sé si...

—Que no sabes qué. Qué no sabe, el señor director general. Pues si tú no lo sabes tiene gracia, a ver quién me ha hecho esto. —Le hablaba brusca, enfadada con él, con la tal Toni, con el mundo, con ella misma. No sabía con qué estaba enfadada pero no lo podía evitar.

—Elena, no saques las cosas de quicio. Estás muy tensa.

—Tensa. —Su voz tenía doble filo—. Ya. Mario, entérate, por favor. Estoy cansada, enferma, asustada, estresada. Me estoy jugando mi trabajo. Está en juego toda mi vida y tú opinas que estoy tensa. Desde luego, qué morro tenéis los hombres. Y encima lo vas radiando por ahí, al portero, a tu Toni, al sursum corda, sin consultar conmigo. Yo quería guardar el secreto. Pero al señor ni se le ocurre preguntar. Si quieres puedes dar una rueda de prensa, ya veo los titulares...

—Te estás pasando. —Mario quería ser paciente, sabía que tenía que serlo, pero no entendía nada.

—Perdona, vale. Estoy muy nerviosa, no sé qué me pasa. Y es verdad que me estoy pasando. A ver si va a ser que estoy embarazada... —Intentaba hacer una broma, hacerse perdonar, pero su voz sonaba demasiado triste—. Nos vemos en casa y hablamos, amor.

—Ehhh, también te llamaba por eso, Nena. Tengo una reunión a las ocho con los de programación y los de compras externas y no creo...

—Ahh, lo olvidaba, donreuniónimportantealasocho. Pues nada, esperaré a que tenga usted un hueco en su agenda para hablar de algo mil veces menos importante que sus reuniones: su mujer y su hijo. Y por cierto, le dices a tu secretaria, esa monada con cinturita de avispa y nombre de gigoló, que me puede hablar de tú. Al fin y al cabo solo soy una gorda que ya no cuenta ni para...

—Elena, así no puedes seguir. No hay quien te entienda. Y no estoy dispuesto a dejar que me culpabilices de...

—De nada, mi amor, tú no tienes la culpa de nada. ¡Tú con la vida te fumas un puro!

«Cómo he sido capaz, le he colgado. En ocho años nunca antes le había colgado el teléfono a Mario. No soy capaz de controlar mis nervios y la tengo que pagar con él. Estoy fuera de control. Tengo que hacer algo. Ordenar mi vida, ahogarme en tila, pedirle a Tana algún calmante...».

Tenía que disculparse y comenzaba a marcar cuando se abrió la puerta y apareció María con una carpeta de papelotes en los brazos.

—¿Puedo pasar o espero, Elena?

—Ah, María, sí, sí, pasa, no era nada importante. ¿Qué me traes?

Cuatro de la tarde. Iroco, un restaurante para ejecutivos en la calle Velázquez, muy cerca del Retiro. Con un precioso y cuidado comedor de verano al estilo del SoHo neoyorquino. Elena entró, deslumbrante en su traje de chaqueta Boss Woman al que las nuevas formas de su cuerpo, más rotundas, aportaban una electrizante carga de *glamour* y sensualidad. Buscó con la mirada. Se detuvo ante unos ojos que la miraban con sorpresa y avanzó decidida, dejándole el corazón destrozado al señor de la mesa cinco, que por un instante soñó que lo buscaba a él.

Un cuarentón muy bien conservado, de pelo engominado, impecablemente vestido de Armani de la cabeza a los pies, se levantó para retirar la silla donde ella iba a sentarse.

—Elena, cada día estás más guapa. Qué haces para estar así, ojazos. Mira cómo tienes a todo el restaurante. Como motos nos hemos puesto todos los tíos nada más entrar tú.

—Venga ya, Quisco, déjate de zalamerías. —Elena estaba tensa, incómoda—. ¿Cómo estás?

Quisco sonrió, dejando ver una dentadura deslumbrante recién blanqueada con láser por el doctor Somosierra, el dentista de moda en Madrid. Se acercó al oído de ella, divertido y cariñoso, hablando bajito.

—Si te vas a poner tan seria... Don Francisco, por favor. Pero no te enfades así, rubita, que me matan esos morritos cuando se ponen antipáticos, que me los voy a comer... Acércate más que me los coma.

—Quisco, que ya vale, que no estoy para jueguecitos. —El tono de Elena no admitía discusión—. Esto está hasta arriba de gente y no sabes quién nos puede conocer.

—Vale, vale, controladora, nunca bajas la guardia, ¿eh? Pero hoy no te escapas aunque quieras ir de estricta gobernanta. Tengo una reserva en el Wellington y te voy a enseñar una cosa que he aprendido en Shanghái, que ya verás cómo se te suaviza ese carácter tan guerrero y tan sexy.

—Lo siento, pero mejor no. No vamos a ir al Wellington ni a ninguna parte. Por eso he venido. No quería decírtelo por teléfono. Es mejor que lo dejemos. Los dos somos adultos, y creo que no hay que darle más vueltas de las necesarias a algo que...

—Para, para, rubita. Te has aprendido el discurso de memoria pero a mí no me engañas. Te conozco. ¿Me estás diciendo que ya no te pones solo con verme? ¿Que no quieres cama conmigo? ¿Que era mentira lo que me dijiste aquella noche en Bolonia?

—No, no te estoy diciendo eso. —Elena se dulcificó pero no quería bajar la guardia, porque sabía que delante de ese hombre toda su fortaleza se podía derrumbar en un segundo. Aquella noche en Cádiz estaba demasiado presente aún en su memoria. Y Quisco era tan guapo, tan seductor—. Aquella noche era sincera, pero también lo soy ahora. Lo que intento decirte es que unas cuantas tardes en un hotel y un fin de semana en el sur no son para tanto, ni en tu vida ni en la mía. Que nuestra amistad...

—¿Amistad? ¿Ahora se llama así? —Medio vaso de incredulidad, otro medio de paternalismo, una rodajita de ironía, tres gotas de decepción, un chorrito corto de orgullo herido y hielo, mucho hielo. Con los sentimientos de Francisco Estévez se podría hacer un cóctel frío, amargo, perfecto antes de un postre muy dulce en el Wellington... Pero Elena no quería caer otra vez. Ya no.

—Quisco, por favor, no me lo pongas difícil. —Mierda, otra náusea, tenía que controlarse—. Esto tenía que terminar, era cuestión de tiempo. Y en estos últimos meses yo he cambiado. Me apetece estar más tiempo con Mario, volver a formar con él una pareja de verdad. Envejecer juntos..., quizá tener un hijo.

—Sí que has cambiado, sí. ¿Ya no quieres ser la directora de cuentas más sexy de este lado de los Pirineos? ¿Tiene esto que ver con tu ciclo hormonal? Porque no entiendo nada, Elena. Eres aún muy joven y tu carrera profesional está despegando precisamente ahora. Esta misma mañana he hablado con Jaime y te he recomendado personalmente para el puesto. Él no está del todo decidido, lo sabes, pero lo hará. Pero un hijo ahora sería... En fin, que sales por peteneras, querida.

Elena no contestó. Se quedó muda, mirándolo a los ojos. Quisco no parecía decepcionado ni tampoco aliviado. Simplemente lo aceptaba, como se acepta algo que no gusta, pero que tampoco importa demasiado. Ella lo sabía. Por eso no le sorprendió la facilidad con la que él le abrió el camino de retirada.

—Bueno, chiquilla, si es eso lo que quieres, adelante. Yo no soy tan mayor como para darte consejos, para eso ya tendrás a tu padre.

—Sabía que lo entenderías —susurró Elena ya relajada, sonriendo.

—No, no entiendo nada. Pero es que soy el hombre perfecto. Y es mejor así. Me voy, rubita, que tengo que recoger en el aeropuerto al jefazo alemán. Después del escándalo del financiero seguro que viene con ganas de meternos caña en la oficina. Y luego pegarse un buen calentón. Están todos los jefes alemanes agobiados. Creen que después de lo de Zúrich pensamos que los del consejo de administración son una especie de Village People, todos maricones. O gais, como se dice ahora. Así que esta noche nos tocará hacer horas extras por los garitos de todo Madrid. —Francisco Estévez se levantó de la mesa. Se arregló la chaqueta, la corbata y, desde lo alto de su uno ochenta y dos de altura miró de refilón a su alrededor, buscando la acostumbrada admiración de alguna belleza desconocida—. Me cae bien, tu Mario. Y lástima, nunca sabrá la suerte que tiene. De todas formas, Elena, la semana que viene te dará cita mi secretaria para que revisemos con Jaime el proyecto que tienes entre manos. Mucha suerte, cielo.

«Menudo cabronazo, se va tan contento con que le haya puesto en bandeja terminar con este rollo. Y decía que tenía toda la tarde para mí... Un encanto, el amante perfecto... pero qué embustero. Seguro que esta noche entre el Hitlerín y él invitan a todas las chicas del Angelo's, como si lo viera. Qué habrá pasado con el suizo. Decían las secretarias que la policía pensaba que todo el rollo de los *poppers* y la bolsa de plástico era un montaje, que en realidad lo habían asesinado. Un marronazo. No quiero ni pensar cuando se entere de mi embarazo. Pero ya está hecho. Me vas a dar suerte, chiquitina, lo sé. Desde hoy solo tú y tu papá seréis mi vida. Nadie más que vosotros. Mis dos amores. Qué calor. Me voy a la oficina, por lo menos allí hay aire acondicionado. Total, Mario llegará a casa a las mil. Seguro que el pedazo de machista de Quisco ha dejado pagados los cafés. Qué calor. Pero qué calor. Y solo es junio. Es un asco, este Madrid».

Cuando Elena entró de nuevo en la oficina en la que ya no quedaba nadie se encontró de bruces con Jaime. Superó el primer sentimiento de pereza; el segundo, de náusea. Y avanzó decidida hacia él. Su jefe la miró por encima de sus Ray-Ban Wayfarer negras, la última moda de este verano de 1995. Acababa de comprárselas y aún no se había acostumbrado a los cristales negros. No veía prácticamente nada dentro del edificio, pero molaban. Y le daban un aire muy chic. A lo Jack Nicholson, cuando Jack era joven, claro...

—Elena, ¿vuelves? Creí que te habías ido hace rato. —Su vozarrón llenaba el pasillo. Era un hombre muy atractivo, pero demasiado machote como para resultar elegante. O al menos eso le parecía a Elena, que lo tenía catalogado como macarra de puticlub. Sospechaba que su trabajo como ejecutivo era una tapadera para blanquear algún negocio oculto, trata de blancas... como mínimo.

—Sí, me fui, pero hoy no hago jornada. Llegué a las diez y he bajado a comer rápido a la cervecería. Quiero terminar con el proyecto para que María lo mande a imprimir. Así te lo puedo pasar a ti mañana, lo revisas tranquilo y la semana que viene lo vemos con Estévez, si te viene bien. Solo me queda terminar de redactar mis recomendaciones y a estas horas trabajo mejor.

—Tú misma. ¡Yo me voy, guapa! Por cierto, ¿querías comentarme algo? Me dijo Pepita que habías preguntado por mí, pero he estado muy liado y..., oye, te noto distinta, como si... Has cambiado de peluquero, ¿verdad? Mi mujer es que cuando cambia de peluquero le cambia hasta el carácter. De hecho se ha puesto de rubia y no hay quien la aguante. Y tú también estás *missing* últimamente, querida.

—Bueno, en realidad, no. No es tan importante. Pero ya que estamos, ven a la sala de reuniones, nos sentamos un momento y te lo cuento. —Avanzaron por el pasillo y se sentaron uno frente al otro—. Es solo que... estoy embarazada.

—¿Embarazada? ¿Tú? —Gélido, esa era la palabra.

—Sí, Jaime, es normal que...

—Pero, Elena, cómo se te ocurre... El puesto iba a ser para ti.

—Bueno, esto es algo que no tiene por qué influir en determinado tipo de decisiones profesionales. Que tenga un bebé no quiere decir que me vaya a volver menos capaz intelectualmente de un día para otro. Te puedo asegurar que para nada voy a dejar que esto influya en mi eficacia ni en mi disponibilidad, que ya sabes que siempre ha sido del cien por cien.

—Ya, Elena, para el carro. Las mujeres es que lo veis todo tan sencillo. Pero no lo es. ¿Te imaginas una reunión con los alemanes como la de mañana? ¿Con tu vestidito de premamá llena de lacitos y con un bombo que no puedas ni pasar por la puerta?

—Jaime, es injusto eso que dices. Vale que durante unos meses será más evidente, pero la imagen externa creo que nunca es lo que en esta empresa ha primado a la hora de evaluar las capacidades de sus directivos. O al menos eso es lo que Estévez siempre dice.

—No me saques ahora al jefazo. Yo soy el director de tu división y si yo creo que hay otras personas en mi equipo en circunstancias más apropiadas para un puesto, en igualdad de capacitación profesional, pues...

—Pues entonces no me cuentes películas tú a mí, Jaime, que nos conocemos. Nadie en esta empresa está más capacitado que yo. Ni siquiera a nivel académico. Y mucho menos en cuanto a experiencia.

—Claro, bonita, y muchísimo menos en cuanto a amistades peligrosas con el director general, que ya sabemos todos que Estévez y tú... Por cierto, ¿qué te ha dicho al saber la gran noticia? Seguro que él tiene algo que ver con el bombo, ¿me equivoco?

—Jaime, no te consiento que me hables así. No voy a tolerar comentarios machistas y malintencionados. Y tampoco voy a dejar que me discrimines laboralmente por el hecho de ser mujer. Tengo perfecto derecho a ser madre cuando lo considere oportuno, no estamos en la Edad Media. —El corazón de Elena iba a mil y de nuevo la náusea.

—¡Ni discriminación ni gaitas! Te vas a pasar nueve meses de risitas y cotorreos con las secretarias; te vas a pedir todas las bajas que te dé la gana con el rollo de los gases y la acidez; tres meses y medio de baja maternal; luego, a reivindicar tu horario de oficinista, como cualquier fregona; y a largarte corriendo con las tetas chorreando a dar de comer al mamoncete. Tengo dos hijos, por si no lo recuerdas. Y sé lo que es eso, mejor que tú. En año y medio no vamos a poder contar contigo ni laboral, ni personalmente. ¿Y los viajes? ¿Crees que a las reuniones internacionales en Zúrich, o a ver a los clientes en París o en Milán vas a asistir por videoconferencia, entre biberón y biberón? Esto son hechos objetivos, querida. Y yo soy quien lo tiene que valorar. Y tomar una decisión.

—Eso será lo que tú has vivido en tu familia, Jaime. Pero te agradecería que no me comparases con tu mujer. Ella no trabaja, no ha pegado chapa en su vida. Ni tú mismo la contratarías como secretaria. Y permíteme decirte que hay años luz entre ella y yo en absolutamente todos los aspectos de nuestras vidas. Así que no compares mi vida familiar con la tuya. No insultes mi inteligencia. —Jaime se estaba poniendo rojo de ira escuchando a Elena—. Esta conversación está agotada. Tu actitud es totalmente cerrada al diálogo. Eres mi inmediato superior... —Elena se levantó del sillón, donde se sentía cada vez más hundida. Estaba muy nerviosa pero hablaba despacio con voz dura y grave, para no romperse en mil pedazos— y acataré tus decisiones mientras lo seas. Pero no me pidas que las comparta. Y tampoco creas que voy a permitir que promociones a cualquier niñito aspirante a *yuppie* sin luchar por lo que sabes que me corresponde. Yo también sé pelear. Y sé dar golpes bajos. Así que si tienes algo que ocultar no tientes a tu suerte.

—No me amenaces, que todavía tienes mucho que aprender en esta vida. Cada uno toma sus decisiones y tienes que estar dispuesta a asumir las consecuencias de lo que haces. Si quieres familia numerosa vete a tu casa y santas pascuas. Pero yo no voy a pagar tus delirios de *superwoman*. Ni nadie de mi departamento. Asúmelo. Y no me amenaces, bonita, porque tengo algunos años más que tú. Y todas las de ganar. Así que dedícate a tus cosas y procura hacer perfectamente tu trabajo de ahora en adelante.

Elena salió despacio de la sala. Dirigió a Jaime una mirada altiva y, cuando ya no lo veía, corrió hacia su despacho por el pasillo enmoquetado de azul. Cerró la puerta y... se derrumbó. Sentada en el suelo se dejó llevar por la angustia. No tenía que haber dicho nada. Había decidido callarse y a la mínima de cambio... Tonta. Más que tonta. Las lágrimas la desbordaban, la ahogaban, le impedían respirar. La tensión explotó en su cabeza, el corazón le hacía daño golpeando en sus costillas. Instintivamente lloraba y con las palmas de sus manos se sujetaba el vientre, protegiendo del exterior a esa vida que apenas intuía y que ya era tan real. Mecía a su bebé, adelante y atrás. Y le susurraba una letanía, amarga como sus lágrimas.

«Qué cabrón, qué cabronazo, qué cabrón. Mi niña guapa, no llores. Nadie nos va a hundir. Tu mamá te va a cuidar. No llores, mi niña guapa, no llores. Qué cabrón. Qué cabronazo. Qué cabrón...».

Poco a poco Elena fue recuperando el control. El llanto se hizo más pausado. Se limpió las lágrimas y de un cajón de su book, cerrado con llave, sacó su agenda personal. Un grueso cuaderno de piel de cocodrilo lleno de tarjetas, pósits, cartas... Los contactos acumulados en casi diez años de trabajo. Marcó el 4, su línea privada, y tecleó mientras respiraba hondo. Carraspeó, preparando la voz para que no se notara el reciente disgusto.

—Sí, con don Ernesto López Sinde, por favor. De parte de Elena de la Lastra. Espero, gracias.

Tintín tintirintintín tirintín tirintín tin tintirntintín. La sintonía era la misma que en casa de su madre, cuando ella estudiaba la selectividad, escuchaba a través del patio. Un vecino estudiante de piano, larguirucho y secretamente enamorado de su hermana Lola, pasaba horas y horas ensayando la misma melodía. Elena perdía los nervios, no se podía concentrar. Y se vengaba riéndose de él con Lola. Siempre fallaba la misma nota, se atrancaba y volvía a empezar: tintín tintirintintín tirintín.

—Sí, Ernesto, hola, soy Elena. Sí, estoy muy bien. ¿Y vosotros? Hace días que no hablo con Lola, la llamé anteayer, pero tenía que salir y luego se han liado las cosas. No, pero hoy te llamo solo a ti. ¡Nada, nada, no te hagas ilusiones! Es que quiero hacerte una consulta de curre. Dime a qué hora puedo ir a buscarte al despacho mañana para contarte algo... Cuento con tu discreción, ¿no? Bueno, una pista, es que estoy embarazada. Gracias, pues nada grave, creo. Que tengo algunas dudas y necesito que me asesores como abogado. A lo mejor hasta me vas a tener que representar en Magistratura. Bueno, no sé si la cosa llegará a tanto, pero prefiero estar preparada. Mañana te cuento. Vale, a las dos. Por favor, no comentes nada de esto con Mario ni con Lola, no estoy segura y no quisiera... Vale, vale, ya sé que eres un profesional. Pero mi hermana es muy cotilla, seamos realistas, y tú tienes una gran debilidad por esa pequeñaja. Vaaale, me callo, cuñadito. Hasta mañana.

SEGUNDA LUNA

Lunes. Seis de la tarde. La doctora López Pinto la miraba con una sonrisa mientras dejaba a un lado los informes de la analítica.

—Bueno, Elena, esto va muy, pero que muy bien. La analítica está perfecta. La citología también. Y parece que te encuentras mejor, ¿verdad? ¿Sigues con las náuseas? No te preocupes, en el segundo mes suelen ser incluso más frecuentes. Acércate al peso, por favor.

Mientras la pesaban, le tomaban la tensión («Un poco baja, pero mejor así», dijo la doctora) y le colocaban el monitor que controla el latido fetal (tocotón, tocotón, más se parecía al galope de un caballo que a un corazón), Elena daba vueltas a su situación.

—Estás de un poco más de lo que creías, probablemente en tu séptima semana de embarazo, Elena —iba contándole la doctora mientras pasaba sobre su tripa el ecógrafo—. Como te diste cuenta tan pronto, asistimos a un momento del desarrollo del embrión realmente privilegiado. Seguramente no lo puedes apreciar, pero tu bebé ya es como un guisante. Mide doce milímetros aproximadamente. Está prendido al cordón, más grueso que él, y su cuerpo cambia cada día. En la cabecita, esta sombra de aquí, ya aparecen dos manchas oscuras, que serán sus ojos. Y mira las cinco hendiduras, como pellizquitos en plastilina. Serán los oídos, las fosas nasales y la boca. Sus nervios, bajo su piel transparente, se van extendiendo desde la médula espinal. Surgen los brotes de los brazos y en pocos días, los de las piernas. Y en su interior las células empiezan a construir los órganos internos. El corazón de tu embrión ya está dividido en dos cámaras: derecha e izquierda. Y late a ciento cincuenta pulsaciones por minuto, alrededor del doble que un adulto, por eso lo escuchabas tan acelerado en la monitorización. Los riñones, hígado, intestinos, pulmones y órganos sexuales internos están casi completos, aunque te parezca increíble. La embriogénesis es un periodo delicado, todavía tienes que cuidarte mucho. Deberías buscar alguno de los libros de fotos que siguen el desarrollo del feto día a día. Es como asistir a un milagro, tan real y tan cotidiano, pero siempre un milagro. Para tu próxima cita, que será más o menos en la semana 11, ya veremos sus deditos y quizá los labios. Y ya tendrá forma de personita. Si todo va bien, habrá pasado de la fase embrionaria y será todo un señor feto. ¿Me estás escuchando, Elena?

Elena no podía hablar de la emoción. En realidad no veía nada de lo que Tana le explicaba, solo sombras en una pantalla. Pero ese puntito intermitente, ese corazón que latía en su interior, le daba la certeza y la fuerza que necesitaba para enfrentarse a todo y a todos. A su marido, al que prácticamente no veía aunque compartían casa. A su jefe. A esa trama oscura que extendía sus tentáculos desde el turbio suceso de Zúrich hasta la oficina de Madrid donde empezaba a batallar por su derecho a ser mujer.

Al salir a la calle se sentía eufórica. Se reía sola y un señor mayor, al pasar a su lado, se quedó mirándola.

—No es frecuente hoy día ver a alguien con buena cara, señorita.

En la librería más emblemática de la Casa del Libro, en la Gran Vía madrileña, siempre había gente. En un país en el que los índices de lectura nunca han sido demasiado altos, quien entraba en este edificio de cinco plantas dedicados exclusivamente a los libros pensaría que no hay crisis de lectores, y que nunca la habrá en la cuna de don Quijote. Elena estaba, el sábado por la mañana, repasando los títulos expuestos en la mesa dedicada a temas de maternidad y puericultura. Se encontraba en la planta tercera, en la sección de Medicina y Salud. Llevaba en la mano ya dos libros: *Embarazo, parto y primer año de vida* y *Tu embarazo día a día*. Y mientras hojeaba un tercero, *Nueve meses en imágenes*, escuchó tras la estantería, cerca de los libros sobre mascotas, una voz que le resultaba familiar. Sin moverse, con los músculos de la espalda súbitamente en tensión, aguzó el oído.

—Pero, Pedro, no seas ingenuo. Si Jaime descubre que nos vemos estamos muertos.

—No exageres, mujer. Además estaré muerto yo, en todo caso. Mira lo que pasó con el suizo. Pero contigo no se atreve.

—¿Que no? Solo tiene que soltárselo a mi querida Ari y ya puedo darme por jodida. Ari ya no confía tan ciegamente en mí. Yo creo que sospecha... aunque no creo que llegue a imaginarse que puedes ser un hombre...

Las voces se iban alejando hacia la escalera. Pero Elena no se atrevía a volverse aún por si Pedro la descubría. Pedro, su compañero y rival. El que, desde que la semana pasada cayera como una bomba la noticia de su embarazo, se comportaba con ella como si ya estuviese fuera de las quinielas. El amiguito del hijo del que sí era, de verdad, el jefe. Y ya declaradamente su enemigo número uno en la agencia. El amiguito del hijo del enemigo... tenía a su vez una amiguita que pensaba que si lo suyo se llegara a saber, los dos iban a salir perdiendo en algún sentido... ¿Habían dicho muertos? En sentido figurado, claro..., y una tal Ari... ¿Ari qué? ¿Ariadna? ¿Ariel, como la sirenita de Disney? ¿Y si bajaba la escalera detrás de ellos, para ver si se enteraba de algo más? No, la podrían descubrir. Mejor apuntar este nombre, Ari, intentar averiguar algo sobre ella. Nunca había oído este nombre en la agencia. ¿Qué pintaba entre Jaime y Pedro una mujer misteriosa, supuestamente lesbiana, con una supuesta amiga o amante que supuestamente le ponía los cuernos con el niñato...? No, demasiada suposición. Ari sería un hombre... pero sí, había dicho «mi querida Ari», y con retintín... Un bonito asunto de cuernos. Quizá podría serle útil la información si realmente llegaban a discriminarla en el nuevo organigrama, que se había pospuesto hasta septiembre. O si directamente la despedían con alguna excusa barata. Ya le había advertido Ernesto que si no estaba de baja oficial y no había testigos de discriminaciones flagrantes podían darle el puesto a quien considerasen, incluso despedirla con relativa facilidad alegando razones profesionales.

Lentamente Elena se acercó al ascensor de la librería, bajó a las cajas de la entrada y con manos temblorosas pagó los tres libros sin comprobar sus títulos, de los que ya ni se acordaba. Ni siquiera recordaba qué hacía buscando libros de embarazadas que ya no le interesaban al lado de lo que acababa de escuchar. Aunque, la verdad, utilizar este tipo de asuntos sucios nunca había sido su estilo. «Pero esto es la guerra», pensó recogiendo las monedas y el tique.

En la calle, la luz intensa y el calor del julio madrileño se unieron a sus nervios para provocarle un pequeño mareo, aunque ya empezaba a superar las náuseas continuas de las primeras semanas. Se tambaleó ligeramente y de pronto notó una mano que la sujetaba por el hombro derecho.

—¡Pedro! —Se sorprendió.

—Elena, ¿estás bien? Me pareció que te caías...

—Gracias, este calor... Pero qué casualidad.

—Sí, bueno. He quedado aquí al lado con Justy y su mujer, para tomar el aperitivo. Y luego vamos a comer a la piscina de unos amigos, cerca de Conde Orgaz.

—Un chollo tener amigos con piscinita en los veranos de Madrid.

—Pero en tu casa hay piscina, ¿no?

—Bueno, sí, pero es más bien para el invierno. La comunidad tiene un minigimnasio y una piscina cubierta. Pero en verano como que no apetece nadar bajo techo, y…

—Bueno, chiquitina, que llego tarde, aunque ¿te acompaño? Si quieres, llamo en un momento y digo que…

—No, no te preocupes, voy bien. ¿Tú vas solo también? ¿No estabas saliendo con una chica?

—¡Uy, no, quita, quita! A mí me encantan las mujeres comprometidas, pero con otro, jeje. Las mismas ventajas, sin ningún inconveniente.

—Mira que eres, Pedro.

—Perdona, chica, se me olvidaba que eres la capitana de las mujeres reivindiconas y jurisperitas. Bueno, muñeca, nos vemos el lunes. Dile a tu Mery que nos reserve una horita en la sala grande el mismo *monday*, ¿ok? *Bye.*

«Qué gilipuertas es este tío. Y dice que va solo… y que ha quedado con el hijo de Jaime y con la maripiji de su mujer…, que se cree Marie Chantal Miller, la muy sosaina. ¿Dónde se habrá dejado a la morenita de hace un momento? Será de verdad un rollo secreto y no quieren que el hijo de Jaime los vea juntos. Qué mierda de tío. "Chiquitina", "cielo…", y eso que es todavía un niñato. Cuando tenga la edad de Quisco será como él. No, imposible. Este mierditío no le llega a Quisco ni a los zapatos... Cuando llegue a la edad de Quisco será un desecho humano. Pero qué hago pensando en Quisco a cada momento. Lo mío es grave, vida mía. Pero no te preocupes, que tu mami se cura rápido».

Al llegar a su casa, tras dejar la bolsa con los libros en el arca de la entrada, fue derecha al dormitorio a buscar a Mario, que no estaba en la cocina ni en el salón. Nada. Y ya era casi la una y media, ¿dónde se habría metido?

—¿Mario? No, que he llegado a casa y no estás y, bueno, se me ha ocurrido llamarte al despacho. ¡Si es sábado! Bueno, pues nada, pensaba meter en el horno un besugo para los dos y... Ah, que comes en el golf. No, claro, muy bien. Me preparo yo algo. Luego he quedado con Lola y mi madre, que están muy pesadas con que me tengo que comprar ropa... Si todavía no se me nota. ¿Sí? ¿Tú crees? Pero ¡si ni me miras!, ¡tú qué sabes! Uuuyyyy, gracias por los piropos, caballero, no sea usted tan zalamero que se va a poner celoso mi marido... Venga, besos, nos vemos esta noche. Sí, en casa, lo que sea. Muac.

Elena no se quería mosquear. Pero ya podía Mario haberle dicho anoche que hoy comía en el golf. Aunque ella era una mujer moderna, independiente y libre, y lo último que pensaba hacer en su vida era convertirse en una maruja llena de reproches y exigencias hacia un tío. Nunca. ¿Al golf? Pues al golf. *Don't worry, be happy*. Él sabría con quién quería pasar sus fines de semana. Ella no le necesitaba para nada.

Y para ser sinceros, tampoco ella era ningún angelito. Bueno, antes sí, una angelita como las que se rumoreaba que estaban reclutando para los nuevos desfiles de Victoria's Secret, como la mismísima Stephanie Seymour... Pero ahora, con esta figura barrilete ni eso.

—Pero, Elenilla, hija, ¿cómo que no te gusta esta camiseta? ¡Si es ideal! Y este pichi, monísimo. Yo tenía uno parecido cuando estaba embarazada de Lola, pero de otra tela, como de tweed, y me chiflaba. Incluso creo que debe andar en casa por algún armario. Si quieres te lo busco, las modas van y vienen tanto que igual te vale. ¡Bueno, y no te digo nada cuando nazca la niña! Tengo toda la ropita de primera puesta guardada en el altillo de vuestro cuarto, esperando. Qué ilusión, hijas. Y el faldón de cristianar, lo tengo perfecto. Solo hay que llevárselo a las monjitas para que lo almidonen y lo planchen. Qué ilusión.

Elena, Lola y mamá. Como antes. Como siempre. Por unas horas se les olvidaban los problemas, los años, los maridos y los trabajos. Y volvían a ser tres cómplices perfectas revolviendo los percheros de todas las tiendas de Madrid. Aunque en esta ocasión había mucho, muchísimo menos donde elegir. Para empezar, pocas firmas se atrevían con colecciones para embarazadas. Y las que lo hacían..., en fin... Ni Elena ni por supuesto Lola, que aún no se había decidido a dar el paso, habían visto en su vida tanto lazo, frunces, dibujos ñoños estampados en plena tripa... Y esos colores. Rosa bebé, amarillo pollito, verde manzana. Y poco más. Elena se estaba empezando a plantear si no sería buen negocio montar una firma de ropa de embarazada no-ñoña. Con prendas normales, pero con un poco más de tela, no debía de ser tan difícil. O sí. Si realmente se vendieran las fabricarían, tampoco los dueños de las marcas eran tontos. Pero desde luego había, al menos en el verano de 1995, un verdadero nicho de mercado: «Mujer de mediana edad, profesional, no-ñoña y embarazada». De Prenatal —un horror— a Premamá —bueno, algo se podía salvar— pasando por El Corte Inglés... ¿Y qué más?

—Uf, qué horror, Lola, todo esto es feísimo, y ¡tanta tela! Vale que estoy hecha una foca, pero para rellenar esto ya me va a hacer falta engordar. No pienso dejarme tanto.

—Elenilla, hija, no digas eso, si estás perfectamente. Todavía no se te nota nada de nada. Bueno, habrás perdido la cintura un poco, que es lo primero, y algo más de pecho... pero eso es la condición femenina, cariño. Estás más guapa con tus curvitas que tan flaca.

—Ojalá viviéramos en cualquier otro país, Elena —apostilló Lola—. En Europa hay marcas que yo no sé por qué aquí no llegan... H&M, sin ir más lejos, tiene ropa bonita, no solo de embarazada, también tallas grandes. A ver si las gordas no tienen derecho a estar guapas. Joder, qué país. Y más marcas que me han dicho mis compañeras en el banco, Kiabi, Vertbaudet, La Redoute... Aunque La Redoute me parece que solo es de venta por catálogo, me voy a enterar mejor.

—Ni te molestes, Lola, no me pienso comprar nada por catálogo. Sin probarme, sin tocar la tela..., ni de blas. Lo que estoy pensando es que podemos irnos un fin de semana de compras a París, que hace mil años que no vamos. Allí seguro que hay donde elegir. Y para ti también, hermana, que estamos hechas unas catetas sin salir de Madrid. Mamá, ¿te vienes? ¡Venga, vámonos las tres, un finde cualquiera antes de agosto! ¡Ni lo pensamos!

—Ay, qué locas, hijas, coger un avión así sin necesidad, y lo caro que es ir de viaje.

—Pero, mamá, qué más necesidad quieres. ¡Si no tengo qué ponerme! Nos vamos las tres y nos pasamos un fin de semana felices. Y no lo pienses más. Si viviera papá todavía tendrías la excusa de preguntárselo, tú que le consultabas todo. Pero, mami, eres viuda, puedes hacer lo que quieras sin encomendarte a Dios ni al diablo. Para una ventaja que tienes, no me seas del siglo pasado.

—Además tú hablas francés mejor que Victor Hugo, para eso tu padre era suizo, que recuerdo en el cole cómo hablabas con la madre Lourdes, la monja francesa. Tenía a todos los padres enamorados, incluido el nuestro, me acuerdo perfectamente, ¿tú no, Elena?

—Ay, sí, qué mona era, pobrecita, la madre Lourdes. Las otras monjas más feas le hacían la vida imposible. Menos la madre Rita, que era pelirroja y también más mona...

—¡Mamá! No cuentes más batallitas, por favor, que nos cortamos las venas aquí mismo.

—Bueno, bueno, lo que vosotras digáis, hijas. Qué locas. Pero a mí no me dejéis sola en una habitación de hotel extranjero. Yo duermo con alguna de las dos, ¿eh?

Al llegar al aeropuerto Charles de Gaulle las tres mujeres estaban eufóricas. Riendo como niñas, esperaban las maletas mientras Elena buscaba con la vista el baño más cercano.

—Si llego a saber que estar embarazada es tan diurético me lo pienso dos o tres veces más. Qué barbaridad, yo creo que todo el avión estaba contando las veces que me he levantado del asiento.

—Uy, pues esto no es nada, hija, ya verás cuando empieces a engordar de verdad y el niño te oprima la vejiga... Pero esas cosas no hay que hablarlas, que son muy ordinarias. A todas nos pasan y ya está.

—Mamá, de verdad, ya podías haber traído una bolsa de mano como nosotras. Menudo incordio ahora tener que esperar. Sabe Dios cuánto tiempo vamos a perder aquí. Total, si vamos a estar cuarenta y ocho horas mal contadas, ¿qué has metido en la maleta?

—Pues cosas necesarias, niña, que nunca se sabe. ¿Y si le da por llover? Que estamos muy al norte, esto no es como Madrid.

—¡No me lo creo! ¡Dime que has metido un paraguas en la maleta el viernes 14 de julio de 1995 y te hago un monumento, mami!

—Déjala, Lola, que como llueva de verdad no va a haber quien la aguante. Y en París no son tan raros los chaparrones de verano.

—Es que os creéis más listas y más modernas que yo, pero yo ya venía muchísimo a París con vuestro padre antes de que vosotras nacierais. Y hasta me ponía pantalones en aquella época, figúrate. Y he vuelto varias veces, que papá venía mucho cuando llevaba la fábrica él solo. Así que aquí no me vais a enseñar vosotras nada, que sois un par de marisabidillas pero vuestra madre tampoco es tonta. Aunque mi padre era un antiguo, y prefería vivir en España, su educación suiza le hacía ser más avanzado de lo que eran los padres de mis amigas.

—¡Uyyy, que se ponía pantalones en los cincuenta por lo menos! ¿Tú sabías eso, Lola? ¿Y biquini, mami? ¿Te pusiste alguna vez biquini?

—Pues biquini no, pero sí que íbamos ya entonces a Suiza a esquiar todos los años. Aunque yo prefiero el calor, ya lo sabéis. Y estuve en Cannes con mis padres mucho antes de casarme, un año en primavera, cuando el festival de cine. Y vimos a muchas chicas modernas en *shorts* por La Croisette. Y unos yates que quitaban el hipo, decían que estaba allí aparcado el de Onassis nada menos. Y vimos a algunas artistas, y a Orson Welles, qué os creéis.

—Estaría atracado, mamá.

—No, Lola, nunca nos robaron ni tuvimos ningún percance, ¿por qué dices eso? Que tu abuelo era un señor que imponía mucho, nadie se acercaba a nosotros así como así.

—Si lo que digo es el yate, mujer..., atracado en el puerto... Ah, tu maleta, ¿no es la roja?

—Sí, esa es la de mamá, ve por ella tú, Lola. Oye, mami, ¿y estaba María Callas con Onassis? Igual los viste en el yate o andando por allí...

—No, hija, yo te hablo del 52, que yo era muy jovencita, y lo de Onassis y la Callas fue mucho más tarde, ya en los sesenta.

—Ah. Ya viene Lola con tu maleta. Esperadme un momento aquí, por favor, que tengo que ir al baño. Ya sabes, daños colaterales…

De camino al baño, cruzando la sala de recogida de maletas, Elena tuvo un flash. Le pareció que le era familiar un hombre, de espaldas, esperando ante la cinta de equipajes de un vuelo que llegaba desde Ginebra. Parecía Quisco.

«No, imposible, Quisco estaba en Madrid, lo vi ayer mismo y no me dijo que fuera de viaje. No, ayer jueves no, lo vi el martes. Y la verdad es que no me tiene por qué decir dónde va o deja de ir. Ni siquiera es él, si la sede de la empresa está en Zúrich, no en Ginebra. Estás obsesionada, hija».

Al entrar en el baño de mujeres volvió la cabeza y vio al mismo hombre de antes, de frente. Era Quisco. Joder. Y con otra persona. Un hombre asiático al que no conocía. Iban hablando con cordialidad, como si se conocieran de antes. No parecía un compañero de asiento con el que hubiera entablado la típica conversación de aeropuerto. Instintivamente se parapetó detrás de un grupo de japoneses que pasaban entre ella y los dos hombres, dispuestos a arrasar todas las joyerías de Place Vendôme y alrededores con sus cada vez menos poderosos yenes. No sabía por qué, pero algo le decía que era mejor que Francisco Estévez no la viera en París. Y mientras su madre y su hermana buscaban el transfer del

Hotel Intercontinental vio a lo lejos a los dos hombres siguiendo a uno de los chóferes del Hilton La Défense, que en vez de minivans, como la mayoría de los hoteles, ponía supercochazos a disposición de sus clientes VIP.

Al salir de la tienda de Véronique Delachaux, en Le Marais, las tres mujeres estaban exhaustas. Tras su paso por H&M, Prémaman, Mamma Fashion y Véronique Delachaux, para lo que se habían recorrido París de arriba abajo, parecía que un alien les hubiera robado la energía. Sobre todo a Elena. Desde el desayuno en el bufé del Intercontinental —famoso en todo París—, en el que apenas pudo tomar más que una manzanilla, a lo largo del día se había zampado dos manzanas; un cruasán relleno de queso; un Kit Kat; una taza de chocolate en el Café de Flore —«Si no vamos al Café de Flore, en Saint-Germain-des-Prés, no parece que estamos en París», había dicho su madre—; y dos *macarons* con un té en Ladurée, junto a los Campos Elíseos, donde compraron dos cajas con especialidades de todos los sabores —«Si no llevamos *macarons* de Ladurée es como si no hubiéramos estado en París», había dicho también su madre—. Ahora sentía náuseas solo de pensar en la cena, después de todo el día con un agujero en el estómago que no conseguía llenar con nada.

—Necesito un ratito de descanso, chicas. Propongo que vayamos al hotel, dejamos las bolsas, nos damos un baño, descansamos y luego vamos a cenar como las reinas, al bistró del Hilton.

—¿Al Hilton, hermana? Por mí perfecto, si pagáis mamá o tú, desde luego. Yo no soy rica como vosotras.

—Sí, yo invito. Estuve allí alojada el año pasado cuando vine a concursar por unas cuentas de LVMH para la agencia, y es la bomba. Cenamos allí y nos imaginamos que somos un poco más ricas y afortunadas de lo que ya somos, ¿vale?

—*Joé,* Elena, vale que trabajas muchas horas, que será muy estresante el mundo de la publicidad, que tu jefe es un cabronazo... pero vaya viajecitos-chollo que te caen del cielo de vez en cuando, ¡y a gastos pagados!

Elena sonrió a su hermana, paró un taxi y de camino al hotel iba pensando cómo averiguar con quién estaba Quisco en el Hilton y qué hacía allí. Si estaba en nombre de la empresa o a título personal. Y por qué no estaba con su mujer o con alguna rubia de dos metros en vez de con un señor flacucho y amarillento. Y todo sin que su madre y su hermana se dieran cuenta de nada y sin que Quisco la pillara..., difícil...

Desde una de las mesas de Le Grand Salon del Hilton las tres mujeres disfrutaban del ambiente de uno de los restaurantes más chic de París. Y mientras esperaban los entrantes con una copa de Veuve Clicquot Brut en la mano Elena aprovechó para despistarse, con la excusa de ir al baño nuevamente.

Se acercó al hall, buscó el mostrador de reservas y se dirigió a la recepcionista más joven que vio, esperando que fuera nueva o inexperta y le ayudase con mejor voluntad que profesionalidad.

—*Pardon, mademoiselle, serais-vous assez gentille pour me donner une renseignement?*

—¿Es usted española? Puede hablarme en su idioma, *s'il vous plaît*.

—Ah, muchas gracias, pues verá, quisiera saber si el señor Francisco Estévez, de España, que llegó probablemente ayer tarde al hotel, está en su habitación. Y si podría darme el número para hablar con él por la línea interna del hotel.

—Yo lo siento, *madame*, esta es una información que no estoy autorizada de proporcionar.

—Entiendo, soy una buena amiga de su esposa, y quisiera...

—Bueno, *monsieur* Estévez reservó una suite, pero no tengo noticia de su compañía. Quizá podrá usted confirmarlo con la amiga suya...

—Bien, gracias, no se preocupe, entiendo.

Al darse la vuelta para volver al comedor se topó de bruces con el mismísimo Quisco, seguido de cerca por el asiático del aeropuerto y una atractiva mujer pelirroja de aspecto occidental. Iban hablando entre ellos en voz baja, pero claramente en español.

—Nena, qué sorpresa. ¿Estás aquí alojada?

—Hola, Quisco. Sí, qué sorpresa. Estoy en el Intercontinental, pero cenaba aquí con mi madre y mi hermana y buscaba el baño. Aunque no quiero molestarte. ¿Estás acompañado?

—Esa información es altamente sensible y confidencial, rubita. Y ahora que lo pienso, ¿no estarás espiándome? Me parece demasiada casualidad encontrarte justamente aquí. Y ciertas preguntas indiscretas por tu parte ya están empezando a hacerse notar entre cierto grupo de personas a mi alrededor. No intentes jugar conmigo, que nos conocemos, cielo. Tú fuiste quien quisiste terminar con algo que, lo siento, ya es parte del pasado. Y sin darme toda la información, porque lo de tu embarazo lo supe por terceros. Si quieres tener futuro en esta empresa más te vale dedicarte a tus embarazos y tus cosas. Sigue siendo la rubita lista, respondona e ingenua que eras y deja de meterte en las cosas de mayores, que los secretos están vedados para quien no los sabe guardar.

El estómago de Elena se levantó en pie de guerra, a causa de los nervios, y mientras intentaba sonar inocente y convincente notó un sabor agrio que le subía desde la garganta.

—Estoy de compras con mi familia. Y no te preocupes, no me interesa con quién estás, no pienso comentar nada de esto en la oficina.

—Ni en ninguna parte. Olvídate de mí, Nena, y no te metas donde nadie te ha llamado. Es un aviso por el cariño que te tengo. Pero no habrá más.

Mientras le veía alejarse hacia la salida con sus acompañantes, que le habían esperado a una distancia prudencial sin darse a conocer ni pretender ser presentados, Elena comenzó a sentir muy débiles las rodillas y temió caerse allí mismo. Echando una mirada de reojo a la recepcionista de antes, que la miraba divertida como quien pilla fumando a una adolescente, volvió apresurada junto a Lola y su madre, que habían sacado el callejero de París para organizar el plan del día siguiente.

El resto del viaje lo pasó intentando ordenar las piezas que empezaban a no encajarle en su hasta ahora clara y limpia perspectiva de su agencia y las personas que la componían. Un presidente que viajaba, claramente no por placer, con personas que ella no conocía, a pesar de haberse relacionado con él durante un tiempo de manera más que amistosa. Que tampoco tenían nada que ver con los directivos del mundo de la belleza o la moda en España, a los que ella conocía perfectamente. Un director general cuyo hijo estaba casado con una superpija de Conde de Orgaz, y muy bien relacionado con la aristocracia más rancia del país. Y que a su vez se había hecho íntimo de un compañero de la Escuela de Negocios, que ahora trabajaba mano a mano con su padre y que tenía relaciones misteriosas con una chica, aparentemente lesbiana, amante de una tal Ari, relacionada a su vez con el director general y que creía que la matarían si supieran que ellos se veían a escondidas. Y en todo este enorme embrollo Elena de la Lastra, que no entendía nada, pero que iba a fracasar en su intento de tener un puesto de mayor responsabilidad... y no precisamente por su embarazo, aunque a todos les había venido muy bien como excusa, sino porque había un ajo en el que ella no participaba. El que Quisco la calificara de ingenua parecía una de las claves. ¿Qué estaba pasando?

Mientras conducía el lunes hacia el trabajo, un poco más tarde de la cuenta, en la radio iban explicando los pasos que la policía iba dando, más palos de ciego que otra cosa, en la búsqueda de Publio Cordón. Un empresario de la Sanidad, presidente de una aseguradora, Previasa, y unas clínicas privadas, al que al parecer el grupo terrorista de los GRAPO había secuestrado unos días antes en Zaragoza. Los secuestradores pedían quinientos millones de pesetas —trescientos según otras fuentes, decía el periodista en ese momento— a la familia para liberarlo. «Es una barbaridad», pensó Elena. «Por mucho dinero que tengan, ¿de dónde van a sacar quinientos millones en *cash*? ¿Quién tiene ese dineral en un banco? Y si tienen que vender algo no es tan rápido…, en fin, qué situación tan horrible».

—Buenos días, Elena, parece que vienes hoy contenta.

—Hola, María, pues sí, me he hecho una ecografía, y aunque no he visto en realidad nada de lo que la doctora me ha dicho que se ve, es tan emocionante…

—Uy, desde luego. Yo fui a una con mi hermana y todavía me emociono al pensarlo. Y eso que no era yo la del bombo…, perdón, la embarazada.

—No te preocupes, mujer, ya sé que es una forma de hablar. No me voy a volver una petarda solo por ser yo la que tiene el bombo encima. Por cierto, ¿has oído lo del secuestro de Publio Cordón? Es horrible, venía oyendo la radio, y ¿de dónde va a sacar esa pobre familia tantos millones en billetes contantes y sonantes?

—Bueno, mujer, conseguir *cash* no es tan difícil, tú lo sabes muy bien. Si tienen dinero fuera de España, que seguro que lo tienen, quien tú sabes puede ponerlo rápidamente a su disposición… Lo malo es Hacienda. Y la policía, que como este caso es tan célebre, no va a haber manera de evitarlos...

—¿Quien yo sé? ¿Quién?

—Bueno, en realidad, nadie... Nada, vamos, que digo que alguna forma encontrarán de reunir el dinero. Te ha llamado don Jaime, por cierto, hace un momentito. Que quiere verte, me lo ha dicho Patri.

—Vale, dejo el bolso y voy para allá. Gracias, María.

«¿Qué habrá querido decir con tanto retintín? Yo no sé nada pero, evidentemente, ella sí que sabe. Y las otras dos secretarias, Patri y Pepita... Y creen que yo también. Algo relacionado con dinero que aparece rápidamente. ¿A través de quién? ¿De alguien de esta empresa? Yo lo sabría, digo yo... O no...».

—¿Jaime?, soy Elena, sí, voy para tu despacho. ¿Ah, en diez minutos? Ok.

El despacho de Jaime Planas, director de Grandes Cuentas y Comunicación de DBCO España, era absolutamente diferente del de Elena. Él se había rodeado de maderas nobles, tanto en el suelo como en las paredes. Librerías, una enorme y pesada mesa, grandes sillones en madera y cuero verde, lamparitas de mesa de bronce y tulipas de cristal también verde... Un estilo impostado y rimbombante para el gusto de Elena. Más propio de los abogados o los notarios de mediados del siglo xx que de un ejecutivo de los noventa. Pero si él se encontraba más seguro en aquel ambiente rancio, entre el olor a Cohibas Mini, que fumaba sin mesura, y el de la fragancia de Carolina Herrera para hombre —que a Elena le encantaba, por otra parte, y le compraba siempre a Mario para poder robársela de vez en cuando—, pues allá él.

—Elena, ¿dónde te metes? Te he llamado a primera hora.

—Tenía una cita médica. Pero no me he retrasado mucho, no ha llegado a media hora. Y total, esta tarde me pensaba quedar para terminar con el proyecto.

—Pues la próxima vez, por favor, informa a tu superior, que soy yo, de tus previsiones respecto a tu horario. No me puedo permitir no saber dónde están las personas de mi equipo cuando las necesito. Y a lo que iba, he visto parte de tu proyecto para el desembarco del grupo Missoni en España y no me gusta nada.

—Bueno, no está terminado. De hecho no pensaba entregártelo hasta mañana. Tengo que darle algunos retoques, redefinir algunas de las acciones que propongo...

—Ya. Pero de todas formas no me gusta. No me parece que sea la estrategia más adecuada para una firma italiana. Tu estrategia parece pensada para una Carolina Herrera, o un Narciso Rodríguez. Los neoyorquinos son más de actrices y saltimbanquis, como tú propones. Una imagen más para profesionales y *yuppies.* Pero una marca sólida, de prestigio en el mundo de la moda italiana, necesita otras ideas. Moverse en grupos sociales que sepan apreciar el abolengo, el buen hacer. Algo que tú, evidentemente, no controlas. En la reunión de mañana van a estar Marcos y Pedro, que tienen un proyecto más sólido, con acciones centradas en la influencia de algunas *socialités,* que pueden atraer a un público cualitativo más afín a la marca.

—Me estás diciendo que me quitas el proyecto.

—Te estoy diciendo que si quieres seguir con el proyecto, te pongas las pilas y mañana me presentes algo sólido. Solo te aviso de que tienes competencia. Y que decidiré en base a criterios profesionales del trabajo en sí. No pensando en las personas que lo lleven a cabo.

—Ya, bueno. Ya veo la situación. Quieres cubrirte las espaldas para mañana retirarme de lo de Missoni, precisamente por la razón contraria a la que me estás diciendo, sin que nadie se pregunte el porqué. Pero yo sí que me lo pregunto. Y me pregunto muchas cosas más, la verdad.

—Pues deja de hacer preguntas y de utilizar tu amistad especial con el jefe para andar de niña mimada por estos pasillos. Tu inmunidad ya se ha acabado. No eres más que una marisabidilla que no se entera de lo que pasa delante de sus narices. Y estás empezando a ser, además, una marisabidilla incómoda.

—De verdad, ha sido increíble. Hasta hoy no me había dado cuenta de la cantidad de cabrones y brujas que hay en esa oficina. Es que todavía me cuesta creerlo.

Elena, Lola y Ernesto estaban sentados en uno de los sofás del Café Castellana, tomando un gin-tonic cada uno, en copa de balón, a pesar de ser solo las cinco de la tarde. O precisamente por eso.

—Pero, mujer, si solo hay que verles la cara, ¿verdad, Lola? —decía Ernesto—. Yo no los conozco a todos, pero el día del roscón en tu casa, que estaba el tal Planas con el otro, el pez gordo... Vamos, que tiene una pinta de mafioso que no puede con ella. Si hasta se parece a Jack Nicholson en *El honor de los Prizzi.*

—¡Me troncho! ¡A mí también me da un aire tremendo a Jack Nicholson! Es que debo de ser medio boba, es que no veo más allá de mis propias narices.

—Que no, hermanita, que eres muy lista. Lo que pasa es que tu ingenuidad a veces es de bofetón. Te crees que todo el mundo es bueno. Como decía la canción aquella de Miguel Bosé cuando íbamos al cole, ¿cómo era? «Libertad, mi soooola amiiiiiga, cuando era un inocenteee, y creíííííía que la gente era toooda amiiiiga míaaaaaaaa».

—Ay, Lola, calla, qué loca.

—Bueno, pero cuenta, cuñadita. Qué ha pasado, ¿algo que nos pueda dar pie para tomar acciones legales? Porque le estoy pillando unas ganas a estos tíos, que vamos...

—Pues no creo. O no sé, porque yo tenía preparado un proyecto supersólido, que me lo he currado un montón, para liderar el desembarco de esa firma italiana de los zigzag de colorines, los Missoni, en España...

—Ah, ¿van a poner tienda en Madrid? Qué guay, aunque la verdad, la rebequita en zigzag de colorines es la prenda más deseada en todos los mercadillos de España. ¿Quién va a pagar un pastón por algo que se va a encontrar copiado en toda la red del metro? Con perdón por el esnobismo, pero es que es así.

—Pues eso, hermana, que el pirateo está acabando con las marcas buenas. En realidad es un tema muy complejo. La moda italiana está amenazada, y muy seriamente, precisamente por la competencia de los chinos. En el sur de Italia, y en algunas regiones como Prato, donde tradicionalmente han estado los talleres que cosen las prendas de las marcas de lujo, los chinos empezaron a llegar hace unos años. Se han ido introduciendo poquito a poco, y ahora se están encontrando con el problema. Llegan a cientos; abren talleres con dos duros; trabajan como esclavos; son prácticamente todos ilegales; cobran una miseria si es que cobran; los impuestos no saben ni lo que son... Y, claro, tiran los precios. No utilizan los bancos del país, sino que mandan el dinero directamente a bancos chinos sabe Dios cómo. Y encima la sospecha es que esos mismos talleres cogen los patrones de grandes diseñadores, copian los modelos y los ponen en el mercado de toda Europa por dos duros. Total, un problemón. Pero a lo que vamos, que las firmas de moda se están espabilando y quieren entrar en otros países con sus propias estructuras comerciales. Y para eso yo había desarrollado una estrategia de apertura de tiendas, de apadrinamiento de algunas líneas de la marca por parte de personajes relevantes de la sociedad española, consolidación de la marca, presencia en el mercado y en los medios de comunicación... Y hasta había desarrollado una pata del negocio con la implantación de algunos productos nuevos de marroquinería en talleres andaluces, accesorios en Cataluña...

—Vamos, que te lo has currado, hermanita.

—Sí. Pero en la reunión, cuando estaba yo a media exposición de mi trabajo, Quisco, bueno, el jefe, Estévez... va y se pone de pie. Y yo me callo. Una situación superincómoda. Y dice que si me creo que me apellido Missoni. Que los italianos no esperan que les digamos cómo dirigir su empresa y que tenemos que limitarnos a mover la inauguración de una tienda en Madrid y punto. Y llegan los niñatos, vamos, dos capullos integrales de mi departamento que son unos impresentables, pero íntimos del hijo de Jaime. Y se levantan tan ufanos y empiezan a exponer un plan chorra que te mueres, sin trabajar ni nada. Diciendo obviedades de no tener ni idea..., por ejemplo, que hay que hacer una lista de pijas que vayan vestidas de la marca a la inauguración, y así salir en la tele y en las revistas de cotilleo. Y ya está. Alucinante. Cuatro pijas desconocidas no van a salir en ninguna parte, ni siquiera en el *Hola*, si no les pagan.

—Se lo han dado.

—Claro. Bueno, eso me imagino. Me he puesto tan nerviosa que he recogido mis papeles y me he largado sin decir nada, y es cuando te he llamado a ti. Ahí se han quedado, que hagan lo que les dé la gana.

—Pero entonces ¿tú en qué situación te quedas en la empresa?

—Pues chungo, cuñadito, porque ya hemos terminado el contrato con LVMH que era mi puntal fuerte. Se ampliará, pero para el primer semestre del 96. Y si no cojo esto, pues me paso el segundo semestre prácticamente sin nada nuevo, con trabajo más bien de oficina. Y luego ya estaré a punto de parir..., vamos, que me dejan en la cuneta. Pero por eso no se les puede meter un puro, ¿no?

—En principio, no. Es una empresa privada y si quieren darle su proyecto de mierda a quien les dé la gana y quedar como unos pringados a nivel internacional, ya responderán ante sus jefes. Pero en principio están en su derecho. No conculcan ninguno de tus derechos por darle un trabajo a otra persona de tu mismo equipo. Otra cosa sería que tuvieras pruebas, o alguien hubiera dicho delante de testigos que tiene algo que ver tu embarazo, pero...

—No, ojalá. Ahora mismo yo creo que mi embarazo es más bien una excusa que les ha venido al pelo, pero no tiene nada que ver. ¡Bueno!, y lo más gracioso, hablando de chinos, ¡pues no salgo de la reunión y me veo, sentado en el despacho de Jaime, a un chino! Rarísimo, guapetón, así como más alto de lo que te esperas que sea un chino. Con un maletín enorme. Y a una pelirroja así muy estirada, en minifalda. Me suenan de haberlos visto antes, pero con Estévez..., aunque a lo mejor es otro chino. O será japonés, no sé, porque la verdad es que parecen todos iguales. La pelirroja sí que juraría que es la misma. En fin, muy raro todo, hermanitos.

La tarde iba cayendo en el ventanal del Café Castellana y mientras charlaban el local se había ido llenando de gente que, a la salida del trabajo, recalaban en la barra y las pequeñas mesitas del café buscando un trago que les ayudara a relajar la tensión del día. Mujeres elegantes, con tacones de aguja y largas melenas con mechas, completamente lisas. Y hombres con chaqueta y corbata que, al acomodarse junto a la barra y quitárselas, se quedaban en mangas de camisa, algunas de ellas cortas, aunque la mayoría de manga larga y con gemelos. Toda una autoclasificación social. Entre los más esnob comenzaba a llamarse *afterwork* la costumbre machista de tomar una copa con los amigotes antes de volver a casa, donde seguramente estarían sus mujeres, como toda la vida, con los niños cenados, bañados y a ser posible ya dormidos, y su cena en el horno. La diferencia era que se estaban incorporando también algunas mujeres a estas reuniones, compañeras de trabajo. Seguramente solteras, o lo suficientemente bien pagadas como para tener servicio interno en casa que se ocupase de los hijos. A Elena le parecía una tontada esta manía de ponerle a todo nombre en inglés, como si eso convirtiera a los amigotes del curro de toda la vida en algo *cool*.

—Vámonos, chicos, que esto empieza a llenarse con el colegueo, y en cualquier momento aparecen los niñatos por la puerta. Y entonces no respondo, Erni, ¡me tendrás que defender de asesinato en primer grado! «Dos prometedores ejecutivos, cruelmente asesinados en la Milla de Oro madrileña por rencillas de trabajo. El arma homicida, una copa de balón».

—¡Pues no te creas, ya me gustaría verte en ese papel, la asesina del gin-tonic! Oye, hermana, mientras Ernesto va a pagar ese cubata que no deberías haberte pedido... dime, ¿qué dice Mario de todo esto?

—No sabe ni de la misa la media, la verdad. Y no es por nada, sino que desde hace ya varias semanas casi no nos vemos. Prácticamente nos comunicamos por teléfono. Y no he tenido un rato tranquilo para contarle. Oye, y del cubata no me digas nada, hija, si ni me lo he tomado entero.

—Bueno, tampoco digas que es desde hace unas semanas. Mario y tú siempre habéis ido muy por libre. Con decirte que desde el famoso roscón de Reyes en tu casa, yo no he vuelto a verlo... ¡y estamos en verano!

—Pues yo no me había dado cuenta antes, la verdad. Pero tienes razón, siempre hemos hecho vidas muy independientes. Es ahora cuando estoy empezando a pensar si esto del bebé le va a parecer demasiada carga. No siento que él esté a mi lado en esto. No sé cómo explicarlo.

—Bah, hermanita, no le des demasiadas vueltas. Los hombres son así, hasta que no le ven la cara al niño no se dan cuenta de verdad. Para ti es más real, pero ellos... ya podrían quedarse embarazados también, por riguroso turno. Tienes un hijo tú, y el siguiente le toca a él. Sería más justo.

—¡Bueno! Estaría el mundo lleno de hijos únicos, seguro. ¡Hala, vámonos!

> Ariana Peres Mehen, conocida entre los círculos sociales madrileños como Mamma Ari, junto a Cuqui López de Soto, viuda del armador español Manuel Soto de los Infantes, y el compositor Felipe Campos Ramos, en la gala benéfica anual del lujoso hotel marbellí Puente Romano.

—¡Ay, madre, la pelirroja!

El corazón de Elena dio un vuelco mientras leía en pijama el *Hola* y desayunaba tranquilamente en la cocina el domingo por la mañana.

—¡Mario! —gritó por el pasillo, de vuelta al dormitorio con la revista en la mano—. ¿Tú sabes quién es una tal Mamma Ari?

—¿Eh? ¿Mamma Ari? Ni idea. ¿Qué hora es?

—Las nueve y media. Y Ariana Peres, ¿no te suena?

—No, pero será prima de Simón Peres el judío, yo qué sé. Pero ¿qué más te da esa chorrada, un domingo antes de que amanezca?

—¡Hijo, que amaneció hace mucho! Llevo ya casi media hora intentando desayunar entre náusea y náusea.

—Pues pídele unas pastillas de esas antieméticas a tu médico, mujer, que los médicos están para algo.

—Bueno, sí, ya te contaré. Pero ¿esta tipa no te suena de verdad? Mira la foto.

—Déjame dormir, rubita, que es domingo. ¿Por qué no llamas a Marisol Lopetegui, que está igual de loca que tú y de paso más puesta en cotilleos, y me dejas a mí en paz?

—Ah, claro, la Lopy, que ella trabaja ahora en el colorín, en *Mundo Vip*. Seguro que sabe quién es esta tronca. Anda duerme, lirón, voy a hacer lasaña para comer, ¿vale?

—Pero bueno ¿me quieres dejar dormir de una vez? Es que vamos, ni en la casa de uno se puede estar tranquilo.

—¿Lopy? Hola, soy Nena. ¿Te pillo bien?

—¡Elena! Claro, estoy desayunando. Oye, que enhorabuena, que me ha dicho Paco que se encontró con Mario en no sé dónde y le dijo que estáis embarazados. Qué valiente. Yo es que solo de pensarlo me dan los siete males. Y ¿de cuánto estás?

—Bueno, gracias, pero valiente a la fuerza. La verdad es que no estoy ni de tres meses todavía y ya empiezo a asustarme. Me temo que no pensé lo suficientemente bien dónde me metía, amiga…

—¡Ay, mujer, es que si lo piensas no te metes! Es mejor dejarse llevar, que cumplidos los treinta ya empieza la cuenta atrás y se nos pasa el arroz. Tú ve haciendo un diario, Nena. Y luego cuando me quede yo me lo pasas, que para algo tiene que servir la experiencia.

—Ya lo había pensado, escribir algo, aunque por ahora solo puedo hablar de náuseas mañaneras y de ganas de hacer pis cada media hora. Nada demasiado atractivo.

—Bueno, mujer, qué exagerada, seguro que estás superilusionada, como si no te conociera desde el COU. ¡Que son muchos años, hija! ¿Se te nota ya? ¿Y cómo se va a llamar?

—Ni idea, ¡si todavía no sé si es niño o niña! Bueno, estoy convencida de que es niña, pero imposible saberlo todavía. Yo me lo noto muchísimo. Me he quedado como un barrilete, sin cintura. Y se me han puesto unas tetas… Pero todo el mundo, incluida mi madre, dice que no se me nota nada de nada, así que será cosa mía. Pero que no te llamo por esto, sino para hacerte una pregunta loca. ¿Tú sabes quién es una pelirroja pija que se llama Ariana Peres?

—¿Mamma Ari? Sí, claro, una maripiji. Judía, creo. Empezó a aparecer en el papel cuché hace unos tres años, siempre al lado de las ricas y famosas. Pero en realidad no sé mucho de ella, no tiene novio guapo ni famoso, que yo sepa. De hecho, lo que dicen por ahí es que le va más el rollo bollo... ¿Por?

—No, es que la he visto en el *Hola* con la López de Soto, que por cierto cada día se parece más a Zsa Zsa Gabor.

—¿Verdad?, a mí también me da ese parecido razonable, jajajaja. Está hecha un loro, con lo mona que era antes de ir al cirujano plástico. ¿Has visto qué pómulos? ¡Y qué ojos! De tanto *lifting* ya no tiene párpados. No los podrá cerrar ni para dormir, seguro.

—Sí, es un horror. Pero, oye, y esta Mamma Ari, ¿cómo puedo averiguar más cosas de ella? A lo mejor Paco sabe algo por *El Mundo*...

—Hija, sí, le pregunto. Pero dentro de un rato, Nena, que está durmiendo todavía y si lo despierto temprano un domingo se tira todo el día de mal café. De todas formas, ¿qué neura te ha entrado con esta tronca? Cuéntamelo todo, ¿eh?

—Vale, te lo cuento, pero por ahora tú averigua si Paco sabe algo, o a quién puedo preguntarle.

—Ok, cari, te escribo un *emilio*, que me han abierto en el curro una cuenta de correo electrónico y estoy enganchada. Tú tienes cuenta también, ¿verdad? Un muac.

—Sí, sí, elenuski arroba, ya sabes. Escríbeme que necesito pistas. *Bye*, querida.

Tras ducharse, bajar a por el pan y antes de ponerse a cocinar tranquilamente, una de sus actividades preferidas los domingos por la mañana, Elena abrió el ordenador para entrar en el correo, impaciente. Y ¡bingo!

De: mslopetegui@euronet.es
Para: elenuski@euronet.es
Asunto: La pelirroja

Querida, ¡qué invento esto de Internet! Es que me tiene enganchadita, ¡y gratis! Aunque me costó enterarme, no te creas, soy un poco bruta para esto. Bueno, a lo que vamos, lo de la pija esta. Dice Paco que él cree que no es trigo limpio. Que es la típica que se pega a todos los ricos y famosos. Que en el periódico estuvieron un día hablando de ella, y nadie sabe por qué sale en tanta foto con tanta gente influyente. Ni de dónde salió hace unos cinco años, que apareció en Madrid como por arte de magia. No se le conoce oficio ni beneficio, aunque vive como una millonaria.

Ah, y que es judía-judía del mismo Tel Aviv. Y dice Paco que no le extrañaría que la persiguiera el Mossad, o como se escriba, o que fuera espía y terrorista. Qué exagerado es mi maridín, no me digas, jeje.

Ah, y también dice que cuidadito, que si vas a hacer negocios con esa pájara en tu agencia que no te fíes, que algo raro cree él que tiene que haber.

Bueno, dear, *espero haberte ayudado. Me debes un café, dejarme que te toque la barriguita y a la vuelta del verano, una de chicas con tu hermana y las demás marilocas, ¿ok?*

Un muac.

M.

«Algo raro… Tel Aviv… Una mujer de pasado oscuro pero muy presente en la vida social española, con lo que somos en España para esto de los ascendientes de cada cual… Y por si fuera poco, la conversación que cotilleé en la librería entre el niñato y la morenita».

Elena estaba nerviosa. No se concentraba en la cocina donde le encantaba relajarse por un rato a la semana picando cebolla, midiendo ingredientes, oliendo, probando y obrando el milagro de convertir una necesidad básica como comer en un verdadero arte, casi una religión de los sentidos. Hoy todo esto le parecían marujeos. Y se moría de impaciencia por volver el lunes a la oficina y preguntarle a Patri, la secretaria de Quisco. Seguro que ella sabía. Pensando y pensando terminó la lasaña, se levantó Mario a desayunar y juntos se fueron a pasar el día en el golf, donde ya ni se acordó de su lasaña, aparcada en la nevera. Ni de la pelirroja. Tampoco se acordó de hablar con Mario, que hizo un *eagle* —o eso contaban él y su amigo Nacho, un cómplice bastante sospechoso en esto de tirarse faroles en el golf—. Había estado eufórico durante todo el día hasta llegar a casa ya después de cenar. Se duchó y se durmió feliz como un bebé grandote nada más meterse en la cama. Otra semana sin hablar.

Lunes. Diez de la mañana. Pasillo enmoquetado de azul. Ambiente enrarecido, tras todo el fin de semana cerrada la oficina, sin aire acondicionado en pleno mes de julio. Al ver que Patri no estaba en su sitio Elena se acercó a Pepita, la secretaria de Jaime, que estaba pelando una manzana escondida tras la enorme pantalla de su ordenador. Ella al verla sonrió y lanzó una mirada cómplice al ejemplar del *Hola* que Elena le ofrecía con jocoso respeto, como una ofrenda a la Diosa de la Sabiduría de los asuntos más frívolos y absurdos.

—Ay, Pepita, que me troncho, ¿tú has visto qué pelos oxigenados, y qué pómulos inflados, y qué ojos de lechuza le han puesto a la Cuqui de Soto?

—Es que estas señoras de postín desde que han descubierto al doctor ese judío que les deja a todas la misma cara... Si parecen todas clónicas. Y a saber qué les mete, dicen que las engaña como a chinas. Que lo que les pone cada seis meses son inyecciones de agua clara. Y que tarde o temprano a alguna le va a dar una embolia y se va a liar parda. Yo, desde luego, no me fiaría ni un pelo.

—Ah, ¿es judío el doctor Cesares, el famoso de las infiltraciones? Pues no lo hubiera pensado por el apellido... Entonces a lo mejor esta pelirroja de al lado es su mujer, porque dicen que es una ricachona judía.

—Uy, no, esta es la señorita Ari, ¿no lo ves? Yo la reconozco muy bien, como es amiga de Jaime... Y seguro que por ahí andaba también su socio el chinorri... Uy, perdón, el señor San, Elena, que no me he dado cuenta.

—Jajaja, no te preocupes, Pepita. Yo te guardo el secreto del chinorri y tú guárdame el de lo despistada que soy, pero no me suena la pelirroja, clienta de la agencia no es.

—Bueno, ya sabes, clienta, clienta no..., más bien amiga de la agencia... En fin, en los otros negocios. Jaime la aprecia mucho, no te creas, son muy eficientes en lo suyo. Y Estévez igual. Bueno, mucho más, porque si no fuera por ella, y por el señor San, las cosas no irían tan rápidas. Y con la crisis que hay, las otras sociedades no funcionarían, que ellos siempre están ahí, echando un cable.

—Ah, ya, las otras sociedades. Bueno, *dear*, me voy a mi despacho que ya son casi y cuarto y tenemos Missoni a las once.

—Te lo iba a decir ahora, que me dijo Jaime al entrar que no hacía falta que te convocase a ti a la reunión con Missoni. Solo tengo que avisar a Pedro y a Marcos.

—Es verdad, se me había olvidado que me lo comentó el viernes. Bueno, hasta luego, Pepi.

«¡Qué cabrón, pero qué cabronazo!». Elena echaba chispas andando a toda velocidad de vuelta por el pasillo desde la antesala del despacho de Jaime hacia el suyo. «Esto ya está hecho. Y yo estoy fuera de la cuenta, y de la agencia. Este tío machista y cabronazo, es que entraba ahora mismo y le clavaba las uñas en toda la garganta hasta verlo morir lentamente, con los ojos desencajados, y escuchar el estertor de la muerte...».

—Ah, hola, Jaime, no te había visto.

—¿Quieres dejar de meterte donde no debes, señorita mosquita muerta? Me estás buscando y no me fío de ti ni un pelo, que lo sepas. Igual te arrepientes antes de encontrarme.

—¿Qué amenazas son esas? ¿Cómo me hablas así?

—Te hablo como me da la gana. Y ahora denúnciame, que te vas a la calle con todo tu equipo y tus aires de marisabidilla. Como te vuelva a ver cotilleando con mi secretaria te despido. Y procedente, que te vas de aquí sin nada, listilla. Que no son amenazas. Son realidades.

—Pues a ver si las realidades terminan volviéndose en su contra, don Jaime.

De vuelta a su despacho, Elena marcó, con decisión y los dientes apretados, un teléfono por su línea privada.

—Don Ernesto López Sinde, por favor. Sí, Elena de la Lastra. Dígale que es urgente. Espero, gracias. Ernesto, creo que tengo algo. No, solo es una intuición, pero necesito que me ayudes. Si es verdad lo que me estoy imaginando los podemos coger por los huevos. ¿Cuándo os vais vosotros a la playa, antes del 15? Entonces tenemos que darnos prisa. Vale, a las tres y cuarto. En el Vips de Velázquez. *Bye.*

Delante de un enorme sándwich Vips club, una coca-cola y un plato lleno de patatas con kétchup, Elena se sentía menos segura de lo que quería contarle a su cuñado.

—Verás, parece una tontería. Pero últimamente he visto a Francisco Estévez, el presidente en España de DBCO, y a mi jefe directo, Jaime Planas, con unos personajes que me parece que tienen algo turbio que esconder. Bueno, en realidad solo los vi con Quisco, vamos, con Francisco Estévez. Pero una tarde que entré en la empresa salían de allí, y yo creo que salían de ver a Jaime. Porque quien los acompañaba a la puerta era su secretaria, Pepita.

—Pero qué tipo de personajes, qué pareja, ¿son los mismos que nos contaste el otro día? Empieza desde cero que no me entero de nada, cuñadita.

—Sí. Una judía así como de cuarenta, pelirroja, muy guapa, que sale en el *Hola* y que es asidua a las fiestas benéficas de Marbella y Madrid. Amiga de las señoronas ricas de la sociedad española. Yo creo que es bisexual, además. Pero bueno, eso no viene a cuento ahora. Y siempre la he visto con un chino alto, hierático, como muy serio, yo creo que son socios en algún tipo de negocio raro... Imagínate: tú tienes dinero fuera de España, pero de pronto lo necesitas, y a ver cómo lo traes sin que Hacienda sospeche o te pille la policía, que es peor. Pues este par, de alguna manera que se me escapa, te dan el *cash* que necesitas a cambio de alguna comisión. O una tarifa en dinero negro, que supongo que tendrás que pagarles desde tus cuentas opacas a las de ellos... Algo así tiene que ser, tú sabes más de estas cosas que yo. Mis jefes están en el ajo, seguro. Y no sé qué puede tener que ver, pero hace unos días apareció muerto en su casa uno de los peces gordos de la empresa, uno de los suizos. Y aunque parecía que se había muerto por un rollo de sexo gay, con drogas y sadomaso por medio, dicen que lo asesinaron...

—Pero eso que dices es muy grave, Elena. Y raro. ¿No estarás montándote una película de chinos tú solita?

—A lo mejor. Pero algo raro hay. Mira, lo he pensado por lo de Publio Cordón, que...

—Pero ¿qué dices? ¿Cómo mezclas al GRAPO en esto? Se te va la pinza, Nena.

—No, si no digo que tenga que ver, pero me hizo pensar... Una de las secretarias me dio la pista. Todo se mueve alrededor del dinero. Cuando tienes que pagar algo de mucho dinero, como un rescate. O estos míos un negocio muy gordo y que no quieren que aparezca a nombre de ellos, o yo qué sé. Y quizá no lo tienen en *cash*, pero sí en patrimonio. O en cuentas *offshore* y...

—Bueno, querida cuñada, y, sin embargo, amiga. Este es el momento en que, como tu abogado que soy desde ahora mismo, tengo que advertirte. Te puedes meter en un jardín muy serio. Y que si lo dejas pasar, aunque pierdas tu trabajo, quizá sea lo mejor que nos pueda suceder. Si lo que dices es verdad, estás trabajando en una empresa tapadera de negocios sucios probablemente dirigidos en la sombra por las mafias chinas que se están instalando en España y en toda Europa. Y eso es muy peligroso, mucho más de lo que tú y yo podemos imaginar.

—Ay, no me asustes. Yo solo quiero que no me tomen el pelo. Y que si me tienen que despedir que no sea por mi embarazo...

—Y lo del embarazo lo complica todo, niña, ¿no ves que tú no estás para jugar a los detectives? Ahora eres una mujer con una gran fragilidad, física y emocional. ¿A ti qué te importan los negocios de estos tipos? Déjalo pasar. Y si quieres yo hablo con mi socio, que es hijo del magistrado del Supremo, González de Juan, y que empiece a rodar la bola. Pero lejos de ti.

—¿Harías eso por mí, Ernesto?

—Claro que lo haré. Pero no por ti, que siempre has sido una pesada. Sino por el bichito ese que tienes en la tripa. Al final no deja de ser mi futuro sobrinito, y el futuro primito de mi futuro hijito... si es que la pequeñaja de tu hermana se deja, claro.

—Sobrinita y primita, querido, que es niña.

—¿Ah, sí? ¿Lo has visto ya en la ecografía, tan pronto?

—No, es una intuición.

—Pues sí que... apañados estamos con tus intuiciones, hija. ¡Camarero, por favor, la cuenta!

De vuelta a su casa, andando desde el tramo final de Velázquez hasta la calle Potosí, donde vivía en uno de los edificios conocidos como Las Pirámides, Elena iba dándole vueltas al asunto. Asumiendo poco a poco, y a su pesar, que realmente durante el embarazo lo mejor era quedarse tranquila y no meterse en líos. Y sí, quizá debía saltarse a Jaime, y pedir directamente a Quisco el despido improcedente. Y tomarse esta etapa como unas vacaciones largas, para volver al trabajo cuando la niña tuviera ya un añito. Pensando y andando no se dio cuenta de que tras ella salía a su encuentro, desde el Parque de Berlín a la esquina de la Plaza de Cataluña, un hombre sucio con un tetrabrick de Don Simón en la mano. Al ver que se acercaba a ella hizo el ademán de agarrar con fuerza el bolso.

—Tranquila, muñeca, que no te quiero robar tu dinero, aunque no me vendría mal. Solo quiero hablar contigo.

Elena apretó el paso por la acera hacia la pastelería Yale, para refugiarse allí. Pero el hombre le agarró el brazo derecho por el codo, apretando los dedos, haciéndole daño. Y se pegó a su cuello hablándole a la oreja con un aliento de vino agrio, nauseabundo.

—Sí, tú, rubita, es a ti, no creas que no te conozco. Sé dónde vives, te veo cada mañana. Y unos amigos tuyos me van a pagar muy bien si, gracias a mis dotes de persuasión y a tu inteligencia, dejas de averiguar cosas que no nos importan ni a ti ni a mí. Y así, no me obligarás a pegarte un susto de los de verdad con una cosita que llevo en el bolsillo y que hace mucha pupa. Que no te creas que me vendría mal, porque así les cobraría más. Así que tú verás, rubia.

Elena estaba a punto de llorar. Se zafó de la garra del hombre y se metió de pronto en la cafetería Las Vidrieras, y con voz temblorosa pidió un vaso de agua al camarero, que la miró, vio al mendigo que se había quedado con aire fanfarrón mirándola desde la puerta y rápidamente se hizo cargo de la situación.

—Eh, tú, Sócrates, deja de molestar a la señora, y vete para el albergue antes de que se haga de noche, que te vas a quedar sin cama hoy. Venga, hombre, márchate. No se preocupe, señora. Este para por aquí desde hace tiempo. Tiene malas pintas pero es inofensivo. Se emborracha, dice a las mujeres guapas piropos subiditos de tono, pero no más. Pide unas monedas en la puerta de Santa Gema o en las Mejicanas y el hombre sobrevive. Le llaman el Sócrates porque cuando se emborracha le da por filosofar... Se ve que tenía cultura, antes de caer en el alcohol.

—Gracias, ¿puedo usar el teléfono, por favor? Voy a llamar a mi marido a ver si puede venir a buscarme. Me he asustado.

Elena esperó con impaciencia a que Mario saliera de casa la mañana siguiente y dieran las nueve, para llamar a Ernesto al despacho.

—De verdad, Ernesto, esto ya no son solo imaginaciones. Ese tío me ha dicho que unos amigos míos le pagarán por pegarme un susto o por matarme, yo qué sé, para que deje de averiguar cosas. ¿Quiénes van a ser? ¡Ellos! Estoy acojonada.

—Bueno, pues por lo pronto ahora mismo te inventas una gripe y no vayas a trabajar. No bajes sola al garaje de tu casa. Sobre las doce te espero en mi despacho. Vente andando por Príncipe de Vergara, no acortes por calles estrechas. Y no cojas tampoco un taxi. ¿Se lo has contado a Mario?

—No. Ayer le dije que viniera a buscarme porque me había mareado. Es que me va a montar una bronca como le cuente este embrollo, que no quiero ni pensarlo. Y ya tengo bastantes problemas como para que encima él se ponga a querer protegerme en plan padre. Nada le gustaría más que darme una buena reprimenda y atarme en corto. Ni de coña. Ya se enterará, cuando llegue el momento.

—Tú misma, cuñadita, ya eres mayor para saber lo que haces. Pero yo que tú se lo contaría. Te espero luego, en cualquier caso.

Elena no había dormido bien esa noche. Tuvo pesadillas y náuseas continuas y, tras avisar a María de que se encontraba mal, llamó a Susana, su tocóloga.

—Lo que me cuentas me preocupa un poco, Elena. Es normal que todavía tengas náuseas, más por la mañana que a otras horas. Pero por la noche, si nada te ha sentado mal ni has tenido problemas de tensión... los nervios juegan en tu contra. ¿Qué tal te va en el trabajo? Si esa es la fuente del problema te firmo una baja en un tris. Aún estás de pocas semanas y no quiero correr ningún riesgo. No, no, al trabajo que le den cera, querida. Ningún puesto, ningún negocio es más importante ahora que llegar al cuarto mes sin más problemas. Bueno, inténtalo, pero te lo digo muy en serio. Tómate la tensión por la mañana. No, tú no, ve mejor a la farmacia, y que te la tomen allí, a la misma hora cada día. Apunta todas las cifras, y todo lo que notes fuera de lo normal. La semana que viene, el día 8 contando desde hoy, ven a verme con el registro de los siete días. Ok, nada, mujer, siempre que quieras, ya sabes mis teléfonos. *Bye.*

En el despacho de Ernesto, situado en Príncipe de Vergara con la Plaza de Cataluña, donde había tenido el encuentro con el mendigo la tarde anterior, la estaban esperando él y una mujer rubia. Pelo largo, rubio tono Hollywood de L'Oreal, peinado de forma muy sencilla con raya al medio y un precioso vestido de Emilio Pucci. Su aspecto proclamaba que la sencillez de esta mujer estaba asentada sobre las firmes bases de un gran fondo de armario y un aún mayor fondo de bolsillo.

—Hola, Elena, esta es Rosalía Villamil. Rosalía es la delegada en Madrid de una agencia catalana, Testigo 13, que se dedica a hacer seguimientos y esclarecer algunos casos delicados de negocios, política..., de la manera más confidencial, por supuesto, y sin que intervengan las fuerzas públicas ni los medios de comunicación si no es necesario, claro.

—¿Cómo? ¿Una agencia de detectives?

—Bueno, doña Elena, no exactamente. Nuestros profesionales están cualificados al más alto nivel. Algunos son expolicías, los que se encargan de las situaciones más, digamos, comprometidas. Pero la mayor parte de nuestra agencia la componemos personas provenientes del mundo de la abogacía, de Inteligencia, diplomacia... incluso de la carrera judicial. Digamos que somos profesionales a los que nos gusta añadir un extra de adrenalina en nuestras apacibles vidas.

La sonrisa de la mujer no dejaba lugar a dudas. Era la comercial de una agencia de detectives. Finos y elegantes, y supercaros, seguro. Pero detectives. Qué fuerte. Sin poderlo evitar, Elena esbozó una sonrisa imaginándose a la rubia vestida con gabardina y sombrero, como el inspector Gadget.

En menos de una hora de conversación, Ernesto y la mujer convencieron a Elena de que necesitaba comprarse un teléfono móvil, de esos nuevos que acababa de sacar Nokia con SMS cuyo número solo tendrían ellos. Hacerse una nueva cuenta de correo electrónico que sería confidencial, solo para las comunicaciones entre ellos. Y llevar siempre encima una pequeña grabadora, que activaría discretamente en caso de mantener conversaciones sensibles con las personas supuestamente implicadas. Los pantalones de pinzas o algunos de sus vestidos sueltos con bolsillos laterales serían el escondite perfecto para su kit de *spygirl,* como Elena empezó a llamarlo desde ese mismo momento. Como estaba embarazada tenía la excusa perfecta para no llamar la atención con bolsillos abultados y llenos de aparatejos.

—De lo que se trata, Elena, es de conseguir grabar alguna conversación, alguna prueba que en un momento dado pueda servirte de seguro ante estas personas que te están amenazando, y se pueda utilizar como moneda de cambio para que te dejen definitivamente en paz.

—¿Y no se puede utilizar para denunciarlos y que vayan a la cárcel? No quisiera convertirme en alguien tan deleznable como ellos. Si lo que sospecho es verdad, Ernesto, y no lo denuncio, creo que me convertiría en una cómplice, más que en una víctima…

—Bueno, eso ya se verá, doña Elena. Las conversaciones grabadas de forma ilegal no tienen valor, digamos, en sede judicial. Si llega el caso y ustedes nos lo piden, habrá que hacerse con pruebas que puedan ser utilizadas legalmente.

Desde mi papel como representante de Testigo 13, lo primero que le recomiendo es prudencia, tranquilidad y dar pasos medidos y seguros. A partir de mañana uno de nuestros profesionales se convertirá en su sombra, para evitar que le suceda, digamos, otro episodio como el de ayer por la tarde, será su ángel de la guarda. Usted no lo conocerá ni lo verá, para evitar que una mirada o un gesto indiscreto pueda, digamos, delatar su presencia a terceros. Pero puede estar tranquila por su seguridad, esto se lo garantizo. Y paralelamente otro de nuestros efectivos se encargará de investigar a los personajes que, digamos, parecen estar involucrados. Semanalmente le haremos llegar un detallado informe de todo lo que averigüemos, junto con los gastos debidamente justificados en los que hayamos incurrido para el desarrollo de nuestra investigación. Y un *fee* semanal que ascenderá, si usted está de acuerdo, a unas cincuenta mil pesetas, que nos depositará en el número de cuenta, y a nombre de la sociedad interpuesta que le facilitaré a través de don Ernesto en unos días. Entienda que parte fundamental de nuestro trabajo es la confidencialidad, tanto por su seguridad, digamos, como por la nuestra. Por eso también firmaremos un contrato específico de confidencialidad, en el que se establece una cantidad de, aproximadamente, quinientos mil dólares, que tanto ustedes como nosotros nos comprometemos a pagar a la otra parte en concepto de indemnización en una cuenta de las Islas Vírgenes Británicas por si, digamos, alguna circunstancia indeseada de nuestra colaboración, o algún detalle de la misma, llegara a ser de dominio público.

Media hora después de haberse despedido de la gadgetorrubia, como la bautizó nada más verla, Elena seguía riéndose de ella, de sus eufemismos y su manera de camuflar las cosas.

—Qué bien se lo tiene aprendido la tipa esta, cuñadito, hay que reconocer que en cuestión de rodeos dialécticos tiene un máster. ¿De dónde la has sacado? Nos tienes muy engañadas a las chicas De la Lastra. Nunca te hubiera imaginado estas, digamos, amistades. —Elena se reía con ganas imitando su forma de hablar—. Y Lola menos, seguro... Menos mal que me guardé para algún capricho parte de la liquidación de la fábrica de papá. Si no, a ver de dónde saco esa pasta a espaldas de mi maridito, le tendría que confesar, digamos, todas mis reuniones mafiosas...

—Elena, no te hagas líos. Esto es puramente profesional. Ahora eres mi cliente, no mi cuñada. Yo no soy juez, sino abogado, y en el ejercicio de mi profesión no siempre puedo recurrir al BOE para recabar los datos que necesito para asistir debidamente a mis clientes. Esta agencia es la más seria y la más importante de España, operan fundamentalmente en Madrid y Barcelona, y te aseguro que se ocupan de todos los casos de importancia que ves cada día en los telediarios. Y muchos otros que no llegan a conocerse.

—Alucino. Es decir, que en un momento dado pueden estar espiando, ponte, a los Pujol, a las novias modelis del principito, a Roldán por parte de la Rodríguez Porto, y a Paesa por encargo de Roldán... Todo a la vez, vaya melé.

—Sí, así que tranquila, que nosotros somos unos pringados al lado de todo lo que ellos tienen entre manos. No va a pasar nada que no queramos que pase. El mismo juez Padrón le recomendó la agencia al padre de mi socio. En este despacho nos relacionamos al más alto nivel, es una de las claves de nuestro éxito. Además, solo se trata de que te protejan un tiempo. Hasta que estés del todo tranquila, y averigüen de qué va esto, para que puedas jugar tus cartas en un momento dado ante los tribunales. Si llegamos a tanto.

TERCERA LUNA

La semana pasó sin más sobresaltos. Elena aprovechó la mañana del sábado para bajar a la Gran Vía, buscando un biquini que le quedase bien con sus nuevas medidas: una 38 de caderas y una 42 en el pecho. No era tan fácil encontrar marcas de baño que te permitiesen comprar cada parte del biquini de tallas diferentes, por lo que tuvo que recurrir a un truco que vio por primera vez hacer a su amiga Inés cuando aún estaban en la universidad: eligió un modelo, se probó las dos tallas en El Corte Inglés de la Castellana, a mediodía, cuando había una buena aglomeración de clientas. Y cuando fue a pagar le dio a la agobiada cajera las dos prendas de tallas dispares esperando que con las prisas no se diera cuenta. Hubo suerte y, contenta con su trampilla, salió por la entrada de Orense hacia la calle Hernani donde había quedado con Mario para comer en La Consentida. Una taberna muy conocida en el barrio, donde a los dos les gustaba ir de vez en cuando desde que eran novios y Mario vivía en la cercana calle de General Moscardó. En la atestada barra pidieron unas cervezas, la de Elena sin alcohol, y unos huevos rotos con pimientos. Se sentaron en la única mesa que quedaba libre, junto a la puerta de la cocina.

—La verdad, Mario, todo en el trabajo se me está complicando mucho. Y ya no estoy tan segura de que solo sea por lo del embarazo. Mis jefes están maniobrando para dejarme al margen de todas las cuentas gordas que están entrando ahora, de cara al segundo semestre. Y claro, al quedarme solo con las cosas que ya tengo, en el otoño estaré terminando el contrato con algunas de las cuentas, no estaré en las acciones especiales de la Navidad y el Fin de Año y ya me quedarán solo temas pequeños. O de los que tienen contratos para toda la temporada, pero que no son los que dan dinero ni prestigio a la agencia. Y para entonces tendrán la excusa del parto para no meterme tampoco en los proyectos del primer semestre del 96. Me veo en la segunda división de la agencia, la verdad. Y me da mucha rabia, me gustaría meterles un puro de los gordos.

—Nena, ¿y por qué no lo dejas? No tenemos necesidad de tu sueldo. Y en tu estado lo mejor sería que te dedicaras a descansar, cuidarte, salir a pasear con tu madre, preparar las cosas de Marito... En fin, lo que hacen todas las mujeres que no tienen necesidad de trabajar para que coma su familia. Para eso estoy yo, puedes confiar en mí.

—Pero yo quiero trabajar, me gusta lo que hago, y soy buena. Mejor que la mitad de los niñatos que no saben hacer otra cosa que chulearse todo el día de sus coches y sus relojes. Y retirarme ahora de la agencia sería rendirme, darles la razón. ¡No me da la gana!

—No seas cabezona, mujer, ríndete a la evidencia. Eres una mujer, te guste o no. Está bien que mientras hemos estado los dos solos, tú tuvieras tu trabajo. Es más entretenido, yo lo entiendo. Pero ahora dedícate a cuidar de tu marido y de tu hijo, que te lo vamos a agradecer más que nadie. Y deja las intrigas de negocios para los hombres, que no valemos más que para hacer dinero.

—Es muy machista eso que dices. No lo has pensado bien, pero suena fatal, hijo.

—Sí, Elena, lo he pensado bien. Es más, muy bien. No creas que en estos años no te he dejado trabajar sin problema. Pero ahora las cosas van a cambiar mucho. Y no creo que la mejor manera de llevar adelante una familia sea con una madre preocupada por hacerse la digna ante una panda de mafiosos por los pasillos de un edificio de Azca. Donde tienes que estar es en tu casa, que vas a tener un hijo, no un muñeco. Y cuando vaya al colegio, pues te haces del APA como las otras madres. Y le enseñas a Marito a leer. Y le haces el disfraz de Halloween…

—No me lo puedo creer. Acabas de mandarme a hacer la vida que hizo mi madre, y mi abuela.

—Ya, ¿y eso es tan malo?

—Pero bueno, ¡yo no trabajo para entretenerme mientras no tengo algo mejor que hacer! Parece mentira. No trabajo porque tú me dejes, sino porque a mí mi profesión me importa. Y no es el dinero, que también. Es que nunca voy a aceptar depender de nadie. Nunca voy a aceptar que las riendas de mi vida estén en otras manos que no sean las mías. Nunca voy a aceptar no sentir que estoy sacando el mayor partido de mis capacidades. Nunca voy a aceptar que por ser mujer, mi vida tenga que centrarse en la de otros, un hombre, unos hijos. Eso me importa mucho, pero no es todo. Creía que me conocías.

—Demasiado te conozco, siempre sacándolo todo de quicio. Vaya embaracito nos espera.

—Ah, y estoy muy, muy harta de la frasecita, vayaembaracitonosespera. Soy yo la que estoy decepcionada con esto, la que veo que todo a mi alrededor es diferente de como yo creía que era. Y radicalmente distinto de lo que esperaba. De ti y de todo.

—¿Y no será porque en realidad eres una niña mimada, feliz en tu burbuja llena de cuentos de Caperucita? Pero la vida es el lobo, hija mía, y se te echa encima, así que más te vale aceptar la realidad tal como es. Y madurar de una puñetera vez.

Mafiosos, mafiosos, mafiosos. Durante toda la noche Elena, aún enfadada con Mario, no dejaba de repetirse la palabra que él había utilizado para referirse a su agencia. Mafiosos. ¿Sabrá él algo y no se lo ha dicho? ¿Por qué eligió esa palabra de entre todo el diccionario? La agencia llevaba algunas cuentas importantes, que invertían mucho dinero en campañas publicitarias en la cadena de Mario. De hecho, por eso él se empeñó en celebrar en casa aquella absurda fiesta del roscón de Reyes, para invitar a Quisco y a Jaime con sus respectivas. Que menudo papelón, con la mujer de Quisco cotilleando las vitrinas de su colección de perfumes y ella sin saber muy bien qué cara poner para no resultar demasiado fría, demasiado amable, demasiado sospechosa… En fin, menos mal que ya había roto con Quisco. Ahora las cosas estaban al menos donde debían estar. Mafiosos. ¿Quizá sabía algo Mario y nunca le había dicho nada? No, imposible, aunque…

—En este tercer mes vamos a hacerte un nuevo análisis para descartar posibles problemas en el feto, y a la más mínima sospecha, haremos más pruebas.

—¿Qué significa más pruebas, Tana? ¿Lo de la amniocentesis? He oído muchas cosas sobre esa prueba, no me gustaría…

—Muchas de las cosas que has oído son leyendas urbanas. A la gente le encanta contar cuentos de terror acerca de médicos y quirófanos. Es cierto que es molesta y tiene algún riesgo, pero es mucho menor del que correremos si el feto tiene algún problema y no lo sabemos. Además, ese será el tema del mes que viene. Por ahora, tranquila. Te vendrá bien empezar ya la suplementación con hierro. Tómate una de estas cápsulas, mejor con un zumo de naranja, dos horas después del desayuno. Ya lo toleras mejor, ¿verdad?

—Sí, ya no vomito, sigo con muchas náuseas pero al menos retengo la comida. En realidad el problema son más los nervios, pero lo intento controlar.

—Eso sí me preocupa, Elena, estás en un momento delicado y lo que tienes que hacer es pensar en ti y en tu proceso de gestación. El hierro además puede aumentar la sensación de náusea. No necesitas los nervios para nada.

—Ya, ya lo sé, intentaré controlarlo. Créeme, Tana, nunca nada en mi vida me ha importado tanto como salir adelante con esto.

La primera semana de agosto en Madrid suele ser calurosa. Pero aquel agosto de 1995 era realmente asfixiante. Una ola de calor azotaba la península, y Madrid se había convertido en un horno donde el asfalto, las paredes de los edificios y el escaso cielo que se divisaba desde la *city* ardían, literalmente. Aún faltaban unos días para que Elena y Mario se fueran a pasar dos semanas en el precioso chalet junto al faro de Cabo de Palos que alquilaban cada año, las dos últimas de agosto, desde que lo descubrieron en su primer verano de casados. «De este año no pasa que le pregunte a doña Marina si nos lo vendería. Aunque ella sabe que nos lo tiene que reservar cada año, cualquier día llega alguien y se nos adelanta. Doña Marina ya es mayor, y sus hijas no tienen dinero suficiente como para mantener esa casa, aislada en pleno acantilado, azotada por los cuatro vientos. La casa sufre demasiada humedad durante todo el año. Hay que pintar cada primavera, cuidar el pequeño jardín, lijar y pintar la valla de madera, dejar todo para el invierno muy bien protegido de las mareas y las tormentas... Pero yo soy feliz allí. En ningún lugar del mundo he encontrado una casa más bonita ni mejor situada para mi gusto. Es la casa de mis sueños. Diga Mario lo que diga, este año le pregunto. Sin falta». Pensando en su casa de verano Elena se acercaba sin darse cuenta al cruce de la calle Mateo Inurria con la Castellana cuando un claxon le hizo dar un salto hacia atrás. Una furgoneta blanca se abalanzaba sobre ella y había estado a punto de atropellarla. Como a cámara lenta Elena se apoyó en el semáforo, intentando no perder el equilibrio, mientras miraba al chino que conducía la furgoneta que clavaba en ella dos ojitos pequeños y malvados, como queriendo hacerle daño con su mirada, ya que con la maniobra del coche de delante, que frenó al darse cuenta de sus movimientos, no había podido hacerle daño de verdad.

El señor del Clio rojo paró junto al semáforo y salió del coche, dispuesto a ayudar a Elena.

—Lo he visto todo, señorita. Ahora mismo llamo a un municipal y lo denunciamos, yo soy testigo de cómo ese hombre de la furgoneta pegó un volantazo y aceleró justo al acercarse a donde usted estaba empezando a cruzar. Cualquiera hubiera dicho que iba borracho, fumado o yo qué sé. Pero, desde luego, si yo no freno se le echa a usted encima. ¡Menudo *pirao!*

—Gracias, de verdad, no me había dado cuenta de que venía...

—Siéntese usted un momento en este banco, señorita, que se ha quedado usted blanca. Y no es para menos, vaya susto. Yo estoy también que me tiemblan las manos. Si usted quiere, ahora mismito busco a un municipal. Vamos, qué se creerán estos extranjeros, que aquí conducimos como en sus países. Pues no, que aquí hay reglas. Yo no soy racista, para nada, pero vamos que ve uno cada cosa...

—No se preocupe, amigo, ya me ocupo yo de la señorita. Soy familiar suyo.

Elena miró al hombre que acababa de hablar, sorprendida, y se encontró con unos ojos grises que le hacían una muda advertencia. En un instante recordó lo del ángel de la guarda que le había dicho la inspectora Gadget.

—Sí, sí, gracias, no va a ser necesario, si no ha pasado nada... Hola, primo, qué casualidad, mira lo que acaba de pasarme y apareces por arte de magia.

—Muy bien, pues me voy entonces. Pero le dejo mi tarjeta, que si usted quiere denunciar a ese fumanchú o lo que sea, yo testifico. Cuente conmigo.

—¿Está usted bien, Elena?

—Creo..., ¿es usted mi ángel de la guarda?

Aquel hombre alto y fuerte, de mediana edad, vestido con polo, bermuda y náuticos como si estuviera dando un tranquilo paseo en vacaciones le inspiraba confianza.

—Si quiere llamarme así, está bien. Me gusta. Llevo ya varios días con usted. Debía haberme dado cuenta del movimiento de la furgoneta, lo siento, pero en ese momento la veía a usted tan relajada al salir de la consulta de López Pinto que me he relajado yo también. Es imperdonable, se lo comunicaré a mis superiores para que descuenten de su factura la tarifa correspondiente al día de hoy, es lo menos que puedo hacer para que me perdone usted este despiste. Además, ese chino lleva varios días rondando a su alrededor, doña Elena. Esto está tomando un cariz peligroso. Ya lo he neutralizado en un par de ocasiones, aunque no sabía exactamente qué se proponía. Pero lo de ahora han sido palabras mayores. Podría haberla atropellado.

—Pero usted… ¿cómo lo hace? No me he dado cuenta.

—Bueno, Elena, es mi trabajo, que no se dé cuenta usted ni nadie. Tengo que irme. No vaya a haber algún cómplice del chino por aquí y vea que esta conversación es algo más que casual. Ahora que hemos entrado en contacto tendrán que relevarme otros compañeros.

—No, por favor, me da usted confianza. Le prometo que no le voy a buscar, pero me siento segura sabiendo que está usted cerca. No diga nada en la agencia, será un secreto, ¿de acuerdo?

—Está bien, pero tengo que informar del episodio. Mañana recibirá por *e-mail* un informe detallado de los datos que tenemos hasta ahora sobre este asunto y la decisión que tomemos en la agencia. Comprenda que si me relevan no es nada personal, es por seguridad.

—Le agradezco su preocupación… ¿Cómo se llama?

—No se lo puedo decir, Elena. Ángel está bien. —Sonrió—. Adiós.

De: Ele3@euronet.es
Para: Ele1@euronet.es
Cc: Ele2@euronet.es
Asunto: Informe nº 1. CONFIDENCIAL

Viernes, 4 de agosto de 1995

Tras formalizar en esta agencia el contrato nº 335-D del año 1995, cuyos datos omitimos por razones obvias, y a cuya parte contratante nos referiremos de ahora en adelante como SUJETO *335, la agencia puso en funcionamiento un equipo de investigación que, en este momento, y por las características concretas del caso, consta de dos efectivos, a saber: un agente activo, dedicado a seguir y proteger, en su caso, al* SUJETO *335, y otro agente pasivo, dedicado a averiguar los detalles que el* SUJETO *335 puso en nuestro conocimiento.*

Por parte del agente activo, en cinco días de seguimiento efectivo se han detectado tres movimientos sospechosos. Dos en grado de tentativa, neutralizados por nuestro agente, y uno en grado de intento real de homicidio, neutralizado por un testigo espontáneo, que no tuvo consecuencias oficiales, al no ser testigos directos ni ser solicitada la presencia de las Fuerzas y Cuerpos de Seguridad del Estado. Los tres episodios tuvieron como objetivo al SUJETO *335, y fueron perpetrados por individuos de raza asiática, presumiblemente china en los tres casos. En dos de ellos, al parecer, por un mismo individuo, lo que hace pensar en una organización de esta nacionalidad implicada en los hechos que se refieren.*

Como hipótesis preliminar, y a falta de ulteriores comprobaciones, podemos inferir que el SUJETO *335 se encuentra actualmente en el punto de mira de una organización, presumiblemente con objetivos y métodos criminales, que conoce a la perfección, bien por sus propias investigaciones, o bien por informaciones de terceros, los movimientos diarios del* SUJETO *335; sus costumbres, horarios habituales y otras circunstancias de su vida privada y profesional.*

Por otra parte, nuestro agente pasivo, puesto tras las pistas de diversos personajes por parte del SUJETO *335, ha podido constatar algunos hechos que vienen a corroborar las sospechas e hipótesis anteriores.*

**Presencia en la empresa donde trabaja el* SUJETO *335 de varios individuos, todos ellos relacionados entre sí. De alguna manera que aún desconocemos, colaboran con los directivos de esta empresa, a la que desde este momento nos referiremos como la* FIRMA X.

**En primer lugar, nos referiremos a una mujer, conocida en los círculos sociales españoles como Mamma Ari, que ha resultado ser la ciudadana israelí, nacida en Tel Aviv, Ariana Peres Mehen. Esta mujer, cuya vida anterior y formación nos está resultando muy difícil desentrañar, parece ser una antigua profesora de Economía en la afamada Universidad de Tel Aviv, donde también su padre llegó a ocupar durante una década el puesto equivalente al de rector. Mediana edad, aunque desconocemos su edad concreta. Esta mujer está muy bien relacionada con personas de la alta sociedad aristocrática y financiera. En conversaciones intervenidas por nuestro* *servicio de información, hemos comprobado que mantiene una actitud siempre precavida por teléfono, evitando hablar de nombres de personas con las que se relaciona. Pero hemos constatado, sin lugar a dudas, que estas personas se ponen en contacto con ella por recomendación de unos a otros. Y que ella es la encargada de proporcionar a estos personajes (un afamado exbanquero entre ellos) grandes cantidades de dinero en efectivo, en billetes pequeños, presumiblemente dinero negro proveniente de la economía sumergida que mantienen determinados empresarios de origen chino en nuestro país.*

**Mamma Ari suele ir acompañada por su asistente personal, una mujer de origen catalán, Anna Quadra Mato, conocida por ser agente artística y administradora de su hermano, el conocido actor porno Juanjo XXX. Actualmente los dos hermanos son dueños al 50 por ciento de una productora de películas pornográficas, que a su vez gestiona una agencia de modelos y actrices porno, QuadraXXX. Esta actividad Anna-V, como es conocida en este ambiente, la compagina además con la de asistente de la ya citada Mamma Ari, de la que desconocemos si juega a su vez algún papel en la productora QuadraXXX. Por algunas de sus actitudes, los investigadores de esta agencia sospechan que puede haber algo más que una simple relación laboral entre estas dos mujeres, por lo que señalan este detalle de su vida privada como una posible debilidad sobre la que indagar si es necesario conseguir otro tipo de pruebas posteriores, o así lo solicita el* SUJETO *335.*

**El tercer sujeto de investigación y posible conexión con la organización que ha atentado en diversas ocasiones contra nuestro cliente,* SUJETO *335, es un comerciante chino, Xu-Hao San, dueño de bazares comúnmente conocidos como de «Todo a 100». Procedente de una familia de inmigrantes originarios de la ciudad de Qingtian —de donde también procede la mayor parte los inmigrantes chinos que tienen como destino nuestro país—, Xu-Hao San es uno de los empresarios que han ido asentando sus empresas de distribución comercial en el polígono de Cobo Calleja, en la localidad de Fuenlabrada, cercana a Madrid. Una zona donde en los últimos años se concentran cientos de empresas chinas de venta de artículos al por mayor. A su vez, este ciudadano al que creemos nacionalizado español y asentado en Madrid desde 1990, acaba de comprar unos terrenos en la exclusiva zona de Somosaguas, donde se rumorea que planea construir una magnífica mansión para vivir con toda su familia. Otra de sus actividades legales es una agencia de viajes dedicada a promover el creciente turismo entre China y España, lo que le proporciona contactos al más alto nivel en las sociedades española y china. Como ejemplo, el viaje que organizó para un importante club de fútbol nacional el pasado verano. Una gira de partidos amistosos y con tinte cultural de más de un mes de duración por todo el país asiático, durante la cual incluso tuvo la oportunidad de organizar una recepción oficial con el club deportivo y varios dirigentes políticos e institucionales del más alto nivel, en la que fueron recibidos por el anciano presidente de la República Popular China, que se* *encuentra prácticamente retirado de la vida pública, aquejado por la enfermedad de Parkinson. Un sujeto cuya posible actividad en negocios opacos, presumiblemente delictivos, y su potencial peligrosidad habrá que valorar de cara a futuras investigaciones.*

Elena no daba crédito. Fascinada por lo que estaba leyendo, que más le parecía el guion de una película de género negro que un relato que tuviera algo que ver con su propia vida, no se daba cuenta de que su flamante móvil sonaba insistente y escandalosamente en el fondo del bolso, donde lo había desterrado por ser demasiado aparatoso para llevarlo en un bolsillo, por amplia que fuera su ropa de aún-no-tan-embarazada.

—Superagente 335 al habla. Ay, perdona, ya sé que no es para bromas. Pero es que estoy leyendo esto y no salgo de mi asombro, Ernesto. Ay, perdona, que no puedo decir tu nombre, no sé si me voy a acostumbrar. Ya, más me vale. Pues eso, que… ¿no has pensado en la posibilidad de que esta gente se invente toda esta película para justificar el pastón que me están cobrando? Bueno, sí, lo del otro día fue real. Pero pudo ser una casualidad… Vale, me lo tomo en serio, si yo misma me asusté de cómo me miró el conductor chino. Pero luego ya me fui tranquilizando, y la verdad es que así escrito todo esto suena a cuento chino. ¡Que no, que no era broma esta vez! Estás un poco susceptible. Ya, si yo también estoy alarmada. Bueno, no te preocupes, que el 11 nos vamos a la playa, y este año como cae en jueves el día 31 nos quedamos hasta el 3 de septiembre, tres semanitas enteras. Para cuando volvamos ya veremos qué hacemos, ¿no? Ok, entendido, estaré pendiente de que el móvil no se me quede sin batería, me apañaré para mirar el correo *top secret* cada dos días, y aprovecharé para contarle a M todo este embrollo. *Bye.*

—Lola, ¿te pillo bien? No, que te llamo porque el próximo viernes nos vamos Mario y yo a la playa. Sí, es que no veo la hora de meter la maleta en el coche. Pues que digo que, como vamos a estar hasta el 3 de septiembre, a ver si Ernesto y tú os animáis y os venís unos días con nosotros. Mamá va a venir creo el fin de semana del 26, pero ya la conoces, no aguanta muchos días fuera de su casa. ¡Claro!, pensadlo y me dices, anda, a ver si pasamos unos días juntas, hija, que si yo no te llamo tú no me haces ni caso, mujer.

CUARTA LUNA

El lunes 21 de agosto Elena y Mario habían pasado ya una fantástica semana de paseos por la playa de Levante, de buceo en las Islas Hormigas mientras ella esperaba tomando el sol en la zódiac a su marido y a los demás socios del club de buceo, y cenitas en el puerto de Cabo de Palos. Un delicioso puerto pesquero blanco, con solo cinco pantalanes y rodeado de restaurantes de estilo marinero. Elena estaba muy tranquila, hasta el punto de que todo lo que había sucedido en las últimas semanas le parecía un mal sueño, producto de su imaginación y de algunas exageraciones que su embarazo quizá había llevado al límite de lo razonable. Tras una semana de paz, en la que habían reencontrado el tiempo para el amor y el sexo del que tanto se habían olvidado en los últimos tiempos, no tenía ninguna gana de contarle a Mario una delirante película de chinos. No valía la pena el enfado que él, con toda seguridad, se pillaría pensando que ella había hecho todas esas cosas sin contar con él. Especialmente lo de la agencia de la inspectora Gadget y el pastón que le estaba costando. Upsssss.

Elena iba dando vueltas al nombre de su niña mientras paseaban, el sábado después de cenar, por las pequeñas calles que subían al faro entre terrazas llenas de luces y de gente. María o Elena, demasiado obvio. Julia, un nombre que siempre le había gustado. Paloma o Almudena, los nombres típicos de la ciudad donde iba a nacer. Esperanza, un nombre murciano, el lugar donde ella ahora mismo se sentía tan feliz. Lola, como su madre y su hermana. No, un momento, ¿esa no era Patri, la secretaria de Quisco? «Imposible. Sí, qué casualidad, sí que es ella..., ¡y Jaime!, el hombre de camisa azul que está sentado de espaldas... ¡Y tienen las manos cogidas por encima de la mesa! Pero qué es esto». Elena se volvió bruscamente, intentando que no la vieran, y aceleró el paso, con Mario y su madre girando a su vez, andando distraídos detrás de ella, enfrascados en la conversación sobre los nombres del bebé: «Marito, por supuesto, suegra, y no es negociable».

—Hola, María, buenos días, ¿cómo te van las vacaciones? ¿Pensando en quedarte a vivir en la playa vendiendo helados a los turistas? Jajaja, claro, yo también pienso todos los veranos un montón de negocios ruinosos que podría montar aquí en Cabo de Palos para quedarme. Pero bueno, la realidad es que en invierno esto está muy solo, nada que ver con el verano, claro. Oye que te llamaba porque sé que te levantas temprano como yo, y es que quería mandarle un regalito a Patri por su cumpleaños, que me he acordado que me dijo que era uno de estos días, y no sé si mandárselo a su dirección de verano. Creo que un día comentando las vacaciones me contó que sus padres tenían una casa en Cabo de Palos, cerca de donde yo suelo ir, por eso me acuerdo… Ah, ¿que no está de vacaciones? Vaya, pues se lo mando a la ofi, creía que cerraban las dos últimas de agosto, siempre lo han hecho… ¿A la otra? Claro, a… Publimas, sí, claro. Ok, pues gracias, no le digas nada que quiero que sea sorpresa. Bueno, cuando sea tu cumple ya no te va a sorprender… Sí, hija, es que esto de estar embarazada te une mucho con las otras mujeres, y Patri se portó muy bien. Me regaló unos patucos azules y otros rosa cuando se enteró, qué mona. Bueno, un beso, nos vemos en septiembre, querida. Disfruta con tu chico, dale un beso de mi parte, ¿eh?

«Ay, ay, ay, Publimas, qué es esto, Publimas. Y estaba anoche aquí cenando… y lo que sea, por su cumpleaños, ¡con Jaime!».

—Mario, despierta, un segundo solo, si yo sé el nombre de una empresa, ¿cómo puedo enterarme de quién es el dueño?

—Hija, yo qué sé, pues vas al registro mercantil, ¿no?

—Ah, claro, el registro mercantil. Oye, ¿y tú crees que en Internet podré encontrar algo? Porque tengo el código de acceso de DBCO pero cuando he pedido algo ha sido siempre por teléfono y un domingo de agosto…

—Joder, qué neura te ha dado ahora con Internet y con la madre que lo parió. ¡Yo qué sé! Vete al ciber que hay en el pueblo al lado del supermercado grande, que estará abierto y lleno de adolescentes tan plastas como tú, aunque sea agosto, y de paso me dejas en paz. ¡Y coge el coche, ni se te ocurra bajar en bici sola!

—Venga voy. Y cuando vuelva si quieres vamos al Calblanque, dejamos el coche arriba y damos un paseo largo. ¿Quieres que ventile? Porque aquí dentro hace un calor… Te vas a cocer en tu propio jugo, qué manía de cerrar la ventana. Si no entran bichos, eso es una neura tuya, hombre.

—¡Que no abras, que me dejes dormir, pesada!

> El Registro Mercantil Central es una institución oficial de publicidad que permite el acceso a la información mercantil suministrada por los Registros Mercantiles Provinciales desde el 1 de enero de 1990, una vez que los datos son ordenados y tratados de acuerdo con el artículo 379 del vigente Reglamento del Registro Mercantil.

«Perfecto, a ver si por aquí consigo enterarme de algo, esto de Internet es un invento, ¿cómo lo hacíamos todo antes?».

—¿Hola? Sí, soy yo, hablo bajito porque estoy en un bar de esos con Internet, ¿vais a venir Lola y tú antes de que acabe agosto? ¿No? Pues entonces tengo algo que contarte, muy importante. Ok, te lo escribo por *e-mail*... y pongo en copia a... Venga, lo hago así. Yo creo que es muy importante, sí. *Bye*, nos vemos en Madrid.

De: Ele1@euronet.es
Para: Ele2@euronet.es
Cc: Ele3@euronet.es
Asunto: Una pista a seguir

¡Me va a dar algo! Voy por partes. Estoy de vacaciones en Cabo de Palos, provincia de Murcia. Anoche, sábado 26 de agosto, vi casualmente cenando en una terraza del pueblo, Cabo de Palos, a la secretaria de Francisco Estévez, presidente de mi empresa, con Jaime Planas, director de la división de Publicidad y RRPP de DBCO España. Estaban en actitud cariñosa. Estoy segura de que eran ellos dos, y estaban solos, segurísima. Además ella es soltera, y sus padres tienen una casa aquí. No está morena, aunque es mona, pero vamos, parecía tísica, tan blancucha y con esa melena rubio pollito... En invierno es otra cosa, pero ahora... Él sí, morenísimo, es muy presumido. Nunca he notado dentro de la empresa ningún tipo de complicidad entre ellos. Ella se llama Patricia López Juárez. Comprobado en el organigrama de mi empresa. Es importante este dato, porque con una excusa tonta llamé a mi propia secretaria, María, en cuya discreción y ho-

nestidad confío absolutamente (todo lo absolutamente que ahora mismo puedo confiar en alguien, Ernesto, que ya me estoy cayendo del guindo y no le he contado nada, desde luego, NO CREO QUE SOSPECHE NADA RARO, TODO EL MUNDO SABE QUE SOY MEDIO BOBA, AL PARECER). Bueno, llamé a Mary y le pregunté por Patricia, me dijo que no estaba de vacaciones (por eso no está morenita, claro) pero que no estaba en DBCO, que cierra la segunda quincena de agosto, sino en «la otra ofi», me dijo como si yo la conociera de sobra. Me quedé helada, Publimas, me dijo. Entré en la página web que desde hace algún tiempo tiene el Registro Mercantil y hay un apartado en el que pagando una pequeña tasa te dan un código y puedes acceder a información básica —pero suficiente— sobre la empresa que quieras, bueno, yo tengo acceso con el código de DBCO y he visto que existe una empresa llamada PubliMas, cuyo administrador único, no te lo pierdas, es don Jaime Planas Royo (es el mío, es este mismo Jaime) y cuya apoderada es, TACHÁN, doña Patricia López Juárez. No sale más staff ni organigrama ni nada. Se constituyó en octubre de 1992, va a hacer tres años, por lo visto. Y su objeto social es, copio más o menos literal: «La explotación publicitaria de emisoras de radio, televisión y publicaciones en papel de toda índole, la producción y comercialización de programas de radio y televisión, así como la edición y comercialización de todo tipo de medios de comunicación escritos y productos editoriales». PUES YA ME DIRÁS ESTO QUÉ ES. En dos años partiendo de un capital inicial de cincuenta mil pesetas han movido más de cien millones, por lo que he podido ver aquí, que supongo que será información incompleta, vamos, estoy segura de que no es información completa. Pero no editan nada —ni aparece por ninguna parte, que yo sepa— ni tienen actividades periodísticas o publicitarias, QUE ES LO QUE SE SUPONE QUE TIENEN QUE TENER, QUÉ LÍO. Y tiene un patrimonio inmobiliario de más de doscientos millones porque la sede de la empresa, que es una dirección de Somosaguas, está valorada en ese pastón. ¡AY, CUÑADITO, YA ME DIRÁS ESTO QUÉ ES, PORQUE LO QUE PARECE ES UN LÍO MUY GORDO! Y a ver qué pinto yo en medio, es que alucino, qué está pasando con mi vida. Bueno, ya hablaremos, el lunes 4 de septiembre volveremos a la cruda realidad. Besos desde el maravilloso acantilado del faro de Cabo de Palos.

Elena

P.D. Y un abrazo para Ele3, quien quiera que sea :-)

—¿Mario? Sí, yo estoy, me pongo las zapas de andar y nos vamos. Venga, mamá, date prisa que nos vamos al Calblanque y luego a la vuelta paramos en el puerto a comernos un caldero a La Tana, que para eso es domingo. Te vienes, ¿no?

—Venga, sí, hija, ya voy. Vaya prisas. Pero si ahora nos vamos, luego por la tarde me tienes que ayudar a hacer la maleta, que en realidad no sé ni para qué la deshice. Total, si aquí con un bañador y un pareo…

—Claro, mami, luego la hacemos entre las dos. Si no es nada, mujer, total… para cuatro días te has traído todo el armario, pero nada. Ya podrías quedarte un mes entero, seguro que doña Marina estará encantada de alquilarte septiembre. Venga, que Mario ya ha arrancado el coche y no le gusta esperar.

De vuelta a su despacho en la planta 40 de la Torre Picasso, Elena desarrollaba desde las diez en punto una actividad compulsiva, ordenando papeles y buscando documentación quizá guardada y olvidada acerca de la empresa. Quería encontrar algún tipo de información confidencial a la que quizá en su momento no hubiera dado la importancia y que ahora sí mereciera la pena. Qué ingenua había sido todo este tiempo. En la bandeja de entrada de su ordenador sonó el aviso de un nuevo mensaje. Era en el correo secreto, así que lo abrió rápida y nerviosa, antes de la reunión de todo el equipo directivo que había convocado Jaime a las once para ponerse al día con el último cuatrimestre del año y definir la estrategia para 1996.

De: Ele3@euronet.es
Para: Ele1@euronet.es
Cc: Ele2@euronet.es
Asunto: Informe nº 2. CONFIDENCIAL

Lunes, 4 de septiembre de 1995

Atendemos a los datos recabados por nuestros efectivos, y los datos que en comunicación fechada el 27 de agosto de 1995 puso a disposición de esta agencia el SUJETO 335, según pro-

pias averiguaciones en el seno de la empresa donde desarrolla su trabajo diario, y supuesto epicentro de la actividad delictiva que se desarrolla a su alrededor. La agencia puso todos los datos en conocimiento de su equipo de investigación para recabar la información que se nos solicitaba, además de reanudar la discreta vigilancia y protección del SUJETO *335.*

Según lo que hemos podido averiguar en relación con la empresa PubliMas, a través de confidencias de nuestros contactos en el Registro Civil, la citada Sociedad Limitada parece ser una empresa fantasma, creada con un capital inicial mínimo de cincuenta mil pesetas, por parte de dos individuos, don Jaime Planas Royo como administrador único, y como apoderada, es decir como cargo de confianza de la Sociedad Limitada, la señorita doña Patricia López Juárez, ambos conocidos y compañeros de trabajo del SUJETO *335. En los prácticamente tres años desde su constitución, la empresa PubliMas no ha registrado actividad laboral alguna, ni ha contratado personal administrativo, técnico ni periodístico de ningún tipo. Tampoco ha dado ningún paso relativo a la adquisición, creación o gestión publicitaria de ningún tipo de empresa radiofónica, televisiva o de cualquier otra índole. No obstante, y según nuestros confidentes dentro de la Policía Nacional, se han detectado algunos movimientos sospechosos de capital por parte de los servicios financieros del grupo especializado en Delincuencia Económica y Fiscal de la Policía Nacional, que se encuentran en este momento investigando el denominado «Asunto Charlin». Un expediente acerca de las actividades de blanqueo de dinero pro-*

cedente de la venta de droga por parte de determinados clanes gallegos. La empresa PubliMas ha sido investigada como presunta parte del sistema de blanqueo de capitales, pero esta línea de investigación se ha desestimado por no ser relevante, y no contar las brigadas de la Policía Nacional con efectivos suficientes para averiguar casos menores que no son objeto de las investigaciones abiertas oficialmente. Sin embargo, y por lo que atañe a la nuestra, sí resulta relevante el hecho de que, en escasamente dos años, una sociedad aparentemente vacía de contenido, con una sede social que no es más que un solar sin edificar sito en la zona residencial de lujo de Somosaguas, en el municipio de Pozuelo de Alarcón, ha movido más de cuatrocientos millones de pesetas en operaciones financieras entre diversas cuentas cifradas en bancos internacionales con sede en distintos paraísos fiscales. Pero siempre con un mismo destinatario: el International Bank of China (IBC), en su sede de Qingtian, ciudad que ya ha sido mencionada más de una vez en el transcurso de esta investigación, por ser la ciudad de origen de la familia de Xu-Hao San, sujeto que forma parte de la investigación que tenemos en curso. A través de algunos contactos internacionales intentaremos comprobar si las cuentas de destino del dinero movido por parte de PubliMas pertenecen a personas físicas o sociedades vinculadas con esta familia o el individuo investigado en cuestión.

Otra coincidencia que tenemos que someter a ulteriores averiguaciones es el hecho de que el citado Xu-Hao San ha comprado recientemente los terrenos de Somosaguas, sede de

PubliMas, por una cantidad declarada de doscientos millones de pesetas, donde al parecer planea construir una gran mansión para toda su familia, según la costumbre china. Consecuentemente, la sede de PubliMas se ha trasladado a las actuales oficinas de DBCO España, sitas en las plantas 39 y 40 de la conocida como Torre Picasso, en la Plaza de Pablo Ruiz Picasso s/n de Madrid. Este cambio de sede, que se ha realizado recientemente, aún no está recogido en la información que el Registro Mercantil Central pone a disposición de la demanda pública a través de su página web.

Como conclusiones provisionales, y a expensas de ulteriores comprobaciones, nos vemos en la obligación de advertir a nuestro cliente que el cariz delictivo de las actividades que está desvelando nuestra investigación hará, en un futuro no muy lejano, necesario poner todos estos detalles en conocimiento de las Fuerzas y Cuerpos de Seguridad del Estado, concretamente en forma de denuncia ante el grupo de Delincuencia Económica y Fiscal de la Policía Nacional. Puesto que, si llegamos a detectar la comisión efectiva de un delito y no se hiciera así, esto podría ser considerado como delito de encubrimiento, recogido en el Capítulo III del Título XX de nuestro Código Penal, que lleva por rúbrica «De los delitos contra la Administración de Justicia», y que comprende los artículos 451 a 454.

Acojonada. Elena estaba de nuevo acojonada con este asunto de verdaderos mafiosos —¿sabría algo Mario de todo esto?—, que empezaba a tomar tintes delictivos y que no podía manejar sola. Y además no terminaba de entender cómo ni por qué ella se había visto envuelta en una serie de casualidades —el encuentro con Quisco en París, la conversación de la Casa del Libro, la noche de Cabo de Palos...— en una historia que no iba, definitivamente, con ella... O quizá sí, pensó con un escalofrío al venirle a la mente la garra del mendigo de la Plaza de Cataluña aprisionando su brazo. Tras la aparente tranquilidad de las vacaciones la realidad volvía en toda su crudeza, y no mostraba precisamente una cara amable. Miró el reloj y al ver que eran ya las once y cuarto y nadie la había llamado para la reunión cogió su agenda y salió corriendo por el pasillo eternamente azul hacia la sala grande, donde aún estaba la puerta abierta. Los socios y directivos, morenitos y relajados, estaban saludándose un poco demasiado efusivos, rivalizando entre ellos a costa de los viajes y lujos de las vacaciones. «Uf, encima de mafiosos, una panda de gilipollas fanfarrones. A disimular y a sonreír, chiquitina. Aquí estamos nosotras».

—Muy bien, Elena, esto va pero que muy bien. Para dentro de dos semanas... A ver, hoy es viernes 15... Sí, para dentro de unas dos semanas se cumplirá el cuarto mes, las semanas 15 a 18. Y ya podremos decir que ha pasado la primera etapa, la más delicada. Las náuseas han remitido, ¿verdad? No te relajes, de todas formas. Un embarazo es algo siempre delicado. Pero por ahora está resultando un proceso bastante tranquilo.

—Bueno, tranquilo es un decir, porque llevo unos meses de infarto, la verdad.

—Sí, eso es cierto. Aunque médicamente tu proceso de gestación no está presentando grandes problemas, sí que es verdad que no lo estás viviendo con la serenidad con la que yo esperaba que lo hicieras. Me está sorprendiendo, desde luego. Sé que no soy quién para meterme en tu vida, pero sea lo que sea que te tensa tanto, deberías acabar con ello. Al menos hasta que pases el parto y la primera lactancia. Eso es lo ideal. Yo no tengo inconveniente en firmarte una baja laboral, al menos temporalmente. Lo dejo a tu consideración.

—Pues no sé qué decirte salvo gracias, Tana. Últimamente estoy más tranquila. Pero si las cosas vuelven a torcerse no dudes que te pediré esa baja.

—Bueno, a lo que vamos. Ya la tripa es más evidente, y a partir de ahora, esto va para arriba sin remedio, así que haz tus primeras compras, si no las has hecho ya, asegurándote de que todas las prendas sean ajustables, sueltas, cómodas y que te permitan moverte sin molestias. Los tacones, olvidados a partir de ahora, ni para las ocasiones. El centro de gravedad de tu cuerpo se está desplazando y con él la curvatura de la columna vertebral, así que el calzado tiene que ser ancho, cómodo y desde luego flexible y plano, tres centímetros es el máximo que te permito.

—Ok, Tana, sin problema. Te aseguro que no será ningún trauma bajarme de los tacones al menos durante unos meses. Y oye, una pregunta, ¿es normal que sienta molestias en el pecho tan pronto? No solo por el tamaño sino que me lo noto duro, y a veces incluso me duele por la tensión, me pica y lo noto caliente... Una sensación rara...

—Puede ser normal. Es un poco pronto, sí, pero esos cambios en el pecho responden a cambios hormonales que preparan la próxima lactancia. Así que podríamos interpretarlo, aunque no sea algo muy científico, como el anuncio de que vas a ser una buena ama de cría. —La doctora sonreía, cómplice—. Te será útil buscar un sujetador de los que tengas más antiguos y los elásticos ya flojos para dormir con él. Por ahora los cambios fundamentales que puedes notar son una mayor estabilidad emocional, propiciada por los cambios hormonales. La tripa se irá redondeando poco a poco además de crecer, claro. Y comenzarás a aumentar de peso, entre tres y cuatro kilos. Máximo nueve en todo el embarazo, ¿eh? Si para la próxima consulta vemos que te empiezas a disparar de peso, tomaremos medidas dietéticas. Por ahora sigue comiendo sano, no te olvides del suplemento de hierro y pide cita para ecografía, análisis de orina... Aquí tienes las autorizaciones.

—A la orden, mi sargento.

A la salida de la consulta privada de la doctora, en la Plaza de Castilla, Elena decidió aprovechar el solecito de última hora de la tarde para bajar andando hacia su casa, siguiendo la Castellana abajo hacia el Bernabéu, y subir luego por Concha Espina. Sonrió levemente al pasar por el semáforo donde hace algunas semanas estuvo a punto de ser atropellada y le vino en flash, como le sucedía a menudo desde aquel día, la imagen de los cálidos ojos grises de su ángel de la guarda, su sonrisa tranquilizadora, la sensación de confianza que le inspiraba sentirse protegida por alguien como él. «Vamos, angelito —pensó—, un paseo no te va a venir mal a ti tampoco...».

Al llegar a la esquina con Príncipe de Vergara decidió entrar en Yale y comprar unos cruasanes para el desayuno del sábado. Cruzó de acera justo en la Plaza de Cataluña, donde aquella vez la asaltó el mendigo. Con una sensación rara pasaba de largo, cuando un camarero salió a su encuentro desde Las Vidrieras.

—¡Señorita!, perdone un momento. No sé si me recuerda, hace unas semanas tuvo usted un percance con uno de los mendigos de la zona, y yo estaba en la barra cuando entró en la cafetería...

—Ah, sí, claro que me acuerdo, muchas gracias de nuevo por su ayuda.

—Pues es que vengo dándole vueltas estos días a aquel suceso, porque no sé si se habrá usted enterado de que el Sócrates murió...

—No, ni idea, ¿estaba enfermo? ¿El alcohol, supongo?

—Verá usted, es algo más complicado, y yo no sé si estoy haciendo lo correcto, pero si usted se llama Elena pues...

—Sí, soy Elena, pero ¿cómo...?

—Entre usted, por favor, que la invito a una coca-cola y le cuento algo que yo creo que es importante.

Elena entró tras el camarero nerviosa, con las piernas súbitamente flojas. No sabía qué pensar. Se acomodó en un taburete de la barra, dispuesta a escuchar lo que fuera, y mirando discretamente a la puerta, por si entraba Ángel o conseguía adivinar su presencia en la puerta. Necesitaba esa seguridad.

—Pues mire usted, no hace ni tres días que ocurrió todo, el pobre Sócrates todavía estará caliente en su tumba. Lo encontraron el miércoles por la mañana los barrenderos, aquí mismo en el Parque de Berlín, donde él solía parar, escondido entre unos arbustos. Bueno, lo que quedaba de él, porque le faltaban la lengua, las manos y los pies. Y no los han encontrado. Una desgracia, señora.

—Eso es horrible, pero ¿no ha venido en los periódicos ni nada? Yo vivo un poco más arriba en el barrio, y no me he enterado… Un crimen de ese calibre se comenta…

—Pues sí, señora, ha sido muy comentado, sobre todo entre los comercios de por aquí, que lo conocíamos todos. Yo mismo tengo guardados algunos periódicos de ayer con la noticia, pero lo que yo quería contarle no viene en los periódicos. Lo sé por los comisarios de la policía cuando vinieron a interrogarme, han hablado con todos los que nos movemos por la zona. Por lo visto, las mutilaciones que le hicieron al Sócrates, algunas de ellas parece ser que en vida…

—Ay, no me diga usted, me está entrando el pánico.

—Pues más que le va a entrar. Esas mutilaciones me dijeron que las hacen los de la mafia para castigar a quien se va de la lengua o se pasa de listo, como castigo. Y como aviso a los que están en su mismo ajo.

—¡La mafia! Pero qué mafia, ¡que esto es Madrid!

—Bueno, señora, pues parece ser que las mafias están por todas partes, aunque no las veamos. Los españoles, los rusos, los colombianos, los mejicanos, los italianos, los chinos... Me dijeron los maderos que por lo menos hay en España setecientos grupos de todos los colores, africanos y todo, cada uno con su especialidad. Pero todos criminales de tomo y lomo. Pero a lo que voy, señora, que el Sócrates últimamente estaba muy eufórico, manejaba dinero. Y se emborrachaba con whisky del bueno, nada de Don Simón ni de tetrabrik. Y cuando se emborrachaba, se le aflojaba la lengua y contaba que ya mismo volvería a ser rico, y que iba a vivir en La Moraleja, y que una pija del barrio de Hispanoamérica, Elena, era su seguro de vida. Y yo me acordé entonces de aquella tarde, cuando pasó lo suyo, y no dejaba de darle vueltas... y si usted se llama Elena, pues qué quiere que le diga, señora...

—Pues sí, hombre, sí que ha conseguido usted asustarme. Y bien, además. No entiendo qué puedo tener yo que ver con el Sócrates este, ni con los rusos o los chinos o los colombianos. Y yo no soy rica, no puedo ser el seguro de vida de nadie... Habrá otra explicación, no entiendo cómo...

—Bueno, doña Elena, si me permite llamarla por su nombre, yo solo quería contárselo. Me acordaba de su cara pero no sabía cómo podría localizarla, como usted no es asidua de por aquí, por eso al verla pasar..., usted perdone si la he molestado. Yo a los maderos les conté todo esto pero claro, yo a usted ni idea de cómo avisarle... Aquí mismo en Chamartín, en la comisaría de Pío XII, puede usted ir a enterarse mejor, que yo soy un ignorante. Perdóneme si la he asustado, pero no paro de darle vueltas y no me quedo tranquilo...

—Bueno, muchas gracias por el aviso. Desde luego que intentaré enterarme de más, por si soy yo esa tal Elena, ¿me dice que avisó a la policía de lo que me pasó?

—Sí, yo le conté a la policía el suceso, pero claro, Elenas en el barrio de Hispanoamérica habrá mil. Y yo ni siquiera estaba seguro de si usted era Elena, claro. No creo que sean capaces de encontrarla a usted, será mejor que vaya y se persone allí, en Pío XII, ya le digo.

Elena salió de la cafetería al borde de las lágrimas, y al borde del infarto. Miró desesperadamente a su alrededor, buscando unos ojos amigos entre los clientes que estaban sentados en la terraza de la puerta..., los paseantes..., y los encontró. Pero no en un atractivo señor de mediana edad, sino en un hombre anodino, de cabello gris, barrigón, vestido con el uniforme azul y rojo de repartidor de Seur, que se acercó a ella mirándola fijamente. Inconfundible su mirada.

—¿Necesita usted ayuda, señora?

—Ángel, menos mal que está usted aquí, ¡me voy a desmayar del miedo!

—Siga andando, tranquila, que yo voy detrás de usted. Ahora mismo la llamo a su móvil y me cuenta todo lo que ha pasado. Pero por favor, sonría, como si estuviera hablando con su mejor amiga.

QUINTA LUNA

—Mire, su bebé ya tiene una forma reconocible, ya es un hombrecito. O una mujercita, a ver si hay suerte y lo podemos ver. ¿O prefiere usted no saberlo?

—Sí, por favor, estoy deseando saber si es niño o niña.

—Bueno, a ver si tenemos suerte, no siempre se aprecia.

Mientras la técnica del ecógrafo iba deslizando el aparato de mano sobre la tripa resbaladiza de Elena, ella se iba sintiendo más y más relajada. Y las lágrimas de emoción subían a sus ojos y llenaban su garganta, aunque no quería llorar ni parecer una blandengue. Pero no podía evitarlo. Las semanas de tensión, los sustos, los problemas de trabajo, la falta de comunicación con Mario... Todo se iba convirtiendo en lágrimas, y salían de sus ojos despacito, mientras distinguía la cabecita, el cuerpo, las manitas de su hija. Lo único real. Lo único que merecía la pena. «Tú, vida mía. Lo único».

—Mire, Elena, su hijo ahora mismo pesará entre cien y doscientos gramos. Como está usted en el cuarto mes, medirá aproximadamente unos catorce centímetros, desde la coronilla hasta el final de la espalda, la rabadilla. Mire cómo la cabeza ya no es tan exageradamente grande como en la ecografía anterior, se va proporcionando el tamaño con el resto del cuerpecito. Su esqueleto empieza a endurecerse y, como todavía es pequeñín y tiene suficiente espacio, se mueve con bastante libertad dentro del líquido amniótico. A mí siempre me recuerda a las imágenes de los astronautas flotando en el espacio, unidos por el cordón umbilical a la nave nodriza...

Elena era incapaz de hablar. Estaba viviendo intensamente este primer momento con su hija. ¿O hijo? Miró a la enfermera, y ella entendió rápidamente su curiosidad.

—Bueno, por aquí no aparece ningún pene, ni siquiera en miniatura. Si bien es verdad que puede estar tras el pliegecito de la pierna y no podamos apreciarlo, no sería la primera vez que esperamos una niña y nace todo un señor con barba. Pero me atrevería a decir que sí, que es una señorita. Y muy guapa, ¿verdad?

—La más bonita del mundo, desde luego. —Sonrió Elena, ya llorando sin recato, y riendo a la vez.

—No se preocupe, es muy frecuente que las mujeres se emocionen cuando ven a su hijo tan «de verdad». Y porque viene usted sola, que he visto a cada hombretón soltando el grifo... Para ellos es más emocionante si cabe. Nosotras lo sentimos físicamente pero para ellos, de pronto, ver una personita es muy emocionante. En la próxima ecografía, si viene usted con el padre ya no se verá tan bien, porque habrá crecido y solo lo podremos ver por partes.

—Él está muy ocupado, no puede estar pendiente de pruebas, revisiones y ecografías. Con que encuentre un hueco en su agenda el día del parto ya me tendré que dar por satisfecha...

—Bueno, pues él se lo pierde, señora. Esto va muy, pero que muy bien. Usted a partir de ahora procure hablarle bajito, pero con voz audible. Su bebé ya distingue los sonidos y el de su voz es el más importante para él, bueno para ella, a nivel emocional. Hay quien les pone música suave. Y en algunos centros de preparación al parto venden unas cintas con sonidos grabados que se supone que estimulan su inteligencia. En fin, todo eso está aún por demostrar, pero es verdad que los sonidos fuertes, las luces altas... molestan a los bebés, y los suaves los estimulan y los relajan. Aún es pequeñita y tiene sitio para moverse sin rozar las paredes del útero, pero en unas dos semanas puede que empiece usted a notar los primeros movimientos fetales. Por si las moscas, prepare usted varios paquetes de kleenex, porque si se emociona de esta manera con una simple ecografía, no quiero ni pensar lo que va a llorar usted cuando sienta que se mueve...

La agradable y simpática cháchara de la enfermera mientras le limpiaba el gel conductor de la tripa con un papel, apuntaba el registro de la consulta e indicaba a Elena con gestos que se incorporase suplía el silencio de ella que, ya más tranquila, observaba incrédula una especie de fotografía que la técnica le había tendido con una sonrisa. Solo se apreciaban sombras y claros, pero podía distinguir la cabecita redonda, la espalda encorvada, incluso las manitas de su hija.

Cuando llegó a casa, Mario estaba en la ducha, algo extraño un viernes a las siete de la tarde. Pero se alegró, porque así podría mostrarle la foto que traía bien guardadita en el bolsillo interior de la chaqueta. Entró en el baño y la pegó al cristal, limpiando con la manga el vaho de la mampara de la ducha.

—¡Mira, Mario, la ecografía! Me la han hecho esta mañana. Es nuestra niña, mira qué bonita.

Mario echó un vistazo al papel fotográfico que Elena le tendía, mientras salía de la ducha y se enrollaba una toalla a la cintura.

—Pero aquí no veo nada, qué es esto, yo no veo ninguna niña, Nena.

—Cómo que no, mira, la cabecita, las manitas... Estos son los pies, seguro. —De pronto se sentía como una boba, mirando cuatro manchurrones en un papel.

—Te lo inventas todo, Nena. Es que eres de lo más fantasiosa. Esto solo son manchas. El médico te dirá lo que quiera, pero aquí lo que se ven son manchas y rayas, vaya tela. ¿Qué tal por lo demás? ¿Todo bien?

—Pues... sí, todo bien. ¿Y tú? ¿Qué haces aquí tan temprano?

—Nada, que he venido a ducharme y ponerme el traje negro. Tengo una cena esta noche con los de las otras teles. A ver si de una vez conseguimos fundar algo, hacer unos estatutos, organizarnos... Yo creo que va para largo, porque ponernos de acuerdo va a ser complicado. Pero si para el año que viene somos capaces de fundar una asociación profesional de televisión o incluso una academia de televisión, ya me doy por contento...

—Ah, vale, ¿y para comer con cuatro colegas te pones Carolina Herrera?

—Mujer, no seas tacaña, que ya sé que no son celos, sino que no quieres que se me gaste para robármela tú.

—Me has pillado, *bang bang, my baby shot me down...*

—Hala, peliculera, adiós, que llego tarde, vamos al Zalacaín.

—Pues dicen que está últimamente de capa caída...

—De capa caída y lo que tú quieras, pero las estrellas Michelin no sé yo que las regalen, que hay cada esnob por ahí que vaya... Si le quitan las tres estrellas a Zalacaín, ya me dirás a quién se las iban a dar en todo Madrid. Pasarían años, seguro.

—Hala, adiós.

Elena se sentía fatal, sentada en su lado de la cama, tan enorme para ella sola. Miraba su ecografía y no veía nada donde antes veía a su niña, tan real como ella misma, tan verdad como su propia vida. Sin darse cuenta se le cayó la ecografía al suelo. Y al mirar debajo de la cama para recuperarla vio un papelito amarillo en el lado de Mario. Lo cogió. Un pósit escrito con letra de mujer: «Don Mario, tiene su reserva para dos confirmada, a las nueve en Viridiana. Me voy ya, no olvide traerme la factura que la paso al adelanto de representación, sin problema. Toni».

¿Qué era esto? Una reserva para dos, y en un restaurante superromántico, no para ocho o diez en el templo de los ejecutivos gourmets. El corazón de Elena se encogió, literalmente, dentro de su pecho. Y su estómago también se hizo un puño. ¿Qué era esto? No quería pensar nada raro pero algo le decía que debía hacerlo. Con las manos de pronto temblorosas levantó el teléfono de su mesilla de noche.

—¿Información? ¿Me podría decir el teléfono del restaurante Viridiana, de Madrid? Sí, en la calle Juan de Mena. Apunto, gracias.

—Buenas noches, perdone, hice una reserva para esta noche a nombre de mi jefe, don Mario Souza, y no recuerdo a qué hora... Para dos, ¿verdad? Ah, que ya le han advertido a Abraham de que es el cumpleaños de la señora... Sí, gracias, un día muy especial... Buenas noches.

¡Que era el cumpleaños de la señora! ¡Que ya tenía Abraham preparado el Château Lafite que le gustaba! Elena se sentía de pronto muy tranquila. Indignada, pero muy tranquila. Mucho más tranquila de lo que nunca podría imaginar. En realidad, muchas veces había imaginado algo así. De hecho, ella tampoco era quién para decir nada, después de lo de Quisco. Pero estando embarazada le parecía una traición mucho más cruel. No era justo. Ahora que iban a tener un hijo. Una familia de verdad. A Elena en realidad no le importaba un rollo ocasional, un viaje, una noche... Al fin y al cabo, Mario era un hombre guapo, muy presumido, y en el *show-business* ya se sabe. Pero una cena de cumpleaños, un vino carísimo y favorito... Eso delataba una relación más seria, más larga. Esto era una traición de las de verdad. Elena estaba decidida a..., ¿a qué? Tenía que ser fría. Pensarlo bien. Arreglar sus cosas, asegurarse su vida antes de liarla parda y decirle: «Ahí te pudras, *pringao*, que mi niña y yo no te necesitamos para nada». Lo primero, tomar las riendas de sus propias finanzas que, por pereza, siempre dejaba en manos de Mario, a excepción del pequeño porcentaje de su herencia que, de acuerdo con él, había guardado solo para ella y que hasta ahora no había tocado y le estaba permitiendo pagar al gadgetoequipo. Sin pensarlo dos veces, sin llorar ni una lágrima, Elena, súbitamente llena de fuerza —una fuerza que le nacía directamente del útero y llenaba sus venas de energía—, se fue para el buró del cuarto de estudio, donde se suponía que iba a dormir la niña cuando naciera. Por el pasillo iba pensando que no había llamado a Lola, su hermana, que también era su cumpleaños, pero desechó la idea. No tenía ánimo en ese momento para disimular. Ya la llamaría mañana. El buró. A ver... Carpetas. Papeles. A ver, más... Préstamo casa. Nóminas Elena. Nóminas Mario. IRPF Elena. IRPF Mario. Banco varios. Compras. Casa Cabo de Palos. Médicos. Otros gastos (la factura del abrigo de visón, hasta eso había guardado). Nada más... a ver... esta carpeta al fondo... no llegaba... Cuando vio dentro de la carpeta ordenadas por fecha todas las cartas que Mario y ella se habían cruzado antes de casarse se desinfló. Era una malpensada. Mario era machista, presumido, egoísta... pero no tan cabronazo como para no quererla. Como para no quererlas a las dos. Un momento, ¿y aquí detrás de los cajones? No llegaban hasta el tope, algo había por detrás. Un sobre grande. No eran cartas. Un último sobre, sin nada escrito, guardaba celosamente un secreto que hizo que Elena perdiera el equilibrio, de cuclillas ante un mar de papeles y carpetas expandidos en el suelo. Se sentó, para estar más cómoda. Ya se le estaban durmiendo las piernas.

Una moleskine negra, de tamaño cuartilla, en la que se recogía algo parecido a una contabilidad. Y las escrituras de constitución de una empresa de la que Elena nunca había oído hablar, «InvestSouza S.L. Cuenta Flamingo. Nº 1934.266-7. Banque Credit Suisse, Ginebra». En la moleskine Mario iba apuntando, desde el 15 de enero de 1995, en varias columnas nombres de personas, cantidades entregadas, cantidades transferidas, comisiones... Códigos swift. Algunos nombres le sonaban. Cuqui López de Soto. Uy. Rosaura Motilla-Rus. Madre mía. Juan Torelló. Y su socio, Martín Deslunes. ¿Este Romariño no es el diputado gallego? Y el del fútbol, y su novia... Personas poderosas, grandes empresarios, bellas amantes de los ricos empresarios, viudas ricas, políticos de uno y otro partido. Otros nombres empezaron a darle miedo. Francisco Estévez. Jaime Planas. Patricia López Juárez... «Dios, qué es esto. Esto qué es...».

Con la moleskine bien apretada en el bolsillo de su chaqueta, Elena cruzó el sábado a las diez en punto hasta la tienda de reprografía que había frente a su casa. Saludó al señor que siempre estaba mascando chicle, desganado e indiferente a todo, y se alegró de que fuera él quien estaba de turno aquel sábado por la mañana, y no la chica joven, mucho más amable y también más curiosa.

—Buenos días, ¿me puede hacer dos fotocopias de cada página de esta libreta, por favor?

—Está bien, señora. Por cierto, ¿no tendrá usted fuego?

—Sí, llevo un mechero en el bolsillo.

—Pues menos mal, al verla embarazada he pensado que no tendría fuego y no puedo salir de aquí, que estoy solo y tengo un mono de fumar, con lo temprano que es... El día que prohíba el ayuntamiento fumar en los locales comerciales como dicen que van a hacer, me muero aquí encerrado.

—Claro. En realidad no fumo, como puede imaginarse. Pero puede quedarse con el mechero, lo llevo desde hace tiempo. Es de mi marido, que cree que lo ha perdido. Desde antes del verano no me había vuelto a poner esta chaqueta.

—Bueno, señora, pues si quiere darse una vueltecita, en media hora le tengo listo el encargo, que esta mañana no hay mucha tarea.

—No, gracias, espero aquí.

Elena tenía miedo de que cotilleara lo que ponía en la libreta si se iba.

—Como quiera.

El hombre se dio la vuelta, y mientras tanto Elena se sentó en un taburete y, en su móvil, marcó el número de la casa de su hermana.

—Lola, hola, hija, que no te llamé ayer, que no encontré el momento... Felicidades, cariño. ¿Qué hiciste, cenar con Erni? Ah, que tuvisteis una de chicas. ¡Y no me avisaste! Que no fue con la Lopy y la panda... ¿Con quién entonces? Bueno, hija, pues si prefieres a tus nuevas amigas del trabajo que a tu panda de marilocas de toda la vida, tú sabrás. Bah, no te preocupes, que yo ayer no tenía el cuerpo para nada, no me encuentro bien, no. Pero bueno, será normal. No me quiero comer el tarro ni ser una embarazada quejumbrosa... Ay, bueno, pues cada uno es como es, hija. Cuando estés embarazada tú, ya te llevaré bombones a tu cama, de donde no vas a moverte en nueve meses. Vaaale, pequeñaja, que muchos besos, y a ver si el finde próximo quedamos nosotras con mamá y lo celebramos a nuestra manera. *Bye.*

Al colgar se puso a leer los folios impresos del informe de Testigo 13, que había llegado también esa mañana a la bandeja de su *e-mail* secreto, con copia a Ernesto.

De: Ele3@euronet.es
Para: Ele1@euronet.es
Cc: Ele2@euronet.es
Asunto: Informe nº 3. CONFIDENCIAL

Viernes, 29 de septiembre de 1995

Atendemos a los datos recabados por nuestros efectivos, y los datos que en comunicación telefónica con nuestro agente activo el pasado día 22 de septiembre el SUJETO *335 facilitó a nuestro agente, en relación con un suceso acaecido en los primeros días del mes de septiembre referente a un sujeto indigente, conocido por el apodo de Sócrates, que pasaba sus días en el Parque de Berlín madrileño, y solía dormir en el cercano albergue para indigentes de San Juan de Dios, en la calle Herreros de Tejada.*

Según averiguaciones realizadas por tres de nuestros agentes, uno adjudicado a este caso de forma habitual, y otros dos como refuerzo en este momento puntual, el individuo en cuestión es Francisco Manuel Rohner Rollo, de padre suizo y madre española, con nacionalidad suiza, divorciado, de profesión abogado. Durante más de veinte años perteneció, primero como abogado especialista en temas de tributación y después como socio, al conocido bufete de abogados especialistas en finanzas Torelló & Asociados. En marzo de 1983 provocó, bajo los efectos del alcohol, un accidente de tráfico con víctima mortal, por el que fue condenado a dos años y medio de cárcel. Días después de conocerse la condena, se perdió su pista en España, siendo localizado dos años más tarde, junio de 1985, en Medellín, Colombia, donde fue identificado por la policía en uno de los barrios más conflictivos de la capital, en un lamentable estado de enfermedad mental y alcoholismo. Tras ser repatriado, su antiguo bufete de abogados consiguió que le fuera rebajada la condena, de manera que nunca entró en prisión, y vivió durante algún tiem-

po en un piso de alquiler pagado por el susodicho bufete Torelló & Asociados a través de una persona interpuesta, una de las secretarias contratadas por el bufete. Durante este tiempo nuestros contactos en la Policía Nacional tienen constancia de que estuvo actuando como testaferro de este gabinete, apareciendo como comprador único en diversos contratos de compra-venta de acciones empresariales e inmuebles, negocios multimillonarios, entre ellos algunas operaciones en Madrid y compras y posteriores ventas especulativas de terrenos en la actual Ciudad Olímpica de Barcelona. Durante los dos últimos años, 1993-1994, y hasta su asesinato en septiembre de 1995, ha estado viviendo en la calle, alcoholizado la mayor parte del tiempo, aunque en la investigación preliminar tras su muerte otros compañeros indigentes manifestaron que normalmente disponía de dinero, y que en los últimos tiempos se jactaba de que un asunto que le habían propuesto sus antiguos colegas le iba a hacer rico de una vez y para siempre. Aunque la investigación de su muerte se encuentra en una fase preliminar, la policía no descarta que la organización que perpetró o bien ordenó su muerte pueda tener relación con el encargo del que había sido objeto en los últimos días, relacionado con una mujer que no ha podido ser identificada, residente en el madrileño barrio de Hispanoamérica, que por razones desconocidas resulta especialmente molesta o peligrosa para esta organización.

La policía no tiene datos concretos, y en este momento de la investigación no parece probable que se relacione a nuestro cliente, SUJETO *335, con los hechos relatados. Pero por las informaciones puestas en nuestro conocimiento por parte de nuestro cliente, resulta verosímil concluir que el* SUJETO *335 está en serio peligro, bajo la amenaza de un grupo de alguna manera relacionado con el bufete Torelló & Asociados, unido a su vez con los negocios paralelos que en el curso de este expediente de investigación estamos descubriendo alrededor de la agencia PubliMas y la organización mafiosa que opera, bajo el liderazgo del sujeto de nacionalidad china Xu-Hao San, como un efectivo sistema de blanqueo de dinero de ciudadanos españoles en paraísos fiscales.*

En este sentido irán nuestras próximas investigaciones, mientras que, paralelamente, se ha reforzado la vigilancia del SUJETO *335 en prevención de un posible ataque físico.*

Es nuestro deber recordar a nuestros clientes que, independientemente de la confidencialidad que por supuesto mantendremos en todo momento, llegado el hipotético caso de acceder a pruebas fehacientes de comisión de delito, procederemos a ponerlas en conocimiento de las Fuerzas y Cuerpos de Seguridad del Estado.

Mientras pagaba al señor de las fotocopias su trabajo, Elena se sentía mareada, como borracha. Notaba las piernas flojas. Le dolían los riñones, la cintura, y se le había acelerado el corazón. Subió a casa y mientras Mario se duchaba puso la moleskine en el sobre donde la había encontrado la noche anterior, y escondió el otro sobre con las fotocopias en el fondo de su cajón de lencería, donde sabía que Mario no miraría jamás.

—Mario, ¿has terminado ya? Me siento fatal, tengo taquicardia, no sé qué me pasa…

Mario salió del cuarto de baño, de nuevo con la toalla anudada a la cintura, y la cogió de la muñeca tomándole el pulso.

—Sí que parece que tienes el pulso acelerado, Nena. Me visto y te llevo a La Paz y que te vean, ¿ok? No tardo nada.

Al entrar en urgencias de Maternidad de La Paz no les hicieron esperar ni un minuto. En cuanto le contó a la enfermera de la entrada que estaba de casi cinco meses y tenía taquicardia, inmediatamente la sentaron en una silla de ruedas y la llevaron a una salita pequeña, donde había una camilla. Un doctor jovencito, probablemente un MIR, entró con semblante afable, y antes de pronunciar la primera palabra ya tenía cogida su muñeca, como Mario había hecho en casa. Elena le contó que estaba pasando una época difícil en el trabajo, que se sentía muy estresada, y que notaba el corazón latiendo muy acelerado y muy fuerte, casi le dolía cada latido.

—Ok, siéntese en la camilla, desvístase de cintura para arriba y déjeme auscultarla. Vamos a ver qué hay por aquí…

Al quitarse el sujetador le dieron ganas de llorar. Miró sus pechos, hinchados, con unas venas enormes y moradas que no había visto hasta ahora, las areolas al doble de su tamaño normal, también violáceas… Se sintió fea, y se avergonzó. Pero no podía hacer nada, ella misma había querido ir allí, a que un desconocido le auscultase esas ubres de vaca que se le habían puesto. De pronto se abrió la puerta y, horror, entró Yolanda, su cuñada, que estaba de guardia ese sábado, seguida de Mario, con una bata de ATS desabrochada sobre la camisa. Elena quería llorar. Pero no se podía mover. Tenía que asumir que estaba en La Paz, donde trabajaba no solo Tana, sino también su cuñada como pediatra, y donde estaba completamente expuesta a que toda su familia invadiese su intimidad de la manera y en el momento en que le diera la gana.

—Elena, cómo no me has avisado al llegar, menos mal que Mario me ha llamado y le han dicho en casa que estaba aquí de guardia. Mujer, ya hubiera yo salido a buscarte. Leo, es mi cuñada, la mujer de mi hermano Mario. ¿Cómo va todo?

El médico miró a Elena con una sonrisa y al notar cómo sus ojos estaban a punto de desbordarse, le puso una mano tranquilizadora en el hombro y le acercó inmediatamente su blusa para que pudiera taparse. Elena le agradeció con una mirada de amor eterno el gesto, tan delicado, pensando que aún era un médico inexperto y conservaba un mínimo de empatía por sus pacientes. En unos años, se le habría encallecido el corazón, y no se daría ni cuenta de estos detalles, seguro.

—Bueno, esto no es nada. Como veo que está más que bien enchufada aquí, lo que voy a hacer es dejarla irse a casa, porque no parece que haya ningún problema serio. De hecho, ahora mismo el latido es perfectamente normal. Pero la dejo irse con la promesa de que se quedará usted todo el fin de semana de la cama al sofá, cuidándose y dejándose mimar. Y Yolanda, si te parece, arréglale tú todo para el lunes o el martes, que venga a cardiología a primera hora y que le pongan un Holter. Es solo por prevención, tranquila, pero ya de cinco meses no hay que exponerse a sorpresas.

El resto del fin de semana lo pasó Elena en la cama. Leyendo, intentando serenarse, no pensar, y no poner en peligro su embarazo, lo que más quería del mundo. Había tenido una pequeña bronca con Mario, a cuenta de lo seria que ella había estado con Yolanda —«Encima que se preocupa, ¿no entiendes que es mi hermana y solo quiere ayudar?»— y le echaba como siempre la culpa a ella —«Eres una orgullosa, todo quieres hacerlo tú sola, no quieres dejarte ayudar ni parecer frágil, o débil, o tú sabrás. Pero no eres *superwoman*, entiéndelo, Elena. Nos necesitas. Todos necesitamos de todos, y no tiene sentido ir haciéndote la digna por ahí». y bla, bla, bla…—. Elena lo miraba por encima de *K de Kinsey*, la última entrega del abecedario negro de Sue Grafton, que había comprado en el Vips al volver de La Paz esperando que le ayudase a desconectar durante todo el fin de semana. En realidad no lo escuchaba. Simplemente lo miraba hablar y gesticular, como si fuera un muñeco, un desconocido del que no sabía qué pensar. Al que ya no sabía si amaba. Solo quería que se fuera al golf, a trabajar, con su amante o a donde le diera la gana, pero que cruzase ya la puerta y la dejase en paz disfrutando del silencio. Leyendo sin levantar la vista. Prohibiéndose a sí misma darse cuenta de que su marido era un mafioso que tenía una cuenta ómnibus en Suiza y hacía negocios con el bufete de unos abogados que habían mandado asesinar a un pobre alcohólico, del que se habían aprovechado durante años. Y quizá a ella misma.

El lunes por la mañana al entrar en la oficina sintió una punzada en el vientre que la obligó a doblarse, dejándola durante unos buenos cinco minutos prácticamente en posición fetal, antes de alcanzar el sillón de su despacho. «Ya me ha advertido Tana acerca de los gases», pensó, «seguro que no es nada. Si no se me pasa llamo a Yoli, pero prefiero esperar». Subió las piernas sobre el escabel que había colocado debajo de su mesa para aliviar la hinchazón y se enfrascó en la nueva estrategia de comunicación y *merchandising* que le había encargado a la agencia la cadena de supermercados AhorroPlus, esperando deshacerse de su imagen de tienda de barrio periférico y prepararse para afrontar una nueva etapa de expansión por las mejores zonas de Madrid, Barcelona y las principales capitales españolas. «Hala, AhorroPlus, para esto madrugo cada mañana... de Missoni a los súper de Vicálvaro. Venga, bonita, a trabajar».

En el momento en que iba a ponerse a trabajar, la bandeja de entrada de su cuenta de correo secreta emitió su característico sonido.

De: Ele2@euronet.es
Para: Ele3@euronet.es
Cc: Ele1@euronet.es
Asunto: Algunas consideraciones

Buenos días. He elegido esta vía para comunicarme con todos ustedes porque quiero manifestar mi preocupación creciente por la seguridad de mi cliente, el SUJETO *335. Tras la detenida lectura del informe nº 3 emitido por la agencia, creo que se deberían tomar algunas medidas excepcionales a fin de preservar la seguridad y también la identidad de mi cliente, de manera que las investigaciones que se llevarán a cabo en los próximos días no se pongan en conocimiento de terceros, sean estos quienes sean, sin el previo consentimiento de mi cliente y el mío. Aun en el caso de imperativo legal, las informaciones que la agencia recabe en el curso de esta investigación privada deben mantenerse en la más estricta confidencialidad, y su posterior utilización será en todo caso aprobada por mí, personalmente, como abogado y siempre en defensa de los derechos de mi defendida.*

Asimismo, les ruego encarecidamente que consulten a partir de ahora todas las acciones que decidan tomar en el curso de la investigación, y que impliquen en cualquier manera a mi defendida, ya sea con su presencia, su acción como colaborador necesario, o de manera indirecta en cualquier otra forma.

Un abrazo

Querido Ernesto. Elena sonrió y se sintió inmediatamente mucho mejor. Desde que se conocieron en COU, en el colegio de los Maristas donde Elena llegó tras terminar BUP en las Pepas, él siempre había sido su mejor amigo, su protector, su caballero andante. Y desde que, en segundo de carrera ellos —Ernesto en Derecho y ella en Periodismo— y Lola en COU, empezaron a salir su mejor amigo y su única hermana, Elena estaba más que feliz. Feliz por contar con Ernesto como un hermano ya que él era hijo único y su madre, viuda, había hecho desde el primer momento buenísimas migas con Lola, la madre de Elena y Lola. Mucho más desde que, hacía ya casi cinco años, Lola también había enviudado. Sin embargo, Ernesto y Mario nunca habían terminado de encajar. Elena desde los catorce años estuvo loca por un Mario guaperas y picaflor, que le hizo pasar un largo noviazgo lleno de desaires, rupturas, vueltas y celos antes de comprometerse de verdad con ella, justo el año en el que él se fue a París para hacer un máster en International Management. Como si solo al separarse de ella hubiera sido capaz de darse cuenta de que la quería. ¿O quizá asumió que le venía bien su perfil como compañera? Porque Mario siempre había sido muy pragmático. Desde que estudiaban juntos en Ciencias de la Información había tenido claro que se dedicaría a la gestión de los medios, donde él pensaba que estaba el verdadero poder. Los periodistas de a pie a los que admiraba, tanto de medios como de agencia, siempre le habían parecido unos pringados. Pero Elena era una esposa guapa, segura de sí misma, profesional, y loca —más bien ciega— por él. Una compañera más que recomendable a la hora de acompañarlo a reuniones y compromisos. E igualmente cómoda a la hora de otros asuntos más cotidianos. La necesidad de independencia casi enfermiza de Elena hacía que nunca le diera el coñazo como sí hacían las mujeres de sus colegas con llamadas, reproches, exigencias... Elena se daba cuenta de que en realidad ella nunca había contado con Mario para nada. Y poco a poco, por el miedo a perder al hombre más guapo del mundo, el chico chulito y malote del que estaba encaprichada desde pequeña, la pareja había ido dejando de comunicarse. Quizá Elena incluso había dejado de quererlo... ¿Por qué, si no, no le había contado nada de lo que le estaba pasando ahora? Ella no sabía si él estaba o no implicado, ni hasta qué punto. Pero algo en su interior, llamémosle intuición femenina por mantener el topicazo, le decía que él no debía tomar cartas en el asunto. Y para ello lo primero era que no se enterase de nada. Por mucho que Ernesto le dijera. No era lo mismo. Lola y Ernesto eran unos pedazos de pan, mucho mejores personas que ellos. Leales y fieles a morir. Pero Mario y ella eran... bueno, otro perfil.

Clinclinclin, otro *e-mail.*

De: Ele3@euronet.es
Para: Ele2@euronet.es
Cc: Ele1@euronet.es
Asunto: Re: Algunas consideraciones

Buenos días. Estamos completamente de acuerdo en que la seguridad del SUJETO *335 está en este momento comprome-*

tida. Por ello hemos tomado medidas adicionales, que repercutirán, sin duda, en una más efectiva seguridad personal de nuestro cliente.

De ahora en adelante, no tomaremos ninguna medida que implique al SUJETO *335, tanto directa o indirectamente, sin consultar antes por esta misma vía.*

En este sentido les recordamos la importancia de compartir con la agencia todas las informaciones, relevantes o no, que tengan que ver con el asunto que nos ocupa, de manera que las acciones que tomemos puedan ser correctamente valoradas y puedan tener la efectividad deseada.

Dado el particular estado de salud del SUJETO *335 no tomaremos ninguna acción que implique su participación si no es estrictamente necesario. Mientras tanto, esperamos que siga haciendo vida normal sin levantar sospechas, y que comparta con la agencia, repetimos, todas las informaciones relevantes que pueda tener en su poder.*

Un saludo

«Madre mía, estos me han visto haciendo las fotocopias y se han olido que significan algo». Elena no iba a tener más remedio que poner en manos de la agencia una de las copias. Aunque se quedaría con la otra, por si acaso.

—Hola, don Ernesto López Sinde, por favor. Sí, espero.

—Ernie, gracias por defenderme, cuñadito. Pues no sé qué pensar. Cada día me encuentro más pesada, se me hinchan las piernas. Mañana me van a poner un Holter porque el sábado me dio una taquicardia de la leche... En fin, que esto me está empezando a superar. Además, tengo miedo. Lo del mendigo este me ha acojonado. Pero vamos, que te llamo porque tengo una cosa que pasarle a la agencia. El otro día, registrando entre las cosas de Mario porque estaba rebotada con él, encontré una moleskine con anotaciones financieras. No sé, pues nombres de gente, cantidades grandes de dinero que al parecer han ido a parar a una misma cuenta en Ginebra, con un nombre absurdo... flamenco o flamingo. A nombre de una empresa con el apellido de Mario en su enunciado y de la que no he oído hablar en mi vida, y de ahí a otras en otros países, porque los códigos swift son diferentes. Sí, por lo menos hay de cinco países diferentes, y eso que lo he visto solo por encima. Sí, me temo que son cuentas opacas en paraísos fiscales. Y Mario debe tenerla a su nombre y a la de un testaferro. O será él el testaferro de otros, no sé. El caso es que hay una cuenta en Suiza donde un montón de gente transfiere dinero para que luego desde allí se vaya el dinero a otras partes... Bueno, tú eres el abogado, esto tiene toda la pinta de ser una cuenta ómnibus de las de toda la vida. La abre un ciudadano suizo, y ahí entra el dinero que se va derivando a otros lugares, de manera que se van perdiendo las pistas de sus verdaderos dueños. Ay, yo de verdad que no sé qué pinta Mario en todo esto. La cuenta tiene unos meses, desde febrero de este año, me parece. Pero si él no tuviera nada que ver no tendría estas anotaciones; ya las verás, es una contabilidad. De andar por casa, pero un registro en toda regla. Desde luego que esto es un lío, y gordo. Por eso tengo miedo. Vale, te paso un sobre con las fotocopias que hice, las ves tú primero, me dices lo que te parece a ti, y se lo pasas a ellos. Pero ¿estás seguro de que no van a hacer nada contra Mario sin consultarlo con nosotros? Ni siquiera a esos contactos que tienen en la policía... Esto son palabras mayores, cuñado. Y Mario es mi marido, al fin y al cabo.

El martes 3 de octubre llegó Elena a las ocho en punto a la consulta de cardiología del hospital de La Paz. Aunque por su domicilio le tocaba el hospital de La Princesa, tenía que acudir a La Paz al ser su cuñada quien le había conseguido la cita saltándose las listas de espera, que de todas formas en su estado y tras una visita a urgencias tampoco hubiera sido muy larga. Ya que Elena había aceptado ir a urgencias con Mario al hospital donde trabajaba su hermana, ahora tenía que aceptar también, y de buen grado, la ayuda que ella de forma absolutamente bienintencionada le ofrecía. «Es enfermiza mi manía de no dejarme ayudar. Mario tiene razón, debería ser menos bruta».

Mientras una ATS le iba pegando los electrodos —dos en la clavícula, uno junto al corazón, cuatro bajo el pecho—, el cardiólogo iba explicándole en qué consistía la prueba.

—Haga usted su vida normal, Elena. Al estar ya de cinco meses, supongo que los síntomas que han aconsejado esta prueba no los sintió mientras practicaba un deporte de gran exigencia física, ¿no?

—No, qué va. Últimamente ni siquiera voy al gimnasio. Los primeros meses tenía muchas náuseas y estaba muy cansada. Y ahora estoy mejor pero me siento más pesada, se me empiezan a hinchar las piernas... Vamos, que no hago ningún deporte ni ejercicio, la verdad.

—Pues la natación no le vendría mal. Pero bueno, a lo que vamos. Una vez tenga los electrodos pegados a la piel no debe ducharse ni mojarlos en las próximas veinticuatro horas. Debe usted hacer su vida completamente normal. Mire, este pequeño monitor puede llevarlo en un bolsillo o en este cinturón, como usted prefiera. Pero siempre pegado al cuerpo. Incluso esta noche para dormir, ¿ok? Lleve a mano una libreta y vaya anotando durante estas veinticuatro horas todas las actividades que realiza, ya sean sedentarias o de actividad física, para que nosotros podamos cotejarlas con el registro de los electrodos. Si nota cualquier síntoma que no sea lo normal, anótelo también. Evite, por favor, estar cerca de imanes, detectores de metales o mantas eléctricas que pueden alterar el registro. Si se le cae algún electrodo pégueselo, por favor, en el mismo lugar. Con un poco de esparadrapo estará bien. Y nada más. Es indoloro y no tiene por qué notar ninguna molestia. Mañana a las ocho la esperamos aquí mismo para recoger la monitorización y retirarle los electrodos.

Al llegar a la oficina se encontró con Jaime en el pasillo, que la saludó fríamente y siguió su camino sin pararse a hablar con ella. Desde la vuelta de vacaciones era así. Ella seguía en su despacho, con secretaria, pero ahora compartida con otros dos directores de cuentas menos veteranos que ella. Y solo le encargaban los temas menores de la agencia. Todos los que hasta ahora habían sido sus compañeros se limitaban a saludarla con educación, pero ya nadie hablaba con ella, ni siquiera las secretarias. No la llamaban a las reuniones, no tenía acceso a ningún tipo de información como hasta entonces... En suma, le hacían el vacío. De hecho le habían mandado una nota interna en la que expresamente se le prohibía entrar en la oficina fuera de las horas laborables, la obligaban a fichar a la entrada y a la salida, como al personal no cualificado, y le habían suprimido el acceso a todo tipo de documentos financieros con la excusa de que la información que allí se contenía estaba reservada a los socios. Recordó la entrevista que había leído en verano con un psicólogo en la que hablaba del *mobbing*, una nueva palabra, por supuesto anglosajona, que servía para identificar lo que ahora le estaba sucediendo a ella. Lo que toda la vida había sido el acoso hacia un trabajador con la intención de que él mismo se desesperase y se buscase otro trabajo o se despidiese de forma voluntaria. Pero si querían putearla estaban listos. El embarazo era, de nuevo, una bendición, pues ya no podían despedirla legalmente. Ella tenía la posibilidad de pedirle a Tana una baja médica en el momento en que lo considerase conveniente y febrero estaba a la vuelta de la esquina. Cuando volviera de su baja maternal ya tendría tiempo de decidir si seguía trabajando, se buscaba otra cosa o se quedaba en casa con su niña hasta al menos su primer cumpleaños, como

Mario deseaba. Todo menos rendirse ante aquella panda de mafiosillos chuloputas de pacotilla... El pasillo enmoquetado de azul, donde antes se sentía como en casa, le parecía ahora el pasillo de Alcatraz, con las distintas celdas a los lados y la gran puerta del fondo, la del alcaide, el malo entre los malos.

Mientras avanzaba por el pasillo algo incómoda con los electrodos que llevaba pegados en el tórax vio abrirse la puerta del alcaide e instintivamente se metió en el baño de chicas, justo a la altura del pasillo donde ella se encontraba. Por la puerta entreabierta vio cómo la pelirroja, Mamma Ari, y la morenita del porno, la que aquel día estaba en la Casa del Libro con Pedro, salían del despacho de Jaime acompañadas por el mismísimo Pedro. Con una bolsa de deporte idéntica cada uno. Iban serios, en silencio. Elena se fijó bien en la pelirroja y le pareció mucho más alta, delgada y guapa de lo que le había parecido antes. Se notaba que se cuidaba: una preciosa melena de rizos perfectamente dibujados. Ni una sola arruga en el rostro, maquillado en tonos naturales, pero con una gruesa capa de base de maquillaje que seguramente escondía los pequeños morados de algún *lifting* o pinchazo reciente. Un precioso traje de chaqueta gris y negro, ya de la nueva temporada, que Elena había visto expuesto en el escaparate de Loewe de Serrano. Unos discretos salones negros, con la inconfundible suela roja. Un pequeño Chanel 2.55 negro... De la cabeza a los pies esa mujer respiraba lujo del de verdad, del discreto, del de toda la vida. Y solo la bolsa de deporte que colgaba del hombro contrario al del Chanel desentonaba en su aspecto impecable. La amiguita especial de Pedro a su lado parecía muy poquita cosa, aunque también era guapa. Pero Ariana Peres Mehen tenía el porte y los movimientos de una verdadera reina. Pedro les abría paso, visiblemente incómodo con su bolsa colgada del hombro, y ellas dos le siguieron hasta la puerta. Elena salió del baño y se dirigió a su despacho, preguntándose adónde iría aquella curiosa comitiva con sus chándales y sus sneakers de lujo. «Seguro que a estas dos no las lleva a la bolera de Azca», pensó con una sonrisa.

Antes de llegar a la puerta de su despacho, sin embargo, su sonrisa se congeló. «¿Y si no van a hacer deporte? Desde luego no tienen pinta de ser carne de gimnasio». Algo en sus caras, sobre todo en la de Pedro, desmentía que se tratase de un grupo de amigos que se dirigía al gimnasio. Instintivamente miró hacia la puerta, que se cerraba en ese momento tras las cristaleras que daban acceso desde el hall a la zona de despachos, y salió detrás de ellos. Ya en la Plaza de Pablo Ruiz Picasso los vio alejarse hacia Azca, efectivamente, y siguió tras sus pasos intentando que pareciese que se dirigía a alguna parte concreta, por si ellos la detectaban. Desde unos pasos por detrás del silencioso grupo los vio entrar a pocos metros de una de las entradas interiores del Moda Shopping en un pequeño local en el que nunca había reparado antes, Imperial Tours Travel Agency. Una agencia de viajes rotulada en caracteres occidentales y chinos, pero sin los acostumbrados anuncios ni fotos que las agencias suelen colocar en sus entradas y escaparates. De hecho, al acercarse vio que parecía la entrada de un despacho profesional pues desde la puerta entornada, sin cristales, solo se vislumbraba un pasillo desierto y en penumbra. Nada más. Desde luego, nada parecido a una agencia de viajes corriente, como hacía suponer el informe de Testigo 13. Pasó de largo, con el corazón a mil, y se paró en uno de los escaparates exteriores del Moda Shopping, una tienda de accesorios y zapatos multimarca, en la que fingió estar muy interesada durante diez interminables minutos. Cuando ya estaba a punto de irse vio salir a una señora de unos setenta años y otra más joven, pero ya rondando los cuarenta, con las bolsas de viaje colgadas. Una parecía la madre y la otra, la hija, según supuso Elena por el indudable parecido entre ellas. Al momento, pero sin saludarse ni dar muestras de que se conocieran, salieron Pedro y la tal Anna-V. «Esta tipa le da a todo, está claro que se la pega a Ariana con Pedro, qué mal gusto», pensó Elena al ver cómo al alejarse se cogían de la mano, como una sencilla pareja de enamorados. «Pues vaya par de gánsteres de pacotilla».

Pensando en poner a su pequeño equipo de investigación tras la pista de esta extraña agencia de viajes donde, al parecer, se había quedado a pasar la tarde Ariana con sus Louboutin, volvió hacia la Torre Picasso rascándose cada momento el escote por encima de la blusa, donde uno de los electrodos le estaba irritando la piel. Como ya había fichado antes y nadie la vio salir, entró rápidamente a su despacho y se enfrascó en los diversos asuntos que le había encomendado su director. Ninguno de ellos de clientes importantes, ni mucho menos del mundo de la moda. «A ver, repercusión en medios de información general y revistas *lifestyle* de unos nuevos apósitos para las heridas superficiales destinados a sustituir a las tiritas de toda la vida. Genial. Esto no sale en prensa ni de coña. Como no contratemos a algún deportista que dé una rueda de prensa para hablar de las rozaduras de sus sneakers o algo parecido… Ay, qué cutre. Una propuesta de microeventos en provincias para reposicionar la cadena de perfumerías Gala Beauty. Esto está chupado. Podrían llamarlas BeautyParty, antes de que alguien registre la idea. Tendría que invitar a clientas, alguna *celebrity* para darle vuelo en la prensa, todos los medios locales… Para esto me puede ayudar la Lopy, que tiene corresponsales hasta en el infierno. Y puedo organizar en los puntos de venta stands de maquillaje, diseño de cejas… y una barra de mojitos. Y música marchosa, para que sea una fiesta de verdad. No estaría mal. La podría esponsorizar alguna marca de bebidas. Un momento, inauguración en noviembre de la exposición del artista contemporáneo chino Xian Laboji en la Madrid-Beijing Art Gallery Foundation. Interesante, una galería de arte chino. Últimamente parece que los chinos me persiguen. A ver, quién es la persona de contacto…».

—Hola, buenos días, llamo de la agencia DBCO España, soy Elena de la Lastra. Quisiera hablar con doña Julia Ye. Sí, espero.

Genial, Elena tenía todo un mes por delante para organizar el evento de inauguración de una expo de pintura de un joven y prometedor artista chino. Se celebraría en la misma galería, especializada en promover el arte chino en España, y le daría la oportunidad de conocer a algunos de los miembros de esta comunidad en Madrid. Y una oportunidad de oro, porque según la chinita con la que acababa de hablar —bastante maja, por cierto—, tendría que organizar una lista de invitados además de la convocatoria de prensa. En ella podría incluir a los misteriosos miembros del clan que pululaba alrededor de su empresa, y ver qué podía averiguar de esa manera. «Jaime ni se imagina la bomba que acaba de poner en manos del gadgetoequipo 13. Este se cree que no me entero de nada. La van a cagar. De esta que la cagan». En ese momento un calambrito, una sensación rara, cruzó su tripa de lado a lado. Se quedó sin aliento. Instintivamente se llevó las manos justo al lugar donde había notado el primer movimiento de su hija. «Hola, vida mía, aquí estás. Tranquila, pequeña astronauta, que tú y yo somos un equipo, y vamos a ganar. Ya lo verás, niña mía».

—Elena, perdona que te llame por teléfono pero me acaba de mandar tu cuñada los registros del Holter y esto no puede ser. De verdad, así no puedes seguir bajo ningún concepto.

Tana López Pinto hablaba severamente, intentando que su paciente más díscola entrase por el aro. Algo que incomprensiblemente no hacía. Parecía más bien que no le importaba. Que no le hacía más caso del estrictamente necesario a algo que decía que era tan importante para ella. Elena estaba avergonzada.

—Tana, es que justo el día que me hicieron los registros no fue precisamente uno de los más tranquilos de los últimos meses. En realidad estoy bastante mejor que en los primeros tiempos, pero...

—No hay excusas. Perdona que te hable con toda confianza. Si no estuvieras embarazada te daríamos los resultados, unas recomendaciones y tú verías lo que hacías con tu vida, que ya eres mayorcita. Pero no es el caso. Eres la única responsable de una gestación que ya está muy avanzada, no sé si eres consciente. Estás sometiendo al embrión a un estrés completamente innecesario. Y contraindicado. Los gráficos son de alguien emocionalmente descontrolado. La mañana fue de infarto, y coincide con tus horas de trabajo. No me voy a meter en tu vida ni me tienes que dar explicaciones de ninguna clase. Pero como tu tocóloga me veo en la obligación de extenderte ahora mismo una baja laboral de dos semanas para empezar, y ya veremos.

—Tana, te prometo que me voy a cuidar, no necesito una baja. Si me quedara en casa mi situación no cambiaría. Confía en mí al menos un mes más. Y si no conseguimos nada te prometo que haré lo que tú me digas. Pero déjame un mes más. Solo necesito un mes.

—Elena, te crees que esto es un juego. No lo entiendo. Pones por encima de ti y de tu hija cosas que, aunque las desconozco, te puedo asegurar que no son tan importantes como las consecuencias a las que te expones: un parto prematuro, un bajo peso... Te hablo de tu hija, ya no de ti misma. Evidentemente habrá circunstancias que no dependan de ti, pero una baja de dos semanas te ayudaría mucho a bajar el nivel de ansiedad que refleja tu Holter. Y posiblemente a establecer prioridades en tu vida.

—No estoy jugando, Tana. Y créeme, tengo las prioridades todo lo claras que me es posible ahora mismo. Pero de verdad que si me quedase en casa no cambiaría nada emocionalmente. Y de este próximo mes dependen muchas cosas de mi vida, y de la de mi hija.

—Mira, vamos a hacer una cosa. La semana que viene es el puente de octubre. Supongo que tendrás libre jueves y viernes. Así que el lunes 16 o martes 17, que ya estarás de seis meses aproximadamente, dame un toque a mediodía y te vienes sobre las siete de la tarde, que ya no habrá aquí nadie. Te hago un reconocimiento, charlamos tranquilamente, vemos qué pruebas son pertinentes y vemos cómo va todo. Pero si para entonces no me convences te daré una baja. Sí o sí.

—Gracias, Tana. Perdóname. Ya sé que no es comprensible mi comportamiento. Pero hay muchas cosas en juego ahora mismo en mi vida y estas próximas semanas van a ser cruciales.

Salió al pasillo donde un retranqueo de la pared daba espacio a la nueva mesa de María, su antigua secretaria.

—María, voy al baño un momento. Cuando vuelva, ¿me puedes poner con Jaime por la línea 2, por favor?

—Lo siento, doña Elena. —María sonreía, avergonzada por no atreverse a tratar a su antigua jefa como siempre. Pepita, Patricia y ella habían tenido un serio aviso de despido, por parte de Jaime y Francisco, si permitían que Elena tuviese acceso a determinadas informaciones internas sobre la empresa. Una información que las secretarias, por otro lado, siempre habían creído que ella conocía de sobra—. Don Jaime me ha dado instrucciones precisas de no molestarle, está con una visita. Me dijo que si usted quería comentar algo con él, que se lo hiciese llegar por escrito por mediación mía o de Pepita.

—Bueno, un obstáculo más. Esto no hay quien lo entienda, María. Pero no te preocupes, comprendo tu situación.

La secretaria se levantó de su asiento y cogió las manos de Elena, mirándola a los ojos en un gesto de empatía. Pero no dijo nada. Pudo más el miedo al despido, o algo peor. Elena ya se olía que los asuntos sucios que ella estaba descubriendo ahora eran conocidos por algunas de las personas de más confianza de la agencia, que se sentían prisioneras o quizá amenazadas por su complicidad. Siguió andando hacia el baño por el pasillo desierto, deseando no encontrarse con nadie. Últimamente casi no salía de su despacho. Y de forma instintiva antes de hacerlo miraba hacia la zona de Jaime, Pedro y Marcos. Si veía movimiento cerraba la puerta, que antes siempre dejaba abierta, y esperaba un poco a que no hubiera nadie por el pasillo. Lo prefería así. Se lavó las manos, se retocó un poco el maquillaje que ya empezaba a hacerle falta al ir perdiendo el morenito que había cogido durante el verano, y mientras se daba un poco de brillo en los labios pensó que se le estaban hinchando poco a poco, como si el doctor Cesares le hubiera pinchado alguna de esas pociones mágicas de aguachirli. Sonrió ante su imagen. Se miró de perfil la barriguita, ya bastante perceptible. La acarició, le dio ánimos a la chica del espejo y se dirigió, carpeta en mano, al despacho de Jaime. Allí se había convocado una reunión de seguimiento de todos los temas del departamento. Estaba intranquila, al no haber podido hablar con él por teléfono y comprobar cómo respiraba, antes de enfrentarse a él delante de los niñatos.

Cuando entró en el despacho ya estaban Pedro y Marcos sentados uno a cada lado del jefe, cerrando filas junto a él, y le habían dejado a ella el asiento de enfrente. Parecía más bien un tribunal que una reunión de equipo. En realidad lo era. Elena se metió la mano en el bolsillo del pantalón y disimuladamente puso a funcionar su pequeña grabadora digital.

—Hola, Elena, siéntate. Mira, como tenemos un poco de prisa ya he despachado con Marcos y Pedro los asuntos que ellos llevan, así que solo tenemos que escuchar tus ideas acerca de las perfumerías Gala, una cuenta muy importante para la agencia, como sabes. Su proyección nacional y su contrato para todo el año la convierten en una de las cuentas punteras para nuestro portfolio. Por eso te la he dado a ti, eres una de mis colaboradoras más valiosas, y quiero que dediques toda tu creatividad y energía a los clientes más escogidos.

«Uy, qué cabronazos, no esperaba menos de ellos, ya se han reunido antes para dejarme fuera a mí». Elena sonrió a Jaime, con su gesto más falso, como si le agradeciese la deferencia de encomendarle la mejor cuenta de la agencia, una perfumería de marcas barateras que deseaba posicionarse como establecimiento de referencia en el segmento de las chicas más jóvenes, de quince a veinticinco años. Un buen negocio, indudablemente, si se sabía hacer. Algo a lo que Elena estaba dispuesta a ayudar, al menos durante el tiempo en que ella decidiera que quería seguir entrando cada día a la cueva del lobo.

—Bien, pues si ya solo quedan mis asuntos, vamos al grano. Tengo tres encargos entre manos actualmente, tras haberte entregado por escrito mi propuesta de estrategia de comunicación y *merchandising* para AhorroPlus. Si la apruebas, me encargaré de ponerme en contacto con el cliente y sentar las bases del proyecto. Aunque entiendo que, como no empezará a ponerse en marcha de forma efectiva hasta la segunda quincena de enero, seréis alguno de vosotros los que me cogeréis el relevo. —Elena hizo una pausa y miró a sus compañeros, que sonreían irónicamente, ya que ni de coña iban ellos a pringarse en un proyecto tan cutre. En cuanto ella se fuera de baja se lo pasarían al nuevo, un chico bastante espabilado, por otra parte. «Pobre chaval», pensó Elena. «Espero que los lobos no se lo coman»—. En segundo lugar, mi cuenta estrella, Gala Beauty. Pensando en atraer a un público femenino y fundamentalmente joven, mi propuesta es fomentar sus marcas propias centrándonos en tres de ellas: la línea de higiene diaria, la de perfumería y la de maquillaje de tendencia. Y así dejamos las líneas más adultas de cuidados cosméticos de cuerpo, rostro y cabello para la distribución multimarca de firmas escogidas por su relación calidad-precio. De esta manera, las chicas jóvenes tendrán una marca de referencia joven, fresca y divertida, cuyos beneficios revertirán directamente en Gala Perfumes S.A. Y las clientas más adultas acudirán a la cadena en busca de una óptima relación calidad-precio.

—Bueno, Elena —Jaime la interrumpía con un grosero gesto de hartazgo, era humillante—, ya estás dando lecciones a la gente. ¿Por qué no pones tú tu propio negocio, si tanto sabes de marketing? Para el trabajo que te hemos pedido por parte de la agencia, en concreto por mi parte, que soy quien negocio el tipo de servicio que ofrezco a cada cliente, y por el que te recuerdo que vamos a facturar en consecuencia, te ruego que te limites a hacer lo que te hemos pedido. Si es que lo has entendido.

—Sí, Jaime, lo he entendido. Promocionar sus marcas en las distintas provincias donde tiene presencia, de manera que ganen prestigio y atraigan clientas a sus puntos de venta. Te pasaré un informe detallado. En líneas generales, creo que la manera de atraer al público del target en el que ellos pretenden centrarse, desde adolescentes en busca de sus primeros productos de belleza hasta mujeres de menos de treinta años, sería crear acontecimientos atractivos y *cool* en cada provincia. Mi propuesta es crear un macroevento general, la BeautyParty, que se irá desarrollando progresivamente en cada una de las diecinueve provincias donde actualmente están implantados. Y que, si tienen éxito, podrían establecerse como el evento de la temporada de la ciudad, con dos convocatorias anuales en febrero y en septiembre, para presentar de forma divertida y glamurosa las tendencias de cada temporada.

—Al grano, Elena.

—Voy, perdona. —Elena quería estrangularlo. Se contuvo. «A ver, Nena, voz suave. Gesto amable. Profesionalidad. Al menos ya no tengo náuseas»—. BeautyParty. Como tienen puntos de venta grandes en las ciudades más importantes, organizaremos diferentes stands donde las chicas podrán hacerse de manera gratuita maquillajes de fantasía, manicura exprés, diseño de cejas... con un descuento de un 10 o, mejor, un 20 por ciento en todas las compras que se realicen durante cada evento. Con esto tendremos una asistencia masiva asegurada. De hecho, creo que habría que cerrar de alguna manera el aforo para que no se dispare, limitándolo a invitaciones dobles que las clientas podrán recoger en el propio punto de venta los días anteriores. Como atracción adicional, y sobre todo pensando en los medios locales, podríamos llevar a cada uno de los eventos a una *celebrity*. Alguna actriz o cantante jovencita con la que las chicas se identifiquen y a la que no sea fácil que puedan ver en su ciudad. No sé, alguien tipo Laura Pausini pero nacional, claro. Algunas entrevistas y un *photocall* nos asegurarán una amplia cobertura post-evento. Y, por supuesto, en las desconexiones locales de las radios y en las emisoras locales bombardeo de cuñas publicitarias tres días antes de cada fiesta. Si añadimos una decoración divertida con globos, o algo parecido, una barra de mojitos o cócteles sin alcohol, según prefiera el cliente, y un pinchadiscos, creo que el éxito está asegurado. Tengo un presupuesto bastante detallado y, a excepción del personal externo a la firma (camarero, pincha, equipos de sonido, etcétera), no sale caro. Sí, Jaime —Elena respondía al gesto impaciente de su jefe—, lo tengo por escrito. Te lo dejo.

—Venga, muy bien. ¿Qué más?

—Algo pequeño, una exposición de un artista chino en una galería especializada en promocionar el arte chino en España, no recuerdo ahora mismo su nombre. Supongo que es un compromiso de la agencia, porque parece un único evento puntual. He estado investigando un poco la obra del artista y parece importante. Esculturas muy poéticas a base de hierro y materiales duros envueltos, como si los gusanos de seda hubieran anidado en ellos y los recubriesen con sus filamentos, suavizándolos; cunitas, camas, cadenas... Muy filosófico. Aunque no sé quién va a comprar estas piezas para ponerlas en su casa o quizá en una tienda. Pero vamos, que aún no me he puesto en serio. —La cara de Jaime lo decía todo, estaba satisfecho, contento de comprobar lo boba que era Elena. Quería estrangular a este cabrón, con sus propias manos—. Supongo que contrataré un cóctel con detalles orientales, convocaré a los medios especializados y a las radios, una lista de invitados del mundo del arte, coleccionistas... Bueno, ya te iré contando cómo avanzo, pero pensaba centrarme en las BeautyParty. Y esto es todo. —Elena cerró su carpeta, esperando que Jaime no notase su nerviosismo y se tragase que no había dado importancia a lo de la galería—. Bueno, no todo. Lo de los apósitos de gel. Aquí te dejo un informe detallado de las repercusiones de la presentación que hizo el departamento de marketing de la firma, que han sido muy pobres. Y una propuesta: contactar a algún deportista de élite que ofrezca una rueda de prensa como imagen de las tiritas, que cuente sus últimos éxitos y de paso que hable de lo útiles que resultan para sus problemas de rozaduras o pequeñas heridas. En fin, no veo otra manera de colar esto en prensa. Los deportistas no tienen un caché tan alto como otras *celebrities*. Tú me dirás si se lo propongo al cliente. Llámame con lo que sea, y empiezo a dar los siguientes pasos. —Se levantó y salió, y con ella Pedro y Marcos, que no habían abierto la boca ni prácticamente la habían mirado durante su exposición. O durante su examen, más bien. Perfecto.

Tenía un mes por delante para averiguar qué pintaba el señor desconocido con el que llevaba saliendo desde que tenía uso de razón y casada los últimos ocho años y decidir qué quería hacer con su vida. «Contigo, niña mía. Tengo que decidir ya tu nombre, que esto de tanto vida mía ya se pasa de cursi, joder. Esta puñetera grabación no va a servir para nada, además, no han dicho nada sospechoso. Menuda detective patética que estoy hecha».

El lunes 9 a la una menos cinco del mediodía llegaba Elena a una de las estrechas calles que circundaban el Museo Reina Sofía. Desde su apertura en el 92, el museo estaba atrayendo a un buen número de galeristas de arte contemporáneo que recogían el tirón de turistas, estudiantes y aficionados al arte en general que empezaban a poner la zona de moda. La Madrid-Pekín Art Gallery Foundation, rotulada en castellano y chino, tenía una puerta de entrada pequeña, casi humilde. Pero aparcado justo delante de ella se encontraba un precioso Mercedes deportivo blanco, impecable y brillante, con un chófer asiático uniformado sentado al volante y leyendo un periódico chino. «Pues sí que tiene clientes ricachones esta galería», pensó Elena empujando la puerta de cristal. Al entrar al local en el que no había ningún visitante le sorprendió su amplitud. La angosta entrada se abría en una gran sala con el suelo de cemento hidráulico, perfectamente encerado y brillante, y blanquísimas paredes de las que colgaban obras muy dispares, al parecer de distintos autores. A la izquierda, una preciosa escalera de caracol que subía hacia la planta de arriba. Más que una planta, desde abajo parecía una galería ancha que rodeaba todo el perímetro del local. El techo altísimo, de algún tipo de material translúcido que bajo el sol del mediodía teñía con una magnífica luminosidad el ambiente. Nada más entrar se acercó a ella una preciosa chinita como de porcelana. Llevaba el pelo largo y perfectamente liso e iba vestida completamente de negro. Más que una mujer de raza china le parecía una modernísima y minimalista neoyorquina.

—Buenos días. Soy Elena de la Lastra, de DBCO España. Tengo una cita a la una con doña Julia Ye.

—Bienvenida, señora Lastra. —La chinita hablaba un perfecto español, y modulaba su voz hasta dejarla prácticamente en susurros para ocultar un timbre excesivamente agudo—. La señora Ye la está esperando. Suba conmigo, por favor.

Efectivamente, el piso de arriba era una galería. Más ancha de lo que parecía desde abajo, con unas diez o quince pinturas de distintos formatos y algunas esculturas dispuestas en uno de los pasillos. Pero aquí colgaban sin los cartelitos identificativos de autor, medidas, título y precio que sí tenían las pinturas expuestas abajo.

—¿Le gusta mi pequeña colección, señora Elena?

Salía a su encuentro una mujer de menos de treinta años alta, delgada, con el pelo negro recogido en una coleta baja y un impecable vestido de entretiempo en tweed que a Elena le pareció un Chanel auténtico y unas bailarinas planas con el logo también de la marca francesa.

—Hola, ¿es usted Julia Ye? Encantada. ¿Es una colección particular? Pero lo de abajo supongo que no...

—No, claro, la parte de abajo es la sala de exposición y aquí arriba, donde en realidad paso casi más tiempo que en mi propia casa, estoy creando mi colección personal con las piezas que me seducen. Me especializo en artistas chinos y españoles de menos de cuarenta años en la actualidad. Un pequeño capricho que por suerte mi esposo, el señor San, me permite e incluso fomenta. Él es un enamorado de España. Y le hace feliz unir por medio del arte su país de procedencia y el país al que le debe todo. Una loable meta en la vida, ¿no cree?

Elena estaba fascinada. La mujer hablaba en un perfecto español con una voz grave y aterciopelada, más apropiada para hablar de amor que de negocios. Y absolutamente alejada de las voces chillonas y agudas que tenían todas las mujeres chinas a las que hasta ahora había escuchado. Además tenía ese carisma, esa elegancia innata en los movimientos, en los gestos, en la expresión de sus ojos... «La Preysler al lado de Julia Ye es una modistilla», pensó.

—Bueno, sí, claro, muy loable. Y muy cara, me imagino.

En el mismo momento en que pronunciaba la frase, Elena se avergonzaba de su vulgaridad hablando de dinero en vez de alabando la belleza o la generosidad de aquellos mecenas... La siguió sin rechistar hacia una puerta de cristal esmerilado que se abría en una esquina y entró detrás de ella en un despacho también blanco, muy espacioso, con la luz tamizada gracias a un techo y toda la pared trasera de ladrillos de vidrio y el resto de paredes desnudas. Solo en una de ellas colgaba solitario... uy, ese pequeño cuadrito azul no podía ser un Picasso..., al menos no auténtico...

—Veo que sabe apreciar algo bueno cuando lo ve, señora Elena. Esta es mi joya más querida. Una obra menor, desde luego. *Garçon à la pipe*, de Picasso. La compré hace pocos meses a un amigo americano que me pidió guardarle el secreto, ya que él conserva expuesta en su colección privada una excelente copia, que sin duda venderá también dentro de algunos años si consigue hacerla pasar por el original. ¿O quizá la copia será esta? En este mundo nunca se sabe, ¿verdad, señora Elena? El mercado y el dinero lo confunden todo. Pero la incertidumbre y la búsqueda son parte del encanto de la vida, ¿no cree?

A Elena le estaba cayendo bien esta mujer de gustos exquisitos y educación cosmopolita, indudablemente. Aunque un poco trilera. Por lo fino, pero trilera.

—La verdad es que no soy una entendida en arte, Julia, pero el estilo de Picasso es inconfundible, claro. Y si es original, en fin, estoy impresionada. Aquí, en su pared, como si tal cosa.

La mujer sonrió mirando la tripa de Elena, que sobresalía bajo su precioso vestido-túnica de seda gris marengo, uno de los que compró en París.

—Veo que está usted embarazada. Qué gran alegría. En mi cultura, en la que la mujer nunca ha tenido un papel social importante, la maternidad nos dignifica. Nos otorga un papel en la familia y un lugar en el altar familiar después de la muerte. Bueno, hoy las cosas han cambiado, por supuesto. Pero no tanto en China. Afortunadamente en Occidente las mujeres tenemos valor por nosotras mismas...

Sentada en el despacho de Julia Ye, tomando un té verde aromatizado con jazmín mientras hablaban de los detalles de la inauguración, Elena se sentía más y más a gusto. Aquella mujer tenía algo fascinante, además de tres hijos pequeños, algunos años más de los que aparentaba, una mente práctica y un sentido del humor extraño, pero interesante. Sin contar con que, además, era la esposa del chino misterioso, al que se refería todo el tiempo como el señor San, como si en vez de su marido fuera su jefe. El mismo que posiblemente había ordenado su intento de atropello ese mismo verano. Bingo. Estaba ante una oportunidad de oro. Tenía que contárselo a Ernesto y a sus ángeles.

—Verás, Elena, si me permites tutearte.

—Claro, por favor.

—Lo que queremos con esta inauguración es dar un impulso a la galería, que lleva abierta ya casi dos años, pero aún no ha recibido el espaldarazo social que necesita para poder convertirse en el centro de muchas iniciativas que tengo en proyecto. Lo más importante tanto para el señor San como para mí es promocionar el arte contemporáneo, que ambos amamos, como el nexo de unión cultural que puede llevar al entendimiento entre nuestras dos culturas, la china y la española. Para ello tenemos en proyecto una fundación que promocionará el arte y la cultura española y china. Y que se dedicará fundamentalmente a organizar exposiciones de los artistas más relevantes de ambos países, editar revistas, libros y catálogos bilingües chino-españoles... Además de nuestro proyecto más ambicioso y querido, crear una bolsa de becas de estancia y proyectos artísticos para jóvenes que quieran formarse en el país contrario durante al menos seis meses con la posibilidad de crear y desarrollar un proyecto o intervención artística concreto.

—Me parecen ideas excelentes, Julia. Y de esta inauguración en concreto, ¿qué esperáis?

—Fundamentalmente visibilidad social. El señor San tiene en España socios importantes, grandes amigos en el mundo de los negocios. Pero nos interesa contactar con políticos y gestores de las áreas de Cultura de las instituciones, especialmente las que tienen subvenciones disponibles para ayudar a financiar proyectos como los que te acabo de explicar. Necesito entrar en contacto personal con expertos en arte contemporáneo, comisarios, directores de museos, colegas galeristas, profesores universitarios..., una esfera social que por ahora no está en mis agendas. Por eso acudimos a tu agencia. Esperando que este evento tenga una lista de invitados Premium que nos permita establecer una nueva estrategia de relaciones fructíferas para el futuro de nuestros proyectos filantrópicos.

—Pero en esta galería las obras están a la venta, ¿no? Totalmente filantrópica no es vuestra actividad...

—Bueno, ahora que están tan de moda las ONG, esto realmente no lo es. Pero dedicamos buena parte de nuestro patrimonio personal y familiar, además de todos mis pensamientos, a promover nuestros intereses culturales comunes. Queremos que el arte chino esté presente en Arco, y que el arte español esté presente en la International Beijing Arts Fair. Y para eso hace falta dinero. Los artistas desgraciadamente no suelen manejar las grandes cantidades de dinero necesarias para desplazar sus obras, seguros, montajes, su propio desplazamiento...

—Fenomenal. Por mi parte, lo que veo que necesitas es crear un evento realmente exclusivo, en el que estén presentes desde los alcaldes de Madrid y Fuenlabrada, donde tenéis ubicadas las sedes de vuestras empresas, el presidente de la Comunidad de Madrid, los titulares y gestores de las Concejalías y Consejerías de Cultura, las grandes fundaciones, sobre todo las vinculadas a los grandes bancos... —Elena iba apuntando en su agenda, para no olvidar ninguno de los detalles cuando se pusiera a trabajar, ya en el despacho—, algún director de alguno de los museos importantes, miembros de la Universidad... Esto último va a ser lo más complicado, pero no imposible. ¿*Celebrities* te interesan, o lo dejamos de lado?

—¿*Celebrities*? ¿A qué te refieres?

—Cantantes, actrices y actores fundamentalmente. Personas que por su visibilidad pública pueden atraer a otro tipo de prensa no especializada en el arte y la cultura, desde luego, pero que te permiten hacer más «ruido mediático». Vamos, que hablen del evento en las teles al día siguiente.

—Ah, ya. Pues no lo sé, ¿alguna de estas personas está interesada en el arte contemporáneo?

—Algunas sí, incluso tienen sus pequeñas colecciones. No olvidemos que según y cómo se haga, comprar arte desgrava... Además, algunas de ellas son artistas. Lola Flores, que murió hace unos meses, pintaba cuadros de un estilo que no me voy a atrever a calificar, pero muy conocidos. Y donde ella acudía se armaba la revolución. Y de Carla Duval, la hermana de Norma Duval, que también es actriz, he visto algunos cuadros que me parecen al menos dignos, ya te digo que no soy una entendida.

—No sé, no estoy muy segura de que ese tipo de perfil nos ayude en nuestro propósito. Preferiría invitar a artistas plásticos y escultores más serios.

—Bien, entiendo. Algunos detalles más, Julia. ¿Qué aforo tiene la sala? ¿Estaría abierta también esta zona de arriba? ¿Tienes aseguradas las obras expuestas, tanto abajo como las de aquí arriba, en caso de robo o accidente? ¿Estará presente el autor de la exposición? ¿Habrá alguien que se dirija a los invitados: el artista, usted misma? ¿Hay instalado algún tipo de sistema de sonido para poner música, o habrá que traerlo? ¿Podremos contar con un presupuesto extra para decorar el evento con algún tipo de atrezo? ¿Le gustaría un catering totalmente oriental, totalmente occidental, o hacemos algún tipo de fusión? ¿Existe aquí dentro algún espacio oculto que se pueda utilizar por parte del equipo de cocina y coctelería para trabajar que pueda servir también como almacén?

—Ufff, cuántas cosas. Si le parece, póngame por escrito todo este tipo de detalles, y se los contesto lo mejor que pueda mañana o pasado mañana, ¿está bien? Y si le parece adecuado, nos podemos tutear y reunirnos de nuevo en unos días para seguir comentando. Esto es nuevo para mí, me parece muy divertido.

—Sí, claro, no hay tanta prisa, tenemos casi un mes. A mí también me divierte, Julia. De hecho, no suele ser parte de mi trabajo organizar este tipo de eventos, de esto se ocupan otras personas en la agencia. Pero sois grandes amigos y clientes de la agencia, y personalmente te puedo asegurar que me ocuparé de que sea un éxito. Lo más importante es hacer un listado previo de invitados, tanto por mi parte como por la tuya, y comenzar a trabajar las dos. Consensuarlos, conseguir todas las direcciones para mandar las invitaciones con una semana de antelación como mínimo... Mientras tanto, la semana que viene a ver si puedo presentarte dos o tres modelos de invitación, si me facilitas el logo de la galería. Además de un proyecto de decoración y dos o tres presupuestos de catering. Así empezamos a cerrar los primeros detalles.

—Perfecto, Elena. —La sonrisa de Julia Ye le indicaba a Elena que se sentía tan cómoda como ella misma, eso le venía muy bien—. Pues lo hacemos así. Volvemos a hablar por teléfono mañana y a partir de la semana que viene podemos quedar, si te apetece, a la hora de comer, y seguimos charlando sobre nuestra fiesta... Es como si fuera a celebrar mi cumpleaños, qué ilusión.

Al salir de la galería, Elena estaba contenta. Le había gustado el local, la señora San era una mujer muy interesante, la organización de la fiesta le parecía bastante sencilla y, por si fuera poco, iba a tener la oportunidad de comer con ella la semana próxima. Tenía que avisar al gadgetoequipo. Algo le decía que esta vez iba a tener suerte y se podría enterar de un montón de cosas a través de su nueva amiga, la chinita coleccionista de Picassos. Qué caña, un Picasso nada menos. Y Chanel de los pies a la cabeza para ir a trabajar… No quería ni imaginarse qué otros tesoros tendría esta mujer escondidos en su vida.

De pronto, ya en la plaza del Reina Sofía, se sintió mareada. Se acercó al banco corrido que había en uno de los laterales de la plaza y se sentó al sol del mediodía, que a esas alturas de octubre seguía siendo bastante intenso. Se recogió el pelo en una coleta con la goma que solía llevar en la muñeca enganchada en la cadena del reloj y cerró los ojos, relajándose al sol. Entonces lo sintió de nuevo. Una pequeña descarga eléctrica, como un calambrillo que en un segundo le recorrió la tripa de lado a lado. Instintivamente se llevó las manos a la tripa. Y lo volvió a sentir. Rápido, fugaz, pero inconfundible. «Eres tú, ¿verdad?». Le hablaba bajito, como para sí misma. «Mi bebé, ya eres grande y dentro de poco no tendrás casi espacio para moverte. Para entonces te prometo que tu mamá te comprará la cuna más bonita del mundo. Y solo se preocupará de ti, te lo prometo. Ni chinos mafiosos, ni jefes chuloputas, ni compañeras cobardes, ni maridos ligones… Tú y yo, no necesitamos a nadie más, chiquitina». En ese momento se dio cuenta. «Dios mío, me he quedado tan sola».

SEXTA LUNA

—Hola, hermana, ¿qué te cuentas?, ¿qué tal va la semana? Oye, que estaba pensando que como mañana es fiesta, que por qué no llamamos a la Lopy y a las demás y nos hacemos un día de chicas. Pues yo había pensado que podíamos quedar en tu casa, si te dejas, claro. Comemos en el jardín… No te preocupes, que me comprometo yo a llevar la comida. Nos bañamos si hace bueno y si no, pues nos tomamos unos mojitos en el porche, cotilleamos, nos ponemos al día, celebramos tu cumple con no sé cuántos días de desfase y luego cuando caiga el sol nos vamos las cinco al cine. Podemos ver *Los puentes de Madison*, que es superromántica, y dicen que se va a llevar los Óscar de calle. ¡O mejor, mejor la de Banderas, *Desperado!* Creo que sale guapisísimo y la estrenan ya… Ay, no, Almodóvar no me apetece, se repite más que el ajo. Como no cambie de registro, conmigo que no cuente, hija. Ya, a ti te hará gracia pero a mí ya me ha cansado. Bueno, pues lo votamos y vamos a la peli que sea. Y nos tomamos algo por el centro. Pero bueno, qué, ¿nos invitas a tu casa para empezar? ¡Guay! Me apetece que nos veamos, niña, que se pasan los días, y los meses, cada una a su historia y no sé tú, pero yo necesito ver a mis amigas. Uy, sí, me estoy volviendo ñoña, va a ser algo hormonal. Venga, las llamo yo a las tres, tú solo abre la puerta de tu mansión cuando vayamos llegando. Y advierte a Ernesto de que no puede asomar ni la nariz, ¿eh? Que se busque la vida sin ti mañana. Okey Makey. Muac.

El jueves 12 a las doce de la mañana Elena aparcaba su pequeño escarabajo blanco delante del chalet de su hermana y Ernesto en Rosa Luxemburgo, una urbanización bonita y tranquila en San Sebastián de los Reyes. Sacó del coche, con ayuda de Lola, una enorme bandeja de pimientos rellenos lista para hornear; una también enorme empanada de bonito y un no menos enorme táper lleno de crujientes aros de cebolla todavía calientes.

—¡Hala, hermana, te has pasado cocinando! ¡Si menos tú, estamos todas a dieta! No nos comemos todo esto, más la superensalada y la sangría que yo he preparado, ni en dos días.

—Uy, que no, verás en cuanto empecemos las cinco a charlar y trasegar cervecitas y sangría... Por cierto, mira en los asientos de atrás, que tiene que haber una bolsa con tres botellas de vino. Y también he traído cerveza sin alcohol para mí, que seguro que no tienes.

—¡Las cinco! Genial, creía que la Pepona no venía.

—Sí, vienen la Lopy, que estará al caer porque me dijo que se vendría pronto para ayudarnos a preparar todo. Luego vendrá Inés, que tenía que ir a no sé dónde con su suegra, y en cuanto la soltara se venía pitando. Y la Pepona, que como su marido es militar, tenía que estar sin falta en el desfile de los soldaditos, pero me dijo que había puesto una excusa para no ir a la comida oficial con el gobierno, que es un rollo. Hasta le venía bien, porque así su marido se va con su hermano, que yo no había caído, pero como fue ministro en el gobierno anterior también está invitado, y además iba solo, sin su mujer. Ella llegará cuando pueda, pero viene.

—Ay, qué bien nos lo vamos a pasar, hermana, qué guay que se te ocurrió llamar así, de improviso. Si lo preparamos con dos meses de antelación no conseguimos juntarnos las cinco, seguro. Cuidado, que esa baldosa está suelta, a ver si te caes, Nena. Con el día tan bueno que hace no nos lo fastidies con un parto prematuro… Deja las fuentes en la encimera, que ahora enciendo el horno… Vaya, ya tienes una señora barriga, ¿eh? A ver, súbete la blusa… Hala, y qué buenas pechugas se te han puesto, vamos, no me digas…

Entre charlas, risas, confidencias y batallitas, las cinco amigas pasaron un día espléndido. No se bañaron ni finalmente bajaron a Madrid. En el porche de la casa de Lola, junto a una pequeña piscina cuadrada de azulejos azules en el fondo y enmarcada en madera de teca, algo que se había convertido en el último grito en piscinas *cool,* pasaron todo el día montando un guirigay que se escuchaba desde la calle. Ya sobre las once de la noche llegaron Ernesto y Mario, que habían quedado para ver el fútbol en casa de Elena. Los dos iban en el coche de Ernesto, y así Mario recogía a su mujer y se bajaban los dos en el coche de Elena, que desde que empezó a vomitar con lo del embarazo hasta ese día no lo había sacado del garaje. Elena estaba contenta, animada, se sentía llena de energía con la recarga de amistad y apoyo femenino que tanto necesitaba. Al despedirse, en un aparte, avisó a Ernesto de que el fin de semana escribiría un *e-mail* al gadgetoequipo, algo que él escuchó en silencio, con una mirada cómplice y cara de póquer. No querían que ni siquiera Lola se enterase de sus manejos secretos, de los que no había vuelto a contarle nada para que creyese que ya se habían calmado las aguas revueltas por su embarazo.

Ya en el coche de vuelta para Madrid tenía ganas de hablar, se sentía eufórica.

—Mario, tenemos que empezar a preparar el cuartito de la niña, ya va quedando menos. Y hay un montón de cosas que comprar. Ropita ya tengo bastante, porque entre mi madre, mi hermana, lo que me han regalado hoy las chicas y cositas que yo le he ido comprando a lo tonto… Pero hay que montar su cuartito con una cuna, el mueble ese raro de la bañerita, arreglar el armario del estudio, pintar, poner algunas estanterías, la sillita, la sillita del coche... Uf, muchísimas cosas. ¿Tenemos dinero en la cuenta, o saco de lo de mi padre?

—No, lo de tu padre no lo toques. Ahora mismo en la cuenta corriente tenemos lo justo para el día a día, pero mañana si quieres vendo algunas acciones y te lo ingreso en la cuenta corriente, ¿cuánto calculas?

—Uy, ni idea, ¿por qué no vamos los dos el sábado a ver algunas tiendas y nos hacemos una idea?

—El sábado imposible, tengo una reunión con lo de la academia de la tele. Parece que va saliendo el proyecto. Vete tú con tu madre, o mejor, llama a la mía, que no le haces ni caso a la pobre, y también es su nieto. No es justo que la dejes tan al margen.

—Nieta. Ya te lo he dicho, que es niña. Y por cierto, de María nada, *dear*, tenemos que elegir un nombre que nos guste a los dos. No me mires con esa cara, que te sales del carril. Vale, llamo a tu madre, pero me gustaría ir contigo. Es como si no te interesase más que lo justo para quedar bien...

—De verdad, Elena, no se sabe cómo acertar contigo. Pues claro que tengo ganas de que nazca nuestra hija, Ma-rí-a. Pero hasta entonces entiende que para mí es una sombra informe en una ecografía, una barriga que se va abultando... Voy a bajar por Pío XII, ¿vale?

—Ya veo, te mueres de ganas. En fin, yo de lo que no tengo ganas es de discutir hoy, que me lo he pasado muy bien.

—Nena, estaba pensando que para el puente de diciembre podríamos ir a esquiar, que en febrero y en todo el año que viene con el bebé igual no podemos. ¿Qué te parece si vamos a Gstaad y se lo decimos a Lola y Ernesto y a tu madre? Mi madre no soporta el frío, y mi hermana Yolanda me dijo el otro día que este puente se iba de viaje con Tana López y unos amigos porque el siguiente tenían guardia las dos. Igual es tu último viaje hasta que Ma-rí-a sea un poco mayorcita.

—Joder, qué pesado eres, Mario. Por mucho que quieras lo del nombre, lo tenemos que hablar en serio. Y nada de trampas, que me acuerdo de cuando nació la hija de Fátima, que cogió su marido al día siguiente, se fue al registro él solo a inscribirla y en vez de Rosa como habían quedado, le puso Elvira a la niña, el muy cabronazo.

—Bueno, ya veremos. Pero qué me dices de lo de Suiza, lo empiezo a organizar, ¿vale?

—A la derecha, Mario, que te vas para el túnel y vas a tener que dar todo el voltio. Bueno, se lo diré a Lola. Igual a ellos no les viene bien ese gasto, esquiar en Suiza es caro. Mi madre no creo que tenga problema, ella siempre está deseando ir a Suiza, como su padre era de allí...

—Dile a Lola que nosotros invitamos al hotel, que me hacen una oferta por la tele y el hotel es gratis con desayunos incluidos. Así ellos solo tienen que gastar en el *forfait,* comer y eso.

—Hijo, qué interés de pronto en ir a Suiza con tus cuñados. Pero vamos, que si es un cohecho les va a parecer perfecto. La llamo mañana y le digo que no haga planes para ese puente, que nos vamos las De la Lastra a esquiar. Bueno, a esquiar, vosotros. Mi madre y yo a mirar desde la chimenea cómo lo hacéis, claro.

De: Ele1@euronet.es
Para: Ele3@euronet.es
Cc: Ele2@euronet.es
Asunto: Una cita interesante

Hola a todos. Les escribo porque por razones de trabajo he tenido la oportunidad de entrar en contacto con la esposa del señor San en persona. Se trata de una mujer de treinta y pocos, de origen chino. Se hace llamar, o se llama, Julia Ye. Habla perfectamente español, además de inglés y chino. Dirige una galería de arte especializada en arte chino, que abrieron hace unos dos años. Quieren hacer una fiesta el próximo mes de noviembre, con la excusa de una exposición de un artista chino, joven pero ya bastante importante, que en realidad pretenden utilizar como plataforma de lanzamiento social. Se trata de conocer a agentes sociales relevantes en el mundo del arte de manera que den un aire de prestigio a su labor en favor del arte, con la idea, incluso, de crear una fundación en un futuro no muy lejano. No sé si sus fines son realmente tan puros como dicen. Me temo que algo tiene que haber detrás de tanto interés por cuadros y esculturas, aunque esa mujer parece realmente entendida e interesada. Tiene incluso una colección privada de arte chino pero también internacional, que incluye hasta un Picasso, no sé si verdadero o falso. Aunque ahora que lo pienso fríamente seguro que es falso, son unos trileros. O quizá no. Es una mujer muy seductora, y suena convincente lo que dice. En cualquier caso, dudo que todo sea legal. Bueno, a lo que voy. Me he entendido muy bien con ella desde el primer momento, creo que yo también le he caído bien a ella, y como a las dos nos interesa que la fiesta sea un éxito vamos a colaborar con mucho interés. De hecho, la semana que viene he quedado con ella a comer para cerrar algunos detalles del evento, así que voy a intentar sacarle el máximo de información posible sobre su marido, su familia y los negocios que tienen en España. A ver si me cuenta algo interesante. Si puedo, lo grabaré. Solo quería que lo supieran ustedes, de manera que la persona que me protege pueda reservar en el mismo restaurante, y nos ayude a sacar conclusiones por lo que hablemos y él pueda observar de primera mano. Si ustedes lo consideran conveniente, claro. Si no hay cambios, en cuyo caso les avisaré convenientemente, hemos quedado en el restaurante El Espliego, en la calle Ortega y Gasset, 31, el miércoles 18 de octubre, a las dos y media. Yo reservaré el martes, para dos personas. Intentaré que me den la mesa que hay al fondo, a la izquierda, junto al ventanal que se abre al jardín interior.

Un abrazo

De: Ele3@euronet.es
Para: Ele1@euronet.es
Cc: Ele2@euronet.es
Asunto: Re: Una cita interesante

Ciertamente, la cita que comenta el SUJETO *335 nos parece una oportunidad de oro para el desarrollo de nuestra investigación. De hecho, les sugerimos que consideren la posibilidad de grabar la conversación por medios más sofisticados que una simple grabadora, que además pondría en peligro su seguridad. En nuestro equipo contamos con técnicos especializados que colocarán, sin ningún riesgo y dentro de la mayor confidencialidad, micrófonos en el local de restauración con la suficiente sensibilidad como para grabar la conversación íntegra, sin necesidad de que el* SUJETO *335 actúe. Conocemos el local, es un centro frecuente de reunión de los miembros de cierto partido político, y ya hemos actuado en él. Podremos colocar nuestros micrófonos sin problemas en los vasitos con velas aromáticas que decoran el centro de cada mesa. Indicaremos al* SUJETO *335 el lugar concreto, para que, eventualmente, no ordene retirarlo. Por supuesto, para esta intervención es imprescindible tanto su permiso como el de su abogado, pues es una actuación que, al no formar parte de un proceso judicial abierto, ni de una investigación policial, queda al margen de la ley. No tendrá valor como prueba judicial si llega el caso, pero sería una posibilidad importante de contar con información privilegiada por parte de una persona que seguramente esté al tanto de muchas de las actuaciones del grupo organizado que nos ocupa. Además, es importante recordarles que, como reza el contrato que todas las partes implicadas firmamos al principio de esta investigación, el contenido de estas grabaciones será confidencial y no podrá ser hecho público en ningún caso por ninguna de las partes. En caso de suceder, la otra parte recibiría como parte perjudicada la indemnización estipulada en el lugar y la forma ya descritos en el contrato aludido. Necesitamos sus respuestas por escrito para comenzar a preparar el operativo.*

Gracias

—Ernesto, ¿eres tú? Uy, qué susto me acabo de pegar, estaba leyendo el *e-mail* de los Gadget y de pronto se ha puesto a vibrar el telefonillo este en el bolsillo de la chaqueta y creía que me estaba dando un infarto. Es que no me acostumbro a llevarlo encima. Lo llevo, pero se me olvida... Bueno, a mí me parece una buena idea, porque grabarlo yo es verdad que es más arriesgado. Y si me nota algo raro, primero no me va a contar nada y segundo, imagínate que la mafiosa en realidad es ella y me manda cortar las manos y los ojos y... Ay, no me estoy riendo, si yo estoy tan acojonada como tú, pero ya que estamos metidos en esto hasta las trancas, cuñadito, pues hay que tirar para adelante, ¿no? Además, no sé por qué tengo la corazonada de que esa mujer me va a contar muchas cosas... Y, oye, uno de mis mayores miedos ya sabes cuál es, tú has visto la moleskine de Mario. Ya no solo quiero enterarme de todo lo que veo raro por aquí, y que los malos paguen si están cometiendo algún tipo de delito. Ahora quiero saber también porque necesito estar segura de que el hombre con quien estoy casada es el hombre con quien creía que me casaba... No sé si me explico. Me da mucho miedo adónde nos puede llevar esto. Por eso necesito que lo averigüe esta gente, si hay algo que pueda implicar a Mario quiero estar segura de que está en nuestras manos y decidir qué hacemos. Ya, pero yo quiero que podamos decidirlo nosotros, Ernesto. No quiero que el padre de mi hija termine en los papeles, ni mucho menos imputado o culpable de qué sé yo. Lo entiendes, ¿verdad? Vale, pues contesta tú que ok, y yo también, dicen que necesitan el permiso por escrito de los dos. Mañana domingo no, pero el lunes mismo me pongo a trabajar en el evento para presentarle algo chulo a la chinita y que confíe en mí. Ay, gracias, la voy a necesitar. La suerte, digo. *Bye,* un muac a Lola.

—¿Qué te apetece, Julia? ¿Nos pedimos unos entrantes para compartir y un segundo cada una? Con ese tipo, no creo que te haga falta estar a dieta. Y yo ya me ves, puedo aprovechar.

Las dos mujeres estaban sentadas con una copa de Mumm Brut Rosé cada una en la mesa del fondo a la izquierda, junto al ventanal del salón principal de El Espliego, el restaurante de moda en Madrid, visiblemente contentas y relajadas. El modernísimo espacio, enteramente decorado con maderas claras y silloncitos tapizados en blanco, se volcaba en enormes cristaleras hacia el gran patio interior convertido en un estanque alargado, en el que una fina película de agua reflejaba durante la noche la luz de grandes cubos de espejo iluminados. Elena había entrado tensa, sabiendo que un artilugio estaría escondido en un pequeño búcaro con dos rosas frescas en el centro de su mesa. Tenía miedo de que se notara algo, o se oyeran los ruiditos e interferencias que había visto en algunas pelis de espías cuando todo se descubre y los malos se abalanzan pistola en mano sobre los buenos... En la mesa de al lado se sentó una pareja de cuarentones, evidentemente gais, vestidos de forma elegante, pero un pelín demasiado elegantes para la media masculina del Madrid de mediados de los noventa. Reconoció la firma Etro en una corbata de cachemir en tonos verde y rosa y sobre ella una mirada segura y cálida, que ya le resultaba familiar. Inmediatamente se sintió dueña de la situación. «Vas a ver, Ángel», pensó dedicando una sonrisa a su vecino de mesa. «Se lo voy a sacar todo, te vas a sentir orgulloso de tu aprendiz de gadgetoespía».

Elena miró al camarero.

—Ya hemos elegido. Vamos a tomar la terrina de foie sobre sobaos pasiegos y confitura de zanahorias, la ensalada de brie frito en pasta china y el ceviche, para compartir. Y de segundo, el tataki de atún con ajoblanco para la señora, y los chipirones a la parrilla con patatas en tempura para mí. De beber... —Miró a Julia, y ella asintió—. Seguiremos con el champán, gracias.

—No conocía este restaurante, me gusta la mezcla de cocina mediterránea con toques asiáticos.

—Yo vengo bastante. Además, para charlar tranquilamente es espacioso y agradable. Me dijiste que tienes tres hijos, ¿no?

—Sí, una niña de tres años y dos niños, de cinco y seis. Y espero pronto tener cuatro, o cinco... Me encantaría tener muchas niñas, y que fueran médicos o artistas. Occidente es maravilloso. Está lleno de oportunidades para las mujeres, no como mi país. Deseo tener muchas hijas inteligentes, alegres y libres.

—Qué bonito, Julia. Yo también espero una niña. ¿Tu nombre es Julia?

—Bueno, no, mi nombre chino es Huan, significa «feliz». Pero aquí todo el mundo me llama Julia. Es más fácil. Además, eso de feliz... bueno, eso es más difícil. Prefiero la etimología de Julia, la consagrada a Júpiter, el padre de la luz para vuestra cultura romana.

—Bueno, nunca pienso en que mi nombre tenga que significar nada. Para vosotros todo eso es muy importante. La tradición y la familia, por lo que veo.

—Desde luego. Tu nombre, Elena, significa «brillante». Lo sé porque es el nombre de una de mis sobrinas. Mi hermana, su marido y su hija Elena; mi otra hermana, aún soltera, y mis padres viven con el señor San y conmigo. Y como la familia va creciendo, el señor San ha comprado un terreno para hacernos una casa grande donde podamos vivir todos juntos: los niños que vengan, el servicio, otro hermano mayor que vive en Londres, si finalmente se viene con su mujer y sus dos hijos... Una pequeña aldea, si todo va como deseamos.

—¿Y tu marido acepta sin ningún problema vivir con tantas personas, todas de tu familia? Debéis de ser muy ricos, no sabía que el arte contemporáneo daba para tanto...

—Para él es una bendición llenar su casa de familiares, abuelos y niños. Los miembros de su familia viven prácticamente todos en Florencia, donde tienen negocios textiles que luego el señor San, ayudado por mi familia y otras personas, distribuye y vende al por mayor en España, Francia y Portugal, sobre todo. Esta es nuestra principal actividad. El arte es una misión que el señor San considera algo más elevado: difundir la cultura de nuestras dos comunidades para conseguir que en el futuro el arte nos haga hermanos espirituales a chinos y españoles, y nos ayude a entendernos con Europa, con toda la humanidad. Como él mismo dice: «El arte es como la cerveza, gusta a todo el mundo, y puede ser lo que nos una». Una loable misión. Difícil, desde luego, pero un bonito sueño.

—Curioso, sí. ¿Y cómo llegasteis a encargar a nuestra agencia parte de esta gran misión? Estamos especializados en moda, en el sector de lujo desde luego, pero el arte contemporáneo, aunque a mí personalmente me apasiona, no es uno de nuestros ámbitos profesionales.

—Bueno, el señor San y el señor Estévez son grandes socios y buenos amigos desde hace unos años, cuando se conocieron en un viaje cultural que organizó nuestra agencia de viajes y de gestión cultural, Imperial Tours Travel Agency. Es una pequeña rama de nuestras actividades, pero al señor San le da muchas satisfacciones. Desde esta humilde agencia organizamos viajes de hermanamiento entre ciudadanos relevantes en las sociedades de Madrid y de Pekín, facilitando su relación, la amistad entre personas influyentes y, por qué no, los negocios en común. El señor San es un filántropo. Él sabe que tiene una importante misión que cumplir, y que las generaciones venideras agradecerán nuestros esfuerzos aun sin conocer nuestros nombres.

—Me parece una gran misión en la vida, Julia. Estoy admirada ante vuestra generosidad. —El corazón de Elena seguía bailando como un loco, tras haber dado un giro de 360 grados sobre su propio eje, al certificar que era su agencia en donde vio entrar al niñato con la pelirroja y las bolsas de deporte. Y no se podía creer la sarta de tonterías que estaba escuchando de boca de una mujer aparentemente culta e inteligente. O era una actriz de Óscar y una mafiosa peor que Al Capone, o era la mujer más tonta del mundo. Puede que todo a la vez… No daba crédito. Esperando que la grabación estuviera funcionando, decidió jugársela y hacerle creer que estaba en el ajo.

—De todas formas, Julia, los negocios en los que tan bien se entienden el señor San y el señor Estévez no son los de DBCO, sino los de la «otra» sociedad, ya sabes…

—Sí, desde luego, y es una maravillosa forma de ayudarnos mutuamente entre chinos y españoles. Nosotros somos una comunidad muy trabajadora, laboriosa, generamos riqueza allá donde vamos. Pero necesitamos libertad para trabajar y manejar nuestros recursos a nuestra manera. Y vosotros necesitáis de nuestra ayuda financiera para prosperar, a pesar de todas las trabas burocráticas y fiscales que los gobiernos ponen a personas de honor, cuyo único interés es generar riqueza para que la humanidad pueda seguir progresando. Por eso nuestra leal colaboración, basada en la confianza en la palabra dada, es una bendición para todos. Una asociación de esperanzas comunes. Un *win-win*, ¿no crees? Y tú, junto a tu marido, según tengo entendido, e igualmente tu familia sois personas de palabra, en quienes nuestros socios no dudaron en depositar su confianza y el futuro económico de sus familias y negocios. Las dos estamos en el mismo barco, orgullosas de ayudar al bienestar y el progreso de los nuestros, ¿no es así?

—Ehhh, sí, claro, somos personas de palabra, nunca defraudaremos la confianza depositada en nosotras por nuestras familias. —Elena estaba ya realmente asustada. Prefirió levantarse para no delatar su nerviosismo—. Perdóname un momento, tengo que ir al baño, ya sabes...

—Claro, mientras tanto ordenaré los postres, quedamos en la fuente de fruta fresca, dos yogures ecológicos con frutos rojos y miel... Y me dijiste que para ti una infusión, ¿verdad?

—Sí, por favor, un té verde estará bien, no quiero tomar mucho café. Ahora mismo vuelvo.

Al pasar junto a la mesa vecina donde los dos amigos estaban tomando café y fumando tranquilamente, hizo un gesto con los ojos a su Ángel, quien se levantó dos segundos después y fue tras ella hacia el piso de abajo donde estaban los baños. Cuando se acercó a Elena, ella lo agarró por las muñecas, apretando con todas sus fuerzas. Deseaba no haber oído bien, no haber entendido bien, que aquello no estuviera pasando.

—Tranquilízate, Elena, lávate la cara, ponte agua fría en la nuca y en las muñecas. No te delates, esta gente es peligrosa. Aunque parezca una mujer de negocios, es la mujer de un gánster, que al menos ha asesinado a una persona y ha intentado hacerte daño, no lo olvides.

—Pero, Ángel, ¿qué hago ahora? ¿Has escuchado lo que ha dicho? ¿Que mi marido y mi familia están en el ajo?

—No puedo sacar conclusiones. He oído buena parte de la conversación, pero no todo. En cuanto nos hagamos con la grabación la estudiaremos con todo detalle. Pero ahora tranquilízate, por tu bien, y sube a terminar tu comida de amigas como si nada. Por favor. Tranquila. Estamos aquí. No va a pasar nada, pero tienes que volver y dar la talla. Eres muy valiente, lo estás haciendo muy bien. Vamos.

Elena entró en el baño animada por las palabras de su guardaespaldas, al que, pensó, había tuteado aunque él le dijo aquella vez que no lo hiciera... Se refrescó la cara y las manos como este le había aconsejado. Cuando subió, los dos hombres ya se habían marchado. Julia Ye estaba mordisqueando tranquilamente unas láminas de fresas bañadas en un cuenco de chocolate. Le sonrió al verla llegar, como si fueran amigas de toda la vida. Elena respiró hondo y sonrió también.

—Uf, estos daños colaterales del embarazo nadie te los explica antes de quedarte... Es un poco embarazoso, jeje, qué chiste más malo.

—No te preocupes, nos pasa a todas, entre mujeres nos entendemos. Me da mucha envidia tu tripa, la ilusión de la espera, la llegada del bebé... Pido a los dioses chinos, a los vuestros europeos, a todos los dioses que me puedan estar escuchando, que me bendigan con otro hijo lo antes posible. Nada nos hará más felices al señor San y a mí que un nuevo embarazo.

—Julia, si no es indiscreción por mi parte, ¿por qué le llamas señor San a tu marido?

—Te choca, ¿verdad? En realidad es solo por costumbre. Pero te puedo asegurar que mi vida, mi negocio, mi matrimonio y mi familia son exactamente iguales a los tuyos. No soy esclava de mi señor San, ni nada por el estilo... Al revés, aunque nuestra sociedad es muy machista, y nadie lo creería, él se guía mucho por mis consejos, sobre todo a la hora de colocar los beneficios de nuestros negocios. Él es más alocado a la hora de gastar y yo más conservadora. Si no fuera por mí, en vez de una modesta casa familiar en Somosaguas estaría planeando la mismísima Ciudad Prohibida en pleno centro de Madrid, al lado mismo del Bernabéu... Eso sí que sería hermanamiento, ¿verdad?

—Pues, hija, yo con un chalecito medianejo en Somosaguas ya me conformaría.

—Jajaja, ya llegará, Elena, ya llegará.

—¿Cómo has pasado estos días, Elena?

La doctora López Pinto sin bata, en vaqueros, parecía aún más joven de lo que era. Se acercó a ella, que ya se había sentado en la camilla del pequeño despacho donde la tocóloga solía pasar consulta privada por las tardes, y se desabrochaba la blusa mientras la doctora se acoplaba el fonendoscopio en los oídos. Escuchó su corazón y puso la campana del aparato sobre su tripa, en la línea alba, que ya era muy visible bajo el ombligo. Elena supuso que para escuchar los latidos del bebé.

—No parece que vaya mal la cosa. Has estado más tranquila esta semana, ¿verdad? ¿Sigues tomando el hierro, como te recomendé?

—Sí, a las dos preguntas. Ayer se me olvidó, porque tuve una comida de trabajo y estaba un poco nerviosa, pero sí lo tomo. ¿Se escucha a la niña tranquila?

—No, Elena, con el fonendo no se escucha el corazón del bebé, a no ser que haya mucha mucha suerte. Lo que se escucha es el latido de tu corazón y algunos ruidos intestinales. Busco pistas de estrés fetal. ¿Te has pesado últimamente? Descálzate y sube al peso, venga, no seas remolona ¿o tengo que ponerme la bata blanca para que me hagas caso?

Elena subió al peso riendo con la broma de la doctora, tan seria siempre, y vio cómo la aguja se volvía loca… o quizá no…

—Ay, qué es esto, ¡cinco kilos! No es posible, en el peso de mi casa…

—Cinco, cuatro… En fin, Elena, los seis meses son peligrosos, engordarás más deprisa a partir de ahora, así que deberías controlar lo que comes.

—Entonces ¿por qué tengo que tomar hierro? Si estoy engordando más de la cuenta no me hará falta.

—No tiene nada que ver, el hierro se recomienda porque con el embarazo aumenta el volumen de sangre, y aunque tengas los mismos glóbulos rojos, están, digamos… más diluidos. Normalmente hasta el sexto mes es normal y no requiere tratamiento, pero en tu caso me parece adecuada la prevención. No estoy segura de que con el ritmo de vida tan loco que llevas te alimentes correctamente. Y una anemia en los últimos meses puede provocar bajo peso en la niña, incluso prematuridad… No quiero ni pensar en aguantar a tu cuñada si no te mimo al máximo. —Sonreía.

—Está bien esto de estar enchufada. —Sonreía también Elena—. Me preocuparé más por mi alimentación. Pero no quiero terminar como esas embarazadas-mesacamilla, con veinte kilos que luego a ver cómo te los quitas de encima…

—No hagas dieta, por ahora. Intenta elegir carnes muy hechas, huevos también cocinados, verduras de hoja verde y toda la fruta que puedas. Yogures, leche… El café ve dejándolo en lo posible, y el té tampoco es muy recomendable, aunque no te digo que los evites, sino que no te pases. ¿Y cómo tienes los pies, las extremidades, en general? ¿Te notas hinchada?

La doctora iba hablando a medida que reconocía el cuerpo de Elena. Ahora estaba subiendo y bajando sus piernas, aún sin medias, pinzando el ancho de los tobillos con los dedos pulgar y medio.

—Ay, me haces daño ahí. Sí que me hincho un poco, sobre todo por las tardes. Los tobillos. Y las manos también. De hecho me he quitado la alianza, que me apretaba, y me he comprado unas manoletinas de un número más porque ya no aguanto los tacones.

—Bien, los tacones olvídalos, te lo dije hace tiempo, por una temporadita. Es una buena idea poner unos libros o algo bajo el colchón, en la zona de los pies, para dormir con ellos más altos que el corazón. Y si duermes de lado, que ya es lo más cómodo con esta tripa, pon un cojín entre la rodilla que quede encima y el colchón, para no oprimirla. Ah, y empieza a aplicarte alguna crema antiestrías, o un aceite esencial específico mañana y noche y siempre que puedas, si no quieres verte en el noveno mes llena de grietas moradas. Es horroroso, te lo aviso. Pregunta en la farmacia, hay muchas marcas que van bien como prevención. Porque una vez que la piel se rompe, ahí se quedan las marcas para siempre. Te voy a pedir la analítica completa del segundo semestre, sangre y orina, luego te hago los volantes. Y también la prueba de diabetes, por si acaso, que no la tienes hecha. ¿Tu madre es diabética, o sabes si tuvo diabetes gestacional?

—Sí. No me acordaba, pero sí. No es diabética. Pero siempre nos ha contado que durante los embarazos hacía una dieta superestricta por el azúcar.

—Vale, pues te pido la prueba. Prueba de O'Sullivan, no vaya a ser que te suba a ti también. Te voy a tomar la tensión y te voy a hacer una ecografía, aunque esta es extra, no cuenta como la tercera de tu embarazo. Esa te la haremos dentro de dos meses más o menos.

Las dos mujeres avanzaron por el pequeño pasillo central del piso, donde se sucedían las puertas de las diferentes consultas, pasaron por delante de la mesita de la enfermera que se ocupaba de gestionar las citas y recoger los cheques de las sociedades de las pacientes, y entraron en la salita del ecógrafo, encendiendo todas las luces. Tana se dirigió con familiaridad hacia el ecógrafo y lo puso en marcha, además de encender el ordenador y acercar la mesita al ecógrafo para poder manipular ella sola los dos aparatos a la vez.

—Anda, quítate la blusa y la falda, que no se te manchen. No te preocupes, que aquí no hay nadie. Túmbate, que vamos a ver cómo está de guapa la pequeña... ¿Elena? ¿María?

—Uf, no lo sé, Alba, a lo mejor. Por ahora, vamos a dejarlo en «la inquilina». —Rio Elena. Esta vez no lloró. Se sentía tan confiada...

El sábado se despertó llena de energía, descansada tras la visita del jueves a la tocóloga, que la había tranquilizado totalmente respecto a su embarazo. Un viernes de trabajo tranquilo, con los dos jefes juntos de viaje vaya usted a saber dónde, y los niñatos desaparecidos. Como buenos pelotas de libro, habían aprovechado que no estaban los jefes para no aparecer por la oficina con excusas tan tontas como increíbles, a partes iguales. Sobre las doce, tras un delicioso desayuno a base de fruta fresca, yogur y unos bizcochos de manzana que había descubierto en la panadería de la esquina, se dispuso a disfrutar durante un buen rato en la cocina. Comenzó desvenando con parsimonia y verdadero placer una magnífica pieza de foie fresco que le había reservado su carnicero favorito del Mercado de Chamartín. Abrió los lóbulos sobre una fuente, a temperatura ambiente. Sal, pimienta negra y azúcar moreno. Fue prensando ligeramente los ingredientes sobre el foie. Tras ello, vertió media copita de oporto y otra media de un buen coñac, Conde de los Andes, que le robó a Mario del mueble donde escondía sus más preciadas botellas. Lo envolvió bien borrachito y apretadito en papel film, lo metió en la nevera para que cogiera de nuevo forma y fuera absorbiendo los sabores durante el resto del día y marcó el número de Marisol, confiando en que estuviera en casa el fin de semana.

—Lopy, soy Nena, que qué te cuentas, hija, que te echo de menos. ¿Tú tienes planes para el fin de semana? Yo estoy colgada. Mi hermana tenía no sé qué rollo familiar con la suegra, y con mi marido no se puede contar, que está enganchadísimo con el golf. Y a mí estar con Nacho y Marimar todos los fines de semana pues tampoco, chica. Ah, pues por mí perfecto, sobre las cuatro nos vemos en Nuevos Ministerios. Nos damos un garbeo por el ABC y charlamos. Y luego, si quieres nos venimos a mi casa, que tengo macerando en la nevera un foie, exquisito y enorme. Me ayudas con el micuit, cenamos juntas y te llevas la mitad preparada para que termine de prensarse en tu casa, ¿hace? Genial. Hasta luego, amiga.

A las cuatro de la tarde de un sábado a finales de octubre la puerta de El Corte Inglés de la Castellana era lo más parecido a una manifestación de mujeres de todas las edades, algunas eufóricas con las manos llenas de bolsas verdes, y otras deseosas de hacerse con las tendencias de otoño, con las que ya llevaban varias semanas machacando en televisión, «El Corte Inglés, especialistas en ti». «Y es que el ritmo de las estaciones, las fiestas de guardar y todo lo que se compre y venda en este país nos lo marca El Corte Inglés», pensaba Elena mientras esperaba a Marisol en la pequeña explanada de Nuevos Ministerios, en la que últimamente siempre había dos filas blancas de casetas de mercadillo con productos artesanos de toda índole y condición. Ya casi estaban dándole arcadas por el olor del puesto que estaba más próximo a ella, lleno de enormes ristras de chorizos asturianos, dulces y picantes, cuando apareció la Lopy desde el ascensor del metro. Las dos amigas se abrazaron, y juntas entraron entre la multitud de fieles a rendir tributo al gran dios contemporáneo: el dios de las compras, la moda y el dinero.

Frente a unas tortitas con mucha nata y mucho sirope de fresa, en la cafetería de la planta sexta de El Corte Inglés, y con un par de bolsas repletas de prendas de tendencia que ninguna de las dos necesitaba —y una de ellas quizá ni siquiera llegaría a estrenar—, Elena se decidió por fin a contarle a su amiga algo del asunto en el que andaba metida. En parte porque no le parecía bien ocultarle algo tan importante a su mejor amiga. Y para ver si ella podía ayudarla, se autojustificó Elena, pensando en la excusa que le pondría a Ernesto si llegaba a saber que se lo había contado a Marisol. «Además, confío completamente en esta adorable locatis», se dijo.

—¿Recuerdas, Solchi, cuando te pregunté por la pelirroja esa que vi en las fotos del *Hola*, Ariana Peres Mehen?

—Uy, sí, Mamma Ari, ya me había olvidado. Menuda intriga me quedó, sobre todo porque Paco me dijo que era una tipa medio rara, medio espía o no recuerdo... ¿Qué pasa, te interesa por algo? ¿Quieres que averigüemos algo más?

—No, si ya sé un montón de cosas sobre ella. Lo que pasa es que necesito que me jures por Snoopy, y que te mueras ahora mismo, que no vas a contar nada de lo que te diga aunque te torturen los chinos como a santa Teresita.

—¡Todavía te acuerdas de las chorradas del cole!, ¡me troncho contigo, Elena, eres un caso! ¡Te lo juro que me muera ahora mismo, con Snoopy cantando el *Réquiem* de Mozart sobre mi tumba y los infieles asándome a la parrilla, si lo cuento!

Las risas de Marisol y Elena, que juntaban sus dedos índices formando una cruz por encima de las tortitas, hicieron volver la cabeza a una niña que se estaba merendando una enorme tarta de chocolate con su abuela dos mesas más allá.

—Bueno, la verdad es que no es para risas. Resulta que esa tronca y otra que va siempre con ella, que se llama Anna Quadra y que es hermana del actor porno ese que sale en los programas basura de la tele, el tal Juanjo XXX, tienen algo raro que ver con mis jefes, Francisco Estévez y Jaime Planas.

—¡No me digas! A ver si en realidad tus jefes lo que tienen con la tapadera de la publicidad es una agencia de escorts de lujo. No serían los primeros, mira a los hermanos Sáez de las Torres... Bueno, los hermanos y la madre, que en realidad la *madame* de todos era la madre, no te lo pierdas. Y que se descubrió por casualidad, Nena, no te creas que lo denunció nadie, que había peces bien gordos en ese negocio. Además, a tu jefe Planas lo tenemos muy calado en la profesión, es un depredador sexual de lo peorcito que te puedes encontrar en Madrid.

—¿Por qué será que no me extraña oír eso? La verdad es que no estoy segura de lo que se cuece. Aunque creo que lo que tiene que ver con mis jefes por lo menos no es un rollo de sexo, sino más bien de negocios opacos. A lo mejor compra-ventas que no se declaran a Hacienda, o blanqueo de dinero de los del cine porno en cuentas del extranjero. En fin, no tengo aún mucha idea, pero descubrí a estas dos pájaras en la agencia. Luego vi a la pelirroja con un chino que se llama Xu-Hao San y con uno de mis jefes por la calle, y eso ya me terminó de mosquear. ¿Tú te puedes enterar de algo?

—¡Uy, de todo! Sobre todo si tiene que ver con el famoso señor San, Elena, a ese bacalao sí que lo conozco bien. Bueno, yo no lo conozco, pero llamamos ahora mismito a Richi, mi redactor jefe, que justamente está investigando los negocios de los chinos en España. Ya ha publicado un par de reportajes en la revista, en investigación. Y nadie lo ha demandado, así que despistado no va. Lo que quiere es escribir tres o cuatro reportajes más, y luego juntarlos en un libro. Se lo sabe todo. Y a este señor San le tiene cogidas las medidas, te lo digo yo, que comemos juntos casi todos los días y me lo cuenta. Pero, Nena, ya te aviso. La pelirroja será una pájara, pero el chino es peligroso de verdad. Espero que tú no te veas implicada en nada que tenga que ver con esos mafiosos.

Mientras Marisol marcaba el número de Ricardo Hernán, el redactor jefe de *Mundo Vip,* Elena miró alrededor, súbitamente alarmada por lo que le estaba contando su amiga. Buscaba a su ángel entre la gente que a esas horas llenaba la cafetería del centro comercial. Podría ser el señor de la mesa junto a la barra, que se tomaba un coñac mientras leía descuidadamente el periódico. O ese dependiente, aparentemente desocupado, que llevaba un buen rato mirando a las musarañas de pie junto a la cajera. O el padre que merendaba tortitas con tres niños de entre cinco y ocho años, vestidos igualitos, con lazo, blusa y calcetines burdeos las niñas; camisa y calcetines burdeos el niño, mocasines castellanos burdeos los tres... «Uf, seguro que no, demasiado atrezo», pensó Elena sonriendo. En cualquier caso, no podía saber que le estaba contando a su amiga su gran secreto, no había nadie lo suficientemente cerca de ellas.

—Nena, estamos de suerte. Dice Richi que está superaburrido jugando a la Play, que su novia se ha ido a Guadalajara a ver a su madre. Hemos quedado en que se viene para acá y nos invita a un cubata de media tarde en el club de jazz de Comandante Zorita. Bueno, a ti a una fanta de naranja, ¿hace?

—Claro, genial.

Comandante Zorita, 8. Segundo Jazz Club. Un local que continuaba con el espíritu del mítico Whisky Jazz Club, en Diego de León, donde actuaron en su momento figuras como Tete Montoliú o Gerry Mulligan. Segundo Jazz Club abrió en 1988, y en 1995 ya se había consolidado con música en directo a diario, *jam sessions* y el ambiente jazzístico más auténtico.

Las dos mujeres entraron sobre las ocho de la tarde en el pequeño y oscuro local, cuidando Elena de bajar despacio los pocos escalones que había a la entrada, y se sentaron en una de las mesitas que había más alejadas del escenario de ladrillo visto para poder hablar. Aunque hasta las diez no empezaba la actuación y lo que se escuchaba en aquella hora tranquila de la tarde era una melancólica melodía instrumental. Richi entró como Pedro por su casa, saludó al camarero y a uno de los chicos que estaban charlando en la barra. Era Segundo, según les contó el periodista al sentarse con ellas, ya con su cubata en la mano. Al parecer, estaba cerrando detalles con uno de los grupos jóvenes que actuarían en la *jam sessions* del próximo jueves.

Al acercarse a ellas, pese a que había una luz mortecina y bohemia de club nocturno, Elena vio que Richi ya no era ningún chavalito. De lejos su figura delgada y su forma de vestir informal, con vaqueros gastados y camiseta de adolescente, a rayas negras y grises, engañaba. Algunas arrugas alrededor de los ojos, ligeras entradas, alguna cana en la barbita de tres días y, sobre todo, una mirada inteligente pero con cierto brillo cínico, como de alguien que está ya de vuelta de muchas cosas, le inspiró una simpatía instintiva. Mientras Marisol presentaba a Richi y Elena con los besos y apretones de manos de rigor, Elena observó cómo el señor que tomaba coñac y leía el periódico tranquilamente hacía un rato en la cafetería de El Corte Inglés entraba y se acercaba a la barra. Sonrió para sus adentros. «Por supuesto, pídete un whisky a mi salud, angelito, y dile a tu gadgetojefa que me pase la factura. Hoy te estás ganando una buena melopea». El hombre se sentó en la mesa de al lado, aparentemente concentrado en la música.

—Qué bueno. Pensaba pasarme la tarde del sábado escribiendo y escuchando a Duke Ellington solo en casa y me encuentro escuchando a Duke Ellington en mi club preferido y acompañado de dos pibones. Me encanta mi vida. Solchi, cariño, cómo no me habías presentado antes a esta diosa de ojos verdes. Es que no me cuidas nada.

—Uy, Elena, se me había olvidado decirte que además de gran periodista, buen amigo y experto en un montón de asuntos perfectamente inútiles, Richi es un zalamero. Y tú ten cuidado, Richi, que Elena es una feminista radical aunque nunca haya salido del armario...

Rieron los tres con ganas, disfrutando de la corriente de simpatía que inmediatamente se había establecido entre Elena y Ricardo mientras se disponían a entrar en conversaciones más serias. Elena se alegró de la música tranquila y suave que sonaba en el ambiente. Le iba a permitir a su protector escuchar toda la conversación.

—Pues vamos al lío, Richi. Resulta que Elena, que es mi mejor amiga del mundo mundial desde que nos conocimos en el parvulario de las monjas, trabaja en DBCO, en el mismísimo departamento del chuloputas. Perdona, querida, pero entre nosotros nunca nombramos a Jaime Planas por su nombre sino por su cargo profesional. —Marisol puso una mano en el brazo de Elena como dándole el pésame por trabajar con ese señor al que tan poca estima tenían los periodistas del *cuore*—. Tú no la conoces porque con el chuloputas mi Nena nunca se deja ver en los lugares donde sueles encontrártelo, desde luego. Ella lleva marcas guais de moda y de belleza, algún producto gourmet… y esas cosas tan *fisnas* a nosotros no nos interesan. Profesionalmente hablando, cari, que yo por un bolso de Gucci mato. Pero vamos, que nosotros somos más del barrio… ¡o del barro! —Rieron de nuevo los tres, divertidos con la introducción que Marisol estaba haciendo del problema—. Pero a lo que vamos. Resulta que últimamente por aquel templo del lujo y el *glamour* se están dejando ver algunos personajes que tú y yo sí que tenemos calados. Como Mamma Ari, la reina del lesbian chic; su amiga especial, la hermana de SuperPene XXX y el mismísimo Xu-Hao San. O Josanito, como le llamamos para entendernos entre nosotros.

Elena estaba alucinando. No podía ni imaginar que eran tan conocidos entre la prensa del corazón los personajes que últimamente eran la mayor fuente de preocupaciones y de temores en su vida. Escuchar a Marisol hablar de ellos como suelen hacer los periodistas cuando hablan entre ellos, de forma tan despectiva y entre risas, le ayudaba a tomar distancia y perderles el respeto. Y con ello parte del miedo.

«Aunque no tengo que bajar la guardia», pensó. «Son gente peligrosa. Y eso lo sé yo y no ellos».

—Eh, no confundas a tu amiga, que tienes más peligro que el Unabomber. Elena, te juro que yo a los tugurios más tirados de Madrid voy por razones estrictamente profesionales. No como tu jefe, que es más bien vocacional. Demasiado a menudo los temas del corazón se resuelven en lugares donde no es precisamente el corazón lo que salta la vista... —Guiñó un ojo a Elena, y miró significativamente a Marisol, que siguió contando como buena anfitriona.

—Verás, Nena, hay un sitio cerca de Clara del Rey, que desde fuera no se detecta, que es un garito de esos que ni tú ni yo conocemos más que por las revistas. Ahí se hacen fiestas *gang bang*, hay *jacuzzis*, camas redondas, salas de sadomaso, incluso mazmorras medievales para los más morbosos. Al entrar en uno de estos lugares aceptas el pacto de que nada de lo que veas o suceda allí va a salir de allí. No sé si me explico...

—Pero ¿eso existe de verdad en Madrid? ¿Y decís que Jaime...?

—Uy, querida, tu Jaime y ni te imaginas quién más. No he ido tanto como parece cuando oyes hablar a Marisol. Pero cuando he ido (ya te digo, buscando a determinados personajes), me parece que estoy en la antigua Grecia. Y no por las toallas que lleva todo el mundo, sino porque no veo más que a dioses y diosas del Olimpo financiero, social, político... No te vayas a creer que son los actores quienes van por esos lares, esos son unos muertos de hambre. Aunque alguna actriz en paro se saca unas pelas, de paso. Ni te imaginas. Pero, oye, esto es todo confidencial, ¿eh? Que no me quiero meter en más líos de los que ya tengo encima.

—Desde luego, Richi. Y una cosa, ¿qué tiene que ver el señor San con esto? ¿También es parroquiano?

—No. No que yo sepa, al menos. Esto es más bien un cotilleo que no lleva a ninguna parte, porque con eso no puedo hacer ni siquiera un reportaje escandaloso. Es parte de la cultura general que tenemos los periodistas de las cosas de los bajos fondos. A ver cómo te lo explico, el Josanito es más bien un mafiosillo aficionado que llegó a Madrid hace unos cinco años desde Sevilla, donde viven sus abuelos y al menos dos de sus hermanos. Allí tienen varias tiendas de Todo a 100. Pero el resto de su familia, que es muy numerosa, vive en Italia, concretamente en Prato, cerca de Florencia. Es una zona donde desde hace años se están instalando muchas empresas textiles chinas que llegan buscando el negocio de las grandes firmas italianas, y de paso se dedican a fabricar falsificaciones de los mismos productos que confeccionan de forma «legal», digamos. Y así sacan al mercado toneladas de ropa baratera, moda pronta, que distribuyen a dos duros por toda Europa. En la investigación que estoy haciendo para mi libro me he topado con tu señor San como cabeza de una presunta trama o familia que se dedica a la distribución aparentemente legal de productos *Made in China* o *Made in Italy*. Pero con esa tapadera cuelan contenedores por las aduanas de los puertos de Nápoles, Valencia, Rotterdam, Hamburgo… donde en cada momento la inspección aduanera sea más laxa. —Las dos mujeres lo miraban sin pestañear—. A ver, es sencillo. Meten contenedores sobre los que declaran que llevan, ponte, un millón de pares de calcetines. Pasan la aduana, y pagan los aranceles de lo que declaran, porque en realidad no hay efectivos para comprobar si esa declaración estimada es real o no. Y en realidad en ese contenedor hay cinco millones de calcetines, otros cinco de zapatos, otros cuantos de prendas de moda de todo tipo... y todo eso fabricado por dos duros en Italia por talleres chinos con mano de obra ilegal, que trabajan en condiciones ínfimas y con materias primas importadas de China con este mismo tipo de trampas. Resulta que así entra gratis en el mercado europeo. En camiones, las mercancías salen hacia Portugal, hacia España si han entrado por el puerto de Lisboa... dependiendo como digo de la dureza de las autoridades en cada momento, cuando en un puerto europeo refuerzan las inspecciones, cambian de ruta y listo. Aquí en Madrid hablan de un polígono en Fuenlabrada, Cobo Calleja, donde se están empezando a juntar las naves de distribución y quién sabe si de fabricación clandestina de este tipo de productos de tendencia de moda o falsificaciones de bajísima calidad de todo tipo de productos. Hasta allí puedes ver peregrinar cada día cientos de camionetas de minoristas que compran a bajísimos precios y venden en los mercadillos y tiendas de barrios y pueblos de toda España.

—Me suena esto del polígono de Fuenlabrada —intervino Elena, que ya conocía el dato por la investigación secreta del gadgetoequipo—. Unas conocidas me contaron que habían comprado en una nave industrial rarísima y perdida en un polígono verdaderas gangas. Pero claro, si son falsificadas no son gangas, son parte de un delito.

—Sí, desde luego. Pues eso, que nuestro amigo es la cabeza visible y seguramente el jefe de una de las familias más activas en este negocio aún incipiente pero que, cuando menos, es fraudulento respecto a Hacienda. Porque, claro, todo ese dinero en efectivo que entra en sus cajas no puede ser justificado legalmente con el volumen de negocio que tienen declarado: una *import-export* con un volumen de negocio más bien modesto y catorce o quince tiendas de productos baratos en dos o tres ciudades españolas, como mucho.

—¡Y ahí es donde entra en juego el chuloputas, seguro! —gritó Marisol, que estaba disfrutando de lo lindo con la historia.

—Shhhh, Solchi, querida, que te me excitas. Baja la voz. Pues eso no lo puedo asegurar, porque sois vosotras las que me estáis contando a mí que estos pájaros se conocen, como mínimo. Pero lo que está claro es que hay abogados y empresarios españoles que les ayudan con el blanqueo de ese dinero, su traslado a China o a paraísos fiscales de todo el mundo. Incluso leí en un informe de la Policía Nacional que me filtró un amiguete que están empezando a investigar una pista interesante que involucraría a ciertos millonarios españoles con dinero evadido en paraísos fiscales. Recurren a los chinos para que les pasen dinero en efectivo a cambio de transferencias de ese mismo dinero más una comisión desde sus cuentas opacas a las cuentas legales de los chinos en el IBC, el International Bank of China, que os apuesto lo que queráis que termina por abrir una sucursal aquí, en Madrid o en Barcelona, tiempo al tiempo.

Las dos amigas estaban fascinadas con el relato de Ricardo. Elena, que había mirado instintivamente su reloj sin llegar a procesar la hora que marcaba, de pronto se acordó de su foie borrachito en la nevera.

—¡Madre mía, si son ya las diez!

Poco a poco el local se había ido llenando de gente y de humo. Y los músicos estaban desde hacía un rato en el escenario, terminando de ajustar sus micros y sus instrumentos para iniciar la sesión de jazz de aquella noche. Elena miró hacia la mesa donde se había instalado su protector, pero no lo encontró donde esperaba. Quizá se había enfadado porque le estaba dando demasiada información a sus amigos. Empezó a buscar su bolso e inició una frase de agradecimiento para Ricardo cuando Marisol le puso una mano en la rodilla para que se mantuviese sentada.

—Richi, solo una cosa más en este cuento de chinos tan espectacularmente bonito. La parte fea. ¿Son peligrosos? Me da miedo que Elena se encuentre metida en un lío.

—Bueno, no estoy seguro de eso. Corren historias, por los bajos fondos arrabaleros donde me suelo mover —las mujeres sonrieron ante la imitación de Bogart que estaba intentando Richi—, sobre *vendettas* al más puro estilo mafioso, con asesinatos y amputaciones incluidas. Pero ni lo sé por una fuente fiable ni, afortunadamente, he sido testigo de nada de eso, así que no lo puedo asegurar. Aunque me temo que donde hay mucho dinero en juego la gente no se anda precisamente con cortesía... Mucho cuidado con esta gente, Elena, esto sí que te lo digo en serio. Lo menos que te puede pasar es que pillen a tus jefes en algo feo y te veas salpicada si trabajas con ellos. Aléjate de esa empresa, si te lo puedes permitir. Sobre todo de Estévez y Planas.

—Pero ¿Estévez también va con Planas por esos ambientes?

Elena no lo quería creer, una cosa era lo del dinero, pero lo del sexo... le repugnaba haber estado con él.

—Claro. Date cuenta que DBCO es la filial española de una empresa alemana que tiene intereses en toda Europa, incluida Suiza, y tus jefes creo que viajan mucho a Zúrich, y también a China. ¿No te enteraste de que uno de los jefazos de tu casa madre fue encontrado hace unos meses muerto en, abro comillas, extrañas circunstancias? Se intentó hacer pasar por un accidente sexual, pero personalmente nunca creí esa versión. Tu empresa debe de estar corrompida en sus mismos cimientos, Elena. Y hace unos meses me contaron unas gemelas muy sociables y viciosillas que conozco que habían estado con los dos juntitos, como Pili y Mili.

En ese momento empezó la música, y a Elena le vino a la mente la frase de Quisco el día que rompieron en Iroco: «Te voy a enseñar una cosa que he aprendido en Shanghái...». Ay, qué asco. Elena se volvió a angustiar mientras sentía a su hija moviéndose dentro de su vientre. Llevaba demasiado tiempo sentada en la misma postura. Muchas de las cosas que Richi le estaba contando ya las sabía, pero otras...

—Sea cual sea el tipo de negocio que se traen tus amiguitos con San, Elena, al menos en esos viajes no creo que se limiten a trabajar, escuchar misa de ocho y meterse en la cama a soñar con los angelitos. Planas desde luego ni de broma, vamos. Menudo vicioso, el tío.

El domingo por la mañana, mientras Mario dormía plácidamente, Elena encendió el ordenador del estudio por si había algún correo de la agencia acerca de la grabación, la moleskine... Nada todavía. Se fue a la cocina a rescatar el foie de la nevera a la vez que intentaba sacar algo en claro de lo que sabía hasta ahora.

Puso en una olla grande un poco de agua a hervir y sobre ella un soporte de alambre y la pieza con agujeros de la olla exprés. Puso al vapor el foie, para que hirviera quince minutos, y preparó un cuenco con agua y hielo. Siete minutos más, con el foie del otro lado, e inmediatamente al agua fría para cortar la cocción. Una vez frío, cortó el rulo de foie en dos mitades, las envolvió de nuevo en papel film y las metió en la nevera para que reposara veinticuatro horas más. Clin-clin. Sacaba unas gambas frescas de la nevera para que estuvieran a temperatura ambiente a la hora del aperitivo y hacerlas a la plancha, cuando sonó el ordenador en el estudio anunciando que entraba un *e-mail*. Se sobresaltó. Salió corriendo por el pasillo, ansiosa por ver si era de la agencia, y con miedo a la vez de que Mario lo hubiera escuchado también y se levantase a ver qué era. Bingo.

De: Ele3@euronet.es
Para: Ele1@euronet.es
Cc: Ele2@euronet.es
Asunto: Informe nº 4. CONFIDENCIAL.

Domingo, 22 de octubre de 1995

En este último mes, desde el informe nº 3, los acontecimientos que investigamos en relación con el SUJETO *335 han tomado un cariz claramente delictivo en el que, según nuestras investigaciones, están implicadas buena parte de las personas que conforman el entorno laboral y también familiar del* SUJETO *335.*

Hemos analizado la conversación que tuvo lugar el miércoles 18 de octubre en el restaurante madrileño El Espliego. Esta grabación no tiene valor oficial, ni, a no ser que sea estrictamente necesario, será aludida en ningún momento, en conversación por escrito, por ninguna de las partes, fuera de este mismo documento. El análisis de esta conversación se completó con el de la moleskine cuyas fotocopias obran en nuestro poder y nuestras posteriores comprobaciones, a través de contactos propios con las divisiones policiales que investigan la delincuencia económica y fiscal, y las dedicadas a la investigación de delitos que tienen que ver con las drogas y el crimen organizado. Tras estas comprobaciones, hemos llegado a varias conclusiones. Todas ellas han sido estudiadas por nuestro equipo, y estamos seguros de su veracidad prácticamente al 99 por ciento.

En primer lugar, constatamos que la señora Julia Ye, esposa del ciudadano chino nacido en España Xu-Hao San, al que ya nos hemos referido en otras ocasiones, es la cabeza visible de la rama china de una gran red de transporte de dinero negro. Todos los correos que conforman esta parte de la red son de nacionalidad china, mujeres, pertenecientes a los círculos más íntimos de las familias San y Ye. Por lo que hemos podido comprobar de manera extraoficial, esta red de mujeres, coordinadas entre ellas y aparentemente siempre en paseos, viajes y reuniones de amigas o familiares, se encargan de transportar en sus bolsos, maletas y coches particulares grandes sumas de dinero presumiblemente negro, desde las oficinas centrales de las empresas presididas por San, en el madrileño polígono industrial Cobo Calleja, hasta diferentes lugares como cafeterías, gimnasios, restaurantes o los lobbies de hoteles de lujo, donde son recogidos por las también conocidas en el curso de esta investigación, Ariana Peres Mehen (de quien la Policía Nacional sospecha que actúa de la misma manera con empresarios israelíes dedicados al comercio de diamantes) y su asistente personal (como ya consignamos en informes anteriores, a su vez copropietaria de una productora de cine porno junto con su hermano, Juanjo XXX, que hemos detectado que también funciona como servicio de escorts de lujo), Anna Quadra. Al parecer, los envíos recogidos por estas mujeres de manos de las mujeres chinas son parte de un negocio de blanqueo de dinero negro a mediana escala que se realiza entre personas particulares pertenecientes a altas instancias de la sociedad, la empresa y la banca españo-

la, que a través de la señora Peres Mehen, bien relacionada a esos niveles, contactan con la red que se encarga de proporcionar a estos defraudadores grandes cantidades de efectivo en España. Estas personas transfieren las cantidades solicitadas, más una comisión que se sospecha que oscila entre un 3 y un 5 por ciento, dependiendo de las cantidades, a una cuenta interpuesta con sede en un banco de Ginebra, la cuenta Flamingo. Y desde allí a las cuentas que posee la trama principalmente en China. Esta cuenta es solo una parte de la trama, pues parece ser que también operan a través de otras cuentas radicadas en India o Israel. Una vez realizada la transferencia, las personas que la reciben en la cuenta Flamingo hacen llegar por fax o correo electrónico el justificante de la transferencia con su correspondiente código swift y tras comprobarlo, las bolsas de deporte, maletas de lujo o sus propios bolsos cambian de manos en reuniones aparentemente informales entre estas mujeres y sus clientes. En alguna otra ocasión se han dado cita en la zona internacional del aeropuerto de Barajas, yendo y viniendo de viaje, donde han efectuado los traspasos de maletas.

Como segunda tesis hemos comprobado la frecuente relación que tienen estas mujeres con distintas personas pertenecientes al entorno laboral del SUJETO 335, la filial española de la agencia DBCO: Francisco Estévez, Jaime Planas, Pedro Sanmartín, Marcos Díez y Patricia López. Todos ellos, en mayor o menor escala, participan del negocio del blanqueo de dinero, a través de la sociedad PubliMas. Esta es una tapadera sin aparente actividad real, a través de la cual se de-

riva el dinero fundamentalmente a una sola cuenta ómnibus, la ya citada cuenta Flamingo, radicada en la sede ginebrina del Banque Credit Suisse, que actualmente está a nombre de dos cotitulares que también trabajan a comisión para la red. Se trata de don Mario Souza Aldea y un ciudadano suizo radicado en España, Francisco Manuel Rohner Rollo, recientemente fallecido, aunque al no contar con familiares directos y haberse producido su defunción en circunstancias no habituales, las cuentas en las que actúa como testaferro aún siguen funcionando sin variaciones.

Nuestra tercera tesis nos lleva directamente al corazón de la trama suiza, la cuenta Flamingo de la que hemos tenido acceso a documentos confidenciales. Esta se constituyó efectivamente los últimos días del mes de enero de 1995, al parecer a instancias de don Mario Souza, que por circunstancias que conocemos y no consideramos conveniente poner por escrito, entró en contacto con Estévez y Planas en el curso de una fiesta celebrada el 5 de enero de 1995 en su propio domicilio, tras la cual, dos reuniones bastaron para que el citado Souza viajase a Ginebra en compañía de Rohner para abrir la cuenta, aprovechando su nacionalidad. Por ella han pasado desde entonces los depósitos que diferentes personas transfieren, a cambio de sus cantidades equivalentes en cash, *desde otras cuentas en diferentes países. Una vez en Flamingo, las cantidades de dinero se transfieren en pocos días a otras cuentas, fundamentalmente una a nombre del señor San, en el International Bank of China (IBC), en su sede de Qingtian.*

Como ya hemos señalado, la información que se contiene en este documento, y la que sigamos recabando en el curso de esta investigación, es altamente sensible. Entendemos que las diversas relaciones del SUJETO *335 y su representante legal con algunas de las personas hasta el momento implicadas harán que sean los primeros interesados en mantenerlas bajo la mayor confidencialidad. Aunque ya hemos advertido de que, dado su carácter francamente delictivo, cualquiera de las partes está obligada a poner los hechos en conocimiento de las Fuerzas y Cuerpos de Seguridad del Estado en un lapso de tiempo prudencial si no quieren incurrir ellos mismos en delito de encubrimiento, como ya se hizo constar en informes anteriores.*

Por ahora seguiremos con la investigación y la pertinente labor de seguimiento y protección del SUJETO *335, hasta que se tome alguna decisión al respecto de los hechos aquí consignados.*

—¿Qué haces, Elena, que llevas una hora con la nariz metida en el ordenador?

La voz de Mario sobresaltó a Elena, que estaba leyendo el informe con gran dificultad, porque las lágrimas no la dejaban ver. Le dolía la cabeza, la garganta. Le temblaban las piernas. No podía decir ni una palabra. Miró a su marido, que en pijama, despeinado y sin afeitar le parecía tan tierno y tan inocente como un niño. No podía creer que se hubiese conchabado con sus jefes a espaldas de ella y aprovechando su relación laboral. Y que se estuviera lucrando de un negocio completamente ilegal. No exactamente por el dinero, sino por la traición que suponía. Y eso sin hablar del Château Lafite de Abraham García... Se sentía tonta, absurda. Estaba muy cansada. Y no tenía fuerzas para enfrentarse a la realidad. Al menos no ahora.

—Es que soy gilipollas, Mario. Estoy leyendo un reportaje que va a publicar el próximo sábado en *El Mundo* el marido de la Lopy sobre cómo es ahora la vida de Irene Villa y otras víctimas de ETA y ya sabes cómo me afecta el tema, desde que asesinaron a mi primo. No lo puedo remediar.

—Bueno, mujer, es normal. De todas formas deja ya de llorar, apaga el bicho y vente conmigo al golf, ¿ok? Que he quedado con la panda en hacernos unos hoyos y luego comer todos juntos. Y me han encargado las chicas que te convenza para venir, que hace ya varias semanas que no vienes y tienen ganas de verte la tripita.

—Vale, no me apetece mucho, pero venga. Una mañana al aire libre me vendrá bien. Y la charla de las chicas me ayudará a no comerme el coco con otras cosas.

—Pero qué cosas, mujer. Hay que ver lo que te gusta ponerte dramática, como si tuvieras algún problema aparte de los que tú te inventas...

—Sí, ya, inventos míos. Hala, vamos, que ya estoy. ¿Hará frío? No quiero resfriarme justo ahora.

SÉPTIMA LUNA

La mayoría de sus órganos funcionan perfectamente. Sus riñones filtran el líquido amniótico que bebe y lo devuelven en orina estéril. Ya tiene bastante agudizado el sentido del oído, reacciona ante los ruidos fuertes y comienza a detectar y reaccionar ante la música suave y, desde luego, ante el sonido de tu voz. Sus músculos se fortalecen, sus dedos y extremidades están formados y ya se chupa el dedo. Incluso algunos estudios sugieren que los bebés de sexo masculino experimentan erecciones al hacerlo, por lo que suponemos que ya tienen algo desarrollado un rudimentario sentido del placer y el disgusto. Su cerebro tiene ya catorce mil millones de neuronas. En esta etapa también comenzará a generar glóbulos blancos que le ayudarán a protegerse de las infecciones. Sus medidas en la semana 27 pueden llegar a los treinta centímetros de largo, y su peso es de unos setecientos cincuenta gramos. Como ya es grande, su postura desde ahora será siempre fetal.

Mientras leía los cambios que se desarrollan en el bebé durante el sexto mes de embarazo, a primera hora de la mañana en su despacho, se abrió la puerta y apareció María con un gran paquete bajo el brazo.

—Perdona que te interrumpa, Elena, pero acaba de traer esto un mensajero a tu nombre.

—Gracias, Mary. ¿Trae algún remite, o alguna carta aparte? —preguntó, reticente a abrir nada que no viniese de un remitente de confianza.

—Sí, bueno, en realidad no pone nada por fuera, pero el mensajero es Li, el mismo que trae a don Jaime los envíos de parte del señor San. Un chinito muy simpático. Así que será de su parte, imagino.

Elena abrió una delgada caja de cartón como un gran sobre. Y dentro encontró un precioso grabado de una extraña piedra prolijamente dibujada en tinta negra, con un texto en caligrafía china y numerado. Según pudo leer era de Liu Pinyin, un artista chino afincado en Nueva York que, según le contaba Julia Yen con su cuidada caligrafía en un tarjetón ribeteado con un doble filete dorado y rojo, era uno de los representantes más interesantes de la pintura china contemporánea. «Aunque actualmente vive en Nueva York, tengo la secreta esperanza de que algún día este gran hombre al que tengo el privilegio de representar para Europa regrese a China, y desde allí siga contribuyendo al engrandecimiento cultural de nuestro gran país», escribía Julia. «Delirios de grandeza», diagnosticó Elena. «Pues sí que estamos bien. A ver cómo puedo yo corresponder a un regalo como este. Tendré que pedir prestados algunos yuanes a mi marido», pensó con una triste y amarga sonrisa.

Dejó el grabado a un lado y siguió leyendo en silencio. No tenía trabajo urgente esa mañana y quería dedicar el tiempo a algo que no le hiciera daño, que no la llenase de nervios y dudas, que no le hiciera pensar en cosas feas.

—A ver, el séptimo mes, que es el que me interesa.

> A los siete meses de gestación, tu bebé ya ha aprendido a abrir y cerrar los ojos, y tiene pestañas, aunque el globo ocular y la retina no se desarrollarán por completo hasta más adelante. De todas formas, reacciona si pones delante de tu tripa un foco de luz potente, como una lamparita. Su cerebro se desarrolla de manera cada vez más rápida, las neuronas se van conectando con otras produciendo nuevas sensaciones; sonidos e imágenes serán percibidos con mayor nitidez, incluso puede que guarde memoria de algunas de ellas, particularmente intensas. Ya estás en el tercer trimestre, de manera que el feto crece y aumenta su peso, a la vez que el tuyo. Su piel ya está casi preparada y se recubre de un fino vello llamado lanugo y de una fina capa de grasa, tanto por fuera como por dentro, para protegerlo. En estas semanas ya podrás saber el sexo de tu bebé, y al finalizar el séptimo mes los científicos han podido comprobar que gesticula, sonríe, se chupa el dedo…

El teléfono. «Desde luego, no se puede tener una mañana de escaqueo tranquila en esta empresa».

—¿Sí? Ah, hola, Julia. Acabo de recibir un maravilloso regalo de tu parte. Muchas gracias, pero no deberías... En realidad no sé cómo agradecerte un detalle tan magnífico... Yo no puedo corresponder con nada siquiera parecido... Claro, mujer, claro que somos amigas, pero esto... es demasiado para mí, me temo. ¡Sí! Por supuesto que me encanta. Venga, pues gracias de nuevo. Y a lo que vamos. Ya tengo preparado casi todo y todavía faltan dos semanas, vamos muy bien. En realidad, solo me falta pasarme un día de estos por la galería con Bettina, la dueña del catering que va a encargarse del cóctel, para que le enseñes el almacén. Para que ella vea dónde puede colocar sus cosas, a cuánta gente tiene que llevar, si puede prepararlas allí o tiene que llevarlo todo hecho, por dónde tienen que salir y entrar los camareros, el recorrido que harán con las bandejas y las bebidas... En fin, detalles. Y en cuanto puedas, dime qué modelo de invitación te gusta para confirmarle ya a la imprenta. Doscientos habíamos quedado, ¿verdad? Cuenta con que aproximadamente un 20 por ciento de las personas que reciban la invitación no confirmarán, y un 10 que, aun habiendo confirmado, no irán, así que contamos con unas ciento cincuenta personas invitadas. Si añadimos que algunos vendrán con acompañante serán unas ciento ochenta personas. Eso es muchísimo, Julia, sería un éxito si se cumplen las previsiones. Sí, yo creo que sí, porque hoy día todo lo que tiene que ver con China despierta mucho interés en España. Y en Madrid nunca nadie ha dado ninguna fiesta de este tipo.

Además, entre tu familia y DBCO tenemos un entramado de relaciones muy importante que la gente valorará a la hora de recibir la invitación. Piensa que la vais a firmar el señor San y tú, y la referencia para las confirmaciones seremos nosotros. Lo que he pensado es preparar una nota de prensa escrita con fotos, y un pequeño vídeo de presentación de la exposición y de la galería para mandarlo a los medios unos días antes y así crear algo de expectación. Sobre todo para animar a los políticos y a los académicos, que son los más reticentes a hacer vida social. Ok, pues me paso por allí pasado mañana, el miércoles, a media mañana, con Bettina y hablamos de todo. Adiós, Julia, yo también pensaré en ti.

Elena colgó el teléfono con un poco de aprensión. Le había sonado rarísimo ese «adiós Elena, te guardo en mis pensamientos». No sabía si era una costumbre oriental, uno más de los teatros de esta mujer tan dada a las grandilocuencias, o una amenaza en toda regla. Un escalofrío le recorrió la espalda y decidió ponerse a trabajar y centrarse en que la fiesta de Julia Ye fuera un éxito, si no quería aparecer al día siguiente colgada de un puente como el italiano aquel de la banca ambrosiana... «Cómo se llamaba..., ¿Calvo? Sí, claro, Calvi, en italiano... ¿Será el alzhéimer otro de los daños colaterales de un embarazo?».

El teléfono de nuevo. «Joder, vaya coñazo de mañana».

—¿Sí? Jaime, dime. Sí, estoy con lo de la inauguración de los chinos. De hecho acabo de hablar con Julia, la dueña de la galería... No, no, las invitaciones aún no están confirmadas, tiene que decirme cuál le gusta entre varios bocetos que le he mandado. Pues son en nombre de Julia Ye, que es con quien yo hablo, y su marido, un tal señor San. Y el contacto de Patricia, aquí, para las confirmaciones. Ah, entiendo, que solo sea en nombre de la señora Ye. Pero ella es muy dependiente de su marido, son sus costumbres. Bueno, si él te lo ha dicho así, pues lo que tú me digas, claro. Ah, y si no quieres que aparezca DBCO, ¿qué dirección utilizo para las confirmaciones? ¿No confirmamos? Vale, vale, lo que tú digas. Pero si no puedo poner a DBCO ni al señor San, que son verdaderamente los ganchos sociales… Ya, pues nada, como tú digas, Jaime. Así lo haré. Gracias, sí.

«Y dice que es un asunto menor y que no quiere que DBCO aparezca… Lo que no quiere es que San y la agencia aparezcan relacionados en ninguna parte, claro, y menos por escrito, jaja, os he pillado. Lo que tengo que hacer es arreglármelas el día 16 para que Mario no asome por allí la nariz, y juntaros a los otros tres. Haceros una foto juntos a Quisco, a ti y al Josanito, y que salga en todos los periódicos. Os voy a joder vivos. Ni pintor chino ni gaitas, vosotros tres, y una denuncia anónima a la Policía Nacional o a quien sea, como quería Ernesto antes de que todo se liara. Y que ruede la bola. Esto va avanzando, chiquitina». Elena se acariciaba la tripa sonriente, mientras pensaba escribir al equipo secreto para contarles sus últimas averiguaciones y preparar el plan. Le estaba pillando el gusto a esto de espiar a los malos, pensó, animada ahora que veía el final próximo. Siempre había sido un poco cotilla. La niña empezó a bailar la conga dentro de su cápsula espacial y Elena se puso el poncho que había rescatado de sus años de universitaria hippy —que ya iba refrescando—, cerró el despacho con llave —su nueva costumbre desde que era espía— y bajó al Rodilla de la esquina de Orense con Raimundo Fernández Villaverde a buscar un zumo para la pequeña astronauta y un sándwich vegetal para ella. Calma chicha a este lado del Bernabéu.

La mañana del 16 de noviembre era radiante, aunque en el telediario del día anterior se empeñaban en anunciar nubes y chubascos. Algo que preocupaba a Elena relativamente pues, aunque el evento no era al aire libre, un chaparrón justo a la hora de la convocatoria podía hacer que muchos de los invitados prefiriesen quedarse en casa o en sus despachos profesionales. Mucho mejor que meterse en el atasco de locos que se montaba en Madrid en cuanto caían dos gotas. Las invitaciones, que se mandaron acompañadas de un grabado numerado del autor que las convertía en pequeñas obras de arte, habían conseguido un récord de confirmaciones. Y en las páginas de cultura de *El País*, dirigidas por un íntimo amigo de Marisol y Paco, el sábado anterior habían publicado un reportaje aprovechando la percha de la inauguración de Xian Laboji. En él hablaban de los artistas chinos contemporáneos, la mayoría de ellos representados en España por Julia Ye. Con esto, Elena se había apuntado un tanto muy importante. Tenía a Julia eufórica e incluso algo celosa pues, según le había confesado ahora que se habían hecho las mejores amigas del mundo y hablaban prácticamente a diario, el mismísimo señor San estaba impaciente por conocerla. De hecho le había sugerido a su mujer ficharla, cuando diera a luz, como directora de su grandiosa (e inexistente, aunque Julia hablaba como si fuera una realidad) fundación cultural chino-española. Desde luego, el egocentrismo y la ambición de esta pareja no parecía tener límites, pensaba Elena. Esperaba así tener fácil acercarse a él, hacerle la foto con los jefes —que era su principal obsesión— y sacarle la información que necesitaba para poderlos denunciar sin ponerse ella misma ni a su familia en peligro. Desgraciadamente, Julia Ye no había querido hacer un pequeño *photocall* a la entrada de la galería, como Elena había sugerido, con una excusa tonta que revelaba el miedo instintivo a la publicidad de quien sabe que tiene mucho que ocultar. Pero sí habría prensa. Y un fotógrafo «de la casa» contratado por ella, por supuesto perteneciente al círculo profesional de Testigo 13, cuya principal misión sería hacer fotos a las personas que les interesaban preferiblemente juntos, para poder demostrar en un momento dado que se conocían y tenían intereses comunes. También había infiltrados agentes secretos entre los camareros y Elena había invitado a Rosalía Villamil con acompañante, para que su ángel de la guarda pudiese estar cerca de ella. No iba a pasar nada, pero así se sentía más segura. Jaime iría seguro, con su mujer había dicho, algo sorprendente porque ella nunca le solía acompañar. Y Quisco también dijo que iría seguro, pero solo. También Elena iba sola porque aunque Mario había insistido en acompañarla, ella le había dicho que mejor no, que no podría hacerle caso porque ella estaría trabajando, y total allí no conocería a casi nadie, que sería un aburrimiento... Él se había mosqueado. Pero Elena prefería dejarlo al margen de aquello, ya que si se demostraba finalmente que estaba pringado en los negocios de semejante panda, al menos no habría fotos y no sería ella misma quien llevara a su marido a la boca del lobo. O de la cárcel. Uf, ya empezaba a pensar como una delincuente, como si fuera de los polis de quien tenía que protegerse... Sin poder dejar de pensar en eso, solucionó algunos detalles de última hora (una de las chinitas que iban a ejercer como azafatas comprobando las listas de puerta se había puesto enferma, y tuvo que convencer a Julia para que la sustituyera su sobrina mayor. A Elena le parecía importante que fueran jóvenes chinas, aunque vestidas a la europea, quienes recibiesen a los invitados). Entre unas cosas y otras dieron las doce y media y aún quedaban algunas cosas importantes por solucionar antes de abrir las puertas de la galería, a las nueve de la noche.

—Patricia, tú o Pepita decidle a Jaime que me voy, por favor. Tengo que recoger los regalos que vamos a entregar en lo de esta tarde a la salida a los invitados. Luego he quedado a comer con la dueña de la galería y el artista, que llegó anoche. Por la tarde iré a la galería a comprobar que todo va bien y luego iré a mi casa a arreglarme.

—Ok, Elena, se lo digo. Qué envidia, me muero de ganas por ir esta tarde con vosotros. ¿No necesitas que te ayude a algo? En esta oficina tan aburrida que nunca pasa nada... Y siempre que hay eventos yo me quedo aquí de cenicienta, qué mala suerte.

—Pero, mujer, si va a ser un aburrimiento de cóctel, lleno de profesores y políticos calvos y *enchaquetaos*, señoras vestidas de bodas y bautizos... Vamos, que aquí solita te pones la radio y te lo pasas mejor con Georgie Dann a todo trapo: «La-bar-ba-coooa, lalalala...».

Quería sacarle una sonrisa a Patricia, pero solo consiguió una mueca de tristeza.

—Ya, claro, tú vas a un montón de sitios y por eso te puedes permitir el lujo de aburrirte. Pero yo, aunque solo sea por salir de esta moqueta... Creo que me da alergia y todo, fíjate que no paro de estornudar...

—Bah, venga, anímate, te prometo que a la primera BeautyParty que voy a preparar para diciembre, que va a ser aquí en Madrid, vas a estar tú de gerifalta, controlando todo. Eso sí que va a ser un plan de chicas divertido, y no este rollo, encima con los jefes.

—Bueno, Elena, te tomo la palabra. Y, oye, ¿qué le digo a Jaime o a Estévez si quieren hablar contigo? Ya sabes que les gusta saber siempre dónde estás.

—Yo te llamaré a las cuatro más o menos y me dices si quieren algo. Y de paso insiste para que vengan con una vaporeta a limpiar a fondo las moquetas y que nos pongan teléfonos móviles de empresa, que ya todo el mundo en la calle Serrano y en la Castellana tiene su zapatófono menos nosotros. Así nos pueden controlar todo lo que quieran, y además no seremos la empresa más cutre de toda la *city* madrileña.

—¡Elena, calla, qué cosas dices! Y baja la voz...

—Jajaja, yo paso ya de todo, hija. Si me oyen que me oigan. ¿Qué más me van a hacer? ¿Despedirme? Pues me harían un favor, mira lo que te digo.

—No seas así, Elena. Ya me gustaría a mí trabajar mano a mano con Jaime, que es un señor, y tan inteligente. Aquí ya hasta Pedro y Marcos me tratan como si fuera su chacha. Y yo tengo mi título de secretaria de dirección, y de inglés. Mi trabajo es muy importante en esta empresa, más de lo que esos dos se creen. Pero eso se va a acabar. Me acabo de apuntar a la Asociación de Secretarias Profesionales de Madrid, que llevan ya varios años reivindicando nuestros derechos y nuestro perfil profesional, a ver si aprendo a defenderme. Es que los jefes se creen que somos secretarias para todo, que estamos a su servicio. Y no, nuestro puesto es tan digno y tan necesario como cualquier otro de la empresa, ¿verdad, Elena?

—Desde luego, Patri. Pero mira, ya que estás siendo tan sincera conmigo —Elena bajó la voz—, te voy a decir lo que de verdad pienso: si quieres que te respeten, lo primero es respetarte tú a ti misma.

—¿Qué quieres decir? —Patricia se puso en guardia, tensó la espalda, crispó las manos. La miraba asustada sin atreverse a pestañear.

—Nada, mujer, yo no sé ni la mitad de las cosas que pasan aquí y además, créeme, prefiero no saberlas. Pero sí que sé que un hombre como Jaime será tu jefe. O lo que sea, pero nunca será tu compañero. Ese tipo de persona, el respeto lo guardan para aquellos a quienes temen, no para aquellos a quienes creen que tienen a su favor. O lo que es peor, a su servicio.

La cara de Patricia lo decía todo, aunque no pronunció ni una palabra. La veía a punto de llorar y a Elena le daba pena, a pesar de todo, tanta ingenuidad. Quizá ella misma no era más espabilada que Patricia. Quizá solo había tenido un poco más de suerte en la vida.

—No te confundas, Patri, que esto es un trabajo, no es tu vida. —Le daban ganas de abrazarla pero no se atrevió.

—Ay, Elena, si ya lo sé, lo sé de sobra. Ya me he dado cuenta de que he sido una tonta, y veremos a ver por dónde sale todo esto. Pero hay cosas que no sé cómo arreglar...

—En la vida todo tiene remedio menos morirse, decía mi abuelo Alfonso. Yo no soy quién para darte consejos. Ni siquiera sé cómo arreglar mi propia vida. Pero si quieres hablar, ya sabes dónde estoy. A lo mejor entre dos tontainas juntamos una lista y ganamos a todos los malos.

Patricia sonrió y antes de que pudiera decir nada tronó el vozarrón de Jaime, que las estaba escuchando desde su puerta abierta.

—¡Patricia!

Como tiradas por un resorte, las dos mujeres salieron corriendo cada una en la dirección que había elegido. Elena a la liberación de la calle. Patricia, al corazón de Alcatraz.

El resto de la mañana fue una vorágine de preparativos. Desde acercarse al pequeño despacho de la imprenta que había tirado en papel de acuarela los preciosos grabados que había dibujado Xian Laboji, en exclusiva para la ocasión, y que aún tenía que firmar durante el almuerzo. Después, a la papelería donde había encargado las bolsas para entregar a los invitados el grabado y un dossier que había preparado con la bio del artista y el catálogo de la exposición, precios incluidos. De allí al taller de cocina donde estaban preparando el catering para asegurarse de que habían llegado las vajillas, las servilletas con motivos orientales, que el cóctel estaba listo y que los camareros «especiales» estaban en sus puestos. Y que tenían todo listo para grabar las conversaciones de los invitados que ella misma les había señalado días antes. Llegó prácticamente a la vez que Julia Ye y Xian Laboji a la cúpula del Palace. El artista chino, que no parecía muy espabilado socialmente, había perdido el vuelo el día anterior y llegaba directamente desde Barajas, agotado. Allí se sentaron las dos mujeres a esperar a que el artista dejase sus maletas y bajase a reunirse con ellas, firmar los grabados y tomar algo rápido antes de irse a casa a tomar un baño templado, relajarse un rato con una bolsa de manzanilla en cada ojo para que no se le marcasen las ojeras y arreglarse para el evento.

Delante del espejo, con un sujetador superreforzado de tirantes anchos, aros y seis posiciones para regular el contorno, y una braga-faja de embarazada de compresión ligera y alta hasta debajo del pecho, se veía como una modelo antigua. De esas entraditas en carnes de las fotos picantes de los años veinte. Se extendió por el rostro y el cuello una ampolla de Germinal efecto flash, y mientras su piel la absorbía se decidió por un maquillaje ligero y natural que le parecía más adecuado para una mujer en su estado, a pesar de que el evento era de tarde-noche. Los labios rojos, ahora que los tenía más gruesos de lo normal, le parecían vulgares. Y marcar los ojos, casi lo único que conservaba sin alteración ahora que estaba casi de siete meses, sentía que estaba fuera de lugar. Una mujer con este bombo no está en el mercado. Además allí no habrá demasiado género masculino en buen estado, así que no había que preocuparse demasiado por resultar electrizantemente seductora. Una base mate. Una sencilla línea de kohl en el párpado superior. Algo de colorete oscuro en polvo bajo los pómulos y en las aletas de la nariz, para estilizar sus rasgos redondeados por efecto de las locas hormonas que bailaban el cancán a lo largo de sus venas. Un gloss melocotón y, eso sí, tres capas de máscara de pestañas negra. Muy negra. Eligió otra de las túnicas de seda que compró en París, en este caso estampada con brochazos de acuarela en tonos vivos y alegres sobre un fondo blanco para diferenciarse de las chinitas, que irían todas en negro minimalista. Julia Ye parecía que no conocía otra manera de ser —o parecer— elegante. Seguramente huyendo del estridente sentido del color que tienen en general los chinos, pensaba Elena. Unas bailarinas beis con el típico acolchado de Chanel —«Estas al menos son verdaderas», pensó con una sonrisa— y el bolso que solía llevar cuando se arreglaba, un Amazona de Loewe pequeño y en un precioso tono ceniza, completó el conjunto. Se dio un último vistazo al espejo, se deseó suerte y salió.

Cuando llegó a la puerta de la galería de arte aún no había ningún coche en doble fila. Al llegar con su pequeño escarabajo buscó al aparcacoches que había contratado para que los invitados VIP no tuviesen que andar callejeando en busca de una plaza. En la sala todo era actividad. Las chicas se estaban poniendo de acuerdo con los listados de invitados para recibirlos en la puerta. El artista estaba repasando sus obras asegurándose de que los carteles en español, inglés y chino no estuviesen equivocados. Por la puerta del almacén se escuchaban los tintineos de las copas que los camareros estaban llevando desde allí a la pequeña barra preparada al fondo de la sala. Y a la derecha, en un retranqueo que hacía la pared justo en la entrada, dos chicos con coleta estaban haciendo pruebas de sonido con unos micrófonos y una pequeña mesa de mezclas para pinchar música durante toda la velada. Dos de las chinitas salieron de detrás de la puerta donde se habían escondido bien ordenados los regalos hasta que fuera la hora de que los invitados comenzaran a salir. Todo parecía controlado, así que subió las escaleras despacito —cualquier esfuerzo, por pequeño que fuera, la dejaba ya casi sin aliento— y llamó a la puerta de la oficina de Julia. Las dos mujeres se besaron, nerviosas, comentaron algunos detalles de última hora (Julia hablaría primero, para agradecer a los invitados su asistencia, y el artista diría unas palabras en inglés, muy breves, pues parecía que los dioses chinos no lo habían llamado por el camino de la elocuencia) y se dispusieron a bajar juntas para recibir a los primeros invitados a la entrada. Julia se había vestido completamente de negro con un vestido de punto de seda de cuello vuelto, manga larga y falda por debajo de la rodilla. El moño alto y un maquillaje que a Elena le pareció como de geisha (piel blanquísima, labios rojos y los ojos marcados con rabitos casi hasta las sienes) le daban una imagen misteriosa y seductora. Las dos mujeres, tan diferentes como el sol y la luna, el día y la noche, la alegría y el misterio, la verdad y la mentira —pensaba Elena bajando escalón tras escalón— llegaron a la entrada a la vez que aparecían los primeros invitados. Jaime y su mujer.

—¡Hola, Piluca, qué alegría verte, mujer, te vendes muy cara! —La alegría de Elena al saludar a la mujer de Jaime, tan falsa como el abrazo y los dos besos que le estampó en las mejillas, sorprendieron a su jefe, que la miró desconfiado. Elena devolvió a Jaime una mirada desafiante y siguió con su pantomima—. Julia, quiero presentarte a una de las mujeres más influyentes en la sociedad madrileña, Piluca de Diego.

Julia y Piluca se saludaron obedientes, luciendo sus mejores sonrisas mientras Elena escaneaba mentalmente a la esposa de su jefe. Aunque en realidad era ella la del apellido, el dinero, las fincas y las relaciones, el cruel dios de las pequeñas cosas había querido que su aspecto no fuera precisamente el que se puede esperar de una rancia aristócrata. Era una mujer pequeñita, redondita, que podría resultar una dulce abuelita de no ser por aquella melena rubia de bote y peinada de peluquería al más puro estilo Dallas. Aquel maquillaje lleno de brillos. Aquellos labios vulgarmente maquillados en un tono anaranjado a juego con las uñas, como de pueblo... y un vestido imposible, de Cacharel y seguramente carísimo, eso sí, pero con un estampado de microflores demasiado naíf y un enorme volante en el escote, que la hacían aún más gorda y achaparrada... No resultaba tan extraño, al fin y al cabo, que tanto el impresentable de su marido como los impresentables de sus hijos la tuvieran prácticamente encerrada en el Club de Campo, merendando té con pastitas en bucle, día tras día, con otras cuantas loros enranciadas como ella...

—Elena, ven, quiero presentarte a alguien.

La voz de Julia Ye sacó a Elena de su momento de maldad mientras la mujer la cogía del brazo y la transportaba casi en volandas al encuentro del malvado del cuento, por fin. El horrible mafioso que le estaba arrebatando el sueño, su trabajo, su familia y toda su vida... De cerca, un sorprendentemente guapo, elegante, alto y sonriente señor San. El mismo al que había visto de refilón con Estévez en tres ocasiones. Él no pareció reconocerla.

—Encantado, señora Elena. Mi esposa me ha hablado tanto de usted que deseaba estrechar por fin su mano. —Le estrechó efectivamente la mano, con una inclinación de cabeza—. Es un verdadero honor para mí, créame. Y enhorabuena por su próxima maternidad.

—Ehhh, gracias, encantada, señor San. —Elena no sabía si tenía que hacer ella también las reverencias, pero decidió que no. Ella era una niña bien del barrio de Salamanca de toda la vida, no tenía por qué saludar al estilo oriental—. Julia también me ha hablado mucho de usted y de sus admirables proyectos en común.

—Bueno, bueno, cada cosa a su tiempo. Ahora estamos abriendo mercado, estudiando posibilidades... La paciencia es el ingrediente fundamental del éxito, sobre todo en los negocios. Esto solo es un primer y humilde paso.

—Oh, ya. Bueno, yo de negocios no entiendo mucho, desde luego, y no suelo tener nada de paciencia. Así que seguramente soy mejor pareja de baile que *business partner*, me temo.

Los tres rieron con la salida de Elena y el señor San se dirigió a la pequeña barra para atender a sus invitados que entraban ahora con fluidez.

—Elena, ven conmigo, por favor. —Julia Ye volvía a acapararla, cogiéndola de nuevo del brazo, quizá con demasiada autoridad sobre ella. Como si hoy en vez de una amiga, la considerase alguien a su servicio... «Algo que en realidad es cierto», pensó Elena algo molesta—. Quiero que conozcas a mi amigo Juan Cotiños, el marchante del que te hablé. Él me proporcionó la oportunidad de poseer mi tesoro más preciado, que ya conoces.

—Juan Cotiños, encantada. Soy Elena de la Lastra. —Estrechaba la mano a un señor bajito, sonriente, regordete y vestido a la neoyorquina con un elegante traje de chaqueta, zapatos sport y camiseta, todo rigurosamente negro. Recordando el Picasso que estaba colgado en el piso de arriba y lo que Julia le había comentado sobre su posible autenticidad, sonrió a aquel hombre. No había más que mirarlo para ver que era un bluf—. Creí haber entendido que era un americano quien te lo vendió —dijo Elena dirigiéndose a Julia Ye.

—Jajaja. —Reía con una afectación que a Elena le repateó desde el primer momento—. Aunque mi origen es gallego, ya me siento casi casi americano, la verdad. Llevo desde el 84 en Nueva York y allí he encontrado mi lugar en el mundo, si pueden llamarse así a una pequeña galería de arte, unos cuantos socios por todo el mundo, un apartamento en Manhattan... Y lo más importante de todo, una esposa mexicana que muy pronto me regalará nuestra preciosa primera hija. Veo que usted también está embarazada, felicidades.

—Gracias, sí, ya estoy de siete meses. ¿Y a qué tipo de pintura se dedica usted preferentemente?

—Bueno, me especializo en arte contemporáneo, sobre todo expresionismo abstracto. No es por presumir, pero parece ser que tengo un especial olfato para descubrir obras menores o perdidas de grandes maestros en lugares que usted ni imaginaría. De hecho, mi carrera comenzó cuando descubrí un Jackson Pollock desconocido. Y con el tiempo me he especializado en husmear en todo tipo de desvanes, trasteros y galerías de provincias donde he llegado a encontrar verdaderas gangas firmadas por Basquiat o por el mismo Andy Warhol, a quien tuve el privilegio de conocer al poco tiempo de llegar a Nueva York, antes de su triste desaparición hace ya ocho tristes años.

—Lo que cuenta es impresionante, ¿verdad, querida? —dijo Julia Ye—. En realidad, toda la vida de mi amigo es impresionante. Aunque él lo cuenta con tanta modestia... Trabaja con los más importantes museos del mundo como el MoMA, el Metropolitan o el Guggenheim. Y con grandes galeristas, desde luego, como la mítica galería Knoedler, de Nueva York, donde casualmente nos conocimos hace ya casi tres años, ¿verdad, Juan?

—Sí, una feliz casualidad. La vida está hecha de estas pequeñas intuiciones: miras un cuadro, conoces a una persona... y sientes que has encontrado algo muy especial que no puedes dejar pasar, que te puede cambiar la vida. En realidad Julia es ahora mismo uno de mis bastiones en España. Gracias a ella he hecho algunos muy buenos negocios. Y también me ha abierto las puertas de su mundo, el arte contemporáneo chino, con el que también tengo fructíferas relaciones allí, en la Gran Manzana...

La galería se había llenado de gente. Los camareros circulaban sin descanso entre los grupos ofreciendo cócteles con y sin alcohol y pequeñísimos canapés muy sofisticados, inspirados en la fusión de Oriente y Occidente. —Elena se había encargado personalmente de que tanto la bebida como la comida fuesen abundantes y saliesen de la cocina con fluidez. Estaba harta de asistir a cócteles en los que había que pescar un canapé prácticamente al vuelo—. El artista se había aislado en una esquina, como si todo aquello no fuera con él.

Y aunque Elena estaba alucinada con la conversación entre aquel par de farsantes, miró a su alrededor y se dio cuenta de que estaba perdiendo muchas oportunidades de conseguir su propósito principal. Es decir, una foto con todos los tramposos juntos para poder usarla en algún momento, cuando las interrelaciones entre ellos estuvieran perfectamente claras en la investigación que estaba llevando a cabo para ella la agencia de detectives. Buscó entre los camareros la inconfundible mirada de su ángel de la guarda, que la estaba mirando desde la puerta del almacén, y se dirigió a Quisco, que estaba entrando en ese momento, casi una hora tarde, como si aquel evento no tuviera nada que ver con él ni con su agencia.

—Quisco, qué bien que llegas. Ya pensaba que no vendrías.

—Claro, rubita, cómo no voy a venir. Este cliente va a ser importante en el futuro de la agencia. Pero me voy en treinta minutos, solo he pasado a saludar. De todo lo demás estoy seguro que Jaime y tú os encargaréis a la perfección sin mí.

—Como quieras, Quisco, pero antes de irte tienes que hacerte una foto de familia con el artista, los San, Jaime, un galerista superfamoso que nos han traído desde Nueva York… No puede faltar esta foto en el dossier que mandemos mañana a la prensa.

—No, no, Elena, nada de fotos. No pienso posar con nadie. Nosotros no somos los protagonistas sino ellos. Dedícate a hacer todo lo que venga bien para su promoción pero a mí no me impliques. Son unos clientes y nada más.

—Bueno, bueno, pues nada, ya haré la foto con ellos y los políticos. Han venido nada menos que tres alcaldes y cinco concejales de los pueblos donde están asentadas las empresas de San. Y ellos sí que están encantados de hacerse todas las fotos que haga falta con los chinos. Y mira, el grupito aquel de la esquina. Son todos críticos de arte. Y el alto con la camisa de flores es un galerista famosísimo que viene de París, no recuerdo su nombre. La verdad es que la convocatoria ha sido un éxito.

Mientras hablaba, Elena llevaba suavemente a Quisco hacia la zona donde estaba el artista, que en este momento hablaba con Julia y el señor San mientras hacía señas a su fotógrafo para que estuviera atento y tirase unas cuantas fotos del grupo sin que se dieran mucha cuenta. Jaime se acercó a ellos inmediatamente, en cuanto vio que Quisco había llegado. Con lo que le ahorró tener que ir a buscarlo. Ya tenía el grupito junto. Ahora solo faltaba que el fotógrafo fuese espabilado y cumpliese el encargo que Elena le había hecho antes de que comenzase la fiesta: perseguir de forma discreta a sus jefes y a los chinos, y tomar tantas fotos como le fuera posible de todos ellos de forma que se les viera bien la cara y no cupiesen dudas de sus identidades. Las nuevas cámaras digitales eran perfectas para eso.

El viernes 17 de noviembre a las doce de la mañana llegó Elena a su despacho. El mismo Jaime le había dicho la noche anterior que no tuviera prisa en madrugar al día siguiente.

Un detalle completamente inusual en él, que Elena atribuyó directamente a que Piluca estaba delante, despidiéndose de ella con una gran sonrisa de satisfacción. La pobre mujer salía tan poco con su marido que incluso en aquella reunión tan sumamente aburrida había disfrutado de algo diferente a los cotilleos sociales, sobre gente cada vez más joven, y el intercambio de patrones para los vestiditos de bebé que hacían para el mercadillo anual de la organización caritativa Futuro y Esperanza.

Encima de la mesa de su despacho encontró la nota de prensa que ya había escrito el nuevo, Julio, su sustituto *in pectore*, para que ella la aprobara y mandarla directamente por fax a los medios y programas diarios y por correo a los semanales y mensuales. La leyó en diagonal. «Correcta. Ok. No me voy a comer el coco ni media con esto». Fotos para prensa: el artista junto a una de sus esculturas estrella, una cuna antigua de hierro envuelta como en algodón o hilos de seda de los que fabrican los gusanos, que simbolizaba la fragilidad de las cosas... «O yo qué sé qué vainas simboliza», pensó Elena impaciente. El artista posando junto a Julia Ye y el señor San en la galería de arriba, donde ya colgaba uno de sus cuadros. Seguramente el impuesto revolucionario que pagaba a aquella mujer por la promoción de su trabajo con su consiguiente comisión por las ventas. Dos panorámicas de la sala llena de gente. Y fotos de las obras fundamentales: dos cuadros y tres esculturas, todas con la misma filosofía de cosas duras envueltas en cosas blandas. Elena no sentía ya nada ante las mismas obras que, el día que las descubrió, le parecieron tan bonitas y poéticas. Ahora le parecían el símbolo nada poético de la vida de aquella pareja china: gente dura, ambiciosa, insensible, interesada..., envueltos en falsamente blandas cortesías, lujos y buenas palabritas. Llamó a María.

—María, por favor, dile a Julio que la nota de prensa está perfecta. Que la lance con todas las diapositivas, una plancha para cada medio. Y que se asegure de que los vídeos y audios para TV y radios llegarán antes de la una, que los informativos son a las dos. Y luego nos interesa que los tengan para los programas de radio de la sobremesa. No, que te ponga a ti como enlace si alguien necesita alguna imagen u otro tipo de info. Y tú, si te piden datos sobre el artista se lo pasas a Julio. Y a mí todas las llamadas que tengan que ver con los San o entrevistas. Eso lo valoraré yo personalmente, ¿ok? Gracias.

Terminado el primer trámite abrió el ordenador para ver si su fotógrafo le había mandado sus propias fotos, las que más le interesaban. Perfecto, un *e-mail* en su bandeja. Impaciente, pinchó los archivos de las fotos, y nada. No se abrían. Elena no sabía qué hacer con los archivos. Recibía muy poco material por *e-mail*. Y las fotos digitales eran para ella más bien un problema con esos nombres raros jotapeg, tif... No podía recurrir a nadie que le ayudara con esto, así que se armó de paciencia y se dispuso a probar varias maneras de pinchar y arrastrar los archivos, a ver si sonaba la flauta. Tras un rato de intentos y muchas ganas de llorar de frustración consiguió abrir uno arrastrándolo a su escritorio, y desde ahí, tirándolo a un programa que hasta ahora ni sabía que existiera, pero que por el nombre se imaginó que algo haría con las fotos, MS Paint. Las abrió una a una. Las miró sin atreverse a hacer nada para no liarla y consiguió guardarlas en su escritorio, nombrándolas también una a una y dejándolas tal y como estaban, porque no entendía nada de lo que el programa le iba preguntando. Guardar. Sí. Ok, mantener cambios... Al terminar, se prometió a sí misma aprovechar su baja maternal para apuntarse a algún curso de informática en el que le enseñasen al menos las cosas básicas.

Ya más tranquila, con las fotos en su escritorio y tomándose un zumo de naranja las fue abriendo. Quisco y San saludándose ceremoniosamente. «Nada». Quisco besando la mano a Julia. «Menudo pelota, ¿se la habrá tirado?». Elena besando cariñosamente a Piluca en presencia de un Jaime con cara de pocos amigos. «Aquí la falsa y pelota soy yo, así es la vida». Jaime hablando con el concejal de Parla. «Esta quizá valga para algo». Jaime, el señor San y el concejal, riéndose. «Esta puede valer». Jaime, tomando del brazo a San mientras Quisco les habla a los dos, en presencia de Julia que parece muy interesada en la conversación. «Esta sí». Jaime y Julia, tomados de espaldas, rozando sus manos por detrás mientras el artista, de frente, les explica algo... «Esta sí que es buena. Jaime no perdona. Es como Atila el rey de los hunos, este tío. Como vea esto el Josanito le corta los huevos, supongo que es consciente. *Vanitas vanitatis et omnia vanitas*», recordó el latinajo de sus años con las monjas.

En ese momento sonó su móvil de *spygirl*. Era Ernesto.

—Hola, cuñadito, llamas en un momento clave. Sí, lo de anoche perfecto. De convocatoria un éxito, estuvieron todos los malos además de un montón de políticos que se ocupan de temas culturales en los ayuntamientos, algún decano de arte, dos o tres catedráticos, críticos de arte, gente de los museos... En fin, que los chinos están contentísimos. No te digo más, que me quieren fichar para montarles el cotarro cultural ese con el que sueñan. Pero ni de coña, no estoy tan loca. Aunque no supiera nada de lo que sabemos de ellos, a mí este rollo ceremonioso que tienen que con toda educación y cortesía te clavan la puñalada trapera en la espalda... Uf, no me va nada. Aunque un poco mafiosa sí que me estoy volviendo, hasta me divierte esto en algunos momentos. Si no fuera por lo mosca que me tiene que Mario tenga que ver con ellos, incluso lo disfrutaría... Bueno, lo que te quería contar. Tengo unas fotos que son la bomba, todos juntos, en amor y compañía con los chinos. Y no te lo pierdas, una foto de mi jefe el chuloputas... Ah, sí, Jaime, es que mi amiga la Lopy me contó que la gente lo llama así... Bueno, ya te contaré, es un cotilleo que tampoco tiene mucho que ver con esto. Bueno, pues que Jaime Planas está en una foto medio enrollándose con Julia, la mujer de San. Es una bomba de relojería. Si usamos esta foto en algún momento, este se queda en dos minutos como Farinelli... ¿No me oyes bien? Es que estoy en mi despacho y no me fío de que me hayan puesto micrófonos o algo, estos tíos son capaces. Te llamo cuando salga a comer y te cuento más despacio, ¿ok? Sí, cuñadito, tendré cuidado. *Bye.*

Nada más colgar, Patricia asomó tímidamente su cabeza por la puerta del despacho.

—¿Qué tal anoche, Elena?

—Patri, pasa. Pues muy bien, siéntate, mujer. La verdad es que era un rollo de convocatoria, todo señores de chaqueta y corbata y señoras como de boda de pueblo, las mujeres de los concejales.

—Es que es un rollo ser mujer, Elena. Los hombres, por feos y paletos que sean, se ponen su traje y su corbata y dan el pego superbién, pero nosotras... Si no tienes estilo, pues no lo tienes. Pero si tampoco el cuerpo y la edad te acompañan, pues ya puedes ser la más lista del mundo que nadie se va a parar ni dos minutos a descubrirlo...

—Eso es verdad, hija, porque vamos, que no salga de aquí, pero la mujer de Jaime, la pobrecilla..., es buena persona, y una señora supereducada... pero entre que es feíta, bajita, un poco rancia y que su peluquera merece una muerte lenta y cruel, pues a ver qué remedio tiene. Y mira que la pobre es amable. Pero Jaime además la trata como a su chacha, o su esclava, es un cabronazo ese tío.

—¡No digas eso, por Dios, Elena, que te va a oír alguien! Yo quería hablar contigo. ¿No podríamos tomar un café en alguna parte donde no nos encontremos con nadie?

—Claro, Patri, lo que quieras. Pero no te pongas tan nerviosa, mujer. Si Jaime me oye se cabreará, o incluso me echará. Pero vamos, que no es para tanto, no me van a matar por decir que su mujer es un poco horterilla...

—Calla, por favor, Elena, que tú no lo conoces como yo.

—Bueno, mujer, que te va a dar algo. Si quieres, luego a las dos nos vemos en el José Luis y tomamos algo juntas tranquilamente.

—No, no, en el José Luis puede que aparezcan. Mejor en el Foster's Hollywood que hace esquina con el Paseo de la Habana, allí sí que no van ni por equivocación.

—Bueno, si lo prefieres tiramos para arriba, para Bravo Murillo... O bueno, como quieras, en el Hollywood. La primera que llegue que busque una mesa escondida por el fondo. Venga, mujer, y no te pongas nerviosa que no pasa nada.

—Ya, perdona, es que últimamente me ha dado por pensar... Pero no, Jaime es un señor. Y muy generoso, Elena, mucho más de lo que te imaginarías.

Elena se quedó preocupada ante la inestabilidad de Patricia. En tres minutos de conversación había pasado de la amabilidad a los nervios, al miedo, a la desconfianza, de nuevo a una cierta actitud de desvalimiento... No sabía qué pensar... «Bueno, ya me enteraré», pensó mientras abría la correspondencia de la mañana. «De todas formas, Patricia ya es mayorcita para saber dónde se mete. Si se enrolla con uno de los jefes y luego se arrepiente... pues no tiene más que decírselo. No le voy a contar mi vida, desde luego, pero vamos que es muy fácil. A no ser que esté de verdad enamorada de ese cabronazo, pobre chica. Esta sí que la grabo. Seguro que me cuenta cosas interesantes», pensó Elena mientras comprobaba las pilas de su minigrabadora.

—Elena, mira lo que mandan los San. —María entraba en el despacho con una enorme cesta de mimbre llena de flores blancas de distintos tipos y alturas que la tapaba entera. La dejó en el suelo, junto a la mesa, y se quedó embobada, mirándola—. No me digas, Elena, qué detallazo. Y para Jaime y don Francisco también han mandado dos paquetes. No son flores, pero un regalo chulo seguro. Se nota que son unas personas muy finas, ¿verdad?

—Sí, un detalle bonito sí que es. ¿Te las quieres llevar a tu casa? Si quieres repártelas con Patri y con Pepita, son demasiadas. Y a mí el olor de tantas flores me da dolor de cabeza. Llévatelas.

—¿De verdad que no las quieres? ¡Si son maravillosas! Bueno, pues muchas gracias, me quedo con la cesta, si te parece, y reparto las flores con las chicas. Muchas gracias, de verdad. Pero mira, este paquetito que hay aquí en la cesta sí que te lo doy, ¿no?

—Sí, aunque como sea un regalo caro se lo devuelvo. No quiero nada de esa gente.

—Cómo eres, Elena, no tiene nada de malo que te agradezcan las cosas. Al fin y al cabo, has trabajado mucho con ellos, y con la señora San te has llevado de maravilla. Es una señora tan elegante...

—Ya, María, pero no te hagas líos. He hecho lo que ellos han encargado a mi empresa. He cumplido con mi trabajo y ellos le pagarán mis servicios a mis jefes. De amistad nada, esto es una relación puramente laboral. Y no quiero que creas, ni mucho menos transmitas, nada más que eso.

—Bueno, Elena, como tú digas. Si no te importa me voy, que tengo mucho trabajo con los envíos de Julio a los medios. No sabía que había tantas radios y programas, qué barbaridad.

—Sí, gracias, ponte con Julio, yo no necesito nada. Solo que me pases las peticiones de entrevistas como te dije esta mañana.

Enfadada consigo misma por haberse puesto borde con María, Elena abrió el paquete y se encontró con una nueva notita en papel de acuarela. Julia Ye le agradecía sus esfuerzos a favor de la cultura y la amistad chino-española. Le dio náuseas. Cada vez estaba más asqueada de esta mujer, que tan buena impresión le había causado al principio. Y de tanta megalomanía. Y de tanta impostura, porque a estas alturas Elena ya estaba segura de que todo alrededor de ese mundo era de mentira. Tan falso como el Picasso que aquel falso neoyorquino le había colocado en la pared sabe Dios cómo ni por qué. En el paquete había unos exquisitos pendientes antiguos cuajados de pequeños diamantes, probablemente verdaderos a juzgar por el sello de la prestigiosa firma de joyas antiguas de la calle Lagasca en cuyos escaparates tantas veces Elena se había parado a soñar. Casi llorando, tanto por la humillación que sentía ante los regalazos de Julia, como por la pena de devolver aquella maravilla, escribió una tarjeta agradeciéndole el detalle pero asegurando que su ética profesional no le permitía aceptar algo tan caro. Volvió a meter los pendientes en su caja sin ni siquiera probárselos para no sufrir más de lo necesario. Puso todo en un sobre grande a nombre de Julia Ye, lamentando no tener allí el grabado de la otra vez para devolver las dos cosas juntas, y lo dejó en la bandeja del correo, con una nota: «Asegúrense de entregar en mano a la señora Julia Ye. Gracias». Quería que tanto María como las demás secretarias supiesen sin lugar a dudas que ella había devuelto el paquete.

En este vaivén de emociones fue pasando la mañana y Elena se dio cuenta, ya casi a la una del mediodía, de que no había comido ni bebido nada. La niña se empezaba a impacientar con tanta inmovilidad, golpeando con un pie o quizá una manita las paredes de su pequeño universo y provocando un gracioso bulto en el lado derecho de su barriga. Elena se acarició el bultito con la palma de la mano derecha y habló suavemente a su hija: «Tienes razón, pequeño gremlin, las dos tenemos hambre. Vamos andando al Paseo de la Habana y así estiramos un poco las piernas antes de darnos un festín de hamburguesas y patatas, como cuando era estudiante».

Al salir del edificio miró a su alrededor buscando a su ángel de la guarda, y lo encontró en un ejecutivo maduro y elegante que esperaba a alguien con un maletín en la mano sentado en uno de los sillones blancos, antes de pasar el torno de seguridad. Le hizo un gesto imperceptible con la grabadora en la mano, metiéndola en el bolsillo de su chaqueta para que él se diera cuenta de que iba a suceder algo importante que merecía la pena grabar, y salió del enorme zaguán de Torre Picasso con paso seguro. Sintiéndose tranquila y protegida por unos ojos grises que no se despegaban de su espalda… y también sabiéndose observada levantó los hombros, estiró el cuello y dio a sus pasos cierto aire coqueto, moviendo las caderas un punto más de lo estrictamente necesario. Sonrió y se dispuso a disfrutar del pequeño paseo.

Patricia la esperaba ya en una de las mesas del fondo del local con una enorme jarra de cerveza delante.

—Vaya, Patri, no sabía que te dieras a la bebida, menuda cervezota.

—Bueno, es un poco exagerada, pero quería darme ánimos para hablar contigo. Confío en que me vas a guardar el secreto, es algo difícil, que no sé si vas a entender. Pero últimamente hablas más conmigo y es que no sé a quién recurrir. Necesito que alguien...

—Mira, Patri, yo no sé lo que me vas a contar. Pero te aseguro que en los últimos meses estoy viendo tantas cosas raras que dudo que algo de lo que me cuentes pueda sorprenderme. —Le cogió una mano a la nerviosísima Patricia para transmitirle seguridad y en ese momento se acercó la camarera—. Yo quiero una botella de agua, sin gas, y de comer la señorita va a tomar...

—Un sándwich de pollo a la parrilla con extra de mayonesa, por favor.

—Y yo una hamburguesa clásica con la carne muy hecha, por favor, prácticamente quemada. Y para compartir, tráiganos una ración de aritos de cebolla. ¿Te gustan, Patri?

—Sí, perfecto. Gracias.

Cuando la camarera se fue, Elena puso disimuladamente en marcha su pequeña grabadora dentro del bolsillo de la chaqueta, que había dejado en la silla junto a Patricia, con la excusa de buscar una pastilla que no encontró.

—Bueno, querida, cuéntame qué te pasa. ¿Me equivoco mucho si pienso que tiene que ver con Planas?

—No, desde luego, no te equivocas. —Patricia sonrió tristemente, y miró avergonzada hacia el mantel, como una niña pillada en falta—. Por eso he pensado que tú me entenderías, como estamos en una situación parecida, tú con Estévez y yo con Jaime, pues...

—Bueno, veo que aunque cada una creamos que tenemos nuestros secretos, en realidad nuestra vida está a la vista de todos. ¿Cómo lo sabes?

—Nada, lo típico. Por Pepita, que los oye hablar. Además, varias veces he hecho reservas de Estévez en hoteles, etcétera, y, claro, si coincide que él se va a Bolonia de jueves a domingo, tú te pides dos días libres y vuelves morenita... pues... En fin, de todas formas, las secretarias precisamente tenemos ese nombre por algo, ¿no? Se supone que sabemos guardar los secretos de nuestros jefes. Lo raro es cómo sabes tú lo de Jaime conmigo.

—Bueno, no lo sabía seguro. Pero este verano, ya sabes que mi marido y yo siempre pasamos unos días en un chalet en el faro de Cabo de Palos...

—Ah, sí, en el que está en el acantilado, ¿verdad? Es maravilloso ese sitio, desde pequeña me ha encantado esa casa.

—Pues eso. Yo sabía que tus padres tienen en el puerto algo, ¿verdad? El pueblo es pequeño, y os vi una noche a Jaime y a ti cenando en una de las terrazas.

—Ya sabía yo que algún día esto se tendría que saber. Si es que no es tan fácil engañar a todo el mundo.

—Bueno, mujer, yo no he dicho nada a nadie. Pero cuéntame por qué estás tan angustiada. ¿Quieres romper con él? ¿O es que os vais a casar en cuanto él se divorcie y vais a tener cinco niños del tirón?

—No, nada de eso. No quiero romper. Bueno, sí, sé que debo romper con él y la cabeza me dice que lo sensato es hacerlo. Pero no puedo. Es imposible, ese es el problema.

—Imposible no hay nada, mujer, y menos en estas cosas de pareja. Se lo dices tranquilamente y santas pascuas. Además, él tiene que preservar su matrimonio, que es lo que le da las relaciones que necesita para hacer negocios. No va a hacer nada contra ti. Y en último término, lo amenazas con contárselo todo a su mujer si no te deja en paz. Verás cómo no mueve ni un músculo. —Mientras les traían la comida se miraron. Elena intentaba transmitirle confianza a aquella pobre mujer, atrapada en una relación que ya no le satisfacía. A simple vista parecía muy triste y asustada. ¿Por qué?—. Pero, mujer, no te pongas así. No tengas miedo. No es más que un pobre hombre. Chulo y creído, pero no debes dejar que te asuste tanto hacerle frente.

—Ya, es muy fácil decirlo pero…

—Pero qué, habla claro. Para eso estamos aquí, ¿no?

—Es que ni tú ni nadie lo sabe, pero la relación que Jaime y yo tenemos es muy valiosa para mí, porque es muy especial… Verás, él es mi amo.

—¿Tu qué? ¿De qué me hablas, de un rollo tipo *Historia de O?* Pero ¿eso existe en la realidad?

—Sí, claro. Él es un hombre muy bueno, muy generoso. Y yo soy feliz haciéndole feliz a él como sé que nadie puede hacerlo. Porque nadie, ni siquiera su mujer, sabe cómo es él en realidad, un dios. No sé explicártelo mejor, Elena, veo que no lo estás entendiendo. Y que me he equivocado contándotelo. Pero al menos te pido que me guardes el secreto.

—No, no, no, Patricia, por favor, perdona mi reacción. Me he quedado de piedra, es verdad. Creía que eso eran solo cosas de las novelas. Pero es verdad que he oído hablar de relaciones sadomasoquistas, algo he leído... *Historia de O*, *Las edades de Lulú*, mucho más *light,* claro, pero... incluso sé dónde hay en Madrid algunos lugares donde va la gente así. Solo es que no me lo esperaba de ti. De él no creas que me extraña, pero tú, que eres una mujer profesional, segura, independiente... ¿Cómo te sometes a eso?

—Uno no sabe que es sumiso, o amo, hasta que encuentra a su complementario. Jaime y yo nos encontramos por casualidad. Él había tenido antes algunas experiencias. No con su mujer, desde luego, pero es que ella no le entiende para nada. Un día, no sé si te acuerdas, hace tres años, en la reunión internacional de París a la que me llevaron como asistente...

—Sí, claro que me acuerdo. Yo todavía no iba a las reuniones de la empresa, pero me acuerdo perfectamente lo contenta que estabas de ir con ellos.

—Una tarde, al recoger tras una reunión, tropecé y me caí al suelo con una bandeja de vasos en la mano. Se rompieron y yo me corté en un dedo. Las otras secretarias vinieron a ayudarme pero Jaime, que estaba todavía recogiendo sus papeles, me cogió de la mano, me llevó al baño y en vez de abrir el grifo del agua se la llevó a la boca y chupó mi sangre. Elena, no te puedes ni imaginar lo que sentí en ese momento. Fue como cambiar de dimensión. Yo ni sabía en qué mundo entraba. Ni mucho menos que mi verdadera esencia es la sumisión, que la persona que tenía delante en ese momento mirándome fijamente a los ojos me había esclavizado ya para siempre. No lo entiendes, ¿verdad? No hay nada que yo quiera hacer ya en mi vida sino cumplir sus deseos, o sus órdenes, porque no todo es sexo entre nosotros. Es algo más. Yo le pertenezco, él es mi amo. Cuando mi amo me ata, me manda que vaya a la oficina con una pinza en..., bueno ahí, para que en mi dolor él sepa que soy suya. O cuando me lleva a estar con otros hombres o mujeres porque él es mi dueño y me lo ordena... Me siento llena de amor, agradecida por ser suya como nadie más lo puede ser. Y luego lo pienso en mi casa, yo sola, y creo que me estoy volviendo loca. Que esto no puede ser sano. Pero es real, Elena. No será sano pero es muy real. Y no sé cómo hacer para no volverme loca. Pensaba que tú con Estévez... En fin, creía que contigo podría hablar.

—No, Patri, yo con Quisco he tenido dos o tres encuentros esporádicos pero absolutamente normales. Y además eso lo corté hace mucho, antes de mi embarazo. No tiene nada que ver. No me siento orgullosa, desde luego, y me gustaría que no fuera el secreto a voces que veo que es.

Pero vamos, nada que ver. Y tú deberías salir de una relación como esa. Cualquier día deja de ser un juego y se le va la olla o yo qué sé, te asfixia como en la peli del japonés. Es que me dan escalofríos solo de pensarlo, Patri. Recuerda lo que nos contaron hace meses del suizo, el de DBCO Zúrich...

—No tengo que recordarlo, Elena, pienso en eso cada día. Eso, que se llama hipoxifilia, lo hemos hecho Jaime y yo varias veces. De hecho él lo aprendió del señor Zimmerman. En Zúrich hay un círculo sadomaso de gente muy importante y algunas de las personas que tú conoces forman parte de él, en distintos niveles. A Zimmerman probablemente alguien lo dejó morir porque estaba a punto de salirse de ese círculo, al que entró junto con un amante que tenía, su secretario personal, en realidad. Yo conocí al chico. Ahora creo que se ha ido a Canadá por miedo a que a él le pase lo mismo. Porque, claro, si sales de ese círculo pasas a ser un peligro para los demás. Puedes ir a la policía, contarlo a un periódico amarillista, escribir una novela... Hay muchos negocios y secretos en juego. Demasiados. Y yo estoy en esto metida hasta el cuello. Por eso tengo miedo, aunque sé que Jaime nunca dejará que nadie me haga daño. Él me protegerá. Pero ahora parece ser que alguien está metiendo las narices en los negocios de Jaime y Quisco en PubliMas. Han detectado la actividad de algún pirata informático en sus ordenadores y sospechan de todo el mundo: de tu marido, de ti, de mí... Bueno de ti casi no, porque eres tan ingenua, y tan honesta... jamás delatarías a tu marido. Pero no podemos escondernos en ninguna parte, entiéndelo. Tenemos firmas, hay documentos, cuentas corrientes, transacciones... Cuando averigüen de quién viene la filtración, será la crónica de una muerte anunciada, como el libro ese. Si no lo hacen los suizos, lo harán los socios de los chinos. Esos parecen muy educados, reverencia va, sonrisita viene..., pero son implacables. Quien la hace, la paga. Creo que estoy hablando demasiado, Elena, no llores.

—Pero me estás volviendo loca, Patri, ¿qué dices de mi marido? ¿Cómo no voy a llorar? ¿En qué estamos metidos todos? Es una pesadilla. Es mentira, seguro, son imaginaciones tuyas.

—La verdad es que siempre pensé que sabías lo de Mario, y que eras una verdadera maestra disimulando. Pero al parecer hay que explicártelo todo. Escucha, Elena, tu marido contactó con Jaime y Quisco hace casi un año, en una fiesta que tú misma diste en tu casa, en Reyes, creo. Los invitasteis porque Mario había empezado a hacer negocios de blanqueo de dinero de los San, y quería tener la cobertura de PubliMas, donde yo estoy como administradora única, para ampliar el volumen de dinero que él puede mover a través de una cuenta ómnibus, Flamingo. La creó él mismo con un socio, un tipo raro que conocía por unos amigos abogados. Pero a ese tipo lo asesinaron hace un tiempo. No sé por qué, pero sí sé quién. Y desde entonces todo el mundo está supernervioso, sobre todo tu marido, porque teme que os pueda pasar algo a vosotros. Pero no sucederá nada por ahora. Necesitan un nuevo testaferro con nacionalidad suiza y reconducir el dinero de Flamingo a otra cuenta. Si no firman los dos titulares hay movimientos que no se pueden hacer. Y Rohner ya no puede firmar, claro. Te juro que yo creía que lo sabías todo, Elena. Ya ves que me fío de ti, y que no quiero ponerte en peligro. Pero es la realidad, Elena, estamos metidos todos. Esta gente es peligrosa, lo entiendes, ¿verdad? ¿Me escuchas? No llores más, y escúchame, esto es muy serio, yo confío en ti.

Elena estaba llorando, ya sin controlarse, ante aquella historia completamente surrealista, increíble, demasiado perversa para ser verdad, pero que lo era. Esclavos y amos. Asesinos. Los nervios se apoderaban de ella. Patricia se estaba impacientando ante la debilidad de Elena cuando un señor se acercó a ellas.

—Señoritas, ¿tienen algún problema? ¿Necesitan ayuda? Pero Elena, ¡no te había reconocido, soy Marito, el primo de A Coruña! ¿Estás bien?

La mirada de Ángel y su voz cálida y segura abrieron el corazón de Elena, que se había encogido en un segundo hasta casi desaparecer en un pequeño punto negro, hundiéndose en su costado, y llenándola de angustia y dolor…

—¡Mario, cómo estás! Nada, que me he mareado, me latía muy deprisa el corazón y mi amiga estaba intentando tranquilizarme del susto. Por un momento creí que paría aquí mismo… Pero nada, un susto, solo un susto. ¿Tienes el coche por aquí cerca? ¿Me llevarías a casa? Así saludas a tu tocayo. Patricia, dile a María que me he sentido mal y que me voy a casa el resto de la tarde, que apague mi ordenador y cierre mi despacho, por favor. Mañana te cuento.

—Sí, claro, Elena, no te preocupes. ¿Seguro que no necesitas nada más? ¿Te recojo algo de la oficina?

—No, no, gracias. Aquí te dejo el dinero, y toma, primo, mi chaqueta y mi bolso. Llévamela, haz el favor, todavía estoy mareada…

—Claro.

Ángel cogió la chaqueta con cuidado para que no se cayera la grabadora que le había visto meter en el bolsillo en el zaguán de Torre Picasso y la ayudó a salir de allí sujetándola del brazo, aunque no hacía ninguna falta. Elena andaba deprisa, mirando al suelo como huyendo del mismísimo infierno. De un diablo vestido de mujer.

Patricia se quedó pagando la cuenta y volvió hacia su particular Alcatraz andando despacio, preocupada, y cada vez más convencida de haber cometido un gran error abriéndole a Elena su lastimado y confuso corazón. Esa niña estúpida, mimada y orgullosa no había entendido nada de su gran amor ni sobre los secretos que le había confiado. Y ahora su seguridad estaba en sus manos. Y en las de su dulce dueño, claro. Mejor volar a sus brazos. Él sabría qué hacer. Seguro.

—¿Adónde quieres que te lleve, Elena, a tu casa?

Ángel conducía despacio un R-19 blanco por el Paseo de la Habana, hacia la casa de Elena.

—No, por favor, llévame mejor a casa de mi madre. Raimundo Fernández Villaverde, 49. Allí estaré bien. Coge tú la grabadora y escucha lo que haya grabado, sacad vuestras propias conclusiones. Yo no me siento capaz de oír otra vez esas barbaridades. No puedo. No puedo. Esto me supera, Ángel, no puedo más. No quiero que esto sea verdad, no quiero que me esté pasando algo así. Quiero despertarme y que todo haya sido una mala pesadilla.

Elena lloraba sin vergüenza, confiando plenamente en aquel hombre del que ni siquiera sabía su verdadero nombre. Él callaba. Conducía con cuidado, intentando no sobresaltar a aquella mujer valiente. Aquella mujer sola, en busca de su propia verdad en medio de tantas mentiras. Aquella mujer que poco a poco se había ganado su respeto.

—Ay, Elenilla, hija, qué alegría que vengas a verme, que nunca vienes. Y mira que está cerca tu trabajo. Pasa, pasa. Pero ¿has llorado? ¿Qué te pasa, cariño? ¿Estás bien?

En su casa, el corazón de Elena recobraba su ritmo normal y se dejaba mimar buscando el cálido abrazo de su madre, siempre llena de amor y comprensión. Aunque la mayor parte de las veces no entendiera nada.

—Ay, mamá, no sé qué me pasa, me he mareado, no sé…

—Te voy a preparar una manzanilla ahora mismo, hija, échate en el sofá. Pon las piernas encima de estos cojines… así… y quédate tranquilita un rato. En cuanto te tomes la manzanilla llamas a tu médica y que te vea esta tarde mismo o mañana. A ver si vamos a tener un susto, que la niña ya está para nacer. De siete meses ya se puede esperar en cualquier momento. Tú quédate tranquila y descansa, cariño. Voy a preparar una manzanilla que ya verás qué bien te va a sentar.

La voz de su madre se perdía por el pasillo y Elena cerró los ojos, buscando el equilibrio en su cabeza. No. No quería pensar. Que le dijeran los espías lo que tenía que pensar. O Ernesto, él sabría qué hacer. O no.

Poco antes de las siete de la tarde entraban Elena y su madre en la consulta de la doctora López Pinto, que la estaba esperando ya fuera de su horario de consulta.

—Hola, encantada de conocerla. Soy Susana López Pinto, la encargada de echarle la bronca a su hija mientras está embarazada.

—Susana, qué guapa y qué jovencita es usted. La imaginaba más mayor.

—Gracias por el piropo. Si le parece nos podemos llamar de tú, todo el mundo me llama Tana.

—Lola, Lola Roth. Soy la madre de esta rebelde, que está cada día más cabezona.

—Desde luego, Lola, tienes una hija digamos… con las ideas muy claras. No escucha a nadie. A ver si me ayudas a meterla en cintura.

—Bueno, ya está bien de rajar de mí las dos, ¿no? Qué bien os entendéis cuando se trata de ponerme verde, oye.

Las tres mujeres entraron en la consulta entre bromas pero al auscultar a Elena, Susana recuperó la seriedad inmediatamente.

—Lo que oigo es un corazón acelerado, Elena, posiblemente causado por el estrés que te produce tu trabajo. Lola, llevo varios meses intentando que Elena se tome su trabajo de otra manera. Porque aunque ella es una mujer sana y en principio no está presentando ningún problema, el estrés continuado es un riesgo indudable, puede provocar cambios hormonales, niveles inadecuados de oxígeno en el corazón, que traen como consecuencia riesgos cardiovasculares... Es un tema muy nuevo, hasta ahora no se hablaba mucho de estrés y mucho menos aplicado al entorno laboral, pero en Estados Unidos cada día hay más estudios publicados sobre cómo afectan las emociones o la ansiedad a nuestro organismo. Y, créeme, no son noticias nada alentadoras. Y mucho menos en su situación, ya de siete meses.

Elena la escuchaba con el aparato de la tensión hinchándose en su brazo y adivinaba en la expresión de su madre cómo se iba enfadando por momentos.

—Es que es una cabezona, doctora... bueno, Tana. Yo también le tengo dicho mil veces que deje el trabajo si no le conviene. Mira, hija, yo soy ya una antigualla, y vosotras dos mujeres jóvenes y modernas, mucho más listas y preparadas que yo... pero sé cuándo las cosas hay que cortarlas en la vida, y qué es lo importante. —Esperó un momento mientras la doctora tomaba la tensión de Elena—. Hija, es que no sé por qué te tomas todas las cosas tan a la tremenda, con lo bien que puedes vivir, te complicas tú sola la vida. Pues eso se va a acabar, ¿verdad, doctora? Te vas a despedir ya mismo, y cuando nazca la niña pues ya veremos. Si quieres trabajar, ofertas será lo que te sobre. Y más para ti, que eres tan inteligente y tan responsable.

—No es necesario que se despida. Si ella quiere, desde luego, porque en realidad es algo muy subjetivo y el embarazo no corre un riesgo inminente. Pero yo le puedo dar una baja laboral ahora mismo, para dos semanas en principio, y luego ir valorando si se la voy renovando o vuelve a trabajar ya más tranquila hasta que esté cerca el parto. Elena, espero que lo valores de forma responsable. Yo, como médico, creo que es lo más adecuado.

—Pues no se hable más, Susana, eso de la baja me parece estupendo. Así tiene ella tiempo para organizar su vida, comprar las cositas de la niña, que no te lo vas a creer, pero a estas alturas todavía no tenemos ni el cochecito, ni la cuna, ni ha preparado su cuarto...

—Vamos, mamá, que me voy a estresar más estando a tu lado que en el trabajo. ¿Tú te das cuenta, Susana, qué mandona, lo que tengo que aguantar?

—Desde luego, de lo que se está dando cuenta Susana es de lo cabezona que eres y lo desagradecida, ¿verdad? Pero ahora tomo yo el mando de esta operación y esta niña cabezota y mimada va a hacer exactamente lo que tú y yo digamos, Tana. Y no hay más que hablar.

Elena miró a su doctora con aire de divertida resignación aunque en su interior asustada, pero por lo pronto, aliviada. Y decidió que ya no podía más, y que iba a dejar las riendas de sus próximos días en manos de su madre y su ginecóloga.

—*Che sarà, sarà* —se limitó a decir con las palmas de las manos extendidas hacia arriba.

—Perfecto. Es todo lo que necesito. —La doctora comenzó a rellenar un impreso de baja médica—. Te doy una baja laboral por riesgo cardiológico, el Holter que te hiciste y la auscultación de hoy son razones más que suficientes. Llévala a tu médico de cabecera de la Seguridad Social mañana mismo, a primera hora, que te la valide y la llevas a tu empresa, a Personal. Dos semanas, diez días laborables a partir de..., a ver..., hoy es viernes... el lunes 20 y hasta el viernes 1 de diciembre. El jueves 30 pide cita y te vienes por aquí, que estarás a punto de empezar el octavo mes, y valoramos tu situación, supongo que ya más tranquilas. Ah, importante, a partir de hoy quiero que vengas siempre con tu madre. Lola, la acompañarás, ¿verdad?

—Uy, desde luego, doctora, lo que usted ordene. Esta pequeñaja no se va a librar de mí tan fácilmente. Y no creas, su marido va a estar más que de acuerdo.

—Muy bien. No, Elena, tú no digas nada. Ahora eres el grumete en este viaje. Esto es lo que tienes que hacer. Olvidarte del trabajo, lo primero. Y luego, nada de estimulantes como café ni té, alcohol ni tabaco, eso ya lo sabes desde el primer día. Más. Cada día un paseo de entre treinta y sesenta minutos, lo que aguantes sin cansarte. Como empieza a hacer frío, preferiblemente cerca del mediodía, pero antes de comer. Así aprovechas con tu madre para hacer todas esas compras, que gastar dinero es muy buena terapia. Cuando estés en casa, y siempre que puedas, escucha música agradable y relajante, os vendrá bien a ti y a tu hija. Y acostúmbrate a respirar despacio, con el abdomen. A ver… pon tu mano en tu abdomen, respira y nota cómo se hincha, ¿ves? Así entra mayor volumen de oxígeno en los pulmones, que ya tienen poco espacio, se mejora la circulación y se libera la ansiedad, es muy relajante si te acostumbras.

—Sí, sé cómo hacerlo, durante un tiempo hice yoga y…

—Anda, hija, calla y escucha a Tana. Por una vez en la vida déjate aconsejar.

—Gracias, Lola, eres la cómplice perfecta. Una última cosa, reduce la cantidad de sal en tu alimentación, nada de bebidas gaseosas y azucaradas, y evita la bollería y las grasas en lo posible, manteniendo el equilibrio de nutrientes que necesitas. Tú sabes perfectamente cómo. Pues eso es todo por ahora. Lola, encantada de conocerte. Estoy segura de que a partir de hoy las cosas van a ir mucho mejor. Y tú, Elena, ya sabes. Déjate mimar y en dos semanas te veo para revisión, ecografía, analítica… Ya estamos en el tercer trimestre. Ya queda poco, mujer.

Dos semanas completas sin horarios, sin obligaciones. Los primeros días, pese a lo asustada que estaba, Elena se sentía perdida. Se despertaba cada mañana a las ocho en punto, como siempre. Miraba en silencio cómo Mario, feliz por tenerla en casa, tan cariñoso con ella como nunca lo había sido, se duchaba y se preparaba para salir. Mientras tanto no dejaba de darle vueltas a la cabeza. ¿Hasta qué punto estaba su marido involucrado en aquella oscura trama de sexo y dinero? ¿Sería solamente un pardillo ambicioso al que todos utilizaban? ¿Tendría un papel dentro de la organización? Y en ese caso, ¿la había utilizado a ella, a su puesto en DBCO, para introducirse en ese círculo? ¿La había engañado y puesto conscientemente en peligro, había sido él quien ordenó que la siguieran, que la asustaran, que atentasen contra ella? ¿Con qué clase de monstruo vivía? No, imposible. Él podía ser ambicioso, tener pocos escrúpulos en cuanto a lo material cegado por el dinero, pero ponerla a ella en peligro, atentar contra la vida o la integridad de alguien… No, él no era de esa clase de personas. Seguramente se había metido en un negocio poco claro, sin conocer realmente el alcance de lo que estaba haciendo, y se le iría de las manos. Pero no, lo conocía bien. Tampoco era tan tonto. Si ella había sido capaz de llegar tan lejos con la sola ayuda de Ernesto y unos detectives privados, cómo no iba él a estar al cabo de la calle de todo…

Mario se acercaba a ella cada mañana repeinado, oliendo a Magno de La Toja y a espuma de afeitar. Le acariciaba el pelo como a una niña y le daba un cariñoso beso de despedida. Ella se hacía la dormida, y cuando oía la puerta empezaba a llorar encogida en la cama, acunando a su bebé, haciéndose las mismas preguntas una y otra vez. Echando de menos su trabajo, su independencia, su vida. Nadie de la empresa, ni siquiera María, la había llamado para ver cómo estaba. ¿Tan mal lo había hecho todo? Del llanto la sacaba su madre, que a las nueve en punto llamaba cada día con toda la mañana y la hora de la comida ya perfectamente organizadas. Sobre las diez recibía la llamada de Ernesto, su amigo, su protector, su caballero andante. Y con esas dos ayudas se metía en la ducha, se vestía y salía a la calle no sin tomar las precauciones que su ángel de la guarda le había detallado bien claritas: nunca bajar a la cochera sola; elegir siempre las calles grandes y bien iluminadas; estar atenta a las personas con las que se cruzaba; andar por la parte de dentro de las aceras, alejada del borde de la calzada; si tenía que coger un taxi, llamar siempre a alguno de agencia y verificar el número de licencia, nunca coger uno por la calle; sacar dinero en la ventanilla del banco, nunca en los cajeros automáticos...

Saber que Ángel estaba siempre a su lado le daba mucha confianza, aunque con el paso de los días, y al ir tranquilizándose, iba dejando de sentir el peligro tan cerca y empezaba a preocuparle el dineral que estaba gastando, prácticamente todos los ahorros que tenía apartados de la herencia de su padre.

Aquel miércoles 29, a punto de cumplirse el plazo de baja que Susana López le había prescrito, Elena se sentía especialmente optimista. Su madre y su suegra le habían ayudado con prácticamente todas las compras para el bebé. Y el fin de semana anterior Mario se había quedado en casa sacando del estudio todos los muebles, libros y papelotes (el buró y su secreto incluidos) para, el siguiente fin de semana, pintar y poner las nuevas cortinas y los muebles del cuartito infantil. Casi podría acostumbrarse a esta apacible vida de madre y ama de casa. Y pasar a formar parte del «club del cafelito», como llamaban su hermana y ella a las madres que, tras dejar a sus hijos pequeños en la puerta del colegio, se juntaban para tomar café y charlar de trapos y maridos hasta el mediodía. Pensando en esta posibilidad bajaba tranquilamente la calle Serrano hacia Raimundo Fernández Villaverde para recoger en casa a su madre cuando alguien se le acercó por detrás y le cogió un brazo.

—Hombre, la señora de Souza, qué casualidad, contigo quería yo hablar.

El vozarrón de Jaime la sobresaltó, y le devolvió la taquicardia, de la que ya se había olvidado.

—Jaime, qué sorpresa. —Miró a Jaime a los ojos, desafiante, y sintió cómo el corazón y el estómago se le iban encogiendo a cámara lenta. Notó las rodillas débiles, la sangre le hormigueaba por las venas… Intentó ser fuerte y sonreír.

—¡Sorpresa, sorpresa! Aunque en realidad no es tan sorprendente, ¿no? Si la montaña no viene a Mahoma…

—¿Me estabas buscando, entonces?

—Querida, eres tan previsible… y te crees tan lista… Es curioso, no hay nadie más torpe que quien se cree muy listo. Resulta que no me gustaría volver a verte metiendo las narices por la oficina. Por cierto, bonito bombo, muy sexy.

—Jaime, no vuelvas a faltarme al respeto porque…

—Porque ¿qué? Ay, niña, cuándo aprenderás a no jugar a juegos de mayores. En fin, me ha encantado verte, espero que esta sea la última vez que tenga que advertirte. No vuelvas a cruzarte en mi camino. Y si vuelves, que sea con la lección bien aprendida. Recuerdos a tu maridito. Adiós.

Sin dar a Elena opción a contestar, Jaime se volvió, entró en el BMW que había dejado en segunda fila con las luces de emergencia dadas y se marchó sin siquiera volver a mirarla.

Elena se quedó parada en medio de la acera como ida, sin terminar de reaccionar. Un cartero, que tiraba de su bolsa de ruedines, se acercó a ella y le habló con esa cálida voz, algo ronca, que Elena tan bien conocía.

—Elena, ¿estás bien? ¿Qué te ha dicho? No he impedido que se acercara porque estaba ya muy cerca cuando lo he visto. Además quería saber qué tenía que decirte. Puede ser importante, después de lo que sabemos por Patricia.

—Pero, Ángel —Elena volvía a recuperar el aplomo—, ¿tú crees que él sabe que Patri me contó algo? ¿Puede ser tan tonta esa mujer?

—No lo podemos saber seguro, pero es muy posible. Las relaciones amo-sumisa llegan a ser muy estrechas, mucho más de lo que te imaginas. Puede que se lo haya contado. O puede que le haya funcionado el sentido común. No sé qué pensar, tú la conoces mejor.

—Yo ya no sé a quién conozco y a quién no. Estoy muy asustada, Ángel.

—Tranquila. Dame la mano, despídete de mí y al bajar llámame desde tu móvil y me cuentas la conversación, lo llevas encima ¿verdad?

—Sí, sí, lo llevo, aunque últimamente estaba más tranquila y se me olvida. Pero lo tengo en el bolso. Vale, adiós, ahora te cuento.

De: Ele3@euronet.es
Para: Ele1@euronet.es
Cc: Ele2@euronet.es
Asunto: Indicios delictivos

Miércoles, 29 de noviembre de 1995

Buenas tardes. Desde el grupo de investigación consideramos necesario retomar esta vía de comunicación entre las partes implicadas en el expediente relacionado con el SUJETO *335 y los acontecimientos que se desarrollan alrededor de su empresa, DBCO, y que están poniendo en serio peligro la integridad física de dicho* SUJETO *335. Como ya advertimos en anteriores ocasiones, nuestro compromiso de confidencialidad está por encima de todo, ateniéndonos a la penalización económica pactada en el inicio de esta investigación. Sin embargo, el transcurso de los últimos acontecimientos nos obliga a advertir a las partes del cariz que está tomando la situación. A raíz de la última grabación del* SUJETO *335, a la que tuvimos acceso el pasado día 17 de noviembre, hemos podido confirmar varios extremos ya conocidos por todos los implicados, que relacionan a los directivos de las empresas DBCO y PubliMas con una red internacional en la que los intereses económicos se imbrican de forma indisoluble con intereses empresariales y actividades sexuales que, si bien no constituyen objeto de delito en sí mismas, sí parecen ser un peligro cierto para algunos de sus miembros, como se ha demostrado en determinados acontecimientos que no están sujetos a nuestra jurisdicción, por tratarse de delitos cometidos fuera del país, y relacionados solo de forma tangencial con el objeto de nuestra investigación. No obstante, y ante la sospecha de que algunas de las personas del círculo empresarial del* SUJETO *335 pudieran estar asimismo en un peligro de lesiones o incluso de homicidio inminente, advertimos nuevamente a las partes implicadas de que nuestra obligación, si en algún momento de la investigación somos conscientes de la autoría de algún delito grave tipificado en el Código Penal, será ponerlo en conocimiento de las Fuerzas y Cuerpos de Seguridad del Estado, aun guardando nuestro compromiso de confidencialidad de las fuentes en la medida que nos sea posible en virtud de la legislación que regula nuestra actividad profesional.*

Muchas gracias.

—A ver si lo he entendido, cuñadito. Creen que *alguien* puede asesinar a *alguien*. Y si eso sucede, o alguno de nosotros resulta de alguna manera agredido, irán a la policía a pegarle el chivatazo sin decir quiénes son sus clientes, pero poniendo a la poli sobre la pista. ¿Es así?

Sentados en una de las mesas del fondo en el Vips de Velázquez, su lugar preferido para las confabulaciones, con unos sándwiches club de varios pisos y un plato de patatas fritas con kétchup delante, Elena y Ernesto intentaban ponerse de acuerdo en los pasos que podían dar a partir de este momento.

—Sí. Y me parece correcto. Hasta ahora hablábamos de presuntos delitos fiscales, absolutamente reprobables. Pero ahora estamos en otra liga. Y no podemos dejar en ningún caso que el asunto se nos vaya de las manos. Estamos demasiado pringados en esto como para dejar que lo que sabemos llegue a sus oídos o, peor aún, a los de sus socios orientales. Porque entonces corremos peligro de verdad.

—Vale, entiendo. Pero a ver qué hacemos con la información que tenemos hasta ahora. Si seguimos adelante nos metemos en un jardín para el que no estamos preparados. Ni tú ni yo, desde luego. Y mucho menos en mi situación. Me quedan dos meses y poco más para dar a luz y cada día estoy menos ágil, más cansada, y desde luego, en riesgo de que el bebé llegue antes de la cuenta. Y por nada del mundo quiero ponerlo en peligro.

—Desde luego.

—Pero, claro, si con la información que tenemos hasta ahora les decimos a los Gadget que vayan a chivarse a la policía, yo misma pongo en peligro la libertad de mi propio marido. Te juro que me resisto a creerlo, por eso quiero que sigamos investigando, porque así conseguiremos convencernos de que él es más bien un pardillo que no tiene poder decisivo ni ha cometido ningún delito digamos más grave que de dinero... Pero ahora mismo hay que reconocer que parece muy muy pringado. Y la verdad, Ernesto, Mario me ha decepcionado en muchas cosas, pero de ahí a creerme que es un Al Capone, pues tampoco. No quiero poner a la policía sobre una pista que igual no es nada, pero puede hacerle mucho daño. Los orientales, como tú dices, no se andan con tonterías. Lo meteríamos en un serio problema a él, a mí y a toda nuestra familia.

—Ok, cuñadita, como tú quieras. Ahora que estás lejos de DBCO, yo estoy más tranquilo. Y Mario también. Lo sé porque últimamente estamos hablando más de lo habitual organizando el puente en la nieve. Yo creo que aunque aprovechó en su momento tu contacto con esa gente para montar su historia, ahora prefiere que no estés tú en medio de todo el fregado. Se le ve relajado, contento. ¿Crees que él sospecha que nosotros sabemos algo? Lola desde luego no se huele nada.

—Pues yo no sé qué decirte de Mario, la verdad, porque es tan protector conmigo que no me cuenta las cosas. Actúa como si fuera una niña y no entendiera los asuntos de mayores, no sé cómo explicarlo. Me da la impresión de que estaba preocupado, cuando lo de Rohner, aunque no tenía por qué saber que se había metido conmigo ni nada. En esa época me metía mucha caña para que dejase el trabajo. Y ahora, es verdad, está relajado. Lo que no tiene remedio es nuestro matrimonio. Me da mucha pena, la verdad, pero estoy empezando a pensar que vivo con un extraño. Que nunca nos hemos conocido. Y hasta ahora no me he dado cuenta porque no le necesitaba. Tenía mis amigas, mi trabajo, mi chico..., vivía feliz en mi burbuja. Pero con el embarazo y todo esto..., está a mi lado, vive en mi casa, pero no está conmigo. Uf, no sé cómo explicar esto tampoco. No sé cómo explicar demasiadas cosas, y eso me preocupa, Ernesto.

—Pues, chica, no sé qué decirte. Supongo que la ilusión, la pareja, los amores... son etapas que vamos viviendo y a veces se quedan atrás sin remedio, aunque no sepamos cómo ni cuándo dejaron de ser importantes en nuestra vida. Te conozco desde pequeñaja, y no lo niegues, siempre te he visto muy loca por ese tío, que siempre me ha parecido un poco demasiado chulito.

—Jajaja, qué celoso has sido siempre.

—Que no, mujer, que no son celos, que llegaba a la puerta de la facultad a recogerte con aquella motaca..., chuleando... Con el paso del tiempo me he acostumbrado a verle como una especie de pariente lejano a quien no le interesa mi vida ni a mí la suya. Y no te creas, que Lola siempre está hablando de él, que si Mario por aquí, Mario por allá... y tu madre también, es que os tiene locas a todas las De la Lastra, el muy cabronazo.

—Pues mira lo que te digo. A mí, que es a la que más loca tendría que tener, cada vez menos... En fin, pide la cuenta, anda, que la que se va a poner celosa va a ser Lola si llegas tan tarde.

Mientras Ernesto se levantaba a la caza y captura de algún camarero, el móvil secreto de Elena empezó a sonar dentro de su bolso. Extrañada, lo sacó y vio un número desconocido en la pantalla.

—¿Sí?

—Buenas noches, ¿hablo con Elena?

La suave y cortés voz de Julia Ye devolvió a Elena a un estado de miedo y nervios que hacía días que no sentía. ¿Cómo tenía Julia este número?

—Ehhhh, sí, ¿eres Julia?

—Sí, soy Julia Ye. Espero no interrumpirte en algo importante, estás cenando con tu cuñado, ¿verdad? ¿O quizá es algo más que tu cuñado? Igual sí que es una cena importante...

—No, no, estaba cenando con unas amigas, pero ya nos íbamos. ¿Cómo me has localizado?

—Bueno, Elena, yo también tengo mis recursos, desde luego. ¿Podemos hablar?

Elena hacía señas a Ernesto para que no dijese nada mientras volvía a la mesa acompañado de una camarera y la miraba extrañado y alarmado.

—Pues... es que ahora mismo no te oigo bien, estoy en un restaurante y hay mucho jaleo...

—No importa. De todas formas te llamaba porque quiero hablar contigo. Como estás de baja, podemos quedar mañana a las dos y media en el Tao. Mi chófer pasará a buscarte a la puerta de tu casa a las dos y cuarto. Y no comentes esta cita con nadie. Adiós.

Mientras esperaba a que Ernesto pagase a la camarera y esta se fuera, Elena luchaba por mantener las lágrimas a raya, serenar su cabeza, que de nuevo iba a mil por hora, conseguir hablar sin lanzarse a gritar como una histérica... Ernesto se sentó mientras ella hablaba nerviosa, gritando en susurros. Le dolía la cabeza, la garganta, sentía la tripa dura, contraída.

—Esta tronca sabe mi número de móvil, sabe dónde vivo, sabe lo que yo sé, lo sabe todo y me va a asesinar mañana. Seguro que tiene preparado todo para matarme.

—Pero qué dices, Nena, ¿quién era? ¿No era tu guardaespaldas?

—¡Que no, que era la china, la mujer del chino!

—Imposible, ¿cómo va a tener ese número de móvil? Si no se lo hemos dado a nadie, solo lo tiene la agencia, tú y yo...

—Pues eso le he preguntado, que cómo tenía el número. Y me ha dicho que ella también tiene sus trucos, o algo parecido. Los de la agencia están conchabados con ellos, seguro.

—O a lo mejor a través de la compañía del teléfono. Hay una compañía china que opera para ellos en Europa. Quizá a través de algún contacto, o un pirata informático...

—Pero Ernesto, ¡escúchame! ¡Que eso no es lo importante, lo importante es que lo sabe todo! Me ha citado en un restaurante mañana. Me va a mandar a su chófer a mi casa, porque también sabe dónde vivo, y que estoy de baja, y... Ay, qué hago ahora, me va a matar. Me va a cortar las manos y los ojos y los pies, ay, mi niña...

—No te dejes llevar por el miedo, Elena, tranquila. Tienes un protector profesional que no te deja ni a sol ni a sombra. Y me tienes a mí, que soy tu caballero andante. ¿O ya no te acuerdas cuando estábamos en COU?

—¡Que no me sirve nada de eso! ¡Que no es un juego, joder! Que sabe todos nuestros secretos, que lo sabe todo, que me va a matar, a mí y a mi niña, ¿es que no lo entiendes? ¡Que me van a matar como al mendigo aquel, como al suizo, como a...!

—¿Has aceptado la invitación, entonces?

—¡No era ninguna invitación, Ernesto, que no te enteras, que era una orden! Me ha dicho lo que voy a hacer mañana, y punto. Y ha colgado. Y me ha dicho que no se lo cuente a nadie, claro, para no tener testigos.

—No te aceleres, Elena, no te va a matar nadie, y menos en un restaurante. ¿En cuál has quedado?

—No me acuerdo, un japo, sí, ese que está en la Castellana, el caro...

—¿Tao? Mujer, entonces más a mi favor, si es un puro ventanal ese restaurante. Y vamos a estar allí protegiéndote, ya verás.

—Pero ¡si a ti también te conoce! Me ha dicho que estábamos juntos, tú y yo, ¡explícame cómo sabe eso! ¡Nos están siguiendo!

—Tenemos que contactar con la agencia. Esto se pone muy feo. Vamos, que te llevo a casa.

Exactamente a las dos y quince minutos del 30 de noviembre de 1995 el precioso Mercedes descapotable blanco de Julia Ye, con la capota puesta, se estacionaba en segunda fila delante del portal de Elena, que esperaba detrás de la puerta de hierro. Hecha un manojo de nervios, pero ya más tranquila con las precisas instrucciones de Testigo 13. Para no ponerla a ella en peligro, entre todos habían decidido que no llevaría encima la grabadora. Serían el agente asignado a su custodia y una de las agentes femeninas quienes, como una pareja más, buscarían una mesa cercana a la de las mujeres intentando grabar o, al menos, escuchar y memorizar la conversación, algo para lo que ambos estaban entrenados. Ella se limitaría a escuchar lo que Julia Ye tuviera que decirle. Sin enfadarla, llevarle la contraria ni hacer que sospechase nada extraño. Incluso, si veía que era la actitud más adecuada, actuaría como si en realidad estuviese al tanto y fuese cómplice de los tejemanejes de Mario. Quizá así conseguiría más información. Espléndida, con la piel luminosa y sonrosada gracias a su embarazo y el descanso de los últimos días, un blusón de seda verde musgo, un precioso pantalón de crepe negro, un amplio abrigo negro de corte masculino y una sencilla coleta baja, Elena más bien parecía acudir a una cita amorosa que a una encerrona de los malos. Pero así era ella. Se sentía más segura cuando dedicaba tiempo a su aspecto físico. Y un simple peinado del que se sintiera descontenta justo a la hora de salir era capaz de arruinarle la diversión para toda una noche.

Se acercó al coche, entró y el chófer arrancó suavemente. Sin decir nada. Sin ni siquiera volver la cabeza para mirarla. Llegaron a su destino en apenas cinco minutos y Elena bajó sin pronunciar ni una palabra. En la puerta del restaurante estaba Julia, acompañada por dos jóvenes altos y fuertes, uno chino y el otro más bien con pinta de árabe, o quizá andaluz. Le sonrió amable, la cogió del brazo como si fueran dos buenas amigas y entraron en el restaurante mientras los dos jóvenes se quedaban en la puerta. Eran sus guardaespaldas, estaba claro que ya no le escondía nada.

Y también estaba claro que Elena estaba en manos de aquella mujer. No tuvo que decir ni una palabra. Al entrar, el jefe de sala las estaba esperando y con una inclinación de cabeza las condujo a una mesa retirada de los ventanales, al fondo de la sala, diáfana, que se abría a una enorme cocina donde los sushimen trabajaban cortando ágilmente las piezas de pescado con sus enormes cuchillos a la vista de los comensales. Algo inédito, al menos en Madrid. Elena los miraba fascinada mientras Julia Ye hablaba con el *maître*, ordenando los platos que ella misma elegía, sin pedir siquiera opinión. Cuando, con otra ceremoniosa reverencia, el *maître* se retiró hacia la cocina, Julia clavó una mirada afable pero directa en los ojos de Elena, que se sorprendió al comprobar que, a pesar de su miedo, de todo lo que sabía sobre esta mujer, seguía inspirándole la misma simpatía que cuando la conoció. «Aunque ya nada es lo mismo», pensó Elena. «Al menos, yo no soy la misma».

—En primer lugar, quiero que me disculpes por violentar tu intimidad llamándote a tu móvil, y descubriendo tu pequeño secreto. Bueno, los deslices por amor son algo que todas las mujeres sabemos disculpar. Aunque no así los hombres, lo que nos obliga a ser aún más cómplices entre nosotras, ¿no es verdad?

Elena se destensó inmediatamente. De modo que Julia pensaba que el móvil que tenían en secreto Ernesto y ella, la cita en el Vips..., que ella y Ernesto... El peso que le oprimía los hombros desde la noche anterior se volatilizó por arte de magia. Sonrió, fingiendo timidez.

—Por favor, Julia, es muy importante para mí que esto nunca llegue a...

—No tienes ni que decírmelo, querida amiga. Ten en cuenta que los hombres occidentales no son ni la mitad de celosos que los orientales. Aunque cualquier hombre, sobre todo si descubre un desliz en el seno de su propia familia... Debes reconocer que este secretillo te coloca en una situación muy inestable, el marido de tu hermana debería ser tabú para ti. De todas formas estás disculpada, ya me han informado de que tu cuñado y tú sois amigos desde la universidad, y que él empezó a cortejar a tu hermana en una especie de terapia de sustitución, cuando se convenció de que tú estabas ligada por amor al que hoy es tu esposo.

—Bueno, Julia, esto no es exactamente así, Ernesto y yo nunca...

—No me lo expliques, por favor. No es necesario. Solo quiero que sepas que cuentas con mi lealtad y mi silencio, siempre y cuando respondas a mi amistad con la misma moneda. Yo confío plenamente en ti.

—¿Qué quieres decir? —preguntó Elena, mientras veía cómo un hombre de mediana edad y una chica tomaban asiento en la mesa contigua. «Por fin», pensó, «ya tardaban».

—Elena, te he citado porque necesito que te impliques y seas plenamente consciente del alcance de algunas cosas que conoces, que has visto y vivido junto a mí en estos últimos meses. Un lazo invisible de honor une a nuestras familias y me gustaría poder ser tu amiga, y confiar plenamente en ti. Para eso necesito pruebas de una amistad sincera por tu parte, como la que yo siento que ya me une a ti.

«Ay, madre, esta tía loca ya empieza con sus delirios».

—Desde luego, Julia, puedes contar con mi simpatía y mi lealtad. Estoy segura de que, en el futuro, seremos las mejores amigas.

Julia Ye le dedicó una encantadora sonrisa y siguió hablando sin parar, mientras los camareros les servían bandejas de sushi y sashimi, tempura de verduras y mariscos, un entrecot a la brasa al que llamaban Hobe-Yaki y varios acompañamientos en pequeños boles a base de arroz, verduras y tallarines. Elena la escuchaba en silencio, comiendo algo de vez en cuando.

—Mi esposo, el señor San, llegó a España con dieciocho años. Y desde que llegó para trabajar en las pequeñas tiendas de sus abuelos en Sevilla, preparándose para venir a Madrid y tomar las riendas de los negocios familiares, no ha hecho más que dos cosas: trabajar y ahorrar. Ahora es un empresario que da trabajo a doscientas setenta personas, con una sencilla actividad: comprar cosas para luego venderlas. Como muchos de nuestros compatriotas, aprovechamos que nuestro país es la fábrica del mundo, con precios más bajos que en Occidente para importar directamente desde allí. Negociamos con nuestros compatriotas en nuestro propio idioma, y eso nos ayuda a conseguir precios más bajos de los que podéis conseguir vosotros en el mismo proveedor. Luego los comercializamos, vía Italia, donde reside la mayor parte de la familia de mi esposo, pagando nuestros impuestos religiosamente, lejos de lo que se suele rumorear. No te culpo si guardas algún tipo de reticencia sobre nuestras actividades, Elena. Nos tachan de manejar dinero en efectivo. Y es verdad. No nos fiamos mucho de los bancos occidentales. Preferimos cobrar en *cash* y pagar de esta misma manera a nuestros proveedores, a noventa días, por lo que solemos tener dinero en efectivo en cantidades importantes. Algo que no es delito. Y preferimos financiarnos entre nosotros recurriendo a familiares o grupos de empresarios, que se ayudan entre ellos de manera solidaria. Somos un pueblo trabajador, tranquilo y honrado, y nuestra base es la familia. Quizá por eso en Occidente desconfían de nosotros, porque no nos llegamos a integrar en sus sociedades. Pero nosotros queremos ayudar a España a superar esta crisis y contribuir a su prosperidad, que será también la nuestra. En mi casa vivimos, como te conté, mi marido y yo, mis padres, dos de mis hermanas, una casada y la otra soltera, y cuatro niños, tres míos y la hija de mi hermana, que espero que con los años sean muchos más. Y nada podría hacernos más felices al señor San y a mí misma que demostraros, a ti y a la sociedad española, que solo somos honrados comerciantes, y que la mayoría de las cosas que cuentan sobre nosotros son completamente falsas. Pagamos nuestros impuestos, nos preocupa el bienestar de nuestros empleados, y cuando morimos, el único delito de nuestros mayores es desear ser enterrados en su pueblo, en su país, entre su gente. Incluso eso está cambiando en generaciones como la mía, que ya nos sentimos más occidentales que orientales. Hace unos años se desató una gran crisis de desconfianza hacia nuestra comunidad en este país, a raíz de unos asesinatos en unos restaurantes… Nos han llamado mafiosos, han desconfiado incluso de nuestros muertos, que nos merecen el mayor de los respetos. Puedo entender tus reticencias hacia nosotros, pero hoy día nuestro mayor deseo, el del señor San, el mío propio y el de toda la comunidad china que vive en tu bonito y alegre país, es crear una vida mejor para nosotros y nuestros descendientes, volcarnos en nuestros trabajos y en nuestras familias, conseguir que nuestros hijos se sientan en España como en su propio país, porque de hecho lo es. Y aunque nosotros no nos hemos nacionalizado españoles, porque eso supondría renunciar a la nacionalidad china, nuestros hijos son españoles de pleno derecho y tanto el señor San como yo somos socios del Real Madrid. Ya ves que confío plenamente en ti y por eso quiero pedirte tu colaboración, Elena.

Elena la miró, descolocada, porque en el último tramo del discurso se había dedicado más bien a comer arroz con setas que a escuchar la soflama que le estaba endilgando su compañera de mesa.

—¿Mi colaboración?

—Tu esposo, como sabes, entró en contacto con el señor San a través de tu empresa de origen suizo, de la que en los últimos días se ha desligado. Y es ya socio directo del señor San en algunas de las actividades más delicadas de nuestra actividad, por lo que nada nos haría más felices a todos, y hablo por tu esposo también, que así se lo ha manifestado al propio señor San, que tú también colaborases con nuestra gran empresa, concretamente en su vertiente cultural, para hacerte cargo como socia española en la fundación y después en la dirección de nuestra futura sociedad cultural chino-española. Sabes que confío en ti plenamente. Ya te hablé hace un tiempo de este proyecto, tan preciado para nosotros. Aún está todo por decidir. Desde el nombre hasta las actividades concretas, aunque el arte contemporáneo y el hermanamiento de nuestros creadores de cultura serán el ámbito de sus actividades. Pero quiero que seas consciente de que, con este encargo, pongo en tus manos mi sueño más querido, y el del señor San, por supuesto. Confío en ti plenamente. No te tienes que preocupar por nada. Por supuesto tendrás un contrato, y un sueldo más que suficiente. Podrás viajar, podrás organizar tu tiempo y contarás con mi asesoramiento profesional y personal, desde luego. Estaré muy cerca de ti.

—Julia, me dejas sin palabras... Yo... voy a dar a luz en dos meses, no sé cómo se va a desarrollar mi vida a partir de entonces, nunca he trabajado en el ámbito del arte, y desde luego no tengo ni idea de cómo gestionar la fundación de una sociedad cultural... No creo que merezca este ofrecimiento, ni estoy a la altura, en mi actual situación...

Elena sudaba, no sabía cómo encontrar argumentos convincentes para rechazar la propuesta sin ofender a Julia. Ni de coña aceptaría trabajar para ellos. Nunca sería como ellos. Y tanto confío en ti, confío en ti... era la prueba de que, efectivamente, sucedía todo lo contrario. Miró a la mesa vecina y comprobar que Ángel no apartaba de ella su mirada la tranquilizó.

—Permíteme aconsejarte, Elena, yo misma he sido madre tres veces, y espero serlo de nuevo en el futuro. Un bebé es lo más hermoso del mundo, pero criarlo no es tan complicado como lo queréis hacer en Occidente. En unos meses estarás habituada a convivir con tu hija y ella no será un impedimento. La cultura es uno de tus grandes intereses, y las relaciones públicas tu fuerte, eso ya lo pude comprobar en nuestro evento. Una sociedad, como cualquier empresa, se crea de manera muy sencilla. La burocracia te va llevando de la mano. Solo hay que tener el dinero necesario, los contactos adecuados y un poco de mano izquierda. Elena, te estoy haciendo una oferta que no puedes rechazar. Ni por tu situación personal, ni por tu situación familiar. Si tu esposo va a ser uno de nuestros colaboradores, tú también has de serlo. Es una cuestión de confianza. No nos defraudes.

Las últimas frases de aquella mujer le helaron la sangre en las venas. No era un ruego, era una orden, una amenaza. Una oferta que no podía rechazar, como en las películas. En un segundo Julia se relajó de la actitud fría y dura con que había acompañado el final de su discurso, y llamó al camarero para pedir los postres. Elena calló, sonrió, comió... y, dentro de su alma, lloró.

Cuando el chófer de Julia Ye, al parecer su futura jefa, la dejó en la puerta de su casa sobre las cinco de la tarde llamó a Ernesto, que esperaba nervioso su llamada en el despacho. Y hacia allá se dirigió, Príncipe de Vergara abajo, rumiando en su cabeza todo lo que había escuchado. Y pesándole en el estómago todo lo que había comido.

—Verás, cuñadito. —Estaban los dos sentados en el despacho de Ernesto, a salvo de oídos indiscretos—. Lo primero es que, sin querer, nos han dado la mejor coartada. Nos han estado espiando, y no sé cómo se las han arreglado para saber lo del móvil. No creo que puedan escuchar lo que hablamos, porque la conclusión que han sacado es que tú y yo somos amantes y el teléfono es nuestro medio secreto de comunicación.

—Mmmmmmmm, me gusta la idea, cuñadita, deberíamos tomar más en consideración la sabiduría oriental...

—Anda, no seas tonto. Bueno, a lo que voy. Me soltó un discurso alucinante sobre que ellos son honrados comerciantes, que el dinero que tienen es legal, que pagan sus impuestos, que no se han nacionalizado españoles pero son socios del Real Madrid... Te cagas, como si eso fuera ya ser más español que ir con un DNI en el bolsillo, incluso con lo asustada que estaba por poco se me escapa la risa. Y todo esto repitiendo como un mantra, a cada minuto, que ella confiaba en mí y que no los podía defraudar. He visto pocas pelis de la mafia, pero ella debe sabérselas todas de memoria. Mejor, Mario Puzo era su seudónimo cuando era pequeña. Ángel lo estaba escuchando todo, no sé si lo pudo grabar. Es alucinante la tipa esta. Y luego va y me suelta que como Mario ya se ha desvinculado de mis jefes y ahora va a ser socio directo del señor San, pues que yo también tenía que serlo. Para tenerme cogida por los huevos, claro. Pero todo con unos circunloquios y unos eufemismos y un engolamiento de náusea. Incluso me reprobó el que me liase con el marido de mi hermana, la muy bruja. Cómo se puede permitir juzgar a nadie, es que me enciendo cuando me acuerdo. Venga, no pongas esa cara, sigo. Pues a ver, que lo que yo tenía que hacer es aceptar un puesto de directora de esa fundación cultural que tienen metida entre ceja y ceja para hermanar a China y España, un proyecto la verdad que muy atractivo, si no fuera una delincuente quien me lo ha ofrecido. Y que sería un puestazo, que no me tendría que preocupar por el dinero... y que ella estaría todo el día en mi cogote, vigilándome, para que no me desmandara, claro. Bueno, así no me lo dijo, pero básicamente era la idea. Yo intenté decir que no a todo explicando que se acercaba el parto, que yo no sabía dirigir una sociedad cultural... pero no coló. En un segundo le cambió la cara y me amenazó al más puro estilo Corleone: «Te estoy haciendo una oferta que no podrás rechazar», tal cual te lo cuento. Y que no podía defraudarlos. ¿Cómo te quedas? Muerto, igual que yo me quedé. ¿Y ahora qué hago? ¿Me hago yo también jefa de la mafia, o cabeza de dragón, o como se diga? O les digo que no y que me maten... Total, el mundo está superpoblado...

—No seas tonta ahora tú, Elena. He estado más de una hora hablando con la persona responsable de nuestro caso en Testigo 13, y me ha contado todo lo que han escuchado los agentes... ¿Ángel, has dicho?

—Bueno, Ángel es como yo le llamo, es un juego, pero ni idea de su nombre. Nunca he hablado con él —dijo, recordando su pacto.

—Ok. Pues Ángel coincide con lo que me cuentas. Ellos lo que creen es que por ahora tienes que aceptar lo que ella te diga, hacer como si fueras su mejor amiga y estuvieras encandilada con la idea de la fundación. Pero posponerlo todo a marzo del 96, después de que haya nacido tu hija y te hayas recuperado. Así nos damos tiempo para tus cosas, y para ver qué hacemos, si denunciarlos a todos, incluido tu maridito, o qué.

—Ok, me parece bien. Pero oye una cosa, ¿entonces tú has hablado con el Gadget máximo? ¿Y qué te ha contado? ¿Se han enterado de algo más de Mario? ¡No se te ocurra ocultarme información!

—No, ni se me ocurre. Ni a ellos. Pero esto es mejor que te lo cuente yo que un desconocido por *e-mail*. Verás, Elena, parece ser que tu Mario te utilizó, como ya sabemos, para empezar a colaborar con tus jefes, que operan en negocios financieros ilegales amparados por la filial suiza, que es donde de verdad se corta el bacalao y donde se mueven grandes sumas de dinero que les llegan fundamentalmente desde España, Italia, Egipto, Israel e India, a través de muchos agentes relativamente pequeños, como Mario, en todo el mundo.

—Menuda melé, es como la ONU de los chorizos.

—El dinero no entiende de razas, fronteras ni amigos, pequeñaja. Mario abrió una cuenta en el Banque Credit Suisse en Ginebra, Flamingo, la que tú descubriste, a su nombre y al del tal Rohner como cotitular. Aunque este pobre hombre en realidad solo era un comparsa sin voz ni voto, pero con una inestimable nacionalidad suiza. Allí van a parar fondos de muchas de las personas que ves todos los días en la tele: políticos, empresarios, famosos de todo pelaje… Gente a la que él contacta a través de su puesto en la cadena y a la que termina ofreciendo sus servicios financieros personalizados, digámoslo así.

—Pero ¿cómo es posible hacer eso sin que se entere la policía?

—A ver, Nena, tener dinero en cuentas fuera de España no es delito, y mucho menos dentro de la Unión Europea. Lo que es delito es que ese dinero no haya pasado previamente por Hacienda, etcétera. Y en Suiza este tipo de cuentas de paso es perfectamente legal. Lo ilegal es el uso, el origen, el destino del dinero..., que igual puede ser un pago a través de un intermediario financiero a un proveedor internacional, o la venta de un inmueble perfectamente lícito. O el producto de la venta de armas, o drogas, que simplemente pasa por esta cuenta de camino a paraísos fiscales..., eso sí es delito, no que exista la cuenta.

—Entiendo. Sigue.

—Cuando tú empezaste a meter tus ingenuas naricitas en el tinglado, se mosquearon. Primero porque creían que tú estabas al corriente, pero pronto se dieron cuenta de que no. Y segundo porque temían que lo estropeases todo con tus nervios, tu chulería y tus salidas de tono. Al fin y al cabo, en muy pocos meses habían movido mucho dinero de gente muy importante, y Jaime y Estévez estaban encantados con él. Creo que incluso Estévez iba por ahí chuleándose de que si alguien descubriese sus carpetas secretas «se hunde España».

—Serán las que tiene en el despacho secreto, el de PubliMas, con la pobre Patricia de cómplice a través del sinvergüenza de Jaime. Esta chica se ha buscado la ruina. Pero anda, que el tío se las trae. ¿Y dices que lo mío es chulería?

—Ya, mujer, es una forma de hablar. Los chulos son ellos, desde luego. Pero contigo llegaron a acojonarse, así que le encargaron a Rohner, esta vez sí a espaldas de tu Mario, que te diera un susto para acojonarte. Pero como tú eres una jabata no lo consiguieron y aquí empieza lo gordo. Mario se enteró y se agarró tal cabreo porque os pusieron en peligro a ti y a su hija, que se fue directamente a San a pedirle que ellos le dieran un susto a su vez a tus jefes. El susto de Rohner ya sabes cuál fue. El de tus jefes solo fue una advertencia muy seria de que te dejasen en paz. Ahí es cuando empezaron a dejarte al margen, a darte trabajos chungos, etcétera, a ver si te aburrías tú solita, mientras Mario te presionaba para que dejases el trabajo y te centrases en lo que te tenías que centrar. En esto le doy la razón, no creas.

—Claro, todo encaja. Pero ¿cómo se han enterado de todo esto los de la agencia?

—No me lo han dicho, supongo que habrán estado investigando a tus Pin y Pon, a Mario y a todo el mundo... pero sigo, que hay más. Estévez, en venganza, se las arregló para que Mario se enterase de que él y tú... En fin, tú sabrás lo que haces con tu vida. Yo no voy a ser quien te juzgue. Pero para Mario eso ya fue la puntilla.

—Ernesto, eso puedo explicártelo, solo fue...

—No, por favor, no me tienes que explicar nada. Nadie somos ángeles, ni siquiera ese Ángel tuyo. La cuestión es que Mario, seguramente asumiendo que aquí cada uno tiene su propio juego y que él se basta y se sobra para encontrar ricachones con necesidad de *cash* fiscalmente opaco, se decidió a dejar de operar a través de los de DBCO y trabajar sin intermediarios con los chinos saltándose a tus jefes, a la pelirroja y a toda la panda que ya conocemos. Y ahora, lo que necesitan es atraerte a ti con algo más que goloso para que tú también estés metida con ellos hasta las trancas. Con lo que Mario consigue dos cosas, una que no denuncies nunca a nadie, y otra, tenerte por fin controlada. Hala. Ya lo he soltado todo. Una última cosa, antes de que saltes. Recuerda que la mayoría de los chinos, los suizos y los españoles somos gente honrada. Solo que nosotros hemos tenido mala suerte y nos hemos encontrado con los malos. Ya. Puedes ponerte a gritar, pero no me arrojes a la cabeza el jarrón, *please*.

Elena se sentía extrañamente fuerte. Extrañamente serena. Que Mario supiera lo suyo con Quisco y no le hubiera dicho nada era lo que más le dolía. «No me quiere», pensó. Y no le importó. Notaba cómo su hija se movía en su enorme vientre formando bultos en uno y otro lugar, que ella seguía de forma instintiva con la palma de su mano. Sonrió.

—No, no voy a gritar ni a romper cosas, ni a llorar. La niña ingenua y mimada que se descubrió feliz y embarazada hace unos meses ya ha crecido. Y desde luego, no soy ningún ángel. No te voy a explicar nada de lo de Quisco hasta que tú no quieras que te lo explique, Ernesto. Y agradezco tu sinceridad. No se han atrevido a ponerme delante de mi propia vida ni siquiera los Gadget, solo tú, que eres mi único amigo. Y ahora vamos a arreglarlo todo tú y yo. ¿Puedo contar contigo?

—Elena. Siempre, desde que teníamos dieciocho años, has podido contar conmigo.

—Lopy, querida, soy Elena. —La voz de su amiga, contenta, optimista, al margen de todo, le daba energía—. Perdona que te llame tan tarde. Es que mira, mañana tengo cita con la ginecóloga a las diez, y si te parece bien, me voy luego a casa de mi madre y a la hora de comer paso a buscarte, que te echo de menos. ¿Sí? Perfecto. Reservo yo en Pulcinella. Pues entonces sobre las dos te espero en la puerta de tu edificio. No, no subo que no me apetece hacer el paseíllo por toda la redacción con el bombo, que parezco una atracción de feria. Todo el mundo me toca la barriga sin cortarse un pelo, ni te imaginas... Te espero abajo en los silloncitos de la entrada, y tú bajas cuando puedas. Buenas noches, amiga.

—¿Hola? Soy yo. Me dan igual las normas, amor. Quiero verte. Donde tú me digas, sobre las cinco estaría bien. Sí, iré a la ginecóloga por la mañana con mi madre, luego a su casa, que como se me hinchan mucho los pies ya no puedo andar todo el día por ahí. He quedado a comer con mi amiga, la Lopy, en Pulcinella, el italiano de la calle Espronceda, a las dos. Ella tiene dos horas para comer, hasta las cuatro y media más o menos. ¿En los jardines de la Basílica? ¿En la calle Orense? Ok, te esperaré dando de comer a las palomas. —Apagó el móvil con una sonrisa. Como habían planeado a partir de entonces, su conversación con Ángel parecía exactamente lo que ellos creían, una cita. Si alguien la estaba espiando se iba a aburrir como una ostra.

—Pues sí, hija, la verdad es que ya se va haciendo pesado. —Elena se sentó junto a su mejor amiga en una de las mesas del lateral del restaurante, un italiano pequeño, atiborrado de cuadros e ilustraciones en todas sus paredes, en un estilo muy parecido al famoso Bagutta de Milán. Un trocito de Italia en pleno centro de Madrid—. He estado esta mañana en la ginecóloga con mi madre y aunque entre las dos están haciendo lo que creen que es lo mejor para mí, ya me conoces, odio que me manden lo que tengo que hacer. Y mi madre está feliz, no hace más que mandar y mandar ahora que me ve débil...

—Ay, Nena, chica, cómo eres. Tu pobre madre estará todo el día pensando en ti, y es normal, su primer nieto.

—Nieta, *dear.*

—Nieta. Y claro, tú es que no dejas que nadie intervenga en tus cosas. Pero de vez en cuando hay que dejarse ayudar, mujer. ¿Y qué te ha dicho la doctora? ¿De cuánto estás? ¿Te notas muy pesada? ¿Es verdad que a estas alturas ya no puedes ni moverte ni respirar? ¿Y se te hinchan mucho los pies?

—¡Para, para, Lopy, qué bombardeo, cualquiera pensaría que eres periodista! —Elena se reía con su amiga, contenta por pasar un rato relajado, y buscando la ocasión de entrar en temas más serios—. A ver, vayamos por partes, como diría Jack el Destripador. Estoy de ocho meses, bueno, la semana que viene estaré de ocho meses, total ya es viernes... Justo para el puente, que nos vamos a Suiza a esquiar, te lo conté, ¿verdad? Mi madre, mi hermana y Ernesto, Mario y yo. Esquiarán ellos, claro. Mi madre y yo daremos paseítos, charlaremos junto a la chimenea... Bueno, charlará ella, ya la conoces, que no calla. Y disfrutaremos con los demás del *après ski* en el hotel, que siempre es agradable. La doctora básicamente me ha dicho que cuide mi dieta, lo de no comer embutidos y eso, lo de siempre.

—¿Qué es eso? ¿Por qué?

—Bueno, por una enfermedad que se llama toxoplasmosis que tiene algo que ver con que la transmiten los gatos, no sé seguro, pero si no la has pasado antes, durante la gestación puede causar problemas en el bebé, malformaciones y así... Bueno, una chorrada, total, que no comes jamón, tienes algunas precauciones de higiene, evitas el contacto con los gatos y santas pascuas. A lo que voy. El lunes iré a trabajar, a ver cómo me reciben, cómo me encuentro yo al volver, si estoy más tranquila, y luego ya veremos. Me ha mandado otra analítica completa, la última. Y a la vuelta de Suiza me hará una ecografía para comprobar que la niña ya está con la cabeza encajada en la pelvis. La verdad es que ya se mueve menos, se ve que no tiene sitio. Y de pronto me salen unas bolas por la barriga que son las manitas, o los pies... en fin, un poco alien, la cosa. También me ha dicho que beba mucha agua, aunque con lo que se me hinchan ya los pies no sé si será tan recomendable, bueno, ella sabrá.

—Claro, mujer, ella sabrá. Y qué más.

—Pues que duermo con un almohadón entre las rodillas, de lado, para no presionar a la niña, no te imaginas qué incomodidad. Boca arriba me ahogo, boca abajo parezco un papel secante, imposible; y de lado me duelen las caderas, el pecho... Me duele todo, la verdad. Y me ha dicho una guarrería, que me masajee la zona del periné, vamos en el mismísimo, para ir preparando el momento del parto... Mi madre se ha puesto roja, la pobre, al oírlo. No sé si lo haré, me da cosa.

—Nena, tú haz todo lo que te diga la médico, que ella sabe más de esto. ¿Y cómo te mueves? Yo si me quedo embarazada voy a querer trabajar hasta el final, como me den una baja y me tenga que quedar en casa me da algo.

—Pues es que en eso sí que tienes que hacer lo que el médico te diga. Yo estuve superestresada por lo de mis jefes durante varios meses, sin querer aceptar una baja, y hubiera sido mejor que la cogiera en su momento. Me hubiera ahorrado muchos problemas. Bueno, o no, yo qué sé. El caso es que ahora estoy mucho mejor. Pero es verdad que te notas como si los pulmones los tuvieras todo el tiempo apretados, te entra menos aire y no aguantas ni subir dos escalones seguidos. Y los pies no me los ves hinchados porque los tengo en alto todo el tiempo que puedo, pero en cuanto estoy sentada con los pies en el suelo más de media hora ya lo noto, es un rollo... Luego intentas andar y te cuesta, los pies se ponen como gordos, y duros, y pesados, y vas andando con las piernas como abiertas, sin juego en los tobillos, que pareces Robocop... En fin, muy loco todo. Con decirte que después de la consulta he llegado a casa de mi madre y me he tenido que tumbar hasta la hora que había quedado contigo...

—Ay, hija, qué poco romántico es esto. Te tienen que tomar la tensión, ¿no? ¿Tú la tienes bien?

—Bueno, la tenía un poco alta antes de cogerme la baja, pero ahora la tengo bien. No sé las cifras, me las ha dicho Tana pero no he prestado atención.

—Pues es importantísimo, Nena. Ayer estaban comentando en la redacción que una chica, que trabaja en la revista donde estaba antes Begoña, mi vecina de mesa, este verano por poco la palma por un rollo de la tensión. Por lo visto la tenía altísima, y eso provocaba que se hinchara un montón, pero su ginecóloga no le hacía ni caso. Total, dice Bego que a la pobre chica este verano, en plena ola de calor, ¿te acuerdas?, a finales de julio, le subió la tensión hasta las nubes, le dio una especie de ataque que se llama eclampsia, que entró en coma y todo. Por lo visto su marido la llevó a La Paz a tiempo y no pasó nada, ni a ella ni al bebé, que nació de siete meses. Pero por las mismas la podían haber palmado los dos. Así que tú no te hagas la valiente y quéjate todo lo que te tengas que quejar.

—Uf, qué miedo. La verdad es que pueden pasar tantas cosas... De todas formas, Lopy, yo no sé si con mi marido podría contar en un caso así. Ya te conté hace poco que no está nunca, entre la tele y la academia esa de la tele que están montando entre unos cuantos, todo el día está de curro o de reuniones y cenotas. Y claro, si no está, ya me puedo morir de asco en mi casa, que no me va a llevar a tiempo a ninguna parte.

—No hables así de Mario, hija, que es un santo. Y mira qué estupenda relación tenéis en la familia, os vais juntos a esquiar, está superpendiente de tu madre, y menuda envidia me dio el otro día cuando lo vi en Viridiana con Lola. Claro, si tú no puedes cenar fuera, pues mira, se fueron ellos. De verdad que me dio envidia, se les ve tan cómplices. Y tú con Ernesto ni te digo, lo conoces mejor que a tu propio marido, seguro. Deberías haberte casado con él, pero, bueno, Mario es más guapo, eso no te lo discuto. No más guapo, a ver, más masculino, más viril... No sé explicarlo...

—Chica, pues está muy claro, me casé con Mario porque estaba enamorada hasta las trancas de él y no de Ernesto, que es mi amigo del alma, pero del alma, no del *body*. Ernesto no me pone, amiga. Le adoro, pero no me pone... Y Mario sigue siendo mi hombre, aunque no me gusta que sea tan protector conmigo. Entre tú y yo, me parece que durante estos meses que estoy con tan poco *sex-appeal* se debe estar apañando por su cuenta con otra... pero no estoy segura de si me importa o no. ¿Tú qué crees? Oye, ¿y qué has dicho de Viridiana? ¿Que estaba allí con Lola? ¿Qué día era?

—Pues, chica, no sé, más o menos cuando quedamos a comer todas las chicas, cerca de su cumple, sí, porque me acuerdo que me imaginé que no podíais celebrarlo todos juntos y la había llevado él a cenar algo rico. No dije nada porque no sabía...

—Ah, sí, claro, por su cumple, es verdad, aunque creía que habían ido a El Viejo León, que es el que le gusta a Lola. Con lo despistada que soy no me acordaba. Claro, fueron a ver a Abraham, que con el rollo de los vinos se han hecho medio colegas, Mario y él. Se está volviendo un poco esnob mi maridito, la verdad.

—Bah, ni te rayes con eso de que se vaya con otra. No tienes ninguna razón para pensar eso. No hay más que verlo, siempre pendiente de ti y de tu familia, si hasta se lleva a tu hermana a celebrar su cumpleaños, que es un santo varón. Con lo mal que yo me llevo con mi cuñado. Pero claro, es que a mí me ha tocado un *cuñao* friki que lo flipas.

—Sí, ya, santo, santo… ¿Cómo era el refrán que decía Catalina, vuestra tata? Entre santa y santo, pared de cal y canto.

A las cinco en punto Elena estaba sentada en un banco de uno de los pequeños jardincitos laterales delante de la iglesia de la Basílica. Con las piernas estiradas, se entretenía mirando cómo una madre con su pequeño, que aún ni andaba, echaban migas de pan duro a las palomas, que asustaban al bebé aleteando alrededor de la sillita. Le daba vueltas a lo que le había contado la Lopy sobre Mario y Lola… Aquella noche…, no, imposible… pero… Un sacerdote vestido a la antigua con sotana y alzacuellos se sentó a su lado. Y al mirarlo descubrió, sorprendida, la mirada gris que tan bien conocía.

—Eres Ángel, ¿verdad? Me troncho. A este paso le vas a quitar el puesto de agente secreto de la TIA al mismísimo Mortadelo.

—No te rías, Elena, que esto es muy serio, nos vigilan. No me conoces, y vamos a mantener una charla muy corta. ¿Qué quieres contarme?

—Ayer quería hablar contigo sobre lo que me contó Ernesto. Pero hoy… ¿tú haces seguimientos de maridos infieles? Igual te pluriempleo, o mejor, te hago un contrato indefinido a tiempo completo. Mi vida es cada día más patética.

—¿Qué pasa? Tu marido te está decepcionando en todos los sentidos, ¿verdad? Pero no te precipites, él no es peor ni mejor que todo el mundo. Es solo que una situación que él creía que iba a controlar sin problema se le está yendo de las manos. Eso le pasa a casi todo el mundo cuando juega con fuego. Vanidad, en el fondo.

—Ya, pero si se lía con mi propia hermana… Sé que no puede ser verdad. Pero, aun así, ¿tú los has visto juntos, o has sospechado algo de eso?

—Bueno, aparentemente sí, y en realidad puede que no. Se ven a menudo pero no es mi trabajo seguirlos a ellos, así que no puedo hablar más que de suposiciones. En realidad puede que no sea nada más que amistad. Si te paras a pensarlo, tu relación con el marido de tu hermana es mucho más sospechosa que la de ellos, y tú no admites que nadie haga la menor alusión. Excepto a Julia Ye, claro.

—Claro, así dicho… tienes razón. Pero lo del Château Lafite…, no me digas que…

—Me tengo que ir. Vamos a hacer una cosa. Durante vuestro viaje intenta observarlos, y yo lo haré también.

—¿Cómo? ¿Vas a ir hasta Gstaad?

—Claro. Yo seré uno de los dos chóferes que van a estar con vosotros. Desde el *transfer* del aeropuerto de Berna a Gstaad. Menudo hotelazo, por cierto. Y una advertencia, si Mario y alguien de tu familia, tu madre o Lola, deciden hacer una excursión rápida a Ginebra, como sospecho que harán, procura venir en mi coche, el otro chófer no es de la agencia.

—Pero ¿cómo te has colado en el viaje? Si lo está organizando Mario, sin agencia ni nada. Sabes más que yo, que no sé ni a qué hotel vamos esta vez, es una invitación por la tele...

—Tenemos nuestros métodos, muñeca. —Ángel se permitió una pequeña broma. Definitivamente no era nada profesional tomarse tantas confianzas con ella—. Siempre hay que recurrir a alguna empresa para algo, y ahí estamos nosotros, de profesional a profesional, ya me entiendes. Así te quedas tranquila de que utilizamos para cosas útiles el pastizal que te cobran mis jefes... Y no preguntes más. No deberíamos estar hablando.

—Ok, padre. ¿No me da su bendición?

—Desde luego esa ironía es lo que mantiene tu salud mental, con la que tienes encima. Hija mía, Dios te bendiga.

—Gracias, padre Ángel. Me voy a mi casa a llorar. Y a hacer la maleta, entre lágrima y lágrima, que mi madre y mi hermanita ya tienen todo preparado y yo nada de nada. Como siempre.

Al llegar al aeropuerto de Berna a las ocho menos veinte del martes 5 de diciembre Elena se sentía algo mareada, con ganas de vomitar. Tenía los tobillos y los pies a punto de estallar dentro de los feos zapatones anchos y planos que se había tenido que comprar para el viaje. Miró hacia abajo, vio sus enormes tobillos enfundados en unas medias de punto marrón, y metidos en los mocasines también marrones, y le dieron ganas de llorar. «Qué pinto yo aquí, con estos zapatos de monja», pensó. Y se sintió insegura, triste, fuera de lugar junto a su propia familia. Avisó al resto de los excursionistas, que no le prestaron demasiada atención porque estaban pendientes de las dos maletas de su madre, y salió buscando el baño y luego la salida, impaciente por encontrarse con Ángel. Al pasar la puerta de llegada de su vuelo miró hacia la sala y lo localizó enseguida. Estaban charlando dos chóferes, uno alto y guapo, Ángel. Otro pequeño y gordito. Con un cartel: *«Famille* De la Lastra. *Espagne»*. Se acercó a ellos, repentinamente animada, y prudente les habló en francés.

—*Bonjour, je suis madame* Elena de la Lastra.

—*Bonjour, madame,* yo soy François y mi compañero, Étienne. Hablo un poco el español, si quiere puede dirigirse a mí en su propio idioma.

—Ah, perfecto, François.

Elena sonrió, divertida ante el impostado acento francés de Ángel. Le dio la mano a los dos hombres y vio cómo se acercaba el resto de la familia Telerín; su hermana —vestida como si fuera Audrey Hepburn con cuello cisne negro, un pirata de pata de gallo blanco y negro y bailarinas negras— descomponía la dulzura del personaje discutiendo con su madre —que para viajar a Gstaad se había puesto su mejor traje de chaqueta gris con bolso, zapatos y guantes a juego— porque le obligaba a Ernesto a cargar con dos enormes maletas. Mario, con cara de fastidio, con otras dos, la de ellos y la de Lola y Ernesto. Y Ernesto detrás, peleándose con el equipaje de la suegra. Elena sintió un poco de vergüenza ajena ante las mujeres de su familia disfrazadas según lo que para ellas era el chic francés. Pero estaban guapas, con mucho *allure*, tuvo que reconocer. Y de nuevo las ganas de llorar por sus zapatos de monja, sus tobillos con elefantiasis, aquel bombo que se movía solo y que ya no podía disimular de ninguna de las maneras, la nariz de payaso que ya se iba dibujando en su cara... Hizo las presentaciones, intentando ser un poco adulta y no pensar en tonterías. Los chóferes se hicieron cargo de parte del equipaje y salieron hacia los coches, ella subiendo con Mario al de Ángel, como le había indicado.

Gstaad es un pueblo pintoresco de grandes tejados inclinados y completamente cubierto de nieve en invierno, como salido de un cuento. Y arriba, en la colina, se alza también blanco e iluminado sobre la nieve el magnífico edificio del Gstaad Palace. «El hotel más señorial de la zona, y quizá de toda Suiza», pensó Elena mientras escuchaba en silencio la anodina charla de Mario con su ángel de la guarda. El grupo entró en el lobby por una imponente entrada y Elena recordó en ese momento la tronchante escena del inspector Clouseau entrando en este hotel, por una antigua puerta giratoria... «Cuál era la frase... *Do you have a reum?*».

Hicieron el *check-in* en un momento, Mario feliz, al mando de todo y de todos, tal y como a él le gustaba. Elena y él se quedarían en la suite Penthouse, en la torre, que contaba con una pequeña habitación anexa para acomodar a la suegra, mientras Lola y Ernesto se quedaban en una Junior Suite, algo alejada de la torre, pero igualmente espaciosa y bonita, con maravillosas vistas a los Alpes.

Cuando subieron a su suite, tanto Elena como su madre se quedaron mudas. Más que una habitación de hotel, se encontraban en un piso de más de doscientos metros con dos dormitorios, cada uno con su propio baño, separados por un precioso cuarto de estar-comedor, con magníficas terrazas a lo largo de toda la planta, y al fondo el mayor lujo que Elena podía pedir: un *jacuzzi* situado en un espacio semicircular rodeado de enormes ventanales a las montañas nevadas.

—Pero, Mario, hijo, ¿quién te invita a estos lujos? —preguntaba su suegra. La verdad es que Lola estaba fascinada. Miraba a Mario como descubriendo de pronto lo importante que debía de ser su yerno, al que conocía desde que era un estudiante con beca, por ser viuda su madre—. Llámame clasista o lo que quieras, hijo, pero nunca me hubiera podido imaginar que llegarías tan alto. En cuanto lleguemos a Madrid llamo a tu madre y le cuento estas maravillas...

—No te preocupes por mi madre, suegra. A ella no le gusta el frío, pero este verano les pasé a ella y a su amiga Piluca Orti una invitación en el hotel Puente Romano de Málaga, que te aseguro que disfrutaron muchísimo.

—Ay, qué contenta estará, habérmelo dicho y la hubiera llamado para que me contara, con esto del nieto es que parece que nos hemos vuelto como tontas. Cuando hablamos solo charlamos del nieto, bueno de la nieta, y de las cosas que tenemos que preparar… y ni nos acordamos de contarnos las vacaciones. Qué barbaridad, pero mira esta bañera de chorros, Elena, hija, aquí sí que te vas a relajar.

—Sí, mamá, desde luego que voy a tirarme aquí dentro todo el puente. Si me pierdo ya sabéis dónde encontrarme. Desde luego que…

Elena no sabía qué pensar. Le parecía una invitación demasiado cara, tanto si venía por parte de la asociación de televisiones de Europa, que se habían puesto de acuerdo con el organismo que gestionaba las pistas de esquí suizas… No le cuadraba tanta asociación, ni aquella pedazo de suite, y la de su hermana, además. A cambio de qué. O peor aún, ¿sería verdad, y no un pago de servicios por parte de los mafiosos de Quisco y Jaime, o directamente de los San…? No quería pensar mal todo el tiempo de su propio marido, pero algo en el estómago le decía que no podía ser tal y como él se lo había contado a todos. Su madre, sin absolutamente ninguna sombra de culpabilidad, se dedicaba a inspeccionar todos los rincones de su dormitorio. Probó el colchón; la dureza exacta de las almohadas; la calidad de la ropa de cama; los muebles, de un estilo algo rancio pero señorial; abrió los grifos del baño, comprobando que salía un chorro de agua fuerte y homogéneo; buscó los interruptores de todas las luces, arguyendo que entrar en un hotel y adivinar qué interruptor servía para cada luz era siempre una pesadilla... Parecía una niña en Disneylandia, y Mario la seguía, orgulloso. En diez minutos sonó el teléfono: Lola, su hermana, les contaba entusiasmada que se habían encontrado una bandeja de fruta, una botella de Dom Pérignon fría, con dos copas y un surtido de chocolates como regalo de bienvenida en su habitación, y que Ernesto estaba alucinando con la televisión, colgada de la pared como si fuera un cuadro, la pantalla más grande que había visto en su vida.

Quedaron en el hall una hora más tarde, ya serían casi las once de la noche. Mario llamó a recepción para pedir que les preparasen una cena tardía para los cinco en el lobby bar, pues los restaurantes cerraban justamente a las once, y los tres se pusieron manos a la obra, a deshacer sus equipajes y acomodarse para vivir como los ricos de verdad durante cuatro días.

Aquella noche, tras una deliciosa cena a base de quesos con mermelada y champán, Elena y Mario durmieron desnudos y abrazados por primera vez en muchos meses. El olor de su piel, tan familiar para ella como el suyo propio. Su aliento en el cuello. Los pies de los dos, enredados y calientes. Las grandes manos de su marido abrazando delicadamente su tripa, intentando abarcarla sin conseguirlo. De nuevo Elena sintió cómo amaba a ese hombre. Cómo sus cuerpos, y tras ellos sus vidas, eran uno. Y decidió, antes de dormirse intentando acompasar su propia respiración a la de Mario, que aquellos brazos eran, a pesar de todo, su lugar en el mundo.

El miércoles y el jueves pasaron rápidamente. Mario, Lola y Ernesto salían temprano para las pistas. Elena y su madre pasaban la mañana entre paseos perezosos por la Promenade, la calle de compras de lujo y ocio del exclusivo pueblo, y el aperitivo en el Rialto. Y subían después, en el coche en el que François-Ángel las esperaba pacientemente, a comer con ellos en alguno de los restaurantes de la estación en la que esa mañana esquiaran. Siesta y spa para Elena, un rato más de esquí para los deportistas. Y se reunían de nuevo más tarde, ya duchados, descansados y vestidos de fiesta para cenar y tomar una copa en el lugar donde se reunía la gente joven de toda la zona por las noches, en su mismo hotel, el GreenGo. El hotel y sus cinco restaurantes a la hora del *après ski*, la cena y las copas resplandecían de luces, música, gente guapa, *socialités* y famosos. En Chesery, el restaurante que fundó el mismísimo Aga Khan, ante una acogedora mesa llena de deliciosos quesos y en un cálido ambiente de maderas para nada reñido con un exquisito servicio y cubiertos de plata, la familia charlaba tranquilamente sobre las incidencias del día.

—¿Y qué os parece, familia, si mañana en vez de esquiar nos vamos a Ginebra? —dijo Mario. Inmediatamente Elena entró en estado de alerta y lo miró, buscando algo en su mirada que confirmase o desechase sus sospechas, ingenuamente olvidadas tras dos días de tranquilidad absoluta lejos de Madrid y su realidad.

—Uy, pues me lo has quitado de la boca, hijo —contestó inmediatamente Lola, su madre—. Sería un día perfecto. Además, un viernes estarán todas las tiendas abiertas, y hace ya por lo menos cinco años que no hemos vuelto, ¿verdad, Lolilla? Seguro que han cambiado muchas cosas, me encantaría pasar por la calle donde vivían mis abuelos, la rue Voltaire, y ver la casa, seguro que sigue igual. Y cruzar el Ródano por el puente de la Coulouvrenière, que…

—Pues nada, suegra, eso está hecho. Llamo a los coches y que nos recojan, por ejemplo, a las nueve, ¿os parece bien a los demás?

—Por mí perfecto. —Era su hermana la que hablaba ahora, con una expresión que a Elena le pareció rara—. Y por cierto, Mario, ¿no me acompañarías, ya que estamos allí, a pedir información en la oficina de Turismo? Cuando volvamos quiero hacer un cuaderno de viaje con las fotos, información de Suiza, de Gstaad… Ernesto nunca quiere acompañarme.

—Es verdad, y tampoco me apetece lo de Ginebra, Lola. Mañana quería subir el remonte hasta el Glaciar 3000, me dijiste que me acompañarías.

—¡Si sabes que me da miedo, Ernesto! Yo no esquío tan bien como tú. Si por algo me gusta esta estación es porque casi todas las pistas son fáciles y relajadas; bastante que hoy he ido con vosotros a las de Wasserngrat en vez de a las de

Wispile, que son pistas mucho más tranquilas. Pero sabes que me cago. Me gusta bajar disfrutando, no que me salga la adrenalina por el cogote.

—¡Bueno, bueno, haya paz! —terció Mario—. Aquí hemos venido a pasarlo bien todos, no a sufrir unos por otros, así que lo mejor es que las dos Lolas os vengáis conmigo a Ginebra, que Ernesto baje su glaciar, y Elena, tú reserva toda la mañana en el spa y aprovecha para hacerte todos los tratamientos, la pelu y los mimos que luego nunca te das en Madrid. Y por la tarde nos volvemos a reunir todos felices, ¿qué os parece?

Ernesto y Elena se miraron fugazmente y esa mirada bastó para que él le siguiera el juego. «Todo esto es muy raro», no pudo menos que pensar Elena. «Y lo del cuaderno de viaje..., menuda excusa boba. Si hasta parece una conversación ensayada». Se levantó para ir al baño y en un segundo puso un SMS a Ángel con el móvil secreto, avisándole de que a las nueve salieran Mario, su madre y su hermana para Ginebra con el otro chófer, y a las nueve y cuarto lo esperarían en el lobby Ernesto y ella, para intentar seguir sus pasos. Puso otro mensaje a Ernesto, con el mismo plan. «De nuevo en la lucha», pensó. Pero no estaba enfadada. Ahora solo sentía mucha mucha pereza.

En el coche solo se escuchaba el suave zumbido del motor. Elena y Ernesto estaban en shock. Ángel/François guardaba silencio, evidentemente preocupado, y se limitaba a estar atento a la carretera hasta que ellos digirieran la noticia y dijesen algo. Un ejemplar de *El País*, abierto por la página 54, estaba entre ellos dos que, mudos, miraban por la ventanilla los maravillosos paisajes alpinos. De pronto les parecían tan ajenos como el paisaje lunar.

Sucesos

UN MUERTO Y SIETE INTOXICADOS EN
EL INCENDIO DE UN PISO EN MADRID

La víctima se encontraba atada en uno de los apartamentos de la planta 11.

EFE. Madrid, 8 de diciembre de 1995

Una mujer ha sido encontrada muerta, y siete vecinos más han resultado afectados por inhalación de humo, en el incendio registrado la mañana del 6 de diciembre en uno de los edificios de la madrileña Plaza de España. Según ha informado el Servicio Madrileño de Seguridad el incendio, que se inició por causas aún desconocidas, tuvo su foco en uno de los apartamentos turísticos situados en la planta 11 del edificio. Al tratarse de un día festivo y estar el alojamiento alquilado hasta el próximo domingo 10, no saltaron las alarmas hasta que las llamas salieron hacia el pasillo de la planta y el humo alertó al empleado de guardia, quien no pudo hacer más que avisar al 112 y dar la voz de alarma entre los ocupantes de los apartamentos colindantes a aquel en el que se declaró el incendio. No obstante, un total de siete personas tuvieron que ser trasladadas a distintos centros hospitalarios de la ciudad por problemas respiratorios causados por inhalación del humo tóxico desprendido en el incendio. Una vez sofocadas las llamas, miembros del Cuerpo de Bomberos hicieron un macabro hallazgo: una mujer yacía, parcialmente carbonizada, en la cama del dormitorio. La mujer, que aún no ha sido identificada, se encontraba atada de pies y manos, aparentemente envuelta en láminas plásticas, una máscara de látex derretida sobre el rostro y una pelota de goma impidiéndole la normal respiración, por lo que la policía cree que se encuentra ante un crimen de naturaleza sexual previo a la declaración del incendio, que bien pudo deberse a un descuido del —o los— asesinos. Según fuentes policiales, tras una primera inspección del apartamento y del registro de la empresa de alquileres turísticos, la reserva se había hecho por parte de un hombre de mediana edad, alto, corpulento, y que responde al nombre de Jaime, aunque, por las singulares características de la empresa, solo consta en el registro este nombre propio, presumiblemente falso, sin ningún documento que pueda arrojar luz sobre la identidad del presunto asesino ni de su víctima. En cuanto al resto de personas ingresadas, ninguna de ellas se encuentra en estado grave, habiendo sido dadas de alta cuatro de ellas en las horas subsiguientes a su ingreso y el resto ayer, día 7. A preguntas de este reportero, el conserje de la finca ha relatado que el apartamento donde han ocurrido los hechos forma parte de un grupo de apartamentos que, bajo la denominación de apartamentos turísticos, se suelen alquilar por horas, por parte de empresas y personas de todo tipo, que los suelen utilizar para reuniones, fiestas y encuentros personales discretos. El grupo especial de delitos sexuales de la Policía Nacional ha tomado este caso bajo su jurisdicción, y ha declarado el secreto de las investigaciones. El edificio, que no ha sufrido daños estructurales, no ha tenido que ser desalojado en su totalidad y ya ha recuperado la normalidad.

—Ángel, ¿estás seguro de que este Jaime es nuestro Jaime?

La voz de Elena era prácticamente inaudible. Ángel la miró a través del retrovisor y se encontró con sus ojos asustados, rojos, húmedos. Pensó en mentir para tranquilizarla, al menos hasta que volvieran a Madrid. Pero no. Otra muerte. Este caso no podía ser tratado como una investigación más. Demasiado peligroso.

—Sí. He hablado con mis compañeros de Madrid hace dos horas. Nuestras fuentes nos han advertido seriamente. La descripción que el conserje ha hecho de Jaime Planas es muy fidedigna, lo ve entrar y salir del edificio de manera regular desde hace varios años, aunque no lo han identificado aún. Y Patricia, la secretaria de Quisco, hace tres días que no aparece por su casa. Como vive sola, son días de fiesta y sus padres viven en la costa, nadie ha alertado de su desaparición. Pero un compañero mío ha pasado por su casa y nadie responde al timbre ni al teléfono. No ha allanado para no liar más el caso, pero es cuestión de tiempo que la policía aparezca por allí y ratifique lo que nosotros sospechamos. Además, el cuerpo está en mal estado por las llamas, pero es también cuestión de días su identificación. Y no creo que nos equivoquemos. La cuestión ahora es muy seria y sobrepasa nuestras atribuciones, tanto legales como morales, entiéndelo. Tenemos que informar a la policía de nuestras investigaciones. Y poneros a todos vosotros vigilancia extra. A toda tu familia, Elena. No podemos arriesgarnos a que haya más... No podemos arriesgar más.

—Lo entiendo perfectamente, Ángel. —Esta vez era Ernesto quien llamaba a Ángel por su supuesto nombre—. Soy abogado y entiendo todas las ramificaciones legales que este caso puede tener. Pero te ruego que, por ahora, no hagáis ningún movimiento. Hasta que pensemos bien nuestra estrategia, volvamos a Madrid y pueda yo hablar con mis asesores y con tus jefes. No quisiera que mi cliente, y cuñada, se viera involucrada en este feo asunto. Y no olvidemos que, aunque parece que se trata de un crimen de naturaleza sexual y por tanto privada, es algo que salpica a la empresa a la que ella está ligada laboralmente.

—Ok, no tengo instrucciones al respecto, así que por ahora haremos lo que usted decida. En cualquier caso, y dado que nos dirigimos hacia Ginebra en seguimiento de tres personas de su familia que presuntamente van a cometer algún delito cuando menos de naturaleza fiscal, les ruego mantengan la máxima discreción y no dejen vislumbrar ningún tipo de conexión entre ustedes y yo, que me encuentro aquí exclusivamente como protección personal de doña Elena.

—De acuerdo, Ángel. Intentaremos hacerlo todo lo mejor posible. Pero no me puedo creer que la pobre Patri... —Elena estaba llorando, casi no podía hablar—. Se lo dije, Ernesto, se lo dije: «Patri, no juegues con fuego, ese hombre puede hacerte daño». Pero ella estaba a su merced, le tenía completamente comido el coco, ella jugaba a ser su esclava... Es que no me cabe en la cabeza, de verdad, ojalá no sea cierto, Ernesto, ¿verdad que pueden ser otras personas? No está claro, la policía tiene que investigar...

—Desde luego que puede tratarse de un error, Elena. —Ángel hablaba con voz segura—. Pero no podemos arriesgarnos. Mis compañeros tienen informaciones que apuntan hacia esta posibilidad, y sus fuentes son fiables, más que las de la mayoría de los periodistas.

—Y no te olvides, Nena, que esto mismo ya ha pasado en DBCO en otras ocasiones, sin ir más lejos este verano. No en España, pero acuérdate de lo de los suizos... Ángel, hablo abiertamente delante de usted desde la confianza que veo que ya existe entre ustedes dos.

—Puede estar tranquilo, Ernesto. Sigue siendo nuestro secreto. Ya somos tres.

Elena había dejado de llorar, empapó un kleenex con agua mineral y se limpió bien los ojos mientras se acercaban a Ginebra. Ángel habló con el otro chófer por radio para comprobar dónde estaban con una excusa tonta, y se dirigió hacia la Cité, donde al parecer los excursionistas madrileños estaban visitando un edificio plagado de placas de oficinas financieras y asesorías legales de dudoso interés turístico, aunque ciertamente muy frecuentadas por todo tipo de extranjeros de paso en la ciudad. Esperaron aparcados enfrente hasta que los vieron salir, dirigirse en compañía de un joven convenientemente enchaquetado y engominado hacia una oficina del Credit Suisse, volver a salir, y después sí que comenzó el verdadero recorrido turístico familiar, con visita a la antigua casa de los abuelos, en la otra orilla del Ródano, fotos en la fachada y en el puente incluidas. Después fueron a comer al Hilton, donde estaba el restaurante preferido de su madre, Le Cygne, con magníficas vistas al lago Lemán. Aunque seguramente comerían en La Grignotiére, el otro restaurante del hotel, porque según Elena dijo a los otros, Le Cygne solo abre para las cenas. Entonces decidieron irse ellos mismos a Carouge, un pueblo cercano, a L'Olivier de Provence, un restaurante agradable, típico provenzal y de ambiente relajado que Elena conocía porque solían ir en vida de su padre. Para volver a la seguridad de Gstaad antes de que lo hicieran Mario y sus Lolas. Elena casi sufrió un infarto, a causa de la risa floja que le entró, ya en el coche de vuelta a Gstaad, al decir Ernesto esa frase, lo que les ayudó a los tres a relajar la tensión del día y prepararse para la cena en familia.

Todos estaban cansados cuando a las ocho de la tarde se reunieron en el lobby del hotel para cenar, así que se quedaron en La Fromagerie del mismo Palace, donde pidieron una raclette con carnes, embutidos, verduras y queso, cenaron charlando casi sin ganas sobre cómo había cambiado Ginebra en los últimos años, y subieron temprano cada uno a su habitación. Elena se dio una ducha rápida, y pasó un buen rato aplicándose sus cremas antiestrías con un suave masaje circular en la tripa, que iba creciendo y poniéndose tensa y dura casi día a día, mientras Mario hacía *zapping* adormilado y la esperaba ya en la cama. Se acercó a él, casi con miedo ante la conversación que tenía que mantener con su marido, el hombre al que estaba redescubriendo tan distinto de como ella lo había conocido. El hombre al que, sin embargo, seguía amando con tanta fuerza que le daban ganas de llorar. De nada le iba a servir esconderse, negarse la realidad a sí misma. Mario era su hombre, su estabilidad. Ambos se pertenecían, le gustara o no. Se metió en la cama, calentita por la reciente ducha, oliendo a crema, y dejó que Mario la abrazara por detrás, pegando sus cuerpos como si fueran uno, rodeando a su hija con sus cuatro brazos, reconociéndose en la intimidad de sus respiraciones, que se acompasaron al instante. Elena cerró los ojos, respiró hondo y empezó a hablar en un susurro.

—Me parece que Jaime ha asesinado a la secretaria de Quisco, Patri.

El cuerpo de Mario se tensó, apretó sus manos contra las de ella.

—¿Qué dices? ¿Que qué?

—Que sí, que Jaime, mi jefe y socio tuyo, ha asesinado a la secretaria de Quisco, su jefe y también tu socio. Pero no te preocupes, creo que no ha sido por nada de vuestros enjuagues financieros, debe haber sido más bien un accidente sexual. Jaime es un depravado sadomasoquista o yo qué sé lo que es, como se diga eso, y Patricia era su esclava... Bueno, eso no lo creo, eso lo sé positivamente porque me lo contó ella misma. Hacían prácticas sexuales de riesgo, como dicen en las revistas. Y en una de esas la cosa se les debe de haber ido de las manos... y la pobre chica... Bueno, no es la primera vez que pasa eso en mi empresa. Por lo visto los jefes, desde los suizos a los españoles, pasando por supuesto por los ingleses y me imagino que los alemanes, tienen montada una especie de internacional masoca o algo parecido, empiezan reunidos para hablar de dinero y acaban reunidos Dios sabe dónde... bueno, no Dios, el demonio sabrá dónde, y haciendo qué, me dan escalofríos solo de imaginármelo. Me estás dejando hablar sin interrumpirme, así que todo esto debes saberlo ya...

—Te estoy dejando hablar porque me estoy quedando loco, Nena. Veo que sabes lo de nuestros negocios paralelos. Bueno, en realidad era cuestión de tiempo, aunque he intentado dejarte al margen todo lo que he podido. Pero eso que me cuentas de sus relaciones... personales. ¿Tú cómo lo sabes? ¿No habrás participado en algo de eso? Porque yo también me he enterado de cosas.

—Tienes razón, Mar —lo llamó Mar, como lo llamaba antes, hace años, al principio del amor, del sexo, de todo—. Tuve con Quisco una aventura muy corta. Ya, ya sé que no es excusa, una vez ya basta. Pero bueno, es lo que fue. Una tontería que ahora mismo no me acierto a explicar, que en su momento me pareció emocionante y de la que en el mismo instante en que sucedió ya me había arrepentido. Fue en aquella reunión de internacional, que en realidad no fue ninguna reunión, sino que nos fuimos los dos a Cádiz. Estuvimos un tiempo tonteando, y al final nos fuimos juntos ese fin de semana. Sé que lo sabes. No es que te pida que me perdones, porque sé que es una tontería. Sé que no le das importancia, y lo que me preocupa, Mar, es si eso me duele más que si te hubieras cabreado, me hubieras montado una escena, me hubieras pedido el divorcio... No sé si me da más miedo que me mates por celos o que no me quieras. Y ya no sé ni lo que digo, menuda burrada acabo de soltar. Lo que quiero decir es que te quiero. Y que lo que tenemos tú y yo es más valioso que cualquier otra cosa que pueda haber fuera de este abrazo. Es lo que siento, Mar. Es lo que he sentido siempre, desde que estamos juntos. Que solo donde tú y yo estemos juntos estará mi hogar.

—Claro que le doy importancia, Nena. De hecho he estado a punto de montarte no una escena, sino un *happening* completo. Pero, mira, los dos somos adultos. Y yo tampoco soy un santo, también he pegado mis tiros por ahí, que no te pienso contar. Pero me pasa como a ti, que al final solo me siento lleno, tranquilo, en casa, abrazado a ti. Que eres una pequeñaja respondona, marisabidilla y deliciosamente ingenua. Y también te quiero, Nena. Y creo, como tú has dicho, que lo que tenemos es más importante que todo lo demás. Esto es lo más parecido a una declaración que he hecho nunca. Ni siquiera cuando me declaré de verdad, que ya ni me acuerdo. —Mario encogió más las piernas y encorvó la espalda en torno a la de Elena, que se quedó dentro de su abrazo y se sintió en paz. La niña se movió dentro de su vientre, y Mario recogió con su mano el bulto que su hija formaba bajo la piel de su mujer—. Nuestra hija, tú y yo. Es lo único que me importa, Nena.

—Ah, ya has admitido que es una niña, por fin. ¿Y se tiene que llamar María?

—Se llamará como tú quieras, Nena, mira que eres rencorosa. Nunca entiendes los fallos de los demás, todos tenemos que responder exactamente a tus expectativas en cada momento. Pues, mira, a mí me costó hacerme a la idea de esto. Y no porque no lo deseara, tanto como tú, te lo juro. Pero uno no sabe siempre cómo reaccionar. Y menos cuando es algo que le pasa a otro, que no lo sientes tú en tu propia carne. Joder, Nena, ¿qué se supone que hay que sentir, si uno va a ser padre de alguien a quien ni siquiera conoce?

—Pues nada, querido, ya que lo has entendido tan bien, el próximo embarazo lo vas a tener tú, a ver si para entonces han inventado algo… —Elena sonreía, a oscuras, abrazada a su marido, sintiendo el agradable cosquilleo de su respiración en la nuca—. Pero estamos metidos en un lío, no te olvides. Tú eres socio de una gente que es muy peligrosa, y aunque no estés metido en todos sus enjuagues ni seas parte de la mafia, eres su socio.

—Ya no soy su socio, Nena. Con Francisco y Jaime no hago ningún negocio hace tiempo.

—Pero me estoy refiriendo a los San, cariño. Julia Ye, que yo creo que es la jefa de verdad, me está buscando para enredarme a mí también. De hecho me ha propuesto contratarme como directora de la fundación de arte que quieren montar, una locura. Yo no entiendo nada de arte, y además les tengo mucho miedo.

—Pues no es ninguna tontería, Nena. Trabajar para ellos no tiene por qué ser malo. Te podrías dedicar a comisariar sus exposiciones, montar becas para los artistas emergentes, organizar eventos culturales… Te relacionarías con la gente del arte, de la universidad, de la cultura, no con empresarios mafiosos ni con políticos chorizos. Esos van por otro lado y no te los vas a encontrar en una galería viendo cuadros. Y podrías vivir mucho mejor que ahora siendo tu propia jefa, con tu propio horario, ahora que vas a tener que ocuparte de la niña… Y podríamos comprarle a doña Marina la casa de Cabo de Palos, Nena. Podríamos hacer muchas cosas, solamente trabajando de manera honrada para una gente que no lo es siempre. Pero ¿quién lo es? Si solo vas a admitir que te pague un sueldo quien no tenga absolutamente nada que ocultar… ya te puedes morir de hambre. Lo importante es que tú seas honrada, ante tu propia conciencia. De lo que hagan los demás no te puedes hacer responsable.

—¿Y tú vas a seguir con lo de las bolsas de dinero? Porque a ver qué es lo que has hecho hoy con mi madre y mi hermana… ¿involucrarlas en tus enjuagues?

—Te pasas de lista otra vez, mi querida marisabidilla. Tu madre y tu hermana son más listas de lo que tú te crees. Son ellas las que te tienen engañadas a ti, y me han liado a mí de paso. Te lo cuento, pero escúchame hasta el final, por favor, a ver cómo manejas esta información. Mira, cuando murió tu padre, había una herencia, la que recibisteis tu madre, tu hermana y tú.

—Ya, claro. ¿Y?

—Bueno, pues por otra parte había otra herencia. Verás, la venta de la fábrica tu padre la hizo, como hace todo el mundo, en digamos dos momentos, el «limpio», más o menos un 20 por ciento de todo el dinero que recibió, que es el que tenéis vosotras, o por lo menos tú, repartido en el fondo y tu pequeña cuenta para caprichos. Y un 80 por ciento del dinero que se recibió de forma opaca y se quedó depositado en una cuenta en Suiza, a nombre de tu madre y tu hermana.

—¿Cómo? —Elena no daba crédito—. ¿Que tienen un montonazo de dinero negro y no me lo han dicho? ¿Que mi propia madre y mi propia hermana llevan cinco años engañándome y me han robado la herencia de mi padre? ¿Y yo no me entero de nada?

—Bueno, no exactamente, Elena, no te pongas así. Escúchame. Tu padre todo lo hizo de acuerdo con ellas dos y conmigo. Nadie te ha robado nada. Esto lo hace todo el mundo, desde el rey hasta el último de sus vasallos. Te lo han ocultado, tu padre incluido, porque tú siempre has sido tan recta, tan honesta, tan sólida en tus convicciones, que pensaban que te ibas avergonzar de tu familia, o no sé. Incluso que te podrías empeñar en declarar todo, o al menos tu parte, y entonces obligarlas a ellas a aflorar todo el dinero, que en impuestos es un pastón... En fin, la cuestión es que ellas te adoran, y te admiran, pero no se atreven a contarte ciertas cosas. Pero yo estoy enterado de todo, me cuentan y me consultan cada movimiento. Así que a primeros de año cuando empecé a hacer de intermediario entre mis contactos y los San, decidí abrir yo también una cuenta a nombre de una sociedad radicada en Suiza, con un testaferro socio de Torelló, de nacionalidad suiza. Este hombre desapareció hace unos meses —Elena sintió un escalofrío— y entonces, para no meterme en más líos con desconocidos, le propuse a tu madre unificar nuestras dos cuentas, la de la herencia de tu padre y la mía, con ella, que tiene nacionalidad suiza, tu hermana y yo como cotitulares en cada una de ellas. Por eso estamos todos aquí de excursión. Y a eso hemos ido esta mañana, a las oficinas de unos abogados especializados en administrar fortunas y la gestión de activos, con los que trabaja todo el mundo en España. Ellos nos han asesorado. Y uno de los hijos del socio fundador, especializado en *management* de inversiones, y que conocí hace un tiempo en Madrid donde me lo presentó Estévez, me ha ayudado a vaciar la cuenta que abrí con Paco Rohner, que si no aparece no voy a poder mover el dinero de esa cuenta, ni legalmente, ni de ninguna manera. Y hemos abierto otra a nombre de tu madre y mío, y allí hemos puesto todo nuestro dinero, vamos el mío. Y también la parte que te corresponde a ti del dinero de tu padre de la otra cuenta, que está a nombre de tu madre y de Lola, que también lo ha impuesto en la cuenta nueva. Todo esto lo llevamos planeando bastante tiempo. Pensaba contártelo todo cuando naciera la niña y estuvieras más tranquila, porque como nadie sabíamos cómo ibas a reaccionar, queríamos que por lo menos ya no estuvieras embarazada, que es un estrés añadido. Todo ha sido por protegerte, Elena. Porque te queremos. No somos mejores ni peores que todo el mundo. Solo queremos mantener a salvo para nuestros hijos lo que tu padre os dejó y lo que vayamos ganando. En un país estable como Suiza. España es un polvorín, una batalla de pirañas, como dice el político vasco este... cómo se llama...

—Vale, vale, Mario, ya me he enterado. Todo lo habéis hecho por mi bien, resulta que soy la más tonta de esta familia, lo tengo más que asumido. Pero de verdad, que ya no me importa. Estoy cansada. Y asustada. Y tengo mucho sueño, porque no sé las horas que llevamos hablando. Y voy a hacer lo que hace todo el mundo, lo que más me convenga. Voy a tener a mi hija. Voy a despedirme de esa empresa siniestra y voy a aceptar el puesto que Julia me ofrece. Nos vamos a comprar la casa de Cabo de Palos, la vamos a llenar de cuadros de artistas chinorris esperando a que se revaloricen, como hace la baronesa. Vamos a viajar. Nuestra hija va a ir a los mejores colegios. Le voy a comprar toda la ropita que me dé la gana en Baby Dior, o donde me dé la gana. Voy a hablar con mi madre y con mi hermana y se van a acabar las mentiras y los disimulos. Voy a crecer, cariño, y voy a ser práctica y realista, por mi hija y por ti. Aunque a ver si no nos va a salpicar lo de Jaime, Mar. Cuando la policía empiece a investigar se van a enterar de todo.

—No te preocupes por eso, cariño. Los temas financieros están muy protegidos en Europa, nuestros asesores son los mejores. Y además, no olvides que todo el mundo lo hace. Hay tanta gente importante de todo el mundo en el mismo circuito de paraísos financieros y sociedades interpuestas que en cuanto sale algún dato por pequeño que sea a la luz, se tapa o se desactiva y se archiva en los juzgados. Eso suponiendo que llegue tan lejos. Estamos completamente a salvo, querida. Además, no hacemos nada malo. No somos asesinos ni violadores de niños. No hacemos nada que no haga todo el mundo en el momento en que puede hacerlo.

—Ya, ya. Me duermo, cariño, no puedo más. Oye, y una cosa, ¿Ernesto sabe todo esto o está también en Babia, como yo?

—No sé exactamente lo que sabe y lo que no. Lola le contó lo de la herencia en su momento, eso desde luego. Pero últimamente no lo sé, la verdad. Lola siempre está celosa de ti. Bueno, no exactamente celosa en plan amoroso, desde luego. Pero le dan celillos lo amigos que sois vosotros dos, la cercanía que tenéis. Y celos de ti, que siempre has sido la guapa, la lista, la mimada de las monjas... Por eso hay cosas que no le cuenta, igual que a ti. Yo creo que es su pequeña venganza. Bueno, eso me lo estoy inventando. Es la impresión que me da, aunque como psicólogo no valgo un duro.

—Vaya tonta que es mi hermana. Si ella es mucho más guapa que yo. Y más lista, que se casó con Ernesto, que es más buena persona que tú. Ellos dos son mejores que nosotros, Mar, de aquí a China. A la vista está.

Elena susurró esta última frase ya dormida. Encorvó la espalda para pegarla aún más al pecho de su marido, fundiéndose con su piel, y siguió soñando con dragones de colores con las fauces llenas de billetes del Monopoly. Eran las cuatro de la mañana. Mario, desvelado, encendió la tele con el mando a distancia y puso un canal porno sin sonido, para que Elena no se despertase.

El resto del viaje Elena se mostró alegre, cariñosa con todos y especialmente con Mario, que no se apartaba de ella mostrando los dos una complicidad a la que el resto de la familia no estaba acostumbrada en los últimos tiempos. Lola y su madre aceptaban encantadas los síntomas de reencuentro de la pareja, pero tanto Ernesto como Ángel se miraban a ratos, preocupados. Ninguno de los dos se atrevía a preguntar a Elena, pero ambos se preguntaban sin palabras uno al otro qué habría pasado entre ellos, además de una evidente reconciliación.

NOVENA LUNA

Lunes, 11 de diciembre. Diez de la mañana. Al enfrentarse al pasillo enmoquetado de azul sintió flaquear sus rodillas. Una oleada de angustia la invadió, pese a que el pasillo estaba desierto. Avanzó deprisa hasta su despacho pero encontró la puerta cerrada. Con llave. «Empezamos bien», pensó. Siguió andando hasta la puerta donde se encontraban las secretarias y se encontró a Pepita sola. Pálida, sin arreglar, con una coleta y un vaquero, sin pintar ni peinar sus habituales y horrorosos rizos marcados con rulos, era la viva imagen de la tristeza. Pero estaba mucho más guapa. «Parece una *Pietà*», pensó Elena. Al oír ruido en la puerta levantó los ojos y se sorprendió al verla.

—Elena, qué sorpresa, ¿ya estás mejor? Perdona que no te haya recibido, aquí andamos todos deprimidos, no sé si te has enterado de que hace unos días...

—¿Lo de Patri? Algo he oído, que no viene a trabajar, que nadie sabe dónde está... Pero ¿crees que le ha pasado algo? A lo mejor se ha escapado con algún chulazo que la tiene encandilada y ni se acuerda de llamar.

—No, no te iba a hablar de Patri, ¿por qué? Bueno, tenía que haber venido el puente, porque tenía que hacer conmigo un tema para Estévez, pero como no venía nadie, ni los jefes ni nada, tampoco le di importancia. Y ahora..., pues no sé, igual se ha retrasado, ¿qué sabes tú? ¿Le ha pasado algo, dices?

—No, no, ni idea, es que había oído algo de que no vino el puente pero...

«Qué bocazas soy, si es lunes, y esto pasó el puente, ni siquiera la policía sabe si se trata de Patri. Soy una bocazas, tengo que andar con más cuidado».

—Y oye, entonces ¿qué es lo que pasa para que estés deprimida? Que yo estoy *out*, como ves.

—Pues verás, se rumorea que los alemanes han decidido cerrar España porque con la crisis el negocio aquí ha dejado de interesarles, y nos van a despedir a todos... Es solo un rumor, pero Estévez y Jaime están de un humor de perros. Los niños desaparecidos, hacen lo que les da la gana, entran y salen cuando quieren, ni siquiera contestan llamadas... y Patri y yo apechugando con todo. Y encima, claro, ellos son ricos pero nosotras somos las que tenemos en realidad el problema, ¿no crees? Igual Patri ha encontrado otra cosa y ya no viene más. Me alegraría por ella, la verdad, yo es que estoy que no sé qué hacer, Elena, porque claro, si me voy yo, pierdo la indemnización, los derechos, no sé si hasta el paro... Pero estar aquí con este plan, esta incertidumbre, nadie te dice nada... Y dando la cara con los clientes, que ya se está empezando a saber... —Sonó el teléfono—. Sí, Jaime, está aquí precisamente, acaba de llegar. Se lo digo. Sí, con dos de azúcar. Bien. Te llaman los jefes, Elena, están los dos en la sala de reuniones. Bienvenida. Oye, y cuando acabes me tienes que contar de tu embarazo, ¿eh? Se te ve preciosa la barriguita, qué envidia. Voy a llevarles café, ¿tú quieres?

—No, gracias, ya estoy bastante nerviosa. Voy para allá, a ver cómo me reciben. Y deséame suerte, que creo que la voy a necesitar.

Elena dio la vuelta para entrar en la sala de reuniones, al principio del pasillo de Alcatraz. Se sentía segura, serena. Tenía tomada su decisión y lo que ese par de mafiosos pudieran decirle ya no le importaba. Y no podrían hacerle nada. Ya no. Ahora ella estaba con los fuertes. Ahora ella mandaba. «Enchaquetados, engominados, oliendo a perfumes caros, un par de horteras con pretensiones», pensó Elena al verlos sentaditos uno al lado del otro. «Pin y Pon. Patéticos». Se sentó sola, frente a ellos, marcando distancias. Sin sonreír. Sin hablar.

—Hola, Elena, ¿vienes a reincorporarte al trabajo, o a seguir fisgando donde no te importa?

—Siempre tan encantador, Jaime. En realidad vengo a despedirme. Podría seguir de baja hasta dar a luz, y mientras esperar a que pase lo que tenga que pasar. Pero no tengo ganas de veros las caras nunca más, si puedo evitarlo. Así que vengo a pedir la rescisión de mi contrato. No quiero nada. Es un papeleo muy sencillo. Aunque esté embarazada, firmaré todo de forma voluntaria. No quiero problemas. Podéis creerme, no quiero ningún problema.

—Qué fácil lo ves todo, siempre serás una pobre tonta. ¿De verdad eres tan tonta, o solo te lo haces? ¿Te crees que te vamos a dejar marchar así, como si no hubiera pasado nada? Tú tienes un contrato con nosotros, y no eres quien pone las normas aquí. De hecho, te necesitamos todavía, aunque en vista del bombo que tienes ya, poco tiempo vas a estar operativa. Tenemos unos grandes clientes, una cadena de supermercados. Y como tú ya los conoces y has trabajado con ellos, quiero que seas quien lleve la inauguración de sus nuevos locales en Hortaleza, que contrates a alguna *celebrity*, alguna modelo o alguna actriz de nivel, para ser la madrina y...

—Sí, claro, ¿te parece bien Isabel Preysler, para que amadrine tus cutremercados? El tonto eres tú, Jaime. Ya solo lo que me acabas de decir del bombo es denunciable, que eres un bocazas y un machista, como mínimo. —Elena miró a Quisco, que observaba la escena en silencio, con una mirada entre sorprendida y divertida. «Pues os vais a cagar los dos ahora mismo, *pringaos*»—. Resulta que me iba a ir de esta empresa, y me iba a ir ahora mismo. Pero resulta que lo estoy pensando mejor, y es una faena quedarme sin trabajo casi a punto de dar a luz. Y resulta, mira por dónde, que la ley está de mi parte y de la de todas las mujeres, afortunadamente. De hecho, he estado de baja y mi embarazo ha estado en peligro por el nivel de estrés que tu actitud acosadora,

Jaime, me ha provocado. Así que me voy a ir al despacho de mi abogado y os voy a poner una denuncia por acoso laboral, os voy a pedir daños y perjuicios por haber puesto en peligro objetivo mi embarazo, y una indemnización por daños morales, que ya decidiré, pero que creo que va a saliros muy muy cara. Tan cara como caro me ha costado a mí tener que veros los caretos cada día durante demasiado tiempo. Y también resulta que lo vais a aceptar todo, bien obedientes y calladitos, y me vais a pagar lo que yo quiera, lo que mi abogado diga y lo que el juez decida. Porque calladitos estamos todos mejor. Ah, y cuando, como directora de la fundación cultural chino-española, en estrecha colaboración con mis grandes amigos y socios los San, os invite a alguna recepción a la que acudan *celebrities* como, por poner un ejemplo sencillo, los Reyes de España, que sí apadrinarán encantados mis eventos, acordaos de dar por hecho que solo podréis rabiar en silencio. Porque no os quiero ver a ninguno de los dos nunca más, por ninguna parte. —Elena hizo una pausa teatral, miró a los dos hombres, que se habían quedado pálidos—. Ah, y también he decidido que nunca volveréis a hacer negocios con nosotros, los Souza y los San. Porque sois unos socios muy viciosos y muy gualtrapas y no estáis a nuestro nivel. Ya podéis ir buscando otra fuente de financiación para vuestras amigas las pornochachas. —Se levantó despacio, se ajustó el bolso en el hombro y se alisó el vestido, luciendo orgullosa su embarazo. Sonrió y miró directamente a los ojos a Quisco. «O no conozco de nada a este tipo, o está encantado ahora mismo. Este está empalmado, qué tío más cutre»—. Ya tendréis noticias mías. Mientras tanto, buena suerte con los alemanes. Y cuidado, que creo que también les gusta dar por el culo, no vayáis a recibir algo que no esperáis. O sí.

Salió sin mirarlos ni esperar a que dijeran nada, y volvió al despacho de Pepita. Cogió un pósit, apuntó su teléfono y se lo alargó.

—Pepi, guárdate mi teléfono. Y si eres capaz aguanta hasta el final, vete al sindicato o a un abogado y sacadles María, Patricia y tú todo lo que podáis a este par de impresentables. Amenazadlos con contar todo lo que yo sé que sabéis, que os paguen sin rechistar. Y luego llamadme, que en el primer semestre del 96 voy a estar montando equipo para un nuevo negocio y voy a necesitar gente lista, trabajadora y de fiar como vosotras.

—Muchas gracias, Elena, no he podido evitar acercarme a escuchar… Que sepas que te admiro. Y sobre todo te envidio.

—No me envidies, querida. Esto me ha costado demasiadas lágrimas como para que pueda sentirme orgullosa. Pero la verdad, me he quedado súper a gusto.

—No sabía que podías ser tan borde.

—Ni yo, pero mola. —Las dos mujeres rieron con ganas—. Espero que tú también tengas tu momento, querida. Y por favor, cuando aparezca Patri dile que me llame, que me he quedado preocupada, ¿ok?

—Sí, desde luego, en cuanto llegue se lo cuento todo, que va a alucinar, y te llamamos. Buena suerte, Elena.

—Cariño, soy Elena. No, Mario, te llamo desde casa. Pues es que he ido a la oficina, pensando en despedirme sin montar bulla ni líos, como habíamos quedado. Pero al llegar me he encontrado con los dos esperándome, en plan encerrona, y a Jaime con una chulería que lo he flipado, y me he cabreado y... Ay, que me estoy volviendo una mafiosa, si me hubieras visto. Ha salido lo peor que llevo dentro. Los he amenazado con denunciarlos por acoso laboral y les he advertido que como se salgan del guion que les marque se van a tener que enfrentar a otras denuncias muuuucho más divertidas... —Elena se reía a carcajadas hablando con su marido, con una confianza renovada—. Sí, se han quedado blancos los dos, no se imaginaban que dentro de mí hubiera una Al Capone reprimida... Bueno, ni yo tampoco. Pero me siento fuerte, Mario. Me van a pagar toda la pasta que pueda sacarles, dentro de lo legal, claro, y luego me olvidaré de ellos para siempre. Hay que ver, cariño, al principio de trabajar con ellos los respetaba, incluso sentía algo parecido a la admiración. Por Quisco; por Jaime nunca, desde luego. Luego les cogí miedo, pero ahora... me parecen un par de patéticos... Aunque pobre Patri, a ella sí que nunca podré olvidarla, ojalá no sea verdad lo que nos imaginamos. Bueno, te espero en casa esta noche y hablamos más despacio. Mientras tanto voy a llamar a Ernesto a ver si puedo quedar a comer con él, y si quiere que se venga Lola, y que me diga lo que tengo que hacer. Que sí, que lo digo en serio, que los denuncio como que me llamo

Elena. Y con el dinero que les saque vendemos el piso y nos compramos un chalet en La Florida, con jardín y piscina para que se bañe nuestra niña, y tú y yo a hacer barbacoas, hala. De loca nada, cariño, estás descubriendo a la nueva Elena. Desde luego, os vais a cagar todos conmigo.

Elena seguía riendo con ganas mientras marcaba el teléfono del despacho de Ernesto. Se descalzó, puso los pies encima de una silla y estiró los dedos, que sentía duros y calientes a causa de la hinchazón, mientras esperaba que lo cogieran. Se relajó para hablar con su cuñado, por primera vez a solas desde que los dos sabían todo lo de las cuentas de Suiza y los manejos de su familia a sus espaldas.

—Hola, buenos días, ¿me puede pasar con don Ernesto López Sinde? Sí, de parte de Elena de la Lastra. Espero, gracias. Tintín tintirintintín tirintín tirintín tin tintirntintín…

—Qué tal, Erni. ¿Has hablado con Lola de lo de Suiza? ¿Te lo ha contado?

—Sí. Y coincide con lo que me dijiste tú. Todavía lo estoy flipando, que lo hayan tenido oculto toda la vida, tu padre y tu madre, y luego que tu madre haya confiado en Lola y Mario, y tú y yo nos hayamos quedado al margen de todo esto… De verdad que a mí me cuesta aceptarlo tan fácilmente como tú lo has hecho, Nena. A tu hermana por lo pronto hace dos días que no le dirijo la palabra. No sé qué hacer. Ahora mismo no te voy a decir que no la quiera, pero llevo toda la mañana haciendo cuentas y pensando en separarme. No sé, no me parece normal. Y tampoco entiendo que te parezca normal a ti, Nena.

—A ver, a ver, cuñadito, te dejo hablar para que te desahogues pero tampoco saques las cosas de quicio. Yo no creo que sea para tanto. Mi abuelo era suizo, y mi padre empresario, no lo olvides. Para ellos las cosas eran de otra manera, tenían otra forma completamente distinta de entender los negocios, el flujo del dinero…

—Nena, la manera es la misma en todas partes, por mucho que sea de un país que es un paraíso fiscal para toda Europa. No pagar impuestos es lo que es, aquí y allí, joder.

—Ya, pero míralo de otra manera. Mi abuelo vivió en España durante muchos años, se casó aquí y fundó aquí su familia y su empresa. Pero siempre mantuvo la nacionalidad. De hecho mi madre y Lola tienen las dos nacionalidad suiza, y yo soy española como mi padre, eso sí lo sabías. Para mi abuelo era normal proteger su patrimonio en un país seguro, tranquilo, democrático… España tras la guerra civil era una dictadura. A saber qué había por ahí debajo, en las cloacas de la política y los negocios, pero no me creo que fueran angelitos ninguno de los políticos de la época. Y con toda Europa en contra, bueno, y con todo el mundo en contra. En realidad es normal que quisiera mantener el patrimonio de su familia a salvo, si su nacionalidad se lo permitía…

—Mira, Lola, ¡uy!, digo Elena, entiendo que hablas de tu familia, pero esa manga ancha tampoco la entiendo en ti. Ni en tu hermana, que todo esto ya me lo contó ayer ella. Tu padre trabajó mano a mano con tu abuelo, se casó con su hija y todo lo que quieras, pero ¿y ellas? ¿Y tú? ¿Y yo? ¿En qué lugar estamos tú y yo en esta historia? Y Lola conchabada con Mario, que hasta se fueron a cenar juntos el día de su cumpleaños, y a mí me dijo que iba a cenar con las chicas del trabajo… ¿A ti te parece normal que tu marido y mi mujer cenen juntos por su cumpleaños? Yo es que lo flipo.

—Que no, hombre, que no. Si eres capaz de pensarlo fríamente, te darás cuenta de que no es tan… Cuántas veces hemos comido, cenado o quedado tú y yo sin ellos. No seas celoso, que tampoco es así la cosa.

—Ya, pero tú y yo es distinto, somos amigos antes que cuñados.

—Y ellos son cuñados antes que amigos, hombre, no alucines. —Elena seguía activando los dedos de los pies, se sentía incómoda, y ya tenía que ir al baño, no aguantaba más de media hora. La impaciencia le hizo ser brusca—. Bueno, mira, si no tienes ninguna cita para comer bajo a buscarte, quedamos en La Ancha, por ejemplo a las dos y media, y hablamos más despacio. Además te tengo que contar otra historia para no dormir con mis jefes.

—Anda, es verdad que hoy te reincorporabas. ¿Qué vas a hacer? ¿Quedarte o seguir de baja?

—Ninguna de las dos cosas. Pensaba despedirme pero he hablado con ellos y me han tocado las narices, así que he cambiado de idea y los quiero denunciar por acoso laboral, ir a por todas. ¿Te acuerdas cuando te llamé, cuando empezó todo esto… hace seis o siete meses? Es como si hiciera seis o siete años, joder, cómo ha cambiado todo… En fin, que vete mirando qué tenemos que hacer para denunciarlos y pedirles hasta el alma si es posible. Los quiero joder bien jodidos. Y rapidito, porque algo debe de haber pasado con los jefes, que se rumorea que los van a poner de patitas en la calle. O en la cárcel, si lo de Patri…

—No sueñes, querida, que no es tan fácil. Bueno, luego me cuentas, a las dos y media ok. Pero desde ya te digo que esta gente nunca va a la cárcel, se tapan unos a otros por la cuenta que les trae, no seas ingenua.

—No, si de ingenua ya me queda poco… Bueno, que tengo que dejarte. Anda, llama a Lola y que se venga, no seas rencoroso. Ellos lo han hecho por nosotros, para que no se mancharan nuestras almas puras y angelicales con el fango de la realidad. Lo que no sabían es que por lo menos yo, cuñadito, lo único que necesitaba era una patada en el culo para sacar mi alma sicaria a la luz… Bueno, cuelgo, que me lo hago encima.

A las dos y treinta y cinco de aquel lunes 11 de diciembre una feliz, enorme y hambrienta Elena de la Lastra esperaba a su cuñado y mejor amigo Ernesto López Sinde sentada a una de las mesas interiores de La Ancha. Era uno de sus restaurantes preferidos, uno de los de toda la vida, heredero de aquella taberna La Estrecha fundada en los años treinta en la calle Los Madrazo. Como aperitivo mientras llegaba Ernesto había pedido una copita de Rioja y unos boquerones fritos adobados, que estaba esperando con verdadera ansiedad mientras se relamía con la perspectiva de pedirse la tortilla guisada con almejas, uno de los platos que habían hecho famosa a la casa. «Estoy hecha una auténtica zampabollos», pensó. «Más que hambre real es ansiedad, y que encima no se me quita con nada. Pero tengo que controlar, por mucha hambre que tenga. Si me dejo llevar voy a engordar al menos veinte kilos, y luego a ver cómo me los quito, que ya llevo nueve. Aunque Tana dice que voy bien, al final es cuando más se engorda y me faltan aún dos meses como mínimo, así que voy a sobrepasar seguro los doce que recomiendan…».

—Ay, hola, Erni, no te había visto entrar.

Ernesto llegaba a la mesa a la vez que los boquerones por lo que Elena, aunque estaba sentada de cara a la puerta, solo tenía ojos para la comida y aquel delicioso olor que la llenaba de optimismo y hacía patalear al bebé de placer en su tripa. Se puso una mano donde sobresalía el pie de su hija, y se incorporó un poco de la silla para que su cuñado y mejor amigo le diera un beso rápido y distraído y se sentara frente a ella, pidiendo a la camarera una copa del mismo vino que estaba tomando la señora. Encargaron el menú para compartir: la tortilla con almejas con la que Elena soñaba, una menestra de la casa y la fritura de pescado, y Ernesto se quedó mirando a la camarera mientras se alejaba con las cartas, pensando en Dios sabe qué, sin apenas pestañear.

—¿Qué te pasa? Te veo nervioso. ¿No viene Lola?

—No, no viene Lola. He hablado con ella hace un minuto y hemos discutido por tercera o cuarta vez en una sola mañana. De verdad, Elena, no entiendo tu conformismo. Yo es que no puedo admitir lo que está pasando. Ni el engaño con lo de la herencia ni mucho menos la deslealtad de que se hayan conchabado los tres a nuestras espaldas. Yo no se lo puedo perdonar a Lola. Y no entiendo tu actitud, no te entiendo.

—Pues no sé qué decirte pero yo sí me entiendo, hijo. Tú y yo siempre hemos formado un pequeño núcleo dentro de la familia. Piensa que si tú te has puesto celoso solo por saber que Lola y Mario cenaron juntos una noche... Y oye, que cuando yo lo descubrí también me sentó mal, no te voy a mentir...

—Pero bueno, ¿tú lo sabías? ¡Esto es el colmo, Nena! ¿Hasta tú me engañas?

—Joder, Erni, no seas bruto. No es que lo supiera, solo me lo imaginé atando ciertos cabos, pero no estaba segura, y tampoco sabía qué pensar. Pero, cuñadito, cuando uno quiere a otra persona es básico confiar en ella, ¿no? Alguna razón tenía que haber, y yo preferí seguir buscando las razones ocultas en todo lo que estaba pasando en mi vida, esa y otras cosas que sabes perfectamente, antes de tomar alguna decisión de la que pudiera arrepentirme. Y mira, ya sabemos la verdad. Había algo entre ellos pero no de tipo sexual. Antes podrían pensar eso ellos de nosotros, y no lo hacen.

—Bueno, eso de que no lo hacen lo dices tú, porque Lola siempre está machacándome con la tontería de que te hago más caso a ti que a ella... que te prefiero a ti y a ella siempre la dejo en segundo plano... incluso una vez hace tiempo me dijo que ella era mi segunda opción, ya que no había conseguido que la hermana lista y mimada de papá me tomara en serio.

—Pero cómo se le ocurre pensar eso, joder, pobre, mi niña.

—Celos de niña chica, desde luego. Pero vamos, que es algo que lleva arrastrando desde que erais pequeñas. Sabe Dios si por la actitud de tu padre, que te trataba a ti como el hijo que no tuvo y a ella como a su muñequita mimada, o por qué puñetera razón.

—Pues yo podría sentir justo lo contrario, porque todos los mimos siempre han sido para ella, y para mí las exigencias y las broncas. ¡Y las prohibiciones! Que para cuando Lola llegaba a cada etapa, ya le había abierto yo camino a base de enfrentamientos y peleas y ella ya se encontraba con las llaves de casa en el bolso, la vuelta a las doce en vez de a las diez o el carnet de vespa... Y todo me costó a mí sangre, joder. Y con lo de que ella es abogada, papá siempre le contaba todo a ella, míralo, si no.

—Bueno, que no es lo que tenemos que discutir ahora, Nena. Se lo contáis al terapeuta familiar, si eso. Y mi matrimonio, pues ya lo decidiremos ella y yo. Ahora a mí cuéntame por qué has decidido que tu Mario es un bendito, cuando sabes perfectamente que es un aprendiz de mafioso. Y, sobre todo, por qué dices que te vas a convertir en una mafiosa tú también.

—Pues porque le quiero, Ernesto. Y porque he descubierto que no soy tan recta y perfecta como yo creía, o quería ser. Porque quizá toda mi vida me he estado autoimponiendo normas y reglas de conducta para convencerme a mí misma de que no existe la Elena ambiciosa y vengativa que ha aflorado en los últimos meses. Quizá me tenía miedo a mí misma y, de forma inconsciente, me autorreprimía…

—Desde luego, hija, no he oído unas chorradas más grandes en mi vida, te lo juro.

—Ernesto, no son chorradas. Vale, que es psicología de andar por casa. Pero a lo que voy, que yo amo a mi marido, Ernesto. Lo quiero desde COU, lo sabes. Desde que lo conocí. Y lo sigo queriendo. Y no soy tan distinta de él. De hecho, me voy a asociar con Julia Ye, y voy a aceptar el puesto de directora de la fundación cultural esa que proyectan. Vamos, ya lo tengo decidido, se lo voy a decir a ella mañana mismo. En cuanto nazca mi hija me pongo a saco con los estatutos y con la sede. Ella ya le tiene echado el ojo a varios locales y yo me pondré con los planos para montar una galería con dos ambientes, uno para las exposiciones y otro para la colección permanente, pero que nos sirva también de oficina, y almacén, y para algunos eventos pequeños. Y…

—¡Nena, para! ¿Qué dices? No te voy a permitir entrar en negocios con esa gente. ¿Ya te has olvidado de todo, tan pronto? ¿Ya no te acuerdas de que han intentado agredirte varias veces?

—No, no me he olvidado. Pero sé que en realidad no fue algo premeditado, sino que sin comerlo ni beberlo me vi en medio de una lucha de intereses entre Mario y los chuloputas, y claro…

—Cómo que claro, ¿lo vas a justificar? ¿Y lo de Patri? Esa gente no se anda con tonterías, Elena, son como mínimo delincuentes financieros, y seguramente traficantes, extorsionadores y asesinos.

—Mira, Ernesto, yo no me voy a involucrar con todo eso. No me chupo el dedo, sé quiénes son. Solo voy a aprovechar una oportunidad espléndida de realizar un trabajo creativo, apasionante. Con el que además voy a ayudar a muchos nuevos talentos del arte, que están esperando a que alguien confíe en su trabajo y los apoye financiando sus proyectos y su formación. Y no me importa de dónde viene ese dinero. De hecho, si me importase no podría vivir en esta sociedad ni en este país en el que nadie, desde el Rey hasta el pocero, cumple las reglas que los políticos escriben para que las cumplan los demás. No voy a ser una cínica ni voy a ir de pura y angelical en un mundo en el que, aun con sucio dinero, se pueden hacer cosas bellas y grandes. Y limpias, porque te aseguro que personalmente no voy a cometer ningún delito ni voy a extorsionar, ni mucho menos asesinar...

—Te estás engañando a ti misma. Sabes perfectamente que este es un camino sin vuelta atrás, que una vez que entras a relacionarte con ese tipo de gente ya eres como ellos.

—Pues, mira, un poco sí que soy como ellos. Y de eso también tenemos que hablar. Esta misma mañana he vuelto al trabajo, he hablado con los chuloputas, y como se pusieron chulitos conmigo... Bueno, los dos no, solo Jaime, Estévez ni abrió la boca. Pero vamos, que se pusieron chulitos, y entonces me entró una especie de ira que me hervía la sangre. Los voy a denunciar por acoso laboral, por hacerme enfermar hasta el punto de necesitar una baja por estrés. Quiero que me paguen hasta la última peseta que legalmente pueda reclamarles. Y lo mejor de todo, los he amenazado con que si no lo hacen, se van a enfrentar a acusaciones más gordas. Y aún peor, a la manía que les van a pillar mis nuevos socios los San. —Elena sonreía inconscientemente, recordando su momento de gloria.

—Sí que has cambiado, amiga. No te reconozco.

—Ni yo tampoco me reconozco, querido, pero es lo que hay. Bueno, qué, ¿me vas a ayudar? Porque ya tengo pensada una estrategia para ir a por ellos por el tema laboral, y después que paguen por lo de Patri, si es que le ha pasado realmente algo. Pobre chica, es que no me la quito de la cabeza.

—Yo te voy a ayudar, Nena, como siempre. Sabes que me tienes para lo que sea. Pero no creo que estés tomando la decisión correcta.

—Pero me vas a ayudar porque me quieres, y yo te adoro, y vas a ser mi asesor ahora, y el asesor legal de mi fundación dentro de muy poco. Así que más te vale ir poniéndote al día en los derechos laborales de embarazadas mafiosillas y estresadas, además de comprarte el librote más gordo que encuentres sobre propiedad intelectual, compra internacional de obras de arte, mecenazgo y todo lo que tenga que ver con una fundación cultural. Y ya iremos enterándonos juntos, poco a poco.

De vuelta a casa subiendo por Príncipe de Vergara aprovechando el débil sol de invierno, Elena fantaseaba con cómo sería su hija y cómo se llamaría. La hinchazón de los pies, aunque había remitido algo desde que estaba de baja, le impedía andar deprisa por lo que iba fijándose en las personas con las que se cruzaba por la acera, jugando a adivinar sus nombres según la teoría china que le explicó Julia, su nueva socia. Los hombres, nombres que denoten fuerza y firmeza. Las mujeres, nombres de flores y de cosas bellas. Amada. Amparo. Amparanoia, más bien. Menuda china estaba hecha si todo, hasta la cosa más simple, la pensaba al revés.

El martes 12, ya cerca de las seis de la tarde, entraban Elena y su madre en la consulta privada de Tana López. Después de que la auscultase, le tomase la tensión y monitorizase al bebé, Elena le fue contando de manera muy descafeinada y resumidísima para no asustar a su madre lo que había sentido la mañana anterior en Alcatraz. Había decidido, además, que no sería ningún pecado mortal exagerar la nota frágil y victimista y llorarle un poco a su ginecóloga.

—La verdad, Tana, no me encuentro bien allí. Iba tan tranquila, creía que me encontraba fuerte, incluso animada y con ganas de trabajar... Pero fue poner el pie en aquel pasillo enmoquetado de azul, lleno de ácaros después de un puente entero todo cerrado a cal y canto, aquella luz mortecina..., es superior a mis fuerzas, me entró un bajón, unos nervios... Sentía cosquillas en el estómago, el corazón acelerado y empecé a revivir las peores sensaciones de los últimos tiempos. Casi me costaba respirar. Ya sé que es algo que tienes que decidir tú, y si tengo bien la tensión y eso, igual consideras que no es necesario. Pero si me dieras una baja hasta por lo menos después de las Navidades, en estas semanitas yo tendría tiempo de arreglar mis papeles, ponerme de acuerdo con mis jefes y ver la mejor manera de despedirme de la empresa sin salir demasiado perjudicada por un acuerdo precipitado.

—Bueno, Elena, en este momento estás mucho mejor y la analítica que te acabas de hacer… es perfecta. Pero si has vuelto a tu entorno laboral habitual y has encontrado dificultades para mantener un estado de ánimo tranquilo, que es lo que más necesitas en esta etapa de la gestación…, puedo perfectamente ampliar tu baja de manera preventiva hasta… pongamos el viernes 5 de enero, tres semanas aproximadamente. Para la vuelta después de Reyes, y ya iremos viendo, ¿te parece? Tampoco hace tanto, dos meses escasos, que te hicimos el Holter y los resultados eran bastante serios. De todas formas en esta recta final de tu gestación vamos a vernos más a menudo. Te quiero ver cada dos semanas, así que tendremos muchas ocasiones de ver tu evolución, la física y la anímica, que es igual de importante, no lo dudes. Y no me pongas esa cara, no tienes que agradecerme nada. Soy la responsable de tu salud y de la de tu hija, así que iremos tomando las decisiones que más os convengan a las dos. Sin duda. ¿Qué tal duermes, por cierto? Descúbrete la tripa y vamos para el ecógrafo.

—Ay, qué bien, lo que más me gusta es ver las ecografías. En mis tiempos no había nada de esto, es tan emocionante… aunque la verdad es que no se aprecia nada. Pero vamos, verlo así, como tú sabes decirnos lo que ves, es muy emocionante. —Lola estaba emocionada.

—Pues venga, vamos las tres para allá. Elena, qué tal duermes, dime.

—Regular. Me duele bastante la espalda, las digestiones son muy pesadas, cada rato me tengo que levantar al baño, la niña se mueve mucho más cuando me tumbo... Vamos, que no es nada fácil. Me duermo pronto porque estoy cansada, y a las dos horas más o menos me despierto y luego ya no hay forma de dormir más que a ratos, como a trompicones...

—Claro. Nada de lo que me cuentas es raro, aunque sí molesto. Intenta tener una rutina desde media tarde. Un paseo al atardecer, cenar pronto alimentos ligeros como una ensalada con lechuga, tomate y patata cocida. Nada de café ni té ni bebidas con gas, por supuesto. Intenta irte a la cama siempre a la misma hora con todos los cojines y las prótesis que ya te sabes y, mira, si te despiertas, no te desesperes. Más vale que te pongas a leer o a hacerle patucos de punto a la niña, si te gustan las manualidades, que empezar a dar vueltas y vueltas en la cama. ¿Te notas las piernas doloridas, o te pican, como si la sangre burbujeara por las venas?

—Uy, no. Bueno, hinchadas sí, y las manos también, que casi ni puedo cerrarlas, pero dolor o burbujeo... No, eso no.

—Perfecto, eso sería un síntoma de ácido fólico bajo. Ya lo estás tomando desde el principio como prevención, pero si en cualquier momento notas algo parecido a lo que te he dicho, llámame y vemos, ¿ok? Túmbate, que te ponga el gel... Así..., muy bien...

Cuando salían de la consulta se encontraron en el portal a Yolanda, la hermana de Mario.

—¡Hola, qué casualidad! Elena, cuánto tiempo, qué bien te veo, estás estupenda con esta barriguita tan redondita. Mujer, y qué buena cara tienes. Todavía no se te ha hinchado. Lola, qué bien verte, a ti sí que no te veo desde hace mil años...

—Hola, Yoli, cómo que no estoy hinchada, si tengo una cara de payaso... Mira la nariz, y los labios, ¿qué me dices? Vamos, yo me veo fatal.

—Qué va, estás estupendamente. Eso eres tú que te ves cada día, pero yo te veo superbién. ¿Está Tana arriba todavía? Habíamos quedado con unos amigos en el Café Central pero como ya me la conozco, me he venido para acá directamente a sacarla de la consulta de las orejas, si hace falta.

—Uy, pues no nos eches a nosotras la culpa que ya nos vamos, y tan contentas. Hay que ver, Yoli, qué encantadora que es tu amiga, como médico y como persona. Que es una buena persona, eso se nota, desde luego, y con qué cariño trata a Elena, que yo que soy su madre se lo agradezco la que más.

—Desde luego, es una gran amiga. Oye, Elena, por qué no llamas a mi madre mañana, que quería ver contigo el carrito que quieres para la niña, y me preguntaba el otro día si te mandaban ya a casa la cunita y la bañera o todavía no...

En fin, cosas de intendencia, y como no sabe bien tus horarios de trabajo...

—Sí, yo la llamo mañana, Yoli. Voy a seguir de baja, así que tengo todo el día para poder ir las dos a ver los cochecitos. Y la cuna..., pues ya le diré. Mario me prometió que este fin de semana iba a pintar la habitación, que ya está totalmente vacía, pero no sé si fiarme...

—Pues iros dando maña, que a partir del octavo mes todo el mundo lo dice, hay que tener las cosas preparadas. Cualquier momento es bueno para que a la niña le entre la prisa. Por cierto, me ha pasado una compañera del hospital una lista que hizo ella misma muy útil, que va como por partes, con todo lo que puedes necesitar para el cuarto del bebé, ropita para los primeros meses, qué te tienes que preparar en la maleta para dar a luz... Cosas de lógica, pero resulta muy práctica, por el hospital está rulando mucho entre las compañeras. Te la paso mañana a tu *e-mail*, ¿ok?

—Genial, gracias, pues nos vamos y mañana mismo llamo a tu madre y ya quedamos.

De nuevo, una semana tranquila. Elena planeó sus horarios levantándose pronto para dar un paseo mañanero, comprar el pan, pasar un rato preparando en casa el armario de su hija o salir con su suegra de compras, comer con su madre, echar una pequeña siesta, de nuevo paseíto por la tarde, cena temprana y charla con Mario a su vuelta del trabajo... Una rutina de lo más agradable a la que, no sin cierta aprensión, sintió que podría llegar a acostumbrarse. Así que el viernes a media mañana se decidió a hacer algo a lo que llevaba varios días dando vueltas.

—Lopy, soy Nena. ¿Te pillo bien? Sí, estoy genial. Sigo de baja, así que mejor imposible, jeje. Ni chapa, amiga, todos los días como con mi madre, que me da un táper con la cena, y en mi casa casi no paro, así que los tres días que viene la chica prácticamente le sobran dos de las cuatro horas que echa en casa... Claro, cuando nazca la enana ya será otra cosa, ya he hablado con ella para que se venga todo el día, pero por ahora me relajo y disfruto. Sí, desde luego, he cambiado mucho. Oye, una cosa, que yo quería ver si podemos quedar mañana tú, yo y tu amigo, Ricardo Hernán, Richi, eso. No, no me ha gustado. Bueno sí, me gustó mucho, pero que no quiero ligar, *jodía,* lo que quiero es darle una información de forma totalmente confidencial, bajo secreto de sumario o como se diga eso. Vamos, como en las pelis, que no pueda revelar la fuente, que soy yo, ni tú tampoco, pero que la podrá utilizar como él mejor considere... Sí, es sobre los chuloputas. No te puedo decir nada, Lopy, que es muy fuerte, ya lo verás. Dile que no se va a arrepentir de pasar la tarde del sábado con una mujer embarazada y fuera del mercado... Vale, luego me llamas y me dices, por mí mejor a media mañana, que después de comer me convierto en calabaza, pero vamos, cuando os venga bien. Sí, yo estaré en casa de mi madre, que Mario va a pintar la habitación de la niña y no quiero estar respirando pintura todo el día. Oye, de qué morro nada, para algo la que está embarazada soy yo, ¿no? Vaale, y te dejo tocarme la tripa. Hala, luego me dices.

El sábado a las once y media bajaba Elena andando con tranquilidad por el Paseo de la Habana hacia el José Luis, donde había quedado con Marisol Lopetegui y Ricardo Hernán a las doce y media. Quería bajar hasta el Prenatal de Azca antes de que se le empezasen a hinchar los pies, para comprar unas cuantas ranitas de cero a tres meses. Aunque ya tenía nueve preparadas en su armario, tanto su madre como la lista que le había mandado su cuñada decían que eran necesarias, al menos, una docena. Compró otros tres paquetes de tres, cuatro baberos de felpa, unos patucos blancos, otros azules y unas zapatillas de deporte mínimas, para tres meses. Le parecieron tan ideales que no se pudo resistir, aunque había oído que no convenía ponerles zapatitos a los bebés hasta los no sé cuántos meses, cuando empezasen a andar. Con su pequeño botín se dirigió hacia el restaurante al otro lado de la Castellana, donde ya estaban esperándola sus amigos. Tras los besos y saludos y unos minutos de cotilleo femenino, tocamiento de bombo incluido, se sentaron a la mesa que había justo a la derecha, pegada a la vallita de madera. Marisol y Richi en el banco corrido. Elena, que no cabía entre el banquito y la mesa, muerta de risa, en una silla. Pidieron unos pinchos variados, dos cañas y un té con hielo.

—Me parece que Jaime Planas es un asesino.

Sus acompañantes se quedaron mudos. Mirándola fijamente. Marisol francamente sorprendida. Richi... no tanto.

—¿Estás segura? ¿Cómo lo sabes? ¿Te lo han contado o lo has visto tú? ¿Tienes pruebas?

—Vaya, no se puede negar que eres periodista, Richi. Uf, déjame un segundo, hasta ahora mismo sí, estaba segura. Pero al oírme decirlo en voz alta no sé, suena muy fuerte, ¿no?

—¡Ay, Nena, que me muero! Pero ¿tú cómo lo sabes? ¿No estarás en peligro, verdad? Ay, Nena, que me asusta verte tan tranquila, qué cuajo, pero ¿cómo se te ha ocurrido esa idea tan peregrina?

—Vale, hija. No me pongas más nerviosa de lo que ya estoy. A ver, ¿habéis visto en alguna parte esta noticia? —Sacó de su bolso el ejemplar de *El País*, abierto por la página 54, doblado y ya bastante arrugado—. Es del puente, la noticia es del día 8, pasó el 6 me imagino. Pero yo no he vuelto a ver nada en los periódicos, ni en la tele he oído nada más...

Esperó en silencio a que sus amigos terminasen de leer el breve, Richi levantó la vista del periódico con expresión preocupada.

—No lo había leído antes, Elena. En la revista estamos suscritos a Efe y seguro que llegó a la redacción, pero no me llamó la atención. No lo recuerdo, y como es un suceso pequeño y yo tengo ya varios casos que estoy siguiendo, pues no sé... Pero desde luego, es muy posible que este Jaime sea el tuyo y esta empresa de alquiler de apartamentos por horas uno de sus lugares de reunión. Y la pobre chica..., una prostituta imagino...

—Pues verás. Yo creo que la chica es Patricia López, Patri, la secretaria de los niñatos. Esta semana justo después del puente estuve en la oficina y nadie sabía nada de ella. Y luego no he vuelto por allí, pero le dije a otra de las secretarias que cuando la viera que le dijese que me llamara, y no me ha llamado. No estoy segura, pero a mí ella misma me dijo una vez que tenía una relación con Jaime de esas de gente rara, sadomaso o como sea. Él era su amo y ella su esclava, y hacía todo lo que ese capullo le dijera. Y como esta noticia coincide todo..., que yo no digo que la matase a la pobre y encima la quemara, pero imagínate que se le fuera de las manos y, cuando vio lo que pasaba, el muy cabronazo, asesino, cobarde de mierda saliera corriendo y con que se dejara un cigarrillo por alguna parte... Ay, no sé, pero no se me va de la cabeza que es ella.

—Ay, mi niña, pero qué problemón, pero cómo lo estarás pasando de mal, amiga querida, y con tu bebé ahí, enterándose de todo, que lo oyen todo... Menos mal que no sabe español todavía, pobre niño, con tanta gente mala en el mundo.

Elena no pudo más que romper a reír ante la salida de tono de Marisol, que estaba verdaderamente en shock y no sabía ni lo que decía.

—Querida, no te preocupes que ya no les tengo miedo a esos cabrones. Ni siquiera te creas que me toca la moral más de lo necesario. Lo siento sobre todo por Patri, pobrecilla, que aparte de ser tan tonta como para caer en las fauces de ese lobo no tiene la culpa de nada, pobrecilla.

—Bueno, a ver, Elena, si es verdad lo que dices, es muy serio. Esto es un asesinato, tanto si la ha matado como si murió por un descuido. En cualquier caso no hizo nada por socorrerla, así que es un delito, eso seguro. Pero vamos a ver, lo primero es lo que podemos y queremos hacer con esto. Aunque solo sea una sospecha.

—Pues dime tú cómo lo ves, Richi. Yo lo que quiero es que vaya a la cárcel ese cabrón. Bueno, en realidad preferiría que alguien lo atase de pies y manos, lo colgase de un pino al lado de un panal de abejas y le untasen de polen los huevos. Pero vamos, que si va a alguna cárcel en la Guayana donde reciba un trato inhumano tipo *Papillon* ya me conformo.

—Pues, mira, aparte de agradecerte en el alma este gran regalo de Navidad que me estás haciendo, yo lo que voy a hacer es meter las narices un poquito en el asunto, hablar con algunos de mis contactos en la Policía Nacional, pasarme a cotillear con el portero del edificio donde ardió el apartamento, a ver qué me cuenta… ¿Tienes alguna foto en la que se le vea bien?

—Sí, tengo algunas que me llevé a casa de la inauguración de los chinos, son recientes. De ella no tengo. Oye, pero ¿tú crees que a raíz de esto saldrán los otros negocios de los cabrones estos? Porque yo quiero que paguen si le han hecho daño a Patri, pero hay otros temas en los que no estoy tan segura de querer que la policía entre a saco…

—Ni te rayes con eso, muñeca. Si hay algo que las autoridades saben hacer es mirar para otro lado en temas financieros. Mujer, si están todos pringados en lo mismo. Como investiguen a uno, irán saliendo todos como las cerezas: los de Mallorca, los catalanes, los madrileños, los valencianos y los andaluces, los empresarios y los banqueros. Y no te olvides de los políticos, los de derechas y los de izquierdas. Aquí todo el mundo está pringado, princesa, así que tranquila, que justo ese tema no va a salir.

—Tú crees que...

—No lo creo, querida, te lo aseguro. Bueno, las fotos, el mismo lunes te mando un mensajero a casa a recogerlas. Y, desde luego, a la menor certeza de que se trata de las personas que creemos, lo primero que tengo que hacer es denunciarlo. Lo único que puedo hacer es dejarte al margen, y contarle a la policía que he conocido el caso por el despacho de Efe, que en cuanto llegue a la redacción lo busco a ver dónde lo tengo, y que al investigar un poco he pensado que se puede tratar de estas personas. Pero ten claro que en algún momento te van a relacionar con ellos, ya que trabajas allí. Y si la cosa avanza en esa dirección te harán alguna visita o te llamarán a la comisaría... Vamos, que totalmente al margen no vas a poder quedarte, eso seguro.

—No, si eso es inevitable, Nena. —Marisol ya había recuperado el habla y la cordura—. Pero tú llámame a mí que yo voy contigo a todas partes, de apoyo solidario. Cuando empiecen a investigar los polis y vengan a preguntarte, tú lo que tienes que contarles es lo que Patri te contó a ti, que es en realidad lo único que sabes. Y de esta conversación de hoy, pues no hablamos los tres nunca jamás aunque nos torturen los infieles con hierros candentes y que se muera ahora mismo el que lo haga. ¿Os parece?

—Sí, yo de acuerdo, lo que vosotros digáis.

Elena cogió sus bolsas y subió lentamente por el Paseo de la Habana hacia su casa. No tenía ganas de ir a casa de su madre. No tenía hambre. Necesitaba silencio, tranquilidad, tumbarse en el sofá, poner los pies en alto y no pensar en nada. En la frutería que había un poco más arriba compró unas manzanas que parecían de porcelana, a precio de barril de Brent, y siguió su camino. En parte aliviada por haber soltado por fin su secreto. En parte preocupada por lo que pudiera pasar, por lo que pudiera salpicar a su familia... No quería ni pensar en los manejos de la judía pelirroja con su propio marido... En el fondo de su bolso vibró el móvil secreto.

—¿Ángel? Hola, dónde estás, no te he visto en varios días. —Miró alrededor y lo vio en un pequeño parque que tenía enfrente, vestido de chándal, hablando por teléfono apoyado en la vallita de colores que separaba los toboganes de los niños de la calzada—. Ah, ya te veo. Sí, acabo de hablar con Ricardo Hernán, es redactor jefe de *Mundo Vip*, trabaja con mi amiga Marisol y, ya sabes, conoce muy bien a los chuloputas, así que le he contado lo de Patri y él va a investigar el asunto. Cuando sepa si puede ser verdad, va a hablar con la policía, que él conoce a gente dentro del cuerpo, y a cambio tendrá un estupendo reportaje cuando el cabronazo de Jaime se vaya a pudrirse en la cárcel para toda su vida. Ya, pero yo no quiero que lo hagáis vosotros. Prefiero que sea a través de un periodista que no tiene nada que ver con ellos ni conmigo ni nada. Él va a actuar como si por el despacho de Efe que leímos en el periódico se hubiera puesto sobre la pista, también porque conoce al portero del edificio ese... Por lo visto van por allí muchos famosos a echar sus canitas al aire... Ya, ya sé que vosotros también sabéis todo eso. Pero, por favor, déjame hacer esto a mi manera. De verdad que ya he aprendido, va a ser mejor para todos. No, no lo he consultado con Ernesto. De verdad, Ángel. No te enfades. Claro que vosotros me habéis ayudado mucho, no quiero para nada dejaros al margen, pero voy a hacer las cosas como yo creo que se deben hacer. ¿Proteger a mi familia? Desde luego. ¿Es que también te parece mal que quiera a mi marido? No, no me voy a poner en peligro, Mario no lo permitiría. Sí, Mario, sí, mi marido. ¡Por supuesto que me quiere! No tienes derecho a decirme algo así. Y si quiero asociarme con ellos, ¿qué? ¿Me voy a convertir en un demonio por eso? Claro que he cambiado, Ángel. Si te parece, todo lo que me está pasando es como para seguir siendo Caperucita la tontita. Pues no, la niña boba ya se ha espabilado, hijo, qué quieres. Pues sí, tomaré mis propias decisiones. Desde luego. Y no va a ser el inspector Gadget quien me diga lo que tengo que hacer.

Cortó la comunicación temblando. Se había dejado llevar por los nervios, y ahora se arrepentía de haber hablado así a Ángel. Pero ya estaba hecho. Se sentía fatal, tenía ganas de vomitar. Como estaba cerca de la parada del 14 se sentó allí, sin fuerzas para seguir andando cuesta arriba hasta su casa. Notaba contracciones, le dolía y sentía presión en el pubis, tenía completamente dura toda la tripa, intentaba relajarse, respirar… ¿Cómo era…? Entonces se acordó de las clases de preparación al parto, a las que aún no se había ni apuntado, y se sintió culpable también por abandonar a su hija sin ni siquiera acordarse de que se tenía que preparar para el momento más importante de su vida. No se pudo controlar y rompió a llorar, allí sentada, como una tonta, en una parada de autobús vacía. Sin pensar lo que hacía, llamó a Ernesto con el móvil secreto.

—Hola, cuñadito. No, no me pasa nada, figuraciones tuyas. Bueno, será que estoy cansada. Oye, que yo lo que te llamaba es para hablar del gadgetoequipo… Bueno, sí, de Testigo 13. ¿No crees que ya es momento de que lo dejen? No solo por el dineral que me está costando, que también. Es que, la verdad, yo creo que ya están todas las cartas bocarriba. Y si no vamos a denunciar nada, ni queremos tomar medidas de ningún tipo… No, desde luego, yo no quiero hacer nada, ya te lo dije. Me voy de DBCO. Desde que me dio Tana la baja ya estoy fuera, de hecho. Es cuestión de que tú hagas la denuncia y la gente de tu despacho se encargue del papeleo. Y lo de Jaime, mejor que quien lo denuncie esté lejos de nosotros. Ernesto, a ver si al final se vuelven las cosas en nuestra contra, o en contra de alguien a quien no queramos hacer daño. Sí, claro, me he pasado al lado oscuro. Mira que eres ganso, hijo. Bueno, que lo que te digo, que si rescindimos ya el contrato. Yo voto sí. Ok, pues entonces te encargas tú, ¿verdad? Gracias, Erni. No sabes qué peso me quitas de encima, me agobia bastante saber que alguien me vigila todo el tiempo...

Había pasado media hora cuando subió en el segundo autobús que pasó para volver a casa. Y bajando Cochabamba creyó ver, a la altura del parquecito, a Mario. Subía hacia Víctor Andrés Belaúnde, paró en la esquina y un coche que venía desde Serrano frenó, él subió al coche y siguieron hacia Alberto Alcocer. De refilón vio al chófer uniformado. Era chino.

De vuelta en casa comió una ensalada, una tortilla francesa y una manzana sintiéndose culpable también por no tomar algo más consistente. Y tras una pequeña siesta con los pies en alto empezó a hacer la lista de la compra para la cena de Nochebuena, que ya había consensuado con su madre: una sopa de marisco. El pastel de pavo trufado que haría su madre, como cada año. Un besugo al horno para que disfrutara su hermana Lola, que no perdonaba el besugo en Navidad. Anchoas de las buenas para unos canapés con tomate fresco, los preferidos de Mario. Una botella o dos de Dom Pérignon para brindar, el champán preferido de Ernesto... «Y para mí, una caja entera de hojaldrinas. Este año que me da igual engordar me voy a zampar la caja entera». Vino tinto y blanco; espárragos blancos de la Viuda de Cayo; turrón del blando, para su madre y la de Ernesto, que venía cada año a pasar la

Nochebuena con ellos. Unos mazapanes, también tradición en su casa, de La Logroñesa, el pueblo cordobés de su abuela paterna, Montoro, exquisitos... Entre unas cosas y otras fue cayendo la noche y a las nueve y media se dio cuenta de que Mario no había llegado ni llamado. «Qué raro», pensó, metiéndose en la ducha para relajarse y prepararse para dormir.

Eran casi las doce de la noche cuando ya dormida la despertó el sonido del ascensor, las llaves en la puerta, la luz del recibidor... Se hizo la dormida. Nunca sería la típica embarazada maruja aburrida llena de reproches. Mario se desvistió en el cuarto de baño, y entró en la habitación sin hacer ruido, se metió en la cama y a los dos segundos estaba roncando. «Genial. Volvemos a las andadas».

La semana siguiente pasó sin sobresaltos. Tras otro domingo en el golf, Elena ya empezaba a estar bastante harta del golf, de los amigos del golf, del restaurante del golf e incluso de lo único que hasta ese momento le gustaba del golf, las tardes de tranquila tertulia junto a la chimenea. La casa se iba llenando poco a poco de paquetes y cacharros enormes para la habitación del bebé, que por fin Mario había pintado en tono salmón con una cenefa de soles, lunas y nubes sonrientes. Y Elena ya había colocado en ella una alfombra blanca de lana peruana que compró hace varios años, en un viaje al Machu Picchu, y que Mario le decía incansable que era el objeto más absurdo que había comprado en su vida; una alfombra blanca, lo menos práctico del mundo. Pero quedaba ideal, y cuando se manchara con el uso, pues a otra cosa. «Al fin y al cabo, para estar metida en un armario, mejor está aquí, hasta que el bebé empiece a vomitar encima», pensaba Elena. Sobre la alfombra, pegada a la pared, ya estaba la cuna regalo de su suegra, aún con los plásticos protectores del colchón. El mueble-vestidor junto a ella, también regalo de su suegra; el cochecito, un paquete enorme aún sin desembalar en un rincón, regalo conjunto de su suegra y su cuñada Yoli. Y en el armario todo lo que había ido acumulando entre compras propias y regalos: cientos de sabanitas, toallitas, ropita, baberos, kits de chupetes y biberones con todo tipo de tetinas... Incluso una bolsa enorme de pañales de talla cero, que no conseguía recordar en qué momento había llegado hasta allí.

Los días se sucedían rápidamente, ocupadas las mañanas en casa de su madre hasta después de comer, y las tardes ordenando todo aquel ajuar en miniatura. «Es increíble todo lo que puede necesitar un bebé tan pequeño», pensaba Elena, «aunque en realidad... si no fuéramos tan consumistas, un niño recién nacido lo único que necesita es el pecho, los brazos y el amor de su madre».

El viernes por la tarde, cuando llegaba a su casa pensando en cómo ordenar el cuarto de baño y dejar sitio en el armarito para un nuevo arsenal de cachivaches —en este caso jabones neutros, tres esponjas naturales, colonias sin alcohol de cinco marcas diferentes *para la delicada piel del bebé*, cepillitos suaves *para el delicado pelo del bebé...*—, se encontró con el Mercedes blanco de Julia Ye aparcado delante de su casa, esperándola. Pero en vez de bajarse del coche la mujer china, apareció tras la ventanilla una chica joven que sostenía en brazos a una preciosa niña china de unos tres años. Era la hija menor de Julia, Akame, que significa «bella, hermosa», según le explicó la chica, Mary, su *nanny* inglesa, una moderna Mary Poppins con sombrerito y todo. Elena nunca había visto una niñera tan pija como aquella. Las dos sacaron del maletero, con la ayuda del chófer, un enorme paquete que le dijeron que era su regalo para la pequeña hija de Elena, a la que estaban impacientes por conocer. Elena, sorprendida por aquel detalle, las invitó a subir con su regalo mientras el chófer se quedaba aparcado en segunda fila sin decir ni una palabra. Casi no cabían en el ascensor con el paquete, que resultó ser una vespa rosa de juguete, mínima, como para una niña de un año más o menos. Y que andaba de verdad, tenía bocina y luces delanteras y traseras. Elena no había visto nunca un juguete tan cuco como aquel. «Hoy es el día de las pijadas», pensó Elena mientras escuchaba boquiabierta a Mary contarle cómo ella se había formado en la famosa escuela inglesa, Norland College, fundada en el siglo XIX y que abastecía a la aristocracia y al Gotha internacional de niñeras impecablemente uniformadas y versadas en varios idiomas, los más estrictos modales y habilidades tan dudosamente útiles como las artes marciales. Mary le contó todo muy desenvuelta, y en un español académico bastante gracioso. Mientras Akame tomaba muy formalita un colacao que le había preparado Elena bajo la atenta mirada de la guardaespaldas infantil, con unas galletas sin gluten ni azúcar, ni, seguro, sabor a nada que la chica hacía para los niños. Y que al parecer siempre llevaba en un bolso igualito en todo al de Mary Poppins. También le contó que se ocupaba de los hijos de los San desde que nació el primogénito y que si Elena estaba interesada podía ponerla en contacto con su escuela para contratar a alguna de sus compañeras, que estarían encantadas de venir a una ciudad tan alegre y cosmopolita como Madrid. Y además por unas doscientas mil pesetas mensuales, toda una ganga por una persona dedicada en cuerpo y alma a la más exquisita educación de sus hijos en edad preescolar, algo imprescindible para que fueran luego admitidos en los más exclusivos internados europeos. «Imprescindible, desde luego», pensaba Elena divertida ante el desparpajo de aquella chica, que no aparentaba más de veintidós o veintitrés años, aunque debía tener algunos más.

Cuando las pequeñas visitantes se fueron, Elena llamó a Julia a la galería para agradecerle el detalle.

—¿Julia? Sí, soy Elena de la Lastra. Sí, desde luego, cuánto tiempo. Perdona, ya sé que debería haberte llamado de vez en cuando, para algo somos amigas. Pero, la verdad, entre mi madre, que me tiene prácticamente secuestrada por las mañanas, y lo cansada que estoy ya por las tardes no me da casi tiempo para nada. Ya sé que es paradójico, que no tengo en realidad nada que hacer, pero…, claro, tú tienes ya tres, sabes perfectamente cómo es esto. No, no es que me sienta mal. Pero me canso mucho. Esto ya está desmadrado del todo, he ganado bastante peso y no puedo tirar de mí misma. Oye, Julia, qué preciosa tu hija, y qué formalita. Parece mucho mayor de lo que es, si apenas tendrá tres años, y se ha estado tomando un colacao como una verdadera señorita... Es preciosa, un amor, de verdad. Parece una muñeca. Y la *nanny*, muy profesional, joven, pero muy responsable. Sí, me ha estado contando de su escuela esa inglesa... Uy, ni lo sueño. Nosotros no tenemos dinero para eso... Bueno, sí, quizá cuando menos lo espere. Por cierto, quería hablar contigo para confirmarte ese tema que teníamos pendiente. Sí, estuvimos Mario y yo hablando hace unos días y ya está decidido. Quería esperar a ver cómo me organizo cuando nazca mi hija, pero la verdad es que no es necesario esperar a nada. Estoy decidida a dejar de trabajar en DBCO y en cuanto pueda, tras el parto, ponerme con tu proyecto. Julia, no me des las gracias. Soy yo la que te tengo que agradecer esta oportunidad. Me parece un honor, y un privilegio, que permitas hacer tu proyecto más querido un poquito mío. Ok, si lo prefieres la semana que viene te llamo y me paso por la galería y charlamos. Perfecto, Julia, y de nuevo, mil gracias por el juguete. ¡Anda que no va a fardar mi niña dentro de un añito, en vespa por el pasillo de mi casa, jajaja!

Elena se reía, feliz tras aquella visita tan agradable, y sentía cómo tras cada carcajada la tripa se ponía dura, la niña se removía, como si quisiera también sumarse a la fiesta. «Disfruta ya de su nueva vida de niña rica, de niña con vespa aún por estrenar, de niña aún por nacer». Posó su mano sobre el bulto que se formaba en el lateral derecho, justo por debajo de las costillas. Colgó y, sin saber por qué, la risa se fue convirtiendo en llanto. Sin saber por qué. Sin tener un porqué.

El sábado, víspera de Nochebuena, lo pasaron tranquilamente en casa. Al día siguiente montarían todo el tinglado navideño, que Elena afrontaba con una pereza tan intensa como la ilusión con que lo esperaba su madre. Además estaba encantada de librarse los fines de semana de ella y su bombo y dedicarse a salir al cine, al teatro y a todo tipo de expos y eventos con sus amigas, como siempre había hecho desde que enviudó. Lola siempre había sido muy independiente y esta nueva obligación de cuidar de Elena, aunque lo hacía encantada, parecía que le empezaba a resultar un poco agobiante. Salieron Mario y ella a mediodía para aprovechar las horas de solecito y tomar el aperitivo, y bajaron hasta la Plaza de Cataluña donde habían puesto una terraza muy agradable justo en la esquina con Príncipe de Vergara, junto al supermercado. Al pasar por Las Vidrieras Elena echó un rápido vistazo a la barra temiendo encontrarse de bruces con el camarero de aquella vez, cuando lo de Sócrates, y por un instante revivió el temblor de piernas, el pellizco en el estómago, la taquicardia continua de meses atrás. «Nunca más», pensó. «No quiero volver a sentir esta angustia, este miedo». Y miró buscando la certeza en su esposo, que charlaba ajeno a sus preocupaciones, contándole no sé qué tontería de una tele local para emitir en los pueblos del sur…

—¿Cómo, cómo dices? Que no te estoy entendiendo bien… ¿Qué es eso de una tele? ¿De qué pueblos? ¿Y qué tienes tú que ver con eso?

—Te decía que estoy en conversaciones. Bueno, estamos, San y yo, en conversaciones con los alcaldes de los pueblos del sur de Madrid, sobre todo con el ayuntamiento de Fuenlabrada, claro. Esta zona está creciendo muchísimo. Y más que lo va a hacer porque el año que viene es muy posible que se apruebe una ley de Grandes Ciudades que va a dar mayor autonomía a los pueblos más importantes de la Comunidad. Y como ellos están allí pues…

—Pero ¿te vas a ir del canal, de un puestazo, de la seguridad de una cadena nacional, para ponerte en manos de extranjeros medio mafiosos y políticos? ¿Tú sabes lo que estás diciendo, Mario?

Llegaron a la cafetería, se sentaron a una mesa al sol y pidieron dos cervezas. La de Elena sin alcohol.

—Sé perfectamente lo que hago, Elena, y no empecemos con tus rayadas. Creía que esas reticencias tuyas ya eran historia. No soy tonto y no me estoy poniendo en manos de nadie. Voy a fundar un consorcio formado por empresas que están creando riqueza y progreso para este país. Empresas y empresarios interesados en tener uno o varios medios de comunicación desde los que crear sinergias, experiencias apasionantes, brindar a la sociedad información real y comprometida con su comunidad.

—Pero qué me estás contando, Mario, ¿por qué no me has hablado de todo esto antes? Si lo tienes más que pensado…

—Escúchame, Nena. No solo está pensado. Las conversaciones ya están muy avanzadas, además estoy aprovechando los contactos de la academia, que ya sabes que está a punto de constituirse, y también del ámbito de la política madrileña. Es una gran oportunidad de crecer para la Comunidad de Madrid en el área de Comunicación. En principio vamos a crear un canal especializado en negocios, finanzas y todo lo relacionado con el ámbito empresarial. Sin olvidarnos del ocio, la cultura y el entretenimiento, desde la responsabilidad y el compromiso con nuestros valores de transparencia, veracidad y respeto institucional...

—En principio...

—Desde luego. Se trata de un proyecto muy ambicioso que, con el tiempo, se convertirá en un grupo multimedia que irá ampliando su ámbito de influencia a otras zonas de la Comunidad. Incluso llegará el momento en que salgamos del ámbito provincial. Y yo soy el creador, impulsor, fundador, como quieras llamarlo. Los empresarios de Cobo Calleja serán en principio los principales inversores privados, aunque tenemos también el compromiso de los ayuntamientos de crear ayudas y subvenciones para apoyar el proyecto. Y nosotros seremos los jefes, Nena. Estar en un proyecto así desde el inicio te asegura que no tienes más límites que tu propia ambición, más techo que la propia eficiencia del proyecto que seas capaz de poner en marcha. Y que nadie va a estar por encima, como me pasa en la tele, que tengo que consultar a trescientos inútiles que no saben dónde tienen su propio nabo para tomar cada decisión.

Elena escuchaba a su Mario, aquel chico guapo, seguro de sí mismo. Un poco prepotente, siempre lo había sido. Y admiraba cómo se había convertido en un hombre de negocios con amplitud de miras. Generoso. Capaz de soñar algo grande y convertir ese sueño en un grupo mediático que, desde luego, empezaría paso a paso. Pero que no dudaba en que se convertiría, también paso a paso, en uno de los grupos de comunicación más importantes del país. «Y en no mucho tiempo», pensaba orgullosa. Moría de amor escuchando a su chico, a su Mario, íntimamente suyo y de nadie más. Moría de amor… Y sentía, en el fondo de su mente, allí donde se generan las sensaciones a las que nunca se ponen palabras, que realmente algo muy suyo moría dentro de ella. A la misma vez que una nueva Elena crecía en su interior.

Nochebuena y domingo. «Dos coñazos juntos», pensaba Elena, que siempre se había sentido un poco a contracorriente de estas fechas y que este año, en el que sería con su tripa la protagonista indiscutible de la velada familiar, le causaba directamente alergia. «Menos mal que mañana nos vamos hasta el día 1 a Cabo de Palos», pensaba mientras se aplicaba dos capas de máscara de pestañas, el único toque de maquillaje que con la cara de pan que se le estaba poniendo —labios hinchados, nariz de Kunta Kinte— se podía permitir para no parecer una muñeca pepona. «Es que ya ni el brillo de labios me queda bien, parezco una puta barata», pensaba limpiándose la boca con papel higiénico. El blusón malva, que era lo único que tenía para vestir un poco mejor, parecía una auténtica tienda de campaña. Y los únicos pantalones que todavía le abrochaban tenían un corte de pierna tan feo y quedaban tan paletos con aquellos mocasines de vieja... Casi prefería ir a casa de su madre directamente en pijama. Estaba a punto de echarse a llorar delante del espejo, intentando peinarse con algo de gracia una melena que se estaba quedando estropajosa y sin brillo, cuando apareció Mario en la puerta del baño. Impecable con su traje oscuro, camisa blanca, corbata plateada y azul y el pelo engominado. A su lado, mientras él se rociaba ajeno al sufrimiento de su mujer con Carolina Herrera for Men, Elena se sintió aún más fea y miserable.

Para cuando llegaron a casa de su madre sobre las ocho y media, ya estaban todos los invitados —Lola y Ernesto, y la madre de su cuñado—. La actividad de las tres mujeres era tan frenética de la cocina al comedor, que se puso enseguida manos a la obra, y se le olvidaron todos sus males en un segundo.

—Hermana, lleva todo lo del postre a la mesita pequeña y así no tenemos luego que levantarnos, ¿vale? Pero con cuidado, hija, que entre lo manazas que eres y que ya ni te ves los pies, vas a tropezar... y a ver qué te cargas este año, mona, que ya no queda ni una copa de las de la abuela.

Lola, la hermana de Elena, organizaba alegremente el zafarrancho mientras las dos viudas se pusieron a charlar de sus cosas en la cocina con la excusa de vigilar la sopa y el asado. Mario y Ernesto llevaron el vino y las copas a la mesa y ya se dieron por satisfechos, abriendo la primera botella y escaqueándose en la terraza con la excusa de que iban a fumar. A las nueve en punto escucharon el discurso del Rey —«El gran objetivo que me tracé desde el momento justo de asumir la corona, el de llegar a ser un rey de todos, se ha visto, gracias a vosotros, plenamente cumplido...», uffff— y luego sirvieron la sopa. El buen ambiente se mantuvo durante toda la cena y hasta los postres, cuando brindaron con champán y comieron mazapanes. A las doce en punto mamá Lola rezó el consabido padrenuestro por el nacimiento de Nuestro Señor entre la cara de enfurruñado de Mario y las risas contenidas de una más que achispada Lola. «Nada fuera de lo tradicional», pensaba Elena. «Mejor así. No quisiera sacar ninguna conversación desagradable, y menos delante de la madre de Ernesto. Pero de mañana no pasa que llame a Lola y hable seriamente con ella de la herencia de papá».

Sí que pasó del lunes. Y del resto del año. Al día siguiente, entre los preparativos para toda una semana en la playa y el viaje, que no comenzaron hasta bien entrada la tarde, Elena decidió que ya hablarían ella y su hermana cuando volvieran a Madrid. Al llegar a la casita junto al faro de Cabo de Palos, ya casi a las once de la noche, y activar el cuadro de luces Elena sintió que se encontraba en paz consigo misma y con el mundo. Una sensación que siempre tenía al llegar allí.

—Mario, de mañana no pasa que le hagas una oferta a doña Marina por la casa. Como sigamos dejándolo, alguien se va a adelantar o ella se va a arrepentir de vender...

—Claro, Nena, mañana subo a Murcia a pagarle y hablo con ella. A ver si tengo suerte y está su hija Mar, que es la que controla. —Mientras la abrazaba, y ponía su mano en el vientre de Elena, le susurraba al oído. Elena se encontraba segura y tranquila entre sus brazos—. Te juro, Nena, que mañana vengo con esta casa solo para ti y para mi niña. Para mis dos amores. Será mi regalo, cueste lo que cueste. Esta casa desde mañana es tuya, mi amor.

—Nuestra.

—Nuestra.

Paseos interminables por la orilla del mar que terminaban en el puerto, charlando con Pascual o Bartolo, los pescadores que solían adelantarles cómo iba a estar la mar al día siguiente. Tardes de lectura —Elena se había llevado tres libros sobre arte contemporáneo asiático— junto a la chimenea. Veladas tranquilas los dos solos, asando chorizos y torreznos en las brasas acompañados con el delicioso pan de la panadería de la esquina, el original queso al vino que elaboraba una pequeña quesería de Calasparra y la más tradicional longaniza de Lorca. Placeres sencillos que a los dos les curaban el alma, los reconciliaba de sus pequeños problemas y les daban fuerza para afrontar un año más la vorágine en que se estaba convirtiendo su vida. La noche de Fin de Año la pasaron en La Manga Club. Allí se encontraba el restaurante preferido de Elena en el mundo mundial, La Cala, justo en el acantilado. Pero en invierno, cuando se encontraba cerrada la terraza, el resort seguía ofreciendo una de las cocinas más prestigiosas de la zona con su novedoso concepto *slow food*, que llegaba a España desde Europa como un movimiento gastronómico y cultural. Y el día 1 por la tarde volvieron a Madrid, contentos por el compromiso de doña Marina de cerrar la venta de la casa antes de terminar enero, y relajados por los tranquilos días de mar y buena temperatura.

—Hola, hermana, ¿qué tal te va en el 96? ¿Os fuisteis al final de fiestuqui con la panda, o lo pasaste con Erni en plan romántico? Jo, qué guay, ya me hubiera gustado bailar hasta las seis de la mañana por lo menos, pero con este cuerpo escombro que tengo no aguanto de pie más de media hora..., ¡jajaja! Y encima eso, con el superblusón malva, como para causar sensación entre la *jet set* madrileña. Hija, si es que me ha pillado así. Desde luego el segundo me lo fabrico en Navidades, y que nazca en Santiago de La Ribera, en el Hospital de Los Arcos mirando al mar. Bueno, que qué me dices si esta tarde quedamos en casa de mamá, que yo volví ayer y no la he visto. Y luego nos vamos tú y yo a merendar tortitas. Venga, pues hecho, pásate sobre las cinco, que yo comeré allí con ella, y ya nos vamos juntas para el Nebraska. Pues por mí al de Goya, si te parece. Okey Makey. *Bye.*

—Pero, hija, claro que me alegro, no creas que no. —La madre de Lola seguía sirviéndole el primer vuelco del cocido, hasta llenarle el plato de sopa, como cuando era una niña—.

Pero es que ahora con la niña y todo, compraros una casa..., me parece mucho gasto. Pero bueno, vosotros veréis. Yo no quiero meterme en eso. Si necesitáis tocar algo del ahorro de papá, Mario sabe cómo hacerlo.

—No, mamá, no va a ser necesario. Y no me trates más como a una niña pequeña, no necesito que mi marido sepa cómo hacer mis propias cosas. Pero vamos, que yo, con la indemnización que me van a dar por la denuncia a DBCO y...

—Cómo, ¿que los has denunciado? ¿A tus jefes? Pero, hija, cómo se te ocurre, eso te va a dar muy mala fama. Y luego a ver quién te va a contratar otra vez, con esa mancha en tu historial. Que esas cosas malas la gente luego las sabe antes que las buenas, no te creas.

—Pues me da igual que lo sepa todo Madrid, de hecho me encantará contárselo a todo el que me quiera oír, mami. Ni te imaginas lo cabrones...

—No digas esas palabras, hija, que parece que te hemos educado en un cortijo.

—Bueno, pues esos señores... Si yo estoy de baja es porque me han tratado fatal desde que se enteraron de que estaba embarazada, que parece que hace ya nueve años pero no hace ni nueve meses. Y mira, mamá, para cuando nazca la niña y mientras la denuncia sigue su curso, que estas cosas van despacio, ya tengo una oferta de un grupo de inversores en arte. Vamos, de los dueños de una galería, que van a montar una fundación cultural y quieren que yo la dirija.

—Pues me parece un trabajo muy bonito, hija, y mucho más lucido para una niña como tú, tan guapa y tan preparada. Además, con el gusto que tienes, esas personas estarán encantadas contigo, desde luego. ¿Y qué galería es? Porque Luchy y yo ya sabes que nos conocemos al dedillo todas las exposiciones, que nos encantan.

—Madrid-Pekín Art Gallery, muy cerca del Reina Sofía. Está especializada en arte chino contemporáneo, aunque Julia, la dueña, tiene mucho ojo para comprar arte y tiene algunas cosas muy importantes. Hasta un Picasso pequeñito tiene. Ya te la presentaré, cuando empecemos con el proyecto de verdad. Y Mario se va a ir de la tele en unos meses y va a ser el fundador de un grupo de comunicación nuevo, que están montando un grupo de inversores y empresarios. Oye, pero esto es supersecreto, no se lo cuentes ni siquiera a Luchy, ¿eh? Y hablando de Luchy, ¿qué me cuentas de su hija Lucía, que no la veo desde hace por lo menos dos años? Le salió trabajo en Chile, ¿no...?

—Mira, Lola, delante de mamá no quiero decir nada, porque a ella no la culpo. Es lo que ha visto toda su vida primero con su padre y luego con su marido. Supongo que para ella es normal tener los ahorros en su país de origen, que es mucho más estable que España. Pero vamos, que tanto ella como por supuesto tú sabéis que eso es ilegal.

—Hermana, no te precipites, las cosas no son como crees.

—Ah, no, claro, las cosas nunca son como yo creo. Lo que yo creo es que me tomáis por tonta, porque vamos, mantenerme al margen años... Es que no me lo puedo creer, ni de ti ni de Mario. Pero, tú ¡eres mi hermana, joder!

Una camarera se acercó a ellas, muy discreta, sin decir nada, esperando que le hicieran caso.

—Sí, por favor, para mí una coca-cola *light* y unas tortitas con sirope de fresa y caramelo, por favor. Lola, ¿tú quieres tortitas?

—No, yo voy a tomar mejor una cerveza y un sándwich vegetal, hoy no he salido a comer para terminar antes. Me apetece una cervecita. Pues lo que te decía, Nena, que de verdad, que nada de esto fue a propósito. Cuando papá murió tú estabas tan triste que Mario solo pretendía protegerte. Decía que si a la pena de haber perdido a tu padre le añadíamos enterarte de que no era el héroe perfecto que tú creías, te ibas a hundir.

—Ah, sí, ¿y tú? ¿Acaso no lo querías? ¿Acaso tú no te ibas a hundir?

—Yo lo sabía desde que le dio el primer infarto, Nena. Cuando empecé a trabajar en el banco papá abrió una cuenta en mi oficina con bastante dinero, para que yo se la gestionara y así me ayudaba a cumplir objetivos.

—Ya, eso ya lo sabía. Yo en eso no me meto. Me parece muy bien que te ayudara, para eso está un padre, ¿no?

—Pues eso, que a medida que pasaba el tiempo me iba delegando más cosas. Aunque intentaba mantenernos al margen de sus líos de dinero, por si acaso en alguna ocasión le salía algo mal, que no tuviéramos nada que ver. Y tú eres tan recta, tan honrada, tan seria para todo..., él pensaba que la única que lo entendía era yo. Y la verdad, Nena, es que tenía una buena melé montada con la fábrica: varias sociedades, algunas cuentas no muy claras, dinero invertido en fondos SICAV... En fin, que poco a poco, desde que le dio el primer infarto, ya te digo, fue poniendo las cuentas reales en mis manos y yo empecé a poner orden. Nos acogimos a la amnistía fiscal del 91, la de Felipe González... Pero entonces murió, y yo no había aflorado todo lo que tenía en Suiza.

—Pero entonces el dinero ese de la amnistía fiscal...

—Hija, es que es un lío. Ese dinero en realidad era del abuelo, o sea, de mamá, no de papá. El abuelo tenía un pastón en Florida, en un banco filial de una entidad suiza, y ese dinero era de mamá. Y para cuando me quise poner a ver los asuntos de papá de la venta de la fábrica solo había una parte en España, que es la que repartimos entre mamá, tú y yo. Y lo del extranjero, pues Mario me dijo que él se hacía cargo, te pidió aquel poder, ¿te acuerdas?

—¿Un poder? No, no me acuerdo.

—Sí, mujer, tú le firmaste un poder amplísimo, en el que le dabas firma para gestionar todos los asuntos que tuvieran que ver contigo. Te tienes que acordar, fuisteis los dos a firmarlo en un notario, el de al lado del despacho de Ernesto.

—Ah, aquello... Pero eso fue solo para la venta del apartamento y comprar el piso de Cochabamba. Y además fue mucho antes, en el 89, que yo estaba entonces con el máster y se encargó él de todo.

—¿Ves como eres una ingenua? Pues lo que le firmaste no fue solo para un acto jurídico concreto. Seguro que ni lo leíste. Le firmaste lo que se llama un poder general, que estará vigente hasta que tú lo revoques voluntariamente, y que sirve también para actos jurídicos internacionales, y lo de Suiza de diciembre...

—¿Y eso no caduca?

—Pues depende de lo que se firme. Puede ser tan general o tan concreto como el otorgante firme a favor del representante. Pero, bueno, que tú en cualquier momento vas al notario y lo revocas, sin problema. Aunque si crees que él se ha aprovechado de lo que le firmaste te aguantas, no lo puedes denunciar porque tú lo hayas firmado como una tonta, y ser tonta no es delito. No te engañó, ni tienes mermadas tus facultades ni nada por el estilo. Si no lees lo que firmas es tu problema, hija. A cuántas mujeres no las han engañado sus maridos con cosas peores, haciéndoles firmar directamente en negocios delictivos, y ellas a verlas venir, tan tontas que cuesta creerlo... La confianza da asco, querida, no te tienes que fiar ni de tu padre.

—Hija, qué chiste tan poco afortunado.

—A ver, que tu padre no te timó, ni tu marido, ni nadie lo hemos hecho. Lo único es que no te lo hemos contado a tiempo, y lo has tenido que descubrir tú solita no sé cómo... Pero tú tienes todo lo que te corresponde, y Mario lo que en realidad ha hecho es ayudarme a mí en todo esto, velar por los intereses de mamá y ser mi mejor apoyo estos últimos cuatro años.

—¿Ah, sí? ¿Y por eso cenasteis él y tú solitos el día de tu cumpleaños? ¿Con una botella de... Château Lafite, por casualidad?

—¿Eh? Pero ¿qué dices?

—Pues que me he enterado de muchas cosas más que no me habéis contado. Ni tú, ni mi querido maridito. Y que entiendo perfectamente el cabreo que tiene Ernesto, otro ingenuo, ¿no? A lo mejor es que somos todos tontos, menos vosotros dos, claro. El señor Souza y su… ¿qué, Lola? ¿Qué tengo que pensar de «tu mayor apoyo todos estos años»? ¿Desde que murió papá, o ya os «apoyabais» de antes? Lola, que soy tu hermana y te conozco, y sé que me ocultas muchas cosas. No quiero hablar delante de nadie pero ahora que estamos tú y yo solas, no puedo evitar decirte que lo habéis hecho los dos muy muy muy mal.

—Elena, no seas…

—Que no sea qué, joder. Si es que tú sola te delatas, doña huerfanita, que no das pena. Que si Ernesto me quiere más a mí, que si papá me quería más a mí… Lo que eres es una jodida celosa, que siempre has querido lo que yo tenía. Y lo peor es que nos dabas pena, ay, la pobre niña. Eres como una araña, siempre tendiendo tus redes a mi alrededor. Una jodida araña, negra y gorda.

—Elena, no te pases tanto. Que no me he zumbado a tu maridito, si es lo que te estás figurando con esa cabeza de enferma ególatra que tienes. Es que te crees que tú eres la mejor, que tienes todo lo que los demás envidiamos. Pues no, hija, que te estás columpiando, y mucho. ¿Qué piensas, que soy tonta? Ernesto siempre me ha querido a mí, que te crees que todo tiene que girar alrededor de tu ombligo, hija mía. Si él se acercó a ti fue para conocerme a mí, que nos tenía más que fichadas a las dos desde que íbamos a las Pepas con las coletas y los mocasines, so boba. Es que no sé cómo te aguantas ni tú. Así te va. A ver por qué imaginas que todo el mundo intenta mantenerte en la inopia de todo. Para que no nos des el coñazo desde tu pódium ese desde el que nos miras a todo el mundo, que te enteres. ¡Que al resto de los mortales nos das mucha pereza! Sí, y ahora llora. Pues toma un kleenex, que lloriqueando no vas a arreglar nada. Ese truco solo te valía con tu papi. Y crece de una puñetera vez, joder, que me tienes más que harta.

—Lo sé, no me hagas caso. Que yo no sé qué tonterías digo, ni qué tonterías pienso. Es que no encuentro nada a mi alrededor que sea sólido. Que todo se desmorona, y estoy metida en unos líos que no sé cómo he llegado hasta aquí. Y ahora tengo que parir y no sé cómo voy a hacer eso, que yo no sé cómo se pare a un niño. Ni cómo voy a cuidar de un bebé. Y estoy sola. Y me muero de miedo. Y necesito que mi hermana esté de mi lado, joder, ¡que eres mi hermana, coño!

—Pues claro que soy tu hermana, so boba. Y claro que estoy a tu lado. Joder, qué espectáculo estamos dando, tenemos a todo el bar entretenido. Mira, Nena, vamos a ver una cosa. Ni estás sola ni se desmorona nada. Tus jefes son unos cabrones. Tu familia no es perfecta. Punto. Y ahora mismo nos vamos a ir las dos a casa de mamá, nos vamos a meter en su cocina, como antes, y vamos a hacer juntas galletitas con chispitas de chocolate con los moldes de estrellitas, que sé dónde los tiene guardados. Y mientras tanto, vamos a acordarnos de que nos queremos. Que no hay nada ni nadie en el mundo que pueda separar a dos hermanas tan gilipollas como nosotras. Y que tú con tu vida y yo con la mía estamos cada una donde y con quien hemos elegido. Pero siempre juntas, hermana. Que eso no se puede cambiar. So boba. Deja de decir tonterías y dile a Mario que te recoja esta noche en casa de mamá, que cenamos allí los cinco. Que mira que eres boba, hija mía.

Es normal que te canses y que tengas altibajos emocionales, con las hormonas revolucionadas. Descansa, procura sentirte bien. Al bebé le llegan y le influyen las hormonas que tú generas con tus estados de ánimo. Igual que tú recibes las suyas. Un detalle que se aprecia en la ecografía es que sus glándulas suprarrenales son muy grandes, casi como las de un adulto. El motivo es que están produciendo esteroides, hormonas que al pasar por la placenta se convierten en estriol y estimulan a la prolactina, la encargada de producir leche. Cuando el nivel de estriol en el cuerpo de la madre es el adecuado, estas glándulas fetales disminuyen y se adaptan al cuerpecito del bebé.

Mientras leía sobre el bebé en la semana 35 de embarazo, que era más o menos en la que Elena suponía que entraba, se iba angustiando más y más. Sentía cómo el pecho se le hinchaba, duro, y le empezaba a doler y hormiguear. O quizá solo lo notaba porque lo estaba leyendo. Le dolía la espalda, quizá porque también había leído que un 90 por ciento de las gestantes sufren de dolor de espalda. Al menos lo de la ciática no lo tenía. Pero notaba calambres en las pantorrillas y sentía las nalgas y la pelvis doloridas, tal y como describía aquel maldito libro, en qué hora se le ocurriría comprarlo. Dejó de lado el libro sobre embarazo y parto, y cogió otro que le gustaba mucho más, *Tu bebé, mes a mes.*

> Ya son ocho meses. Tu pequeño ya es un bebé apretadito y pesado. Y es que su cerebro y su cabeza ya han alcanzado su tamaño máximo. Tu hijo ha producido cien billones de neuronas con cien trillones de conexiones, que le durarán toda la vida. Si tuvieras un parto prematuro a estas alturas, podría sobrevivir sin problemas. En esta semana 35 y en las últimas semanas, tu cuerpo le transferirá a tu hijo inmunidad temporal contra enfermedades infantiles (como las paperas y el sarampión). El bebé estará protegido hasta que le pongas las primeras vacunas. Su piel se alisa y el lanugo comienza a caer. A partir de esta semana 35 comienza el periodo de aumento de peso más rápido del bebé. Ganará entre doscientos cincuenta y trescientos cincuenta gramos por semana. Ya está cerca de los tres kilos.

«Tres kilos, madre mía, eso es una barbaridad», pensaba Elena, angustiada. «¿Y si naciera ahora?».

> Un bebé que nace con 35 semanas de gestación se le considera moderadamente prematuro. Con esta edad, tienen prácticamente las mismas probabilidades de sobrevivir que los bebés nacidos a término (la tasa de supervivencia para estos bebés es del 98 por ciento). Por lo general, pesan entre dos y dos kilos con setecientos gramos, aunque parecen más delgados que los bebés nacidos a término. Además, siguen teniendo un riesgo mayor que los bebés nacidos a término de tener problemas de salud típicos de los recién nacidos, como problemas respiratorios, alimentarios, dificultades para regular la temperatura del cuerpo o ictericia.

—Tana, si la niña naciera ahora, ¿sería normal? He leído que ya ha pasado la etapa de gran prematuro, y a partir de la semana 35 sería moderadamente prematura, y los problemas que tuviera serían más leves y se recuperaría más rápido...

Elena estaba sentada con su madre en la consulta de la doctora López Pinto el viernes 5 de enero a las siete de la tarde. Se sentía cansada, hinchada pero extrañamente eufórica, llena de energía. Sus cambios de humor empezaban a ser incontrolables, algo también achacable a las hormonas. Como todo en su vida, últimamente.

—Elena, te he dicho muchas veces que no leas textos médicos sobre partos ni embarazos. Si quieres, mira las fotos, lee reportajes divulgativos... Pero no te obsesiones, por favor. Ya que hemos superado los problemas de trabajo no vayas a ponerte ahora nerviosa por si te pasan cosas que no tienen por qué suceder. Confía en mí, que soy tu médico. Y en tu madre, que ya ha pasado por esto. Y déjate llevar, mujer, no es tan difícil, ¿verdad que no, Lola?

—Desde luego, ya sabes lo cabezona que es esta niña. Pero no te preocupes, que estamos todos cuidando de ella aunque no se deje.

—Vamos, vete descubriendo la tripa y hacemos otra ecografía, Elena. ¿Te encuentras bien? ¿Los movimientos del niño siguen siendo frecuentes? Recuerda que tienes que avisarme si lo notas menos activo. Y mañana por la mañana ve a hacerte un análisis de orina. Espera un segundo que te firmo un volante. Estás acabando la semana 35 más o menos, así que en este último mes y pico quiero verte cada semana. Y las dos últimas semanas y hasta la FPP..., vamos, hasta que salgas de cuentas, empezarás a ir al servicio de tocología de la Maternidad de O'Donnell. Habíamos quedado en que irías por la Seguridad Social, ¿verdad? Te empezarán entonces a controlar allí. En esta ecografía que vamos a hacer ahora se trata de ver cómo evoluciona el peso de tu bebé, evaluaremos su crecimiento, veremos que sigue colocadita. Y si todo va bien te haré otra al final. Pero ya no cada visita. Una eco a la semana es innecesaria. Podemos fijar las siguientes citas los viernes. A ver... hoy es 5..., apúntate el 12, el 19, el 26, el 2 y el 9 de febrero, si llegamos. Lo que haré hasta la semana 40 será controlar tu peso, tu tensión, la evolución del abdomen y el latido cardiaco del feto. Y ya iremos tomando las decisiones oportunas. ¿Tienes alguna duda que preguntarme a mí, o ya lo has leído todo en tu libro gordo de Petete?

—Ay, Tana. No sé si te preguntará Elena, pero yo sí que quería saber sobre el parto. En mi época no teníamos tantos adelantos, pero ahora con la anestesia esta que ponen, dicen mis amigas que tienen ya nietos que las niñas ni se dan casi cuenta, que es una verdadera maravilla.

—Sí, la anestesia epidural. Ya se va implantando en prácticamente todos los partos que no presentan ninguna complicación que la desaconseje. Bueno, como podéis suponer tiene sus ventajas y sus inconvenientes. Principalmente la ventaja es que la mujer es consciente en todo momento. Y como se evita el dolor completamente le permite disfrutar de un momento tan importante. Además, sobre todo en mujeres con poca tolerancia al dolor, permite que participen activamente en el trabajo del parto, que a algunas se les hace muy cuesta arriba. Aunque no creo que vaya a ser el caso de Elena. Ella es fuerte.

—Ya, claro, soy fuerte. Pero si no me duele seré más fuerte todavía. No tengo ningún interés en sufrir más de la cuenta, Tana, a mí me pones todo lo que me tengas que poner, ¿eh?

—Bueno, será una decisión que tomaremos en el momento, Elena, la medicina no es como las matemáticas. Y no todos los médicos son partidarios. El bebé recibe menor carga de oxígeno, porque la anestesia reduce el aporte de sangre a la placenta. Y se puede también reducir su frecuencia cardiaca..., se ralentiza el proceso y el parto se hace más largo... En fin, tendremos que tomar en cuenta también la opinión de quien esté en ese momento de guardia en La Paz, si vas allí, y si es una urgencia o en qué fase del parto llegas. Además, no te creas que la epidural es la panacea, no siempre es eficaz. Depende de tantas cosas que ya veremos. Pregunta también a tu matrona del curso de preparación al parto, seguro que ya lo habréis hablado, ¿no?

—Pues la verdad, no me he apuntado todavía, con tanto lío..., se me ha ido pasando y...

—No esperes más, entonces. No te voy a echar la bronca, ya eres mayorcita para tomar tus decisiones. Pero ten en cuenta que en vez de leer y leer tú sola, es mucho mejor que vayas, hables con otras mujeres y sobre todo con profesionales que están todos los días en esto. Todas tenéis las mismas dudas, los mismos miedos. Y tranquiliza mucho ver que no eres la única. Te voy poniendo el gel, está un poco frío, dime si te resulta desagradable. Llama ya, hoy mismo. Y al menos estas últimas semanas ve a las clases prácticas de relajación, que te van a venir muy bien. Y un consejo: vete a la Maternidad de O'Donnell, que allí imparten los cursos, y así te vas familiarizando con el centro. O si prefieres ir a otro sitio elige un centro en el que sigan la técnica Lamaze, o psicoprofilaxis, apunta el nombre, Lola. Nada de partos en casa, ni bajo el agua ni nada de eso. Tú vas a dar a luz en el hospital, así que no te líes, ¿de acuerdo?

—Sí, sí, desde luego. Es una buena idea, llamaré a O'Donnell, a ver si puedo apuntarme allí.

—Vale. Pues venga, a ver esta niña, si está más guapa o más fea que la última vez. ¿Seguimos sin nombre?

El lunes después de Reyes, a las nueve y media de la mañana, el teléfono sobresaltó a Elena. Alargaba la hora de levantarse después de que Mario se fuera a las ocho y media, dejándola despierta. Con la espalda enterrada en cojines, los pies sobre dos almohadas y un vaso de leche y unas galletas en la mesita de noche.

—Hola, ¿sí? Sí, soy Elena. Ah, hola, Richi, qué sorpresa. No, no me despiertas, dime.

—Perdona la hora. De todas formas, Elena, estaba esperando a que fueran al menos las diez, pero no podía más. Es que no sé cómo agradecerte el caramelo que me has regalado, mujer. No sabes bien qué pedazo de tema. Tu tal Jaime es todo un personaje. Ya lo sabía, pero no hasta el punto que estamos descubriendo.

—Bueno, tú ya lo sabías mejor que yo, ¿no? Al fin y al cabo, tú fuiste quien me contaste aquella tarde los tejemanejes de Estévez y Planas.

—Ya, ya, pero una cosa son tejemanejes sexuales, por sórdidos que sean, y esto es otra cosa, Nena. Y te llamo para que estés sobre aviso. La policía está ya muy cerca de ellos. Con los datos que tú me facilitaste ha sido muy fácil seguirles la pista. Al parecer esa pobre chica, Patricia, era su amante y desde primeros de diciembre se encuentra en paradero desconocido. Y por las pistas que tienen, ya es casi una certeza que estaba con ella la noche del incendio en una especie de hotel de citas. Una planta de un edificio en la que alquilan apartamentos por horas, adonde parece ser que solían acudir con cierta frecuencia. Es él, lo han reconocido varios trabajadores del inmueble y de la empresa. Que, por cierto, también habían hecho algunos negocios de salida de dinero desde España hacia paraísos fiscales. Pero a través de estos pájaros y la trama judía, la de Mamma Ari, no con los chinos.

—¿Ah, no? ¿No van juntos los españoles, los suizos, los judíos, los chinos...?

—Bueno, no siempre. Tus jefes, bueno tus exjefes, van un poco por libre, son unos listos. Dependiendo del negocio y lo que les interese, derivan el dinero a unos o a otros. Y también hacen diferencias según si se trata de sacar dinero de España o de facilitar el dinero aquí a personas que lo tienen fuera. Un par de angelitos. Pero escúchame bien, Elena, tu marido está implicado en algo, no sé bien en qué pero por ahí sale su nombre como contacto de confianza de los chinos. De los chinos, no de los judíos. Ya, un lío. Así que es posible que lo investiguen, pero en ese caso sería por el tema financiero y no es muy probable que se metan en ese jardín. Lo de esta pobre chica, Patricia, es otra cosa mucho más grave, desde luego. Lo del dinero lo dejarán aparte de la investigación de los asesinatos, que es lo que realmente les interesa. En España y en Suiza. Porque la Interpol está cruzando datos y atando cabos sobre una trama en varios países europeos de vídeos *snuff*, porno duro, sadomasoquismo... No creo que con toda esa carnaza por delante la policía tenga ni los medios ni la posibilidad de ponerse a investigar tramas financieras que van a poner nerviosa a demasiada gente poderosa. Y aunque tuvieran los medios y las posibilidades..., créeme, alguien se encargará de parar en seco ese tipo de investigaciones. Hay demasiada gente implicada, desde el Rey al barrendero, no creo que por ahí haya nada que rascar. Y yo, desde luego, no pienso meterme tampoco, no soy un kamikaze. Con el asesinato de esta pobre chica ya tengo suficiente morbo. Y si me sale bien la jugada tendré una exclusiva del carajo, hasta una cámara oculta me van a dejar llevar el día que los detengan, mira si están agradecidos mis amigos. Voy a pegar un pelotazo de la leche. Voy a ser el tío más buscado de este país, me van a rifar todas las televisiones, y gracias a ti.

—Eres un amor por avisarme, Richi. Y no es gracias a mí, sino a ti, que tienes un instinto profesional de Pulitzer por lo menos. Yo me moriría de miedo de meterme en la mitad de fregados que tú. Y, bueno, yo no creo que mi marido esté de verdad implicado pero lo pondré sobre aviso.

—Uy, ojalá te oigan los del Pulitzer, pero con unos milloncejos que me paguen las teles por el *scoop* me conformaré. Al fin y al cabo, los periodistas que nos dedicamos a asesinatos morbosos y asuntos de la jodienda en general no gozamos de gran prestigio..., aunque en la intimidad todo el mundo nos lee. ¡En la intimidad, jajaja! Bueno, guapísima, te dejo dormir. Y perdona las horitas de nuevo, es que no quiero que si pasa algo te pille desprevenida. Y recuerda que te debo una. Te puedes cobrar como quieras, dispón de mi cuerpo y de mi alma para siempre jamás, rubia.

—Hay que ver cómo eres de zalamero, Richi, si estoy que voy a explotar de un momento a otro. Te agradezco mucho la llamada. Y no te pierdas, ya seguiremos en contacto a través de la Lopy, presiento que este es el comienzo de una hermosa amistad. *Bye.* Y gracias de nuevo.

Al colgar, Elena se levantó de un salto de la cama, se duchó, se arregló lo mejor que pudo y ya cerca de las once llamó a Julia Ye. No eran aún las doce cuando se bajó de un taxi en la puerta de la galería. La preciosa chinita-neoyorquina la estaba esperando en la entrada y la acompañó escaleras arriba, despacito despacito, escalón por escalón, hasta el despacho de su nueva mejor amiga.

—Ay, Julia, si hace ocho meses me hubieran dicho que no sería capaz de subir ni veinte escalones no me lo hubiera creído. Es que ya no me puedo casi mover.

Las mujeres se besaron, tomaron asiento en los cómodos sillones de cuero blanco que Julia tenía en la parte de detrás de su despacho, junto al gran ventanal esmerilado que daba al luminoso patio interior. Empezaron a charlar divertidas sobre pies hinchados, vejigas en riesgo de tsunami y piernas que ya no se pueden ni cerrar pudorosamente. Una chinita, sin decir ni una sola palabra, entró silenciosamente y dejó en una pequeña mesita junto a ellas un delicado juego de té del que salía un sugerente aroma a canela.

—Toma una taza. Es té negro con canela, Elena. Verás cómo te calienta la sangre, te alegra el corazón y te aligera el espíritu. Los occidentales tenéis mucho que aprender sobre el té. Es otro de mis empeños, introducir la cultura del té en este país. Solo conocéis esa especie de aguachirli que toman los ingleses, y eso es una verdadera pena.

—Mmmm, riquísimo. Es verdad, Julia, tenemos mucho que aprender unos de otros. Y a eso precisamente vengo, Julia, a aprender de ti. Mira, te voy a ser muy sincera. En estos últimos meses he detectado algunas actitudes machistas en mi entorno laboral que me han disgustado mucho y son lo que me llevó a renunciar a mi trabajo anterior.

—Bueno, eso no es ningún secreto para mí, Elena. Sé mucho más de lo que tú piensas sobre tu entorno laboral y las relaciones que en él se han ido estableciendo. Y al igual que tú, he tenido algún acercamiento, digamos inconveniente..., con Jaime Planas, todo un seductor. —Con un gesto ordenó silencio a Elena, que iba a protestar—. De igual modo que tú con tus encuentros con Francisco Estévez, no me siento especialmente orgullosa. Las mujeres cometemos nuestros errores, igual que los hombres, y mucho más en países tan maravillosos como este en el que el clima, el carácter alegre y desinhibido y la cultura nos empujan hacia cierto tipo de relaciones que no siempre son del todo inocentes. Al igual que ellos, nosotras tenemos derecho a la indulgencia. Aunque, a diferencia de ellos, nosotras tenemos necesidad del secreto.

«Así que era verdad lo que me imaginé cuando vi aquella foto», pensó Elena intentando parecer sorprendida, pero no escandalizada. Todo un reto incluso para Núria Espert...

—Desde luego eso que me dices es muy cierto. Puedes contar con mi confidencialidad más absoluta. No seré yo quien te juzgue, querida amiga. Pero no es solo eso. En los últimos meses me he ido dando cuenta de que entre ellos y algunas otras personas de la empresa mantienen relaciones casi delictivas, o en cualquier caso, no confesables, que llegan al masoquismo y a la prostitución más sórdida y deleznable. Y para mí eso es definitivo, Julia. No quiero seguir trabajando con hombres que tratan de esa manera a las mujeres. Mi dignidad como mujer y como ser humano no me lo permite.

Elena miraba a los ojos a Julia, abriéndolos mucho y procurando no pestañear, intentando parecer tan ingenua e idealista como hasta hace solo unos meses era en realidad. Esperando que sus palabras rimbombantes y campanudas, al estilo de las de ella, la convencieran de que estaba dispuesta a dejar un trabajo prestigioso, con proyección y bien remunerado por absurdas razones morales y vagamente feministas para meterse —ahora lo veía claro, clarito— en la mismísima boca del lobo. Detrás de Mario, que ya era uno de ellos.

—Me parece muy honorable por tu parte, desde luego. Y supongo que eso es lo que te ha decidido a unirte a nuestro gran proyecto cultural.

—Sí. Como te dije por teléfono el otro día, cada día que pasa me siento más atraída por un proyecto que me permitirá trabajar por la cultura, por el entendimiento entre los pueblos, por la igualdad entre hombres y mujeres unidos por una misma pasión, crear belleza.

Crear belleza. Con las dos manos rodeando su vientre, en un intento inútil ya por abarcarlo, Elena ofrecía su rostro al pálido sol de la mañana, buscando algo de calor en la piel. Sentada en aquel banco de la plaza del Reina Sofía, donde hace solo unos meses había sentido a su hija casi por primera vez. Crear belleza. Le daban risa sus propias palabras, impostadas y rimbombantes. Y se preguntaba si sería capaz, de verdad, de mantener esta pantomima durante meses, años quizá. Si el resto de su vida sería una pantomima que ni ella misma se llegaría nunca a creer. Dinero. Un trabajo precioso. La oportunidad de conocer a gente interesante. La oportunidad de crear cultura. De ser alguien en el panorama cultural del país. De ayudar a jóvenes con talento. De viajar. De crear belleza. A cambio de qué. En contra de qué. A cambio, y en contra, de ella misma. A cambio, y en contra, de lo que más quería.

—Pero, Mario, si tan buenos son todos estos proyectos para ti y para mí, dime, entonces ¿por qué tengo ganas de llorar?

Hablaba con su marido en la oscuridad de su cuarto, abrazados bajo el edredón. Le resultaba más fácil hablar así. Sin mirarle a los ojos, sin tener que vigilar sus propias expresiones, sin vigilar las reacciones de él. Estaba empezando a pensar que quizá a partir de ahora su vida sería así, manteniendo un personaje delante de otros y buscando la oscuridad para ser capaz de desnudar su alma. Y ella siempre había buscado la luz. Incluso para hacer el amor, desde el primer día, del que ya casi no se acordaba. Ella quería luz en su vida, que las cosas estuvieran claras entre los dos. Mirar a su hombre a los ojos y conocer sus sentimientos. «No cierres. Quiero que me veas. Que cuando estés conmigo sepas que soy yo. ¡A ver si vas a estar imaginándote en la cama con Madonna, como en la peli, a mi costa!», le dijo medio en broma, medio en serio, aquel primer día del que ya casi no se acordaba. Lo dijo cuando él hizo ademán de cerrar las cortinas en el dormitorio que por aquel entonces compartía con su hermana. El verano en el que se quedaron solos en Madrid con la excusa de estudiar. Pero ahora buscaba la hora de descansar, la hora de apagar y cerrar los ojos, acurrucarse en sus brazos y hablar como el que deja que hable solo el latido de su corazón.

—Mira que eres pesadita, hija, qué manera de comerte el coco. Déjalo estar, mujer. Ya has tomado la decisión, ¿no? Pues qué ganas dándole vueltas a algo que ni siquiera va contigo. Ni conmigo. Una cosa es que yo les haya presentado a algún posible cliente para sus negocios, de manera puntual. Y otra muy diferente es que sea parte de su engranaje. Y mucho menos tú, que ni eso has hecho. Ya te lo he dicho mil veces, lo único que vas a hacer es montar una fundación cultural, relacionarte con universitarios, comisarios culturales, editores, artistas, marchantes... Vamos, Nena, no me fastidies, que es más peligroso un marchante de arte vestido de Saint Laurent obsesionado por conseguir un cuadro que un ejército de chinos cabreados. Esos sí que matan. Con mucho estilo, seguro. Pero matar, matan.

El aliento de su marido, que le susurraba al oído, le hacía cosquillas en la oreja.

—Pero, Mario, y qué me dices de aquel mendigo...

—Qué mendigo ni qué mendigo, qué dices.

Notó cómo se tensaba el cuerpo que la rodeaba, su voz subió medio semitono, atronador en la intimidad del abrazo. Recordó que ella no tenía que saber nada de aquello. Que Mario creía que lo había solucionado a espaldas de ella hacía solo unos meses. Se dio cuenta de que aún se interponían demasiados secretos entre su idea del amor y esto, esto en lo que quería creer que era su matrimonio. Esto en lo que se había convertido su matrimonio.

—No, nada, que al decir eso de los marchantes... Qué gracioso, pero me estaba acordando del susto que me pegó un día un tío raro que rondaba por el barrio, yo creí que tenía un cuchillo... pero vamos, que ni lo tenía ni nada. Además, hace tiempo que no lo veo. Bah, que me he acordado ahora de esa tontería. —Bostezó ruidosamente, para dar por terminada la conversación. Acompasó su respiración a la de él. Apretó su espalda contra el cuerpo de Mario e intentó dormir. No durmió. Nada.

Sucesos

Detenido el presunto culpable del incendio de Plaza de España

El incendio se saldó con el resultado de un muerto y siete heridos.

EFE. Madrid, 6 de enero de 1996

La policía detuvo ayer en su domicilio de la localidad de Aravaca (Madrid) a J.P.R., de 52 años, como presunto autor del presunto asesinato de una prostituta y el posterior incendio que tuvo lugar el pasado 6 de diciembre en uno de los edificios de la madrileña Plaza de España. El incendio, que se saldó con el resultado de siete ingresados de carácter leve por inhalación del humo tóxico, fue al parecer provocado con el objeto de ocultar el asesinato de una mujer, cuya identidad no ha sido revelada al haberse declarado el secreto de sumario. En su momento, la investigación policial vinculó este crimen con los del denominado «asesino de prostitutas» que se encuentra desaparecido tras violar la libertad condicional. Pero pronto la policía descartó que el caso estuviera relacionado, aunque en un primer momento el hecho de que la mujer muriese durante el desarrollo de un encuentro sexual llevó a pensar que los crímenes podrían deberse al famoso asesino, al que siguen buscando en la zona del Levante español. Fueron los testimonios de vecinos y empleados del edificio, donde se sitúa la empresa de alquileres turísticos en uno de cuyos apartamentos tuvieron lugar los hechos, los que pusieron a la policía sobre la pista del detenido. Al parecer se trata de un ejecutivo de cierto prestigio en el mundo de las Relaciones Públicas, y presuntamente relacionado con prácticas sexuales de alto riesgo, que presuntamente se desarrollaban en aquel lugar con cierta frecuencia. Se desconoce aún si la muerte de la víctima se debió a un accidente o si fue un asesinato.

Elena se levantó de un salto del sofá en casa de su madre, donde leía tranquilamente el periódico después de comer, y corrió al teléfono.

—¿Lopy? Hola, sí, oye, que quería hablar con Ricardo, ¿estás ahí en la redacción? Es que estaba leyendo *El Mundo* y hay un breve de Efe, que por lo visto han detenido al cabronazo de mi exjefe, por si él sabía algo... Gracias. Sí, Richi. Soy Elena. Ya lo han detenido, ¿no? Lo acabo de leer en *El Mundo*, sí. Es solo un breve, y solo dice las iniciales, pero claro, yo sé perfectamente que es él... y pobre Patri, la ponen como si fuera una prostituta... Bueno, claro, ya se irá aclarando todo. Pero me da pena, la verdad, pobre chica. Oye, está muy mal escrito y no tienen datos, pero ¿tú tienes tu reportaje, entonces? Genial, qué ganas de leerlo. En el número del jueves. Lo compraré, desde luego. Y no me perderé *Código 10*, ¿el próximo sábado en Telecinco, dices? Genial. Me muero por ver a ese cabronazo esposado. ¿Y se oye cómo llora? Uy, que me muero, me muero de verdad. Pero del placer. Ya era hora de que pagara. ¿Y de lo otro? Ya, claro, ya me dijiste, que ahí no se van a meter. Bueno, con que ese pedazo de cabrón vaya al trullo me conformo. Muchos besos, Richi, y de verdad que a mí no me debes nada. Soy yo quien te voy a poner un piso en la Castellana. Sí, sí, enfrente del Bernabéu, por supuesto. Besos. Hablamos.

Una hora más tarde esperaba a su cuñado en el José Luis del Paseo de la Habana, su centro oficial de operaciones últimamente, pensaba mientras se tomaba una cerveza sin alcohol y atacaba con verdadera ansiedad el plato de patatas fritas que le habían servido mientras llegaba su acompañante. Sentada a una de las mesas junto a la cristalera observaba el paso de mujeres de mediana edad, todas con mechas rubias y abrigos de piel de pelo largo, como dictaba la moda. Adolescentes con uniformes de faldas tableadas y pashminas de todos los colores enrolladas al cuello como verdaderas escayolas, como dictaba la moda. Ejecutivos jóvenes con plumas sin mangas sobre sus ternos de trabajo, como dictaba la moda. Señores mayores con tebas Burberry azules o beis, y bufandas de cuadros a juego, como dictaba la moda. Desde lejos vio bajando por el Paseo de la Habana desde la Plaza de Cataluña a su cuñado, su mejor amigo y su cómplice. Con un plumas sin mangas, una enorme pashmina azul índigo enrollada al cuello como un collarín y una teba azul marino asomando bajo el plumas. «Solo le falta la melena rubia», pensó divertida mientras lo veía entrar en el restaurante con cara de pocos amigos. «¿Qué le pasará a este ahora?», se preguntó, sorprendida por no verlo contento tras conocer la noticia que ella misma le había dado un rato antes. Antes de acercarse, Ernesto saludó al camarero de la barra con cierta familiaridad y le encargó una cerveza y un plato con cuatro montaditos variados para la mesa donde ella le esperaba.

—Qué hay, cuñadito. ¿Qué te pasa? ¿No estás contento con que ese mierda esté en la cárcel? ¿Qué te pasa?

—¿A mí? Nada, qué me va a pasar. Claro que estoy contento, me alegro muchísimo.

—Erni, que nos conocemos, qué te pasa. No estás nada contento. Es más, tienes un cabreo que ni te cuento. Dime ahora mismo qué te pasa. Richi me ha asegurado que nosotros estamos a salvo, que la policía no tiene medios, ni ganas, de meterse en camisa de once varas, y que los temas financieros hoy día...

—Nena, no, no me cuentes lo que ya sé mejor que tú. Gracias a eso todavía tengo clientes. Si no estarían todos, incluidos algunos de los miembros de mi propio bufete, en la cárcel. De cinco estrellas y con el derecho de admisión reservado, por supuesto, solo para defraudadores de impuestos y defraudadores fiscales. Y mi propia mujer y tu propio marido serían inquilinos, te recuerdo.

—Hijo, qué humor cenizo traes hoy. —El camarero se acercó a ellos con la cerveza que había pedido Ernesto al entrar y un plato grande con cuatro montaditos, a los que Elena se lanzó sin pudor casi antes de que llegara a posarlos en la mesa—. Perdona, pero me paso el día muerta de hambre. Como no se me adelante el parto voy a engordar en el mes que me falta lo que no he engordado en los ocho anteriores.

—Nada, nada, hija, tú come. Y si cuando nazca el piojo te quedas gorda y llena de celulitis para toda la vida, pues, hala, que te pinte el Botero ese, el que pinta gordo a todo el mundo, tú te lo has buscado.

—¡Vamos!, cenizo es poco. Traes un humor negro. Pero qué te pasa, dilo de una vez, joder, que me vas a amargar los palitos de mar estos que hacen los japoneses con caca de la vaca.

—Mira, Elena, creo que te estás equivocando, y mucho. Desde Gstaad has cambiado. Ya lo sé, te has reconciliado con tu Mario que es el mejor del mundo, el más listo, el que maneja todos los hilos de esta familia. Y perdona que te diga, el más chulo. No lo aguanto, cada vez menos. Y no me digas otra vez que es tu decisión. Ya lo sé. Ya sé que tú eres la que paga y la que decide, la que se ha arriesgado y la que ha estado metida en la boca del lobo y ha sobrevivido para contarlo. Pero no estoy tan seguro como tú lo estás de ti misma. Ni de que sepas lo que haces. Ni de que tu marido sea el corderito que tú piensas. Ni de que te quiera tanto como tú crees. Ni de que no sigan moviendo hilos él y Lola a nuestras espaldas.

—Pero ¡si eso ya está claro! Me ocultaron lo de las cuentas de Suiza para protegerme, como soy tan exagerada...

—¿Y a mí? ¿Por qué me lo ocultaron también a mí? ¿Y qué le cuentan entre los dos a tu madre? ¿Y por qué tu madre se ha callado todo este tiempo haciéndose la longui? ¿Y por qué tu hermana, tu madre y tu marido han tomado decisiones por ti? ¿Me lo quieres decir?

—Ya te lo dijeron...

—No, querida, te lo dijo Mario a ti y me lo dijo Lola a mí. No hemos hablado los cuatro. Y menos tu madre, que para no meterse en líos se hace la tonta. Pero no es inocente. ¿Tú estás segura de que las versiones de Lola y de Mario coinciden? ¡Si tampoco has hablado conmigo! Me has utilizado cuando tenías miedo. Cuando tenías problemas, «ay, cuñadito, Erni, cariño». Y luego me has quitado de en medio de un plumazo, como has hecho con Testigo 13. Como a un empleado más, que se llama cuando hay que limpiar la casa y se manda a la cocina cuando no se necesita. Eres una mimada de cojones, Nena. Y una egoísta. Hala, ya lo sabes, ¿estás contenta? Pues déjame por lo menos el de anchoa, tía, que te lo zampas todo. La comida, tus principios, las excusas y cualquier mentira con la que decidas autoengañarte. Pero yo no me lo trago. No vale todo, Nena. No todo.

—Joder, tío, vaya discurso, toma la anchoa, hombre, y no te exaltes, que te estás pasando siete pueblos. A ver, yo la verdad es que me quiero creer más de lo que realmente creo, para qué te voy a decir otra cosa. Y en cuanto a los Gadget, pues es que ya no aguantaba la presión. Tener a un tío detrás de mí todo el tiempo..., y que sepan todo..., y si se enteran de cosas que luego no nos cuentan...

—Bueno, eso está ya solucionado. Hablé con ellos, rescindí el contrato y me mandaron un buen carpetón con todas las comunicaciones que hemos mantenido: las transcripciones de todas las conversaciones de teléfono, facturas, rescisión del contrato y una copia, por si se nos olvida, de la cláusula de confidencialidad y la indemnización que habría que pagar en caso de romperla. Y te recuerdo que esa cláusula es válida para las dos partes, así que por ahí, tranquila. Te has librado de ellos, pero también estás sola. Eso lo tienes claro, ¿verdad?

—Sí, lo tengo claro y la verdad es que no creo que ni tú ni yo estemos en peligro. Y lo de Mario, también lo tengo claro. En Suiza estuvimos hablando, me contó las cosas más o menos como son, y me convenció. Porque le quiero, Erni, ya sabes que ese tío es superior a mis fuerzas. Pues no habré hecho tonterías por él cuando lo conocí, que era un picaflor... Vale, vale, a lo que vamos, tú come y escucha. Yo hablé con Lola el otro día. Y mira lo que te digo, es mi hermana. Yo me la creo. Lo que ya no estoy tan segura, como tú dices, es que mi madre se haya dejado llevar como una corderita. Seguramente fue ella la que metió a Lola primero, y a Mario después, en todo el *fregao* este de Suiza. Ten en cuenta que su padre era de allí, para ellos es algo natural. Y si pagan sus impuestos, dime qué tiene de ilegal tener el dinero aquí o allí. Estamos en un mundo libre. Lo que no me cuadra es que no nos lo contaran ni a ti ni a mí, y tampoco me sigue cuadrando la implicación real de Mario con los chinos. Porque la cuenta que tiene con mi madre y con Lola será legal o ilegal, que no estoy segura, pero es un tema distinto de lo de la cuenta Flamingo o Flamenco o como sea, la que vimos. Eso es otra cosa pero esta es para su dinero personal, el que gana con los chinos. Y la abrió con el hijo del abogado suizo, que debe de ser tan listo como su padre, y tienen allí una oficina que me dijo Mario o Richi, que ya me lío, que si se conociera la lista de clientes de ese abogado, o si alguien del banco hiciera público alguno de sus secretos temblaba el misterio. Yo me lo quiero creer. Aunque en estos últimos días estoy dándome cuenta de que hay algo... No sé, yo tampoco estoy del todo convencida. Sé que él oculta cosas. También en parte por eso ya no aguantaba a los Gadget. Ellos mismos dijeron que si tenían pruebas de algo más gordo se lo dirían a la policía, y lo tienen, más que de sobra. Entiéndeme.

—Ya, entiendo que prefieres la ignorancia que afrontar que tu marido sea un delincuente.

—Pero es que no lo es, joder, que no lo es.

A las diez de la mañana del jueves Elena entró en la Maternidad de O'Donnell y se le cayó el alma a los pies. Una entrada estrecha, medio sucia, cutre... Se acercó al mostrador de información y preguntó dónde tenía que ir, que estaba citada para comenzar las clases de preparación al parto. La enfermera, con cara de escepticismo, le señaló el ascensor... Tercera planta, servicio de obstetricia. Y una vez allí, un mostrador nada más salir del ascensor. Llegó a la sala de las clases y se encontró con seis mujeres más, todas en distintos momentos de su embarazo. Ostensiblemente la más avanzada era ella. Y ostensiblemente la única que iba sola, sin su pareja, era ella. Una mesa de despacho bastante cochambrosa y unas veinte sillas de esas de los institutos, en cuatro filas, junto a un antiguo proyector de diapositivas eran todo el mobiliario. «Y luego dicen de la Seguridad Social española. Esto es peor que Cuba, seguro», pensó mientras echaba para abajo la tabla delantera de una silla de la tercera fila para poder acomodarse, ella y su tripa. Una señora como de cuarenta años, y un chico joven ostensiblemente gay, se presentaron, pasaron lista y comenzaron la clase. «La sexualidad humana. Pues empezamos bien», pensó Elena, mirando los tripones de todas las que estaban allí sentadas. «A buenas horas nos mandan al instituto».

Tras hora y media, de la que solo fueron interesantes los quince minutos que dedicaron a las distintas fases del parto, Elena se levantó como pudo de aquella minisilla y se dirigió al chico, que le había parecido más cercano que la matrona.

—Hola, me llamo Elena, quería consultarte...

—Hola, Elena, soy Fer, bueno Fernando, como os he dicho en la clase, pero llámame Fer, por favor.

—Perfecto, Fer, pues como verás, me quedan apenas cuatro semanas para el parto y no creo que pueda asistir a todo el curso, así que me gustaría que me recomendases algún libro o un vídeo..., algo que pueda ayudarme con la información necesaria y que pueda hacer en casa.

—Claro, Elena, sin problema. El próximo jueves te tendré preparada una bibliografía básica. De todas formas, hay unos vídeos por si quieres buscarlos. Yoga para embarazadas, que a estas alturas son lo que mejor te va a ayudar si no haces yoga ya por tu cuenta, que supongo que no.

—No, nunca he tenido paciencia para hacer yoga, meditación ni nada de eso... pero, bueno, en estos días estoy más que dispuesta a hacer lo que me digas.

—Jajaja, pues mira, toma esta tarjeta y búscalos. En cualquier librería un poco grande los tendrán sin problema. Aparte de algunas posturas y ejercicios, los que buenamente puedas realizar, lo que realmente te interesa es la parte de las técnicas de respiración. En las clases vamos a hacerlas, pero por si acaso se adelanta tu parto o no puedes venir es muy importante saber respirar en cada fase del parto para ayudar al proceso. Míratelos y el jueves me dices si te va bien, ¿ok?

—Gracias, Fer, nos vemos el jueves y te cuento, ok.

La extraña muerte en prisión de un ejecutivo de Publicidad sospechoso de asesinato

Jaime Planas llevaba desde el pasado día 5 en prisión preventiva sin fianza, acusado de la muerte de una mujer y el posterior incendio del apartamento donde se desarrollaron los hechos.

11-01-96. Ricardo Hernán. Agencias

Llevaba menos de una semana en la cárcel. Jaime Planas ingresó tras ser acusado por la policía del asesinato de una mujer, Patricia López Juárez, que fue identificada por su familia tras haber denunciado su desaparición el pasado mes de diciembre. La tarde-noche de ayer, 10 de enero, fue encontrado muerto, al parecer por su compañero de celda en la cárcel de Estremera, cuando volvió de un concierto benéfico organizado para los presos y familiares de la institución a cargo de la cantante Marta Sánchez.

El extraño fallecimiento está siendo investigado por el Juzgado de Primera Instancia e Instrucción número 1 de Arganda del Rey (Madrid), término al que pertenece el centro penitenciario. Según fuentes del entorno judicial por el momento no se conocen detalles del presunto asesinato, ya que el referido juzgado ha abierto diligencias hace apenas un día. Pero el hecho de que el cadáver fuera encontrado con evidentes signos de estrangulamiento, como han revelado fuentes de la prisión a este periodista, hace pensar en un posible ajuste de cuentas a manos de personas relacionadas con las mafias que, a través de distintos presos, operan dentro de la institución penitenciaria.

Posibles implicaciones internacionales

Aunque se trata de hechos sobre los que se ha decretado secreto de sumario, diversas fuentes han informado a este periodista sobre las presuntas implicaciones de una trama internacional de encuentros sadomasoquistas en el transcurso de uno de los cuales pudo morir, de forma voluntaria o involuntaria, la mencionada Patricia López Juárez, provocando a continuación su presunto asesino el incendio para borrar posibles pruebas.

El corazón de Elena pasó de cero a cien en un segundo. «Jaime. Asesinado en la cárcel. ¿Qué es esto?». Mientras se arreglaba para ir a casa de su madre no podía parar de pensar en ello. Llamó a la redacción. Richi no estaba. Y Marisol estaba como ella, nerviosa y asustada. Lo había llamado a su casa y no cogía el teléfono. No había pasado por la redacción en toda la mañana. No creía que le hubiera pasado nada malo, él sabía cuidarse. Las dos amigas estaban de acuerdo. Pero también preocupadas. No les quedaba otra que esperar.

—Llámame a casa de mi madre en cuanto aparezca, por favor. Si no estamos, déjame un mensaje en el contestador de mi casa pero sin decir nada concreto, solo algo para que me quede tranquila.

—Sí, no te preocupes, amiga. Seguro que no le ha pasado nada.

—Llámame.

Prácticamente no comió. Miraba el teléfono sin parar. Oía a su madre hablar y hablar, como en sordina, sin escuchar lo que decía. Sin prestarle atención. Casi sin mirarla. Asintiendo mecánicamente con una sonrisa distraída en los labios. Cuando llegaron a la consulta de la doctora López Pinto esta la miró con cara de preocupación. Le puso el tensiómetro. Y se enfadó.

—Elena, volvemos a las andadas. Tienes 15 de tensión sistólica. Es muy alto. Y la mínima, la diastólica, está en 10, inaceptable. Estás muy nerviosa, ¿me vas a decir si hay una razón objetiva y que yo pueda aceptar? Porque una subida de la tensión arterial no te beneficia en nada. Nunca es aconsejable, pero por Dios santo, Elena, estás resultando una paciente muy difícil. Ya no estás trabajando y entiendo que tenías una vida laboral muy estresante, pero ahora mismo no entiendo por qué no te centras en tu proceso de gestación y te olvidas de todo. Nada hay más importante que tu hija y no entiendo estos valores tan altos. Obesidad, diabetes, tabaquismo, ingesta excesiva de sal, alcoholismo…, estás tomando ácido fólico..., nada justifica tu caso. Son puros nervios, Elena, y te tienes que controlar. Todo está en la mente.

—Lleva todo el día como distraída, doctora, pero no le ha pasado nada especial. ¿No puede ser algo pasajero?

—Desde luego, puede ser algo pasajero. Pero también puede no serlo. Elena, de verdad, no quiero reñirte como a una niña pequeña, pero si no te controlas esos nervios te voy a tener que mandar al hospital a que te controlen allí cada día. O cada dos días como mucho. Y si la tensión sigue subiendo te van a tener que ingresar, tenerte monitorizada e incluso provocar el parto. No es ninguna tontería. Así que, por favor, dime si estás dispuesta a hacer lo que yo te diga o no.

—Sí, Tana, voy a hacer lo que tú digas. No sé qué me pasa. Estoy nerviosa, asustada, me da miedo enfrentarme al parto, incertidumbre por si la niña nacerá bien...

—Nada de eso me convence, Elena. Eso le ocurre a todas las mujeres y no por eso les suben los valores de TA. Vamos a ver, Lola, confío en ti. La voy a mandar a la cama directamente. —La doctora se dirigió a Elena, que la escuchaba avergonzada, en silencio—. Vas a estar en reposo, en la cama o en un sofá, pero siempre con las piernas en alto, al menos a la altura de las caderas. Cuando estés en la cama intenta reposar de lado para favorecer la circulación de la sangre hacia la placenta. Una almohada entre las rodillas te ayudará también a no presionar el vientre. Pero eso ya lo sabes, sí, ya sé que lo sabes, no me pongas esa cara, mujer. Ahora mismo no te voy a recetar ningún medicamento, ni tomes tú nada sin consultármelo. Pero vas a venir..., ya es jueves. Pues el lunes. Y entonces tomaré una decisión si sigues igual o si han bajado los niveles. Al salir de aquí os vais a la farmacia de aquí al lado y compráis un tensiómetro para tomarte la tensión tú misma en casa, que seguro que estarás más tranquila que aquí. Pregunta por Ramón, y dile que te mando yo. Él te enseñará a usarlo. Apunta mañana y noche los valores máximo y mínimo, sacando la media de tres tomas seguidas, sentada, con las piernas sin cruzar y el brazo izquierdo extendido. Apunta también, en una especie de diario, los movimientos fetales que notes, hora, frecuencia aproximada. Y no tomes mucho líquido, solo bebe cuando tengas sed. Y nada de sal. Nada es nada, ¿entendido? Te voy a dar un volante para un nuevo análisis de orina, a ver cómo andas de proteínas, esa es una pista para saber si estás en preeclampsia. Vete a este laboratorio de mi parte. Toma la tarjeta. Está en la calle Caracas, no muy lejos de tu casa. Y ve mañana mismo, a primera hora y en ayunas, como siempre. Como es urgente, cuando vengas el lunes ya tendré yo los resultados. Os apunto estos síntomas. Si notas cualquiera de ellos, llámame inmediatamente, el día y a la hora que sea. Uno, hinchazón en las manos o pies, la cara o los ojos. Dos, dolor de cabeza que no remite. Tres, si no orinas con la frecuencia acostumbrada. Náuseas o vómitos. Si notas luces o estrellitas en la visión. A ver, más..., si notas algún tipo de dolor abdominal por debajo de las costillas, en el brazo izquierdo o respiras con dificultad. Y en cuanto a la alimentación, Lola, encárgate de que tome fruta, especialmente plátanos, por el potasio, y verduras de hoja verde bien lavadas o cocidas al vapor. Pescado azul, especialmente sardinas, anchoas o caballa. Legumbres cocinadas sin grasas, solo con verduras, los clásicos potajes de cuaresma de toda la vida, sí. O frutos secos. Yogur y queso. Nada de sal, ya te lo he dicho. Y absolutamente nada de cafeína o bollería industrial.

Elena se guardó dócilmente y en silencio el volante, la tarjeta del laboratorio de análisis clínicos, la hoja de cuaderno donde la doctora le había apuntado los síntomas a los que debía prestar atención... Se sentía de nuevo como al principio, como cuando aún no había pasado casi nada en su vida. Cuando aún era una niña mimada viviendo en su burbuja, como le había dicho alguien... Quería llorar, meterse en la cama, apagar la luz, dormirse y que al despertar todo esto hubiera pasado como un mal sueño. No podía dejar de pensar en Patricia, en Jaime, en Sócrates. Demasiada gente muerta a su alrededor. No se sentía en peligro, ya no. Sabía perfectamente que mientras siguiera aliada con Julia Ye estaría a salvo. Pero no podía dejar de sentir que esa no era la vida que quería vivir, no era esa la vida que quería para su niña. Pobre niña rica, con su moto antes de nacer. No quería nada de eso. Se metería en la cama y apagaría la luz.

—Mamá, Tana, de verdad, no os preocupéis. Estoy muy cansada, pero os prometo a las dos que ahora mismo me voy a meter en la cama y voy a apagar la luz. No voy a dejar que nada dañe a mi hija, y mucho menos yo misma.

—Pues me alegra oírte, y a ver si es verdad, Elena. Lola, yo creo que lo más práctico es que ella se quede en reposo en su casa, y usted vaya a hacerle compañía y ayudarle durante unas horas de manera que se encuentre cómoda y tranquila en su ambiente habitual. Y en cuanto a las visitas…, por supuesto puede ir a verte quien quieras, pero no te esfuerces ni andes mucho, más que para ir al baño, ¿ok? Te espero el lunes 15 a esta misma hora, sobre las siete. Y te lo repito, llámame en cualquier momento si lo ves necesario.

Tras comprar el tensiómetro, las dos mujeres cogieron un taxi en silencio y prepararon el dormitorio de Elena para los siguientes días de reposo. En silencio. Elena conectó el contestador, donde la Lopy le había grabado un mensaje: «Nena, que no te preocupes, que está todo controlado. No he visto a nadie, pero he podido hablar por teléfono con mi amigo, y me ha dicho que todo está ok, que está grabando un reportaje que saldrá el sábado por la noche en un programa nuevo que se llama *Código 10.* No te lo pierdas, que vamos a disfrutar. Bueno, besos, querida, ya me dirás cuándo quedamos a comer, antes de que nazca la niña, que luego ya no vamos a vivir tranquilas con la teta y los gases y…, bueno, que no me enrollo más, *dear,* que me llames. Muac».

—Qué simpática es tu amiga Marisol, hija, qué simpática ha sido siempre, y qué mona. Anda, vente y échate ya, dame la ropa, ponte este pijama limpio. ¿Estás cómoda así? Te voy a traer unos cojines más para la espalda. Y en cuanto llegue Mario, que te enchufe la tele pequeña aquí, en la mesita, para que te entretengas. ¿Qué te apetece de cena, cariño? ¿Te preparo emperador a la plancha, que te gusta? Con un poquito de zumo de limón y sin sal, cariño, que ya te ha dicho la doctora que no debes... Así, sube las piernas y te pongo debajo el cuadrante..., ¿estás cómoda? Y voy a la cocina a ver si tienes plátanos. ¡Ay, nueces! ¿Te apetecen unas nueces, cariño? Tengo yo en el bolso, precisamente, una bolsita de nueces peladas que compré esta mañana y se me había olvidado dejarlas en casa. Aquí te la dejo, voy a ver qué tienes en la nevera y te traigo un vaso de agua, cariño. No te muevas, ¿quieres un libro o algo? Ay, hija, qué triste te veo, no te preocupes. Si estas cosas son normales. Una se preocupa, y claro, la primera vez... pero tú tranquila, cariño, que no pasa nada, verás como se te pasa esto de la tensión rápidamente...

Elena se dejaba cuidar. Se echó, como dijo su madre. Tomó unas nueces, como dijo su madre. Se quedó en la cama, como dijo su madre. Cenó pescado y un plátano, como dijo su madre. Se despidió de ella. Por fin silencio. Esperó a Mario leyendo. A eso de las diez llegó su marido, le contó que la doctora le había mandado reposo porque tenía la tensión un poco alta, y no pudo menos que observar su cara de satisfacción y tranquilidad. Qué tristeza tan grande. «Por fin me tenéis donde queríais, ya veo», pensaba mientras oía cantar a Mario, contento, en la ducha. «Con la pata quebrada y en casa. Lo haré por ti, pequeñaja, solo por ti. Buenas noches, vida mía. Duerme tú también tranquila, mi amor. Ya verás qué cunita tan preciosa te tengo preparada».

—Lopy, es que no es eso, ya sé que debería estar contenta porque alguien ha hecho justicia donde quizá nadie más la haría, ya sé que ese cabronazo merecía la cárcel, y lo peor... pero que lo hayan asesinado es mucho, es demasiado. No puedo desearle a alguien lo que no deseo para nadie... No sé explicarlo. Si estoy en contra del asesinato, estoy en contra de la muerte. Para todos, incluso para quien yo crea que se lo merece. No sé, no me parece racional. Y no estoy contenta, ni siquiera aliviada, sabiendo que ese cabronazo ya no va a hacer daño a ninguna mujer más. Lo que estoy es triste. —Elena hablaba con su amiga por teléfono, tumbada en el sofá el viernes a mediodía, mientras su madre preparaba en la cocina una sopa minestrone y unos taquitos de atún con tomate para comer ellas dos y su hermana Lola, que se pasaría a la hora de comer.

—Estás depre, cariño, y asustada. Es normal, Nena, si es que es muy fuerte todo lo que te está pasando. Vamos, que la verdad..., que esto no va conmigo, y solo por lo que tú me vas contando no se me va de la cabeza. Sobre todo eso de las máscaras de látex y las cuerdas..., si es que me dan escalofríos solo de pensarlo. Me estuvieron hablando el otro día de unos locales en Chueca que venden ropa de cuero y correas..., y hasta tienen un sótano con una jaula y cosas para colgar a la gente... Uy, qué miedo, de verdad, Nena, que la gente está muy loca.

—Por favor, Lopy, ahórrame los detalles, me dan ganas de vomitar solo de pensarlo. Y no te he dicho, fui ayer a la revisión y me llevé una bronca de Tana de puta madre. Tengo la tensión por las nubes y por lo visto eso es fatal, me expongo incluso a que me ingresen para provocarme el parto si no me baja, así que no me cuentes esas cosas que me pongo mala y me entran unos sudores...

—¡Ay, cariño, pues haber empezado por ahí! Pero entonces ¿qué tienes que hacer? ¿Dar paseítos al sol por el Parque de Berlín? Me voy contigo ahora mismo.

—No, al revés, me ha mandado reposo. Por lo menos hasta el lunes, que tengo cita otra vez. Estoy prisionera de mi madre y de mi marido. —Elena sonreía con tristeza—. Ni te cuento lo contentos que están los dos de tenerme aquí, calladita y quietecita. Oye, Lopy, ¿por qué no te vienes al salir del trabajo? Mi madre se irá sobre las cinco, y hasta por lo menos las diez no creo que llegue Mario de sus reuniones y sus movidas, que está montando un movidote con los chinos que ya veremos por dónde sale la cosa. Lola va a venir a comer con mi madre y conmigo, pero no creo que se quede mucho rato. Y si se queda pues mejor, así estamos las tres.

—Ah, perfecto, porque cerramos ayer, así que hoy saldré prontito. Sobre las cuatro, que es viernes. Me cojo el metro en Nuevos Ministerios y estoy en tu casa en un momentillo. ¿Te puedo llevar bombones de licor, como a las señoras antiguas, o te han mandado también los ayunos cuaresmales?

—Ni de coña, *dear,* solo puedo comer pescadito, verdura y fruta, y beber agua clara. Ahora que, en cuanto la pequeñaja esté en su cuna, me pienso desquitar. Vamos que si me desquito. ¡A hilo me voy a beber las cervezas! ¡Te lo juro por Snoopy, camarada!

—¡Jajaja! Pues iré haciendo alacena para entonces. Lo primero que vamos a descorchar en el mismísimo hospital va a ser una botella de la Viuda de Clicquot rosa que ya vas a ver, la meto en la nevera hoy mismo, no me vayas a pillar desprevenida. Y de regalo de canastilla, ya te lo aviso, me pienso presentar con la botella y unas cuantas copas flauta, ¡como Dios manda, jajaja! Y esta tarde te llevaré cuarto y mitad de tomatitos cereza, para que te imagines que son bombones, y un librote bien gordo, el más gordo que tengan en El Corte Inglés, ¡jajaja!

—Hasta luego. ¡Que te quiero, loca!

El sábado por la noche Elena y Mario estaban sentados frente a la televisión, ambos con los pies encima de la mesita de centro, un plato de patatas fritas entre ellos, Mario con una cerveza y ella tomando una infusión de manzanilla. Esperaban que empezara *Código 10*, el programa de reportajes que en los últimos meses estaba destapando muchos de los escándalos que asolaban la sociedad española. «Esta noche seguimos con cámara oculta al ya famoso periodista de sucesos, Ricardo Hernán, por los templos del sexo sadomasoquista en la capital de España. Con él acercamos al telespectador los secretos de la dominación, la sumisión y el dolor como fuente de placer. Un mundo sórdido y oculto, que ha costado recientemente la vida a una joven en Madrid. Y quizá víctima de la dura e implacable ley de la cárcel, también costó la vida a su rico y poderoso amo y presunto asesino. Viviremos junto a nuestro testigo de excepción tanto las prácticas más extremas como las manipulaciones y montajes *light* que tienen lugar en locales frecuentados por turistas sexuales, sin pretender moralizar ni hacer apología de ello. Nuestra investigación les mostrará lo relativamente fácil que es entrar en este mundo, morboso y atractivo para muchos, pero peligroso y acaso mortal para quienes pierden de vista el camino de salida. ¿Quiénes manejan los hilos en la sombra? ¿Cuánto dinero se mueve alrededor de estas prácticas? ¿Dónde y cuándo tienen lugar estos encuentros, y cuáles son sus consecuencias? Todo, en unos minutos. Aquí, en *Código 10*». La engolada y sobreactuada entonación de la locutora daba a la introducción del programa unas expectativas de morbo que, seguramente, no cumpliría el reportaje. O al menos eso esperaba Elena, incapaz de separarse de la tele, pero temerosa de ver cosas que no pudiera soportar. Sobre todo ahora que sabía a ciencia cierta que de montaje, nada de nada. Miró a Mario con aprensión durante la publicidad y él intentó tranquilizarla cogiéndole la mano.

—Tranquila, Nena, no puede ser muy fuerte, ¿no ves que está en *prime time* en una cadena comercial? Otra cosa sería en un canal temático, o en *late night*. Pero vamos, que será una tontería. Si quieres lo quito, ¿eh? Y ya lo veré yo mañana en la oficina.

—No, no, quiero verlo. Además, este Ricardo trabaja con la Lopy. Yo no lo conozco, pero sí que lo he visto alguna vez con ella y me lo ha presentado. Tengo curiosidad por ver lo que ha hecho. Y encima lo de Patricia y Jaime... Ya te decía yo que este tío no era trigo limpio, Mario.

—Un viciosillo, el Planas. —Mario sonreía, con la indulgencia y la patética solidaridad que sienten los hombres ante los pecadillos de otros machotes—. Pero, Nena, estas cosas pertenecen al mundo privado de la gente. Nadie podemos juzgar dónde y cómo se alivia cada cual, ¿no? Y la tía sería una guarrilla. Mira cómo su mujer no podía ni creérselo cuando la llamó la policía... A quien no quería no la obligaba. Eso no lo convierte en un delincuente, sino en alguien que tuvo mala suerte, jugó con fuego y se quemó. Pero vamos, que lo que habrá vivido, el muy cabrón... Eso se lo lleva puesto al infierno.

—Te veo muy indulgente, querido. Ni que fuera tu colega de escapaditas, vamos.

—Uf, para nada, menudo cutrerío. Yo soy más de champán y pétalos de rosas en el *jacuzzi* del yate, querida, ya sabes... —Alargó su mano al vientre de ella, acariciando a su hija, riendo cariñoso mientras Elena sonreía descolocada ante la frialdad que demostraba su marido.

Al fin y al cabo, conocía a Jaime, habían hecho negocios juntos, había sido jefe de su mujer, quizá ella misma hubiera estado en peligro. Pero ni se lo planteaba. Solo le parecía un pecadillo de hombre de mundo. Y a la chica..., hala, que se lo merecía. Por guarrilla. Increíble. Con este hombre cada día era una nueva decepción. Lo miró en silencio. Se tomó su manzanilla y dirigió toda su atención a la televisión. Volvía a sonar la sintonía del programa.

Domingo tempranito, sobre las diez de la mañana, Elena estaba más que desesperada. Llevaba ya casi tres días en reposo y se subía por las paredes. Así que decidió hacer una trampilla y salir a dar una vuelta por el parque de colores, el pequeño parque que había enfrente de su casa. Allí se reunían cada tarde, y las mañanas de los fines de semana, los paseantes de perros de todo el barrio. Y las mamás se daban cita en el pequeño reducto infantil, rodeado por una valla de colores. Se dio una ducha rapidita, se puso unas mallas negras ya muy cedidas que normalmente utilizaba para dormir, una camiseta, las zapatillas de deporte y el poncho, lo único que ya le valía con el perímetro que había alcanzado su embarazo. Esperó el ascensor, aunque en otros tiempos siempre bajaba y subía por la escalera, salió a la calle y respiró. Era una de esas típicas mañanas de invierno en Madrid, soleadas y maravillosamente limpias, como si la ciudad estuviese aún por estrenar. Solo tenía que cruzar la calle y acceder al parque —«Plaza Juan de la Cossa», leyó en el cartel. «Qué curioso, no sabía que tuviera dos eses el nombre del marino que acompañó a Colón, ¿estará equivocado el cartel?»— por uno de los laterales, el que llevaba a una placita pequeña creada a partir de un círculo de setos, con dos bancos en uno de sus lados. Allí solían pasar las primeras horas de las noches un grupo de mendigos con sus tetrabricks de vino peleón y sus paquetes de magdalenas. Los barrenderos solían pasar cada mañana sobre las nueve para retirar los restos de la batalla, pero los domingos se quedaban tal cual todo el día, o incluso peor si se juntaba con un sábado de partido en el cercano

Bernabéu. Algo que obligaba a las madres del parquecito contiguo a correr detrás de sus niños cuando se aventuraban a vivir nuevas experiencias al otro lado de la valla. Se sentó buscando el sol, en una de las esquinas limpias de un banco, y abrió el libro que le había llevado el viernes la Lopy. Uno de los *best sellers* de las últimas Navidades, *La piel del tambor*, de Arturo Pérez-Reverte. No había leído ni una página cuando notó, más que ver, cómo alguien se acercaba. Levantó la vista del libro y se encontró delante de ella a Ángel. Sin disfrazar. Con un barbour azul marino, vaqueros y una preciosa sonrisa.

—¿Me disculpa, señora? ¿Puedo sentarme a su lado?

—¡Ángel! Qué sorpresa, pero ¿no habíamos...?

—¿Rescindido el contrato con mi agencia? Sí, tranquila. Hoy te sigo a título personal, si me lo permites. Espero que no me denuncies por acoso, te prometo que mis intenciones son castas —se dirigía a ella con una voz tranquila, cálida, mirándola a los ojos con esa mirada ligeramente socarrona, que desde el primer momento tanta seguridad le había infundido.

—¿Me estás siguiendo?

—Bueno, podemos llamarlo así, aunque espero que esto quede entre tú y yo. Hoy es mi día libre. Estuve por aquí ayer buscándote pero no te vi el pelo. ¿Te encuentras bien?

—Sí..., en realidad, no. Estoy otra vez con problemas. —Elena se tocaba instintivamente la tripa—. Por los nervios, ya sabes. Al parecer tengo la tensión alta y eso es peligroso para el bebé...

—¿Todavía no tiene nombre esta pobre niña rica? Sin nombre y ya a punto de venir al mundo. —La voz de Ángel era cariñosa, le hablaba con ironía pero con mucha ternura. Elena se sentía tan a gusto con él...

—Bueno, es que Mario está empeñado en María y yo no lo tengo nada claro. Prefiero no montar un lío con eso. Total, hasta que nazca...

—Mi cuñada pensaba lo mismo que tú y cuando nació su hija, mi sobrina, mi hermano se fue a inscribirla en el registro él solo, mientras ella estaba aún en el hospital. Resultado: mi sobrina, que tenía que llamarse María José, como su madre, se llama Paulina, como su suegra, vamos, como mi madre. Yo que tú no me fiaría, forastera.

—Jajaja. —Elena reía con ganas, mientras sentía cómo se le endurecía la tripa con contracciones en cada carcajada—. Menudo cabronazo, tu hermano. Ya me han contado algún otro caso así, es verdad que es un riesgo. Al fin y al cabo, siempre inscriben a los niños los padres mientras la madre está en el lecho del dolor, recosida de arriba abajo y sin poder ir ni al baño sin riesgo de provocar un tsunami por el camino... Jajajaja.

—Sí, sí, tú ríete, pero los hombres tenemos nuestros instintos atávicos. Y el nombre del primer hijo es más importante para nosotros de lo que tú te crees, aunque sea una niña.

—Lo dices muy convencido, ¿tú tienes hijos? No sé nada de tu vida, y tú te sabes la mía desde que mis padres eran novios. Estoy en seria desventaja frente a ti. Confiesa, ¿estás casado y tienes siete chiquillos pidiendo pan?

—No. Estuve casado casi diez años, de los veinticinco a los treinta y cuatro, con una compañera de la academia. Pero no tuvimos hijos, no lo teníamos nada claro. O al menos eso pensaba yo, porque cuando nos divorciamos al parecer por otras causas, ella ya había conocido a otra persona... De hecho hoy, cuatro años después, tiene dos hijos. En fin, cosas que pasan.

—Sí. Qué rara es la vida, ¿verdad? Nos pasan las cosas en los momentos en los que nos creemos más seguros, más a salvo. La zona de confort, creo que le llama un psicólogo de estos que salen en la tele. Tienes que abandonar esos hábitos, esas condiciones que te hacen sentir seguro y atreverte a vivir con intensidad. Eso dicen, aunque en este momento de mi vida ya tengo bastante intensidad encima sin haberla buscado.

—Sí. Eres una valiente, Elena. Cualquier persona en tu lugar se hubiera muerto de miedo con la mitad de las cosas que te han pasado a ti.

—Bueno, estoy bastante muerta de miedo. Y eso que antes te tenía cerca. La prueba son las broncas que me echa mi ginecóloga cada vez que aparezco por la puerta. Pero a ver qué hago, tengo que aceptar la vida como viene, agarrarla por los cuernos e intentar vivir con un mínimo de dignidad. No doy el perfil de frágil damisela que deja su vida en manos de su príncipe azul... En fin, *dear, that's life.* Me alegra que te hayas decidido a buscarme. La verdad es que la última vez que hablamos no debí decir algunas cosas, y me arrepiento. No las pensaba, o ya no me acuerdo si las pensaba o no. Pero me alegro, de verdad, de que me des la oportunidad de pedirte disculpas.

—Aceptadas, rubita. —La miró a los ojos y ella se sintió especialmente unida a aquel hombre. Casi un desconocido, en realidad, pero que sabía todo de ella. Incluso lo de rubita—. Pero no he venido a que me des unas disculpas que, desde luego, me debías. Sino a decirte algunas cosas que ya no forman parte de mi trabajo, que no tengo por qué decirte, y que desde luego negaré siempre desde el momento en que salgan por mi boca, entren por tus oídos y consigan abrirse paso en esa cabezota que tienes.

—Uy, qué miedito. —Estaba un poco alarmada. En realidad Ángel no tenía por qué venir a buscarla a no ser por alguna razón concreta y seguramente poco agradable. Pero no podía dejar de sonreír. Se sentía realmente a gusto en su compañía—. Pero... ¿cómo te llamas? Porque lo de Ángel es solo un nombre artístico.

—Sí, aunque me gusta bastante más que mi nombre real. Me llamo Francisco José López Diéguez. Patético, ya lo sé. Y aún peor, mis amigos me llaman Pacopepe. O Superlópez, si lo que quieres es que confiese hasta los detalles más vergonzosos. Aunque eso solo debería habértelo confesado en la noche de bodas. Ahora ya nunca me tomarás en serio y no querrás casarte conmigo.

—Uy, caballero, usted me sonroja. —Elena fingía su papel de damisela, contenta y coqueta—. No sé si se habrá detenido en cierto detalle que hace imposible nuestro amor...

—Ya, un detalle de casi nueve meses. No, no me había fijado. Un caballero nunca baja los ojos más allá de la mirada de una dama.

—Jajaja, qué canalla. Bueno, a lo que vamos, ¿cuál es ese tétrico mensaje que me va a echar a perder esta bonita mañana de sol y piropos por parte de un desconocido?

—No es muy tétrico, pero desgraciadamente es muy real. Quiero decirte que, como sabes perfectamente, sigues sin saberlo todo. En realidad, si eso es lo que quieres, adelante. Pero me gustaría que tomases tus decisiones con todos los datos.

—Qué datos, dime.

—Mira, tú crees que ya lo sabes todo, que las cartas están boca arriba entre tú y tu familia. Pero tengo mis razones para creer que no son del todo sinceros contigo. De hecho, creo que van a mover buena parte del dinero que tenéis en Suiza a otros paraísos fiscales, en previsión de un impuesto que van a poner en un futuro que se prevé no muy lejano a las rentas del ahorro. Y quieren tenerlo todo previsto en el momento en que pongan ese impuesto. Y por supuesto, en previsión de todo lo que puede cambiar en la legislación financiera cuando entre en vigor la famosa moneda única que van a poner en toda la Comunidad Europea, el euro, creo que se va a llamar, que lo aprobaron ya en diciembre. Total, que el mismo banco está asesorando a sus clientes internacionales, aconsejándoles crear una cuenta *offshore.*

—¿*Offshore*? ¿Qué es eso?

—Extraterritorial. Son un determinado tipo de bancos, situados normalmente en paraísos fiscales, que se encuentran sometidos a una legislación especial. Y a la que solo tienen acceso clientes internacionales, ni siquiera los nativos de ese país, que solo pueden acudir a bancos normales, *onshore.* Tienen tratamientos fiscales especiales, mayor libertad a la hora de operar internacionalmente..., vamos, facilidades para que los ricos de todo el mundo lleven su dinero y dejen allí sus migajas.

—Sigue.

—¿Te apetece una cerveza? Bueno, o una coca-cola. Llevamos aquí un buen rato ya.

—Sí, vamos por esta calle, por Víctor Andrés Belaúnde, que hay una tabernita en la esquina con Serrano.

—Pues eso, que son los mismos bancos suizos los que están mandando a sus comerciales, a sus asesores fiscales, a visitar a los clientes de otros países de la Comunidad Europea en sus propios países, como un servicio más para sus clientes.

Sentados en taburetes altos en la puerta de la taberna, con un plato de aceitunas rellenas, una caña y una infusión de manzanilla con hielo, charlaban como dos buenos amigos.

—¿Y qué tiene que ver entonces esto con Mario y con mi madre? Que yo sepa no ha venido nadie a proponerles nada.

—Tiene que ver. Y no te olvides de tu hermana. En primer lugar, no han venido... todavía. Según mis fuentes, han quedado la semana que viene, no sé qué día, a finales creo. No sé dónde. Vendrá un delegado del banco a Madrid el martes y estará toda la semana visitando a clientes, tu familia entre ellos. Se han puesto en contacto directamente con Lola y ella es la que ha concertado la cita. Luego tiene previstas visitas en Barcelona, Bilbao y de ahí a Palma de Mallorca. A ver, Elena, que te quede claro que algunas de estas cosas son ciertas y otras son suposiciones mías. Pero tienes que reconocer que es verosímil.

—Claro, como decía el clásico, *se non è vero, è ben trovato.*

—Te lo estás tomando muy bien, en otros tiempos estarías ya de los nervios.

—Cómo no, camarada. En estos últimos meses me he curado de espantos. No es que me esté creyendo nada de lo que me dices, porque estoy segura, y bien segura, de que Mario me hubiera puesto al corriente de todo. Ahora somos cómplices, recuerda. Pero tampoco pongo ya la mano en el fuego por nadie. Ni siquiera por mí, Ángel. Ni siquiera por mí.

—En fin, querida, yo no soy quién para decirte lo que tienes que hacer y lo que no. Pero no me quedo tranquilo si no te pongo sobre aviso. Haz lo que debas, o lo que quieras. O lo que puedas. Pero en cualquier momento, a cualquier hora, en cualquier lugar… ¿No habrás tirado el gadgetomóvil, verdad? Recuerda que me tienes a un golpe de teléfono. Solo tienes que silbar, ¿recuerdas la canción de Willy Fog? «Silba fuerte, fuerte y el problema no es problema porque siempre hay un amigo que desea estar contigo y ahí estáááááá».

Cantando juntos, y riendo, llegaron a la esquina con el Paseo de la Habana y allí se despidieron ya pasadas las doce de la mañana.

Cuando Elena llegó a casa se encontró a Mario enfadado, hablando con su madre de lo absolutamente irresponsable que era: «A saber dónde estará, suegra. Ah, mírala, aparece ahora por la puerta, tan pichi. Y nosotros muertos de preocupación pensando si no le habrá pasado algo», decía en alto, hablando al teléfono y mirándola a ella, airado.

—Pues no os muráis tanto por mí, y empezad a tratarme como una adulta. Y eso va por los dos.

Un portazo en el cuarto de baño evidenció el enfado de Elena, de manera que Mario, con un gesto de impotencia, se despidió de su suegra y llamó con suavidad a la puerta.

—Nena, entonces qué, ¿te vienes al golf o qué haces? Comemos allí, das un paseo al aire libre en plan tranqui... ¿Eso puedes?

—No, no puedo, tengo que estar todo el rato que pueda tumbada, aunque me desespero, por eso había salido. Pero solo he ido al parque de los colores y he estado leyendo al sol en un banco. Pero ya me tengo que tumbar. Tú vete, que yo aquí estoy tranquila, la Lopy me trajo el libro más gordo que encontró. Y la verdad es que es muy interesante, trata de...

—Bueno bueno, que me voy si no necesitas nada, que entre que voy a por el coche y llego allí...

—Vaaale, adiós.

Sobre las dos sonó el teléfono. Era Lola, con voz alegre.

—Qué tal, hermanita, vagoneta, qué haces, ahí tumbada y que te las den todas, menudo chollo. Si lo sé me quedo embarazada yo antes.

—No te rías, mala mujer, que menudo rollo me ha caído encima. Estoy desesperada y mi mente comienza a girar, como en la canción aquella… de los…

—¡Tequila! Bueno, pues cuando llegues al punto de la niña del exorcista date la vuelta y ábreme, aunque sea de culo, jajajaja, que voy para allá en un rato a darte un poco la brasa. Mamá se va a quedar en casa hoy, que está griposa y no te lo quiere contagiar, lo que te faltaba a ti, hija.

—Genial, porque Mario se ha ido al golf y volverá a las mil y monas, ¿has comido o comes aquí?

—No, no te preocupes, que hemos estado Ernesto y yo tomando un aperitivo y no tengo nada de hambre. Luego por la tarde te hago tortitas como cuando nos juntábamos las marilocas en casa de mamá y nos tirábamos la tarde haciendo guarradas en la cocina, ¿ok?

—Okey Makey. Hasta luego. ¡Oye, dile a Ernesto que se venga!

—No creo que quiera, Nena, está con un caso de no sé quién, alguien conocido, que lo quieren meter al trullo por choricear dinero a Hacienda, y está el pobre estudiando todo el finde. Total, si a todo el que choricea a Hacienda en este país tuvieran que meternos en la cárcel, ya ves qué plan. Pues hala, todos a la cárcel a la de una, pues lo que yo digo, que bajen los impuestos, ¿no?

—Bueno sí, no será tan sencillo. En fin, que hasta luego, cocodrilo. *Bye.*

A las siete y media en punto del lunes estaban Elena y su madre en la sala de espera de la consulta vespertina de Tana López Pinto en silencio, pensando cada una de ellas en un desenlace diferente. Elena, deseando que hubiera bajado su nivel de tensión arterial y la doctora levantase el arresto domiciliario. Su madre, todo lo contrario, esperando, por supuesto por el bien de Elena, que estuviera mejor pero que la doctora la dejara en reposo ya hasta que diera a luz. Así estaría más tranquila y se preocuparía menos toda la familia, sabiendo que ella estaba a salvo de tantos líos. Lola madre toda su vida había vivido feliz y sin preocupaciones. Primero al amparo de su padre, al que adoraba. Y luego al de su marido, que había sido todo un señor. Y le resultaba un incordio, y una responsabilidad que no le parecía que tuviera que ser suya, el ocuparse de las gestiones económicas. Había intentado que Lola, su hija pequeña, que había estudiado Derecho como su marido, y trabajaba en un banco con un puestazo, y era mucho más realista y espabilada para esas cosas que Elena, se ocupara de todo. Quiso hacerle un poder para gestionar todas las cuentas que tenía como herencia de su padre. Pero Lola no había querido tampoco asumir esa responsabilidad. Y su madre lo entendía, desde luego. Hubiera sido todo diferente si hubiera tenido un hijo, pero tres mujeres solas... Su hija Lola ya estaba al tanto de todos los negocios de su padre, porque él había delegado en ella antes de morir. Así que nada más faltar él, le entregó a Lola los documentos y toda la información de su propio patrimonio. Lolilla los había estudiado con mucho interés, y había decidido que su madre conservaría su firma, y que involucraría a Elena formando entre las tres una especie de consejo familiar. Su hija le contó que había intentado hablar con su hermana, pero ella era de otra pasta, no entendía nada de dinero y no había comprendido la necesidad de ocuparse de esas cosas. Prefería, como le había dicho su hija, que todo quedara en manos de su marido, Mario, un chico de buenísima familia, una excelente persona. Lola aceptó la situación con toda naturalidad cuando su hija Lola le contó que su hermana había firmado hacía tiempo un poder notarial otorgándole firma a su marido. Al igual que aceptó que su otro yerno, Ernesto, no tenía tiempo para ocuparse de eso, con tanto trabajo. Aunque estaba perfectamente de acuerdo en todo con su mujer, como debe ser. Al fin y al cabo, en España o en Suiza, era la herencia de su mujer y de sus futuros hijos. La siguiente semana, el jueves, habían concertado una reunión con unos señores del banco para hablar de todo, por unos impuestos o algo parecido. Pero ahora Elena estaba muy nerviosa, la doctora le había mandado reposo precisamente por eso, y la pobrecita tenía una carita tan desmejorada, con lo guapa que ella era... No era momento, desde luego, para hablar de nada que la pudiera inquietar. Lo importante ahora era su nieta. De lo demás, ya se ocuparía su marido. Para eso sí que había tenido Elena suerte. Mario era un hombre ejemplar, siempre mirando por el bien de su familia. Y seguro que cuando viniera la niña iba a ser el mejor padre. Desde luego su hija mayor tenía suerte en la vida.

—Bueno, Elena, la tensión ha mejorado bastante, ahora mismo estás en 13/7, mucho mejor que el pasado jueves.

Pero no es suficiente, necesitas bajar al menos a 12/7, y si es algo menos, mejor. ¿Tú cómo te encuentras?

—¿Bien o te lo cuento? —Elena sonreía a la doctora.

—Claro, cuéntamelo, y con detalles, por favor.

—Cansada. Hinchada. Aburrida. Asustada. Dolorida. Prisionera. Todo lo que como me sienta mal, pero estoy continuamente muerta de hambre. Me duele mucho el pecho, me pica la piel y lo noto duro a reventar, como una vaca a punto de explotar. De verdad, Tana, esto es lo más primario y lo más… animal que me ha pasado en la vida.

—¡Ay, hija, cómo eres! Pero ¡si tener un niño es lo más bonito del mundo! Doctora, usted la perdonará, esta niña siempre ha sido muy especial para todo.

—No se preocupe, Lola, si la entiendo. Bueno, Elena, ya estamos en la recta final. De hecho, es posible incluso que el parto se adelante sobre la fecha tentativa de la que hablamos hace ya tanto tiempo… ¿Tienes preparada la canastilla?

—¡Uy, sí, lo tenemos todo, pero todo, todo! Ya se ha encargado mi madre de eso.

—Hasta una moto pequeñita, rosa, una preciosidad, que le ha regalado a mi hija una amiga suya, no se puede usted hacer una idea, doctora, una cucada.

—Perfecto, pues a partir de ahora, haz la maletita y tenla siempre a mano, en algún lugar que tanto tú como tu marido o quien vaya a acompañarte sepa dónde está. Y esas cosas que siempre se olvidan: tu DNI, los últimos informes médicos que te hayamos hecho, la tarjeta de la Seguridad Social…, porque decidiste por fin ir a la Seguridad Social, ¿verdad?

—Bueno, si tú estás de acuerdo, Tana, yo creo que sí, que me quedo más tranquila si cuando llegue el momento me voy a La Paz.

—Como tú prefieras. La Paz es perfecto. Pero a ti te toca la Maternidad de O'Donnell, ¿no? Y estás yendo allí a los cursos de preparación al parto.

—Sí, pero la verdad, aquello está tan destartalado que no sé, la semana pasada me dio bajón nada más entrar... Además, como en La Paz estáis tú y mi cuñada, pues nos da más confianza.

—Bueno, pues entonces lo que tienes que hacer es, si se presentan los síntomas del parto, irte a urgencias de Maternidad a La Paz y llamarnos inmediatamente a mí o a Yoli. Si te dicen cualquier cosa sobre tu hospital de referencia, que no creo, di que nos llamen a nosotras. Tú no te preocupes de nada, nosotras nos ocupamos.

—Entendido. ¿Me vas a hacer una ecografía?

—No hace falta hoy. Como tienes que volver el jueves, ya te la haré entonces y te pongo el monitor. Cuenta que eso solo son unos veinte minutos, más la ecografía... Túmbate que te explore. Pero vamos, hoy lo importante era la tensión, y veo que va por buen camino. De todas formas, no te voy a levantar el arresto domiciliario. Te dejo si acaso salir un ratito a dar un paseo corto, en la hora de mayor temperatura, a mediodía. Una vuelta a la manzana, más o menos larga según te encuentres, y sigue con todas las medidas alimentarias y de hábitos que te expliqué el otro día. ¿Y tengo que hacerte otra baja o es la semana que viene? ¿Cuándo toca?

—Creo que ya la siguiente semana, para otros quince días, o hasta que dé a luz o como sea la cosa. Pero vamos, que he denunciado a mis jefes y me están preparando los papeles del despido, así que supongo que ya da igual. Además uno de los socios ha muerto hace unos días, y no sé yo cómo estará la situación... Prefiero no llamar ni aparecer por allí. Hablaré con mi abogado, pero yo creo que ya da igual, ni baja ni alta ni nada. Ya estoy fuera.

—Ok, pues no seré yo quien lo sienta, visto lo visto. Nos vemos el jueves. Pero el jueves vas a venir a la consulta de la mañana, al centro de especialidades, y te hago todo allí. Así llevas todos los resultados cuando te pongas de parto. Pide cita y dile a la enfermera que te coja el teléfono que estás en el último mes de gestación y que te he dicho yo que te dé hora ese día, jueves 19, ¿ok? Y ya vamos preparando las cosas para el momento del parto.

—El jueves por la mañana te acompaño yo. Dile a tu madre que no hace falta que vaya ella contigo, Nena. —Mario sonreía, contento, mientras cenaba unas sencillas judías verdes rehogadas con jamón que Elena casi ni había probado.

—Genial, así te enteras bien de todo para cuando me ponga de parto, que entonces sí que vendrás conmigo, ¿verdad?

—Bueno, mujer, eso ni se pregunta. Aunque eso de entrar al paritorio, aunque ahora entra todo el mundo... ¿Tú quieres que esté? Porque, la verdad, a mí me da yuyu. Un colega me ha contado que entró en el parto de su mujer, que empezó haciendo un vídeo y terminó en una camilla, mareado de la impresión… y con lo que me acojona a mí eso de la sangre y ver cómo el niño sale… Uf, lo vi en un documental… que parecía cine gore…

—No sigas, anda, desde luego no contaba contigo. Prefiero a mi lado un médico y una enfermera que no se vayan a poner malos y tengan que atenderlos a ellos en vez de a mí, aunque no los conozca de nada. Y ni fotos ni vídeos, nada monada. Me niego en redondo. Vamos, si no quiero hacerme fotos con la barriga, mucho menos en ese momento. Cuando nazca la niña ya habrá tiempo de hacerle mil fotos por minuto. Oye, y el jueves por la tarde, ya que te lo tomas libre, podríamos ir al cine y a dar una vuelta por el centro, que luego cuando nazca la niña ya se acabó la libertad por una buena temporada.

—Uy, el jueves por la tarde imposible, no me puedo tomar el día entero. Tengo mil reuniones, decisiones importantes que tomar… Entre la academia y lo de la tele nueva estoy superliado.

—Bueno, pues ya veré. Total, tampoco puedo ir muy lejos. Kilómetro cero, lo estoy descubriendo. Algún día pondré de moda este concepto, mira: lo que no encuentres a menos de un kilómetro a la redonda no te interesa. Sobre todo en gastronomía, imagina un restaurante en el que la carta se arme alrededor de productos frescos, de temporada y autóctonos. Eso es lo auténtico, y no tanto japo y tanto invento…

—Anda, Nena, no digas chorradas, además el sushi es lo más fresco que hay, pescado crudo, ya te digo. Además, qué pasa entonces con los de Villaconejos, que solo van a comer melón y conejo. Y mientras los de Valencia de todo, tierra, mar y aire, ¿no? ¿No tendremos todos derecho a disfrutar de todo lo que nos pueden dar la tierra, el mar, el aire de todo el mundo? Y lo que no tengamos cerca, para eso están los transportes, el verdadero motor de la civilización. Con tu teoría estaríamos todavía en el Neolítico.

—Bueno, sí, pero no te pierdas de vista la vuelta a lo autóctono, a lo más auténtico. No sé bien cómo vendértelo. Pero yo creo que tarde o temprano se impondrá como una tendencia ni siquiera por moda, sino por pura supervivencia para la humanidad...

—Anda, que menuda oenegenera estás tu hecha. Eso sí que es una moda, las ONG. En cuanto la niña vaya al cole te apuntas a una de esas, alimentos para el mundo o cualquier cosa parecida. Y, mira, haces carrera seguro. Entre lo motivada que te veo y que ese sector va en alza, terminas de baranda coleccionando subvenciones y creando tendencia social. Yo me ocuparé de darte publicidad en mi red de televisiones, que en tres o cuatro años ya tendremos presencia en toda España..., jajaja...

—Sí, sí, el cuento de la lechera, ese me lo sé. Bueno, que me duele todo, y además no tengo hambre. Me voy a tomar un vaso de leche en la cocina y voy para la cama a colocarme todas las prótesis, que tardo un rato. Además, hoy la niñita está guerrera. En cuanto ve que me tumbo, me hace daño y todo dando patadas. ¡A tu madre, qué bonito está eso! Mala hija, que eres como un gremlin chiquitito. —Elena reía hablándole a su tripa—. Hasta luego. Me voy con mi gremlin incorporado.

—Ok, yo recojo, no te preocupes. Me quedo a ver el último telediario y si no hay ninguna peli interesante voy para allá. Buenas noches, por si te duermes.

—No creo, cada día me cuesta más dormir. Hasta luego, cocodrilo.

Elena no se podía dormir. Tumbada en la cama, persiguiendo con la palma de su mano los movimientos de su hija, su mente iba de un tema a otro sin encontrar ninguna certeza. Si la niña se llamaría, por fin, María. O Clara, como a ella últimamente le gustaba pensar. Si el jueves por la tarde Mario tendría reuniones de trabajo o de otro tipo. Si su madre y su hermana seguirían conchabadas a sus espaldas, como Ángel le había advertido, o no. Si el arresto y la muerte de Jaime respondían a lo que se cuenta sobre el código de justicia carcelaria contra los violadores y acusados de crímenes sexuales o si se descubrirían otros temas por detrás, y esos temas afectarían o no a su propia familia. Si su colaboración con Julia Ye en temas culturales sería tan limpia como ella quería creer, o si terminaría teniendo que pringar en temas de dinero sucio, ya que lo aceptaba como base del edificio, por muy culturales y altruistas que fuesen los fines de la fundación. Si el parto se presentaría en su momento y por sus pasos. Si le dolería mucho o la niña vendría con alguna vuelta de cordón, que decían que era superpeligroso. Si su niña sería normal, bonita y adorable, o tendría algún problema de salud gravísimo e incurable que les hiciera a todos sufrir el resto de su vida. Si ella sería capaz de querer, ayudar a crecer y a ser feliz a aquella persona indefensa, que no había pedido llegar a este mundo, y mucho menos caer en las manos de una mujer egoísta, irresponsable y completamente incapaz de saber y, mucho menos, decir a nadie lo que está bien o lo que está mal. Angustiada, escuchó a Mario apagar la tele en el cuarto de estar, pasar al baño y avanzar por el pasillo hasta su lado de la cama. Se hizo la dormida. Y finalmente se durmió, acompasando su respiración a los plácidos ronquidos del hombre al que creía..., no, al que quería seguir amando.

El miércoles Marisol llegó a su casa sobre las seis de la tarde como un terremoto. Con una caja de bombones, esta vez de los de verdad, y otro libro «gordo-gordo, de los que a ti te hacen falta, amiga», como le decía últimamente muerta de risa.

—Y ya que te veo tan tranquilita, cacho vaga, y que te sobra tiempo, pues verás. He hablado con mi directora y le he propuesto que por qué no nos escribes una columna semanal para la revista en la que hagas eso que tantas veces te pido y no haces por mí. Por lo menos lo harás por dinero.

—¿El qué, loca? ¡Si hace mil años que no escribo para ningún medio!

—Pero esto está chupado para ti, Nena. Y así vuelves al mercado del periodismo, por si te arrepientes de lo de los cuadros. Además, es perfectamente compatible con todo. Incluso pariendo puedes escribir. Bueno, en serio, no me pongas esa cara. Lo que quiero es que nos hagas una columna semanal, como de dos mil caracteres. Una página en la que vayas contando en plan gonzo, vamos, en primera persona, los síntomas, las sensaciones, la evolución física y mental de una mujer... desde que se queda embarazada hasta que se encuentra con un muñecote vivo en los brazos. Y si nos gusta y te enrolla, y vemos que los lectores responden, pues seguimos con los primeros meses, los primeros años... Tú eres muy irónica y escribes divertido. Y si acercas los términos médicos a los lectores, y sobre todo nos metes en tu cabeza y nos vas contando las certezas, las dudas, los problemas, las ilusiones... tanto a mí, desde luego, como a muchas mujeres nos puede interesar, ¿no crees? A mí me parece muy buena idea, ya sabes que llevo tiempo dándole vueltas. Y mi directora me ha dado su ok para proponértelo. Como un embarazo son cuarenta semanas, si empezamos la semana que viene tienes curro hasta después del verano, hasta octubre me parece.

—Pues la verdad es que me gusta. ¿Y dices que cada semana? ¿Cuándo cierras?

—Cierro los jueves, estamos en el kiosco los sábados, así que me tienes que entregar el texto cada martes como muy tarde. Aunque cuanto antes mejor, ya sabes. Por ejemplo, el primero me lo entregas el próximo lunes, y así tenemos una semana de margen para leerlo y ver si ese es el tono, o vamos por otro lado, ajustamos la extensión a la maqueta, llamo al ilustrador y que lo lea para que se inspire... Y a partir de ahí cada lunes, y cuando vayas a parir, pues me pasas dos o tres con antelación, y luego ya sigues con el ritmito. ¡Ah! Y la pasta, importante. Te puedo pagar veinte mil brutas por cada entrega, ochenta al mes. No es mucho, pero tampoco está mal. Aunque, eso sí, a menos que te despidamos nosotros, te tienes que comprometer a que, pase lo que pase, completas las cuarenta semanas. ¿Hace?

—Uf, por mí sí, pero Lopy, espero que no te tengas que arrepentir, no sé si seré capaz... Ahora mismo se me ocurren un montón de cosas, pero no sé si... ¿Y cómo titulamos la columna? ¿Y cómo la ilustramos? Porque yo fotos ya sabes que no me gusta.

—Nada, nada de fotos. Ponemos una cabecera mona y una ilustración, siempre la misma, de una mujer embarazada, pero bueno eso ya lo vamos viendo. Se la encargamos a un chico que trabaja mucho con nosotros. Hace ilustraciones de moda muy divertidas, chic, pero con un puntito de viñeta, y a ver a él qué se le ocurre, es muy creativo. Y la cabecera..., hay que pensar algo bonito pero ligero, que no sea un titular de librote polvoriento tipo «tu embarazo mes a mes». Necesitamos algo con chispa. A ver... «Nueve meses esperando... para esto». —Se reía de su propio chiste—. O esta, esta, «¡Socorro! Este gremlin no es mi hijo».

Elena se tronchaba.

—A ver, esta es buena, Solchi, «Si lo sé no vengo». —Las dos amigas se reían como locas—. O mejor, mejor: «Alien, el regreso. Muy pronto en tu cuna».

—Me troncho. ¿Y «Nueve meses en el paraíso»?

—Ufff, será «Cuarenta semanas en el frenopático», amiga. Más real. ¡Y no me hagas reír, que me dan contracciones!

—Jajaja, pues entonces esta: «Contracciones semanales» o «Cuarenta contradicciones para cuarenta semanas».

—¿Y «Diario de nueve meses»? O mejor, «Diario de diez lunas», más poético.

—Esa, esa es buena, Nena, «Diario de diez lunas». Me gusta, es corto, evocador y directo.

—¿Te gusta? A mí también. Pues venga, decidido. Dile a tu jefa que muchas gracias por aceptar tu idea, que me pongo a ello ahora mismo. La verdad es que me hace mucha ilusión volver a escribir, Lopy, y además me parece que me va a ayudar mucho. Y del dinero no hace falta ni hablar, querida, lo hago gratis, y luego si os gusta, con el tiempo, si eso...

—No, no, nada de gratis, que entonces no te comprometes igual y me dejas tirada a la mínima de cambio. Esto es un trabajo, aunque sea pequeñito, pero te lo tienes que tomar como un trabajo.

—Bueno, como quieras. Ay, amiga, me hace mucha ilusión, de verdad, dame un abrazo... Esta misma noche empiezo a escribir la primera semana. Y te prometo que me voy a documentar a fondo para dar información útil, además de mis propias sensaciones y mis gilichorradas, sí, ya. Tenemos que conseguir que las lectoras esperen cada semana a comprar la revista para leer mi «Diario de diez lunas».

—Así me gusta, Nena, motivada. Y ya sabes, pase lo que pase, no me puedes fallar en cuarenta semanas, ¿eh? Que le he vendido la moto a mi directora, no me vayas a dejar con el culo al aire.

—Jajaja, pues entonces escribes tú otra página: «Diario de supervivencia con el culo al aire».

El jueves por la mañana Mario acompañó a Elena a la consulta de Tana López Pinto en el ambulatorio donde ella pasaba consulta por las mañanas. Se emocionó escuchando el corazón de su hija en la monitorización y viendo la ecografía aunque, desde luego, no se distinguía absolutamente nada. Luego escuchó atentamente a Tana mientras les explicaba los síntomas del parto, que en cualquier momento se podría desencadenar, aunque hasta la segunda semana de febrero no saliera de cuentas.

—Entonces, Tana, si lo he apuntado bien, en cuanto Elena note…, a ver…, presión en el pubis, dolor lumbar, secreción vaginal, expulsión del tapón mucoso, rotura de bolsa, contracciones regulares durante más de treinta segundos, dos o tres cada diez minutos, que no remiten al cambiar de posición… y tampoco remiten en una hora aproximadamente… os llamamos a ti o a mi hermana y nos vamos para La Paz. ¿Es así?

—Perfecto, Mario, así es. Son síntomas bastante reconocibles, sobre todo si se rompe la bolsa, que notarás como si te hicieras pipí, pero no puedes cortar el flujo. Si además el líquido amniótico sale como de un color un poco oscuro, es que está manchado de meconio, que es la deposición del bebé. Entonces para La Paz sin esperar a contracciones ni dolores ni nada, Elena.

—Entendido.

—Y ahora, al salir pide cita para la analítica completa. Y toma esto, Elena, la ecografía y el registro de la monitorización de hoy. Y lo vas metiendo todo en una carpetita que te tienes que llevar al hospital cuando vayas para allá. Te voy a dar ya un volante para que empiecen a verte en la Maternidad de O'Donnell, que es tu hospital de referencia, y allí te citarán cada semana. Ya no habrá más ecografías, ya no hacen falta. Te monitorizarán, y te harán un reconocimiento manual a ver si estás dilatando. Les cuentas si tienes contracciones, de qué intensidad y frecuencia, algún tipo de dolor, especialmente en la zona lumbar… En fin, lo que notes. Pero yo quiero seguir viéndote, si no te importa. Yo te veo los jueves, en la consulta de las tardes, y en Obstetricia que te den cita cuando ellos consideren, ¿ok? Ya sé que es un rollo, pero por mi parte me gustaría no perderte de vista. Has sido una paciente muy especial para mí y me encantaría, si cuando llegue el momento no estoy en otro parto o de vacaciones en Honolulu, atender tu parto y conocer a… ¿Clara? ¿María?

Elena y Mario se miraron. Ninguno de los dos dijo nada. Pero Mario sonrió.

Al salir de la consulta Mario dejó a Elena en la puerta de su casa y se fue a sus reuniones. Y Elena se quedó sola, comiendo unas alcachofas con patatas que le había dejado su madre preparadas el día anterior, porque aquella tarde también ella tenía no sé qué vaga pero importantísima excursión cultural con sus amigas. Llamó a su hermana, que se excusó, aunque salía siempre a las tres, porque aquella tarde había quedado en su despacho del banco —que estará cerrado, pensó Elena— con unos clientes para repasar su declaración de la renta, especialmente complicada al parecer. Llamó también a Marisol, para asegurarse de que no fuera aquella tarde a verla. Quería estar sola para llevar a cabo su plan.

—¿Ángel? Sí, soy yo. Yo creo que es esta tarde. La reunión que me contaste, digo. Pues no estoy segura. Pero creo que tienes razón, porque tanto Mario como mi hermana y mi madre me han puesto excusas tontísimas para no verme esta tarde, cuando están todo el santo día dándome la paliza para que no esté sola. Mi madre y ella medio se turnan... y, mira, qué casualidad, hoy justamente a todo el mundo le da igual si estoy sola una tarde. Voy a ver si me entero de alguna manera de qué pasa. Sí, tendré cuidado. Tranquilo, que no voy a hacer nada, solo algunos interrogatorios en tercer grado con graves irregularidades en materia de derechos humanos, jejeje.

Decidida a no dejarse engañar, Elena se tumbó un rato después de comer y a eso de las cinco se dio una ducha rápida, se vistió con los vaqueros, un jersey de cuello vuelto bien abrigadito, el poncho que últimamente era lo único que le entraba y unas deportivas de Mario enormes y perfectas para sus hinchados y doloridos pies... y para no hacer ruido según el plan que había pensado. Tomó un taxi que la dejó en la esquina de Comandante Zorita con Hernani y fue andando hacia la casa de su madre con una gorra de visera y las gafas de sol, como si fuera una espía deseando que alguien la descubriese. «Soy patética», pensó subiendo a casa de su madre por las escaleras para evitar que el ascensor hiciera ruido. Entró con sus llaves, muy despacito, dando con cuidado la vuelta a la derecha como aprendió en las noches de su adolescencia en las que entraba de incógnito, y avanzó por el pasillo hasta la gran mesa que su madre tenía, justo en la entrada del comedor, cubierta por un enorme mantelón antiguo bordado con dibujos de cachemir, que llegaba hasta el suelo. En silencio y oyendo voces en el comedor, como imaginaba, se metió debajo de la mesa. Algo que Lola y ella hacían cuando eran pequeñas, y se escondían por las noches para escuchar a sus padres hablar de ellas cuando creían que estaban ya dormidas. Casi no cabía, con la tripa tan enorme. Fallo garrafal, no haber pensado en su embarazo como un evidente impedimento. Los pies se le empezaron a dormir casi de inmediato, sentada en el suelo con las piernas cruzadas, como cuando ella era Toro Sentado y fumaba con Lola-Caballo Loco la pipa de la paz.

—De lo que estamos hablando es, en realidad, de reubicar sus fondos, que ahora mismo están en cuentas convencionales de nuestro banco, de manera que no les afecten posibles cambios de la legislación europea en el futuro.

—Pero eso está aún en el aire, ¿no es así? —Era Mario quien hablaba.

—Bueno, la creación de una moneda única, el euro, en todo el territorio de la CEE está ya aprobada. Desde el pasado 15 de diciembre, esto es un hecho. Para el siglo xxi, como mucho para el 2002, se prevé que esté vigente, salvo problemas. Pero también es posible que antes de que esto ocurra haya cambios fiscales, no exactamente para el monto de los depósitos bancarios, sino para las rentas de los mismos.

—No lo entiendo bien, aunque ya me lo explicó cuando hablamos por teléfono. —Era su hermana—. ¿Que gravarán los intereses de nuestro capital?

—Básicamente, sí. Se está barajando una normativa de ámbito europeo que en un futuro, no sabemos si lejano o cercano, prevé una tasación progresiva sobre los intereses de los depósitos de los ciudadanos europeos en otros países. Un impuesto que afectará a las personas, como ustedes, pero no a las sociedades. Tenemos diseñadas diferentes opciones para poner a salvo tanto el capital como los intereses, a través de la creación de una sociedad *offshore* radicada por ejemplo en Panamá, o en las Islas Vírgenes Británicas, donde tenemos ya contacto con determinados despachos de abogados de nuestra total confianza, a través de la cual abriremos una cuenta en nuestro banco por el mismo importe que ustedes tienen depositado con nosotros.

—Pero eso es..., necesitamos asesoramiento, nosotros no tenemos los conocimientos necesarios para una operación internacional de esas características... —Lola de nuevo, parecía que ella llevaba la voz cantante.

—No se tienen que preocupar de nada, desde el banco nos ofrecemos a ayudarles con estas gestiones y de esta forma canalizar su dinero al margen de las normativas que resulten más perjudiciales para sus intereses. De la misma manera, también podemos ayudarles a bancalizar, como hasta ahora vienen haciendo, sus depósitos en *cash*, convirtiéndolo en dinero no sospechoso, mediante un sistema 50/50.

—¿Eso sería una comisión? —Mario era el que preguntaba ahora.

—No, no. Se trata de canalizar el dinero de la manera más interesante para todos. Ustedes, por ejemplo, nos suben diez o veinte millones de la manera que tienen ya establecida. El banco canaliza la mitad hacia las sociedades que habremos ya creado a nombre de unas sociedades pantalla, que posteriormente revertirán en el banco a las cuentas cifradas de las que les acabo de hablar. Y la otra mitad se invierte en uno o varios depósitos en nuestro banco, digamos, a un año. Así ustedes se convierten en inversores nuestros. De esta manera nosotros ante el fisco podemos justificarles como una sociedad cliente nuestra, que opera normalmente sus negocios internacionales y una parte de su dinero va para sus negocios y la otra parte la invierte con nosotros. Es una manera, digamos... de vestir la operación.

—¿Y el banco qué gana con eso? Además de los depósitos a plazo, claro. ¿Y es un servicio que ofrecen a todos sus clientes? —«Lola, vaya con la niñita», pensó Elena. «Y mamá, ni media. Juraría que no se está enterando de nada, pobre».

—Bueno, el banco lógicamente aplicará una comisión de aproximadamente un 2,5 por ciento de todos los capitales que se canalicen por esta vía a través de nuestra entidad. Ustedes tienen varias cuentas con nosotros, algunas de las cuales utilizan como cuenta ómnibus para otro tipo de operaciones. Lo que les propongo, les resumo, es crear estas cuentas cifradas sobre todo para las cuentas más activas, que dependan de una o dos sociedades *offshore*, y que nosotros mismos nos encargaremos de gestionar y darles cumplida información en cada momento del proceso, del capital y sus devengos, por supuesto.

Elena no podía más. Lo peor eran las piernas, que sentía como de madera. Intentó estirarlas, recuperar la circulación para salir de debajo de la mesa. Dejó de atender a lo que estaba sucediendo a unos metros de su escondite y las encajó paralelas en alto, contra los travesaños que el tablero de la mesa tenía por la parte de dentro. No hacer ruido. Estar tranquila. No hacer ruido. Al cabo de unos minutos las piernas dejaron de hormiguear, y mientras la charla seguía bastante animada, pero ya sin prestarle atención, salió a gatas de debajo de la mesa. Sin levantarse, para no arriesgarse a caer al suelo y liarla, abrió la puerta y se deslizó al pasillo. Cerró con gran cuidado como siempre había hecho cuando salía de extranjis por las noches, y una vez fuera de la casa de su madre se puso de pie con gran dificultad y llamó al ascensor. Un taxi la llevó a casa, donde, una vez en el sofá, con las doloridas piernas en alto, empezó a procesar fríamente todo lo que había escuchado.

De: elenuski@euronet.es
Para: mslopetegui@euronet.es
Asunto: Dime qué te parece

Solchi, dear, *lee esto y dime si voy bien. Si te gusta sigo por ahí, por supuesto incluyendo un poco de info, y algo en clave de humor, como hablamos. Pero dime si es el tono, ¿ok? Bueno, ahí va. Alien, el inicio. Jajaja.*

DIARIO DE DIEZ LUNAS (proyecto de sección fija para Mundo Vip)

Por Elena de la Lastra

Me desnudo ante el espejo. Me siento vacía, inútil. Miro mis pechos y los siento vacíos, inútiles. No soy una mujer, sino dos pechos que no tienen a quién amamantar. Hace mucho calor. Bajo la ducha, dejo que el agua caiga con fuerza sobre mi cara. Deseo borrarme, hacerme otra. Y al enfrentarme de nuevo ante el espejo con mi cara de siempre, esa a la que he llegado a amar a fuerza de aborrecerla, noto una difusa sensación de asco, un anuncio de náusea. Algo inconcreto que me llena de mariposas el estómago. Me lavo los dientes y el movimiento del cepillo me confirma una sospecha. Esperanza y miedo a partes iguales. Una náusea, el estómago que se rebela. Vomito. Me siento fatal, me duele todo el cuerpo, y sin embargo sonrío de nuevo ante el espejo y me reconozco. Noto cómo se me han hinchado las aletas de la nariz. Cómo han enrojecido mis mejillas. Cómo los párpados se cierran ligeramente sobre mis ojos acuosos, brillantes, dando a mi mirada un aire de pereza. Me siento deliciosamente cansada. Y cómo no me he dado cuenta antes. Mis pezones están más redondos, y algo más oscurecidos. Me pesa el pecho. Incluso, concentrándome, puedo sentir un ligero dolor. Estoy embarazada. Lo sé. Sin duda. Estás aquí, vida mía. Y te voy a cuidar tanto, tanto te voy a querer, que no vas a tener más remedio que quedarte aquí, calentita, dentro de mí. Durante diez lunas. Para entonces ya estará cerca la primavera.

De: mslopetegui@euronet.es
Para: elenuski@euronet.es
Asunto: okeymakey

Nena, dear, *sabía que no me fallarías. Me gusta, no, me encanta. Transmites realidad, sinceridad, intimidad... Eso es lo que quiero, que nos cuentes la verdad desde dentro de una mujer. Bueno, que no me enrollo que tengo mucho curre, sigue hasta los dos mil caracteres a ver cómo encaja en la página, le reboto esto al dibujante para que vaya pensando. Y oye, entre tanta vida mía y cariño mío no te me olvides de tu vena gamberra, que es parte de tu encanto.*
Un muac.

M.

Tranquila con la opinión de Marisol y con un nuevo aliciente en su vida, esa en la que parecía que todo se desmoronaba, Elena se sentó con el ordenador frente a la chimenea, que nunca había usado hasta que este año volvió de la nieve. Había descubierto el placer de alimentar el fuego, la belleza viva, la llama sagrada de la vida. «Uy, qué cursi eres, hija de mi vida», sonrió para sí misma. Desde la cocina su madre le preguntaba: «Elenilla, hija, estoy preparando para las tres una empanada de bonito, y unos espárragos blancos con un poco de salmón ahumado. Eso te sentará bien, ¿verdad?», y seguía charlando, desde la otra punta de la casa, sin que Elena se sintiera ni medianamente obligada a escucharla. Así era su madre. Una mujer dulce, cariñosa, sociable, generosa... y completamente irresponsable ante los temas serios de la vida. Acostumbrada a que los hombres de su vida, su padre primero y su marido después, tomaran toda la responsabilidad sin que ella se cuestionara nunca ninguna de sus decisiones. «Ay, hijas, a nosotras nos educaron de otra manera que a vosotras, que sois más modernas», solía decirles a Lola y a ella cuando le recriminaban que dejase todo en manos de su marido. Pero ella era así, y había tenido suerte en la vida. Tanto el abuelo como el padre de Elena fueron grandes hombres, que la habían amado sinceramente, incluso la habían mimado de la mejor manera que su propia forma de ver la vida, profundamente machista, le había dado a entender. Protegiéndola siempre con la táctica de mantenerla al margen de los problemas. Ella había sido feliz en su propia y pequeña realidad del día a día. Feliz y sin otras preocupaciones que sus niñas; su educación, de la que siempre había estado absolutamente pendiente; el día a día de su casa; su grupo de amigas y la vida solidaria que vivía a su manera desde el ropero de la parroquia, adonde cada semana acudía a preparar, planchar, remendar y derivar a Cáritas las prendas usadas que los feligreses iban dejando en grandes bolsas en la sacristía.

Living is easy with eyes closed... la canción de los Beatles daba vueltas en su cabeza mientras leía los libros que tenía a mano sobre el embarazo, aprendiendo sobre las primeras semanas de gestación. Absorbiendo información para luego olvidarla y poder escribir con el poso de conocimientos que su memoria hubiera seleccionado de manera intuitiva, más que racional. Así pensaba ella que sus artículos quedarían mucho más naturales, como su amiga le había pedido. Quizá era verdad lo que decía la canción, que es más fácil vivir con los ojos cerrados. Pero no, ella no era así. Tenía que ser realista, conocerse y aceptarse a sí misma, con sus contradicciones, sus miedos, sus dudas y, sin embargo, sus muchas certezas. La más importante de todas: «Yo no voy a cerrar los ojos. No sirvo para eso. Vivir es difícil con los ojos abiertos... Pero haré como Escarlata O'Hara, ya lo pensaré mañana. A ver si me concentro...». Siguió leyendo.

> Esperar un hijo no es estar enferma, todo lo contrario. Pero aunque tu salud sea estupenda, en los próximos nueve meses debes vigilarla más, por tu bien y por el de tu bebé. Y para eso contarás con la ayuda de tu tocoginecólogo...

Las últimas semanas de gestación pasaron para Elena como en una nebulosa, *living is easy*. Entre semana su madre acudía a su casa cada mañana. Ya estaba el cuco preparado junto a la cama del matrimonio, del lado de Elena, para los primeros días. Su madre preparaba la comida para las tres y media, cuando llegaba Lola a la salida del banco. Sobre las cuatro y media Lola madre se iba a su casa, o a sus misiones culturales con sus amigas, y Lola hija se quedaba un rato más, hasta las seis más o menos, charlando de tonterías, viendo alguna peli o dando las dos un paseo por las calles de alrededor de su casa, que las más de las veces terminaban con unas tortitas en el Vips de Príncipe de Vergara. Elena estaba abstraída escribiendo su columna para la revista. *Living is easy*. Se había identificado inmediatamente con el personaje que había creado: una mujer como ella. Algo más empollona, porque tenía que dar información, y algo menos angustiada laboralmente, porque a nadie le interesaba su vida real. Y quería dejarse adelantados y mandados a la Lopy unos cinco o seis artículos, previendo el parto y las primeras semanas de locura con el bebé. Los lunes o los miércoles, y los viernes, la Lopy se dejaba caer por su casa a eso de las seis y media con un cargamento de novedades editoriales, barras de labios, cremas hidratantes, algún perfume y regalitos varios que le llegaban a la redacción para las secciones de Belleza y Cultura. A veces pensaba en su compromiso con Julia Ye. A veces Mario le contaba algo sobre el proyecto de televisión local. Pero en realidad nada de eso le interesaba. *Living is easy*. Se centraba en sus visitas los martes a las ocho al servicio de ginecología y obstetricia en la Maternidad de O'Donnell y en las visitas que los jueves por la tarde hacía a Tana, encantada con lo bien que en los últimos días se estaba portando su paciente más difícil.

El lunes 5 de febrero la vida de Elena cambió para siempre. Ella estaba absolutamente tranquila. Se sentía llena de energía, optimista. Los miedos y las dudas habían dejado paso, desde el día en que decidió que no sería tan malo vivir un tiempo con los ojos cerrados, a una etapa de tranquilidad. Quizá inestable a causa de las contracciones cada día más frecuentes, pero real. Se sentía cansada, y dolorida, le costaba dormir... pero sabía que todo eso terminaría pronto. Y respecto a otros temas, su mente, quizá agotada por tantos meses de sobresaltos, había adoptado una actitud de autodefensa en la que nada era ya más importante que su hija, Clara. Había hablado seriamente sobre el tema con Mario y habían decidido llamarla Clara María; Clara para su madre y María para su padre. Al fin y al cabo, serían el tiempo y los amiguitos del cole, no ellos, quienes decidirían el nombre que habría de prevalecer.

Y seguía con aparente desinterés las noticias que se sucedían acerca de ciertas detenciones por parte de la Interpol, que estaba desmantelando en varios países europeos, incluida España, una red de prostitución y producción de material pornográfico y *snuff movies* en las que estaban implicadas varias personas a las que Elena conocía muy bien, pero de las que no quería acordarse.

Elena se despertó temprano aquel día 5 de febrero de 1996. Incómoda y cansada, tras una noche de mala digestión y poco descanso. Sobre las nueve de la mañana sonó el teléfono. Dejó que sonara, sin mucho interés por quién pudiera ser, y escuchó el mensaje que le dejaba Richi en el contestador.

—Elena, hola, soy Ricardo Hernán. Si pones Telemadrid ahora mismo podrás ver cómo han grabado esta madrugada la detención de Francisco Estévez. Yo he estado allí, en la puerta de su casa, ya sabes que la policía me debe una. Y me han avisado, otra exclusiva del carajo del superreportero del momento. Bueno, lo que te digo, Estévez está ahora mismo prestando declaración en Plaza de Castilla, y no creo que vuelva a su casa en un tiempo. Lo podrán a disposición judicial y lo más seguro es que el juez decrete prisión provisional, la policía tiene indicios suficientes para considerar que es cómplice del asesinato de Patricia, y de paso de algunos temas más, todos igual de feos. Bueno, rubita, te dejo dormir. Ya sabes que te debo amor eterno.

Elena escuchó la voz de Richi, despreocupada y alegre, llena de energía. Desconectó el contestador. No quería escuchar nada más. No quería poner la televisión. No quería leer el periódico. Nada de radio. Taparse los oídos y cantar, como cuando era pequeña, cartucho que no te escucho. Se incorporó con dificultad y de camino al baño, sucedió. El líquido amniótico bajaba a borbotones por sus piernas, caliente e incontrolable. Aunque esperaba que al menos se retrasase una semana, como todo el mundo le decía que solía suceder con las primerizas, había leído que aquellos días habría luna llena. Algo que aunque los médicos nunca admitían como científicamente aceptable, se vivía en las maternidades como una realidad estadística más que sospechosa. La invadió una ola de emoción. «Ahora sí, pequeño gremlin. Ahora vamos a estar juntas, al menos para el resto de mi vida». Elena se duchó. Se acordó de no desayunar, aunque estaba muerta de hambre. Iba controlando las contracciones, que por el momento eran… inexistentes. Qué raro. Abrió la maletita que tenía preparada en el cuartito de Clara. Comprobó que todo estaba en orden. Y solo entonces llamó a Mario, que se había ido a trabajar casi una hora antes y calculó que ya estaría en el despacho.

—Hola, Toni, soy Elena de la Lastra. ¿Ha llegado mi marido?

—Buenos días, doña Elena, sí, llegó hace un ratito, pero está reunido ahora mismo, ¿quiere usted que le avise o me deja el recado?

—Bueno, pues mira lo que vamos hacer, Toni. Si termina la reunión antes de media hora, le das el recado de que me he puesto de parto y me voy para la Maternidad de O'Donnell, no olvides decirle el lugar, que no es el que teníamos pensado. Y si en media hora ves que la cosa se alarga, pues entonces interrumpe la reunión. Pero discretamente, por favor.

—¡Doña Elena, pero cómo voy a esperar ni media hora ni nada! ¡Ahora mismito le paso su llamada, faltaría más! La veo muy tranquila, doña Elena, muchas felicidades. Y que todo vaya muy bien, le paso ahora mismo…

—No, no, por favor, Toni. No subas el tono, además. Preferiría no tener que interrumpir una reunión ni que todo el mundo se entere de cosas personales. Haz lo que te he dicho, por favor. Recuerda, O'Donnell. Y en media hora, si ves que no sale del despacho pues entra y que se vaya para allá. Dile que yo estoy perfectamente y muy tranquila. Gracias.

«Pues no te digo la choni esta, ya estará poniendo el grito en el cielo y poniendo histérico a Mario. Y no quiero, Clara, prefiero que este momento sea tuyo y mío. De nadie más».

—Mamá, mira, no te pongas nerviosa, ya he roto aguas, así que me voy a ir para la Maternidad. Sí, a O'Donnell, lo acabo de decidir. Pero tú no te preocupes, que estoy estupendamente y ni tengo contracciones todavía ni nada. Que no, mamá, que no empieces a mandar, de verdad. Déjame hacerlo a mi manera, de verdad, que estoy perfectamente. Me voy para allá en un taxi y tú prepárate con tranquilidad y te vienes cuando puedas pero sin prisa ninguna, mamá, si todavía ni tengo contracciones. De aquí a que nazca la niña y te dejen verme van a pasar horas. Qué necesidad tienes de estar allí en una silla. Sí, ya habrá tiempo una vez que llegue la niña..., anda, mamá, te quiero. Hasta luego. Sí, ya he llamado a Mario. Venga, de verdad que no pasa nada. Ahora mismo no haces falta para nada, mamá. Guarda tus fuerzas para la tarde y la noche. Venga. Sí.

«Hala. Ya están los dos convenientemente nerviosos. No tenía que haberlos llamado. A ninguno de los dos», pensaba Elena. «Pero no puedo ser tan egoísta. Ellos también están metidos en esto. Aunque preferiría vivir este momento a solas como las mujeres primitivas, que se tumbaban bajo un árbol y tenían a sus hijos ellas solas, con la Naturaleza como quirófano y una mujer de la tribu como comadrona.

Qué rara que soy, de verdad, qué rarita eres Elenita, hija de mi vida, para tus cosas…».

En silencio, y muy tranquila, Elena cogió la maletita, su bolso, la carpeta con toda la documentación y pensó que todo aquello era innecesario. Ya le llevaría las cosas Mario más tarde, o mañana. En aquel momento supo que para que su hija llegase al mundo solo era necesaria su fuerza, su amor, sus brazos. Y su pecho como alimento. Ninguna de las dos iba a necesitar absolutamente nada más. Echó las cuatro vueltas de llave y anduvo, con alguna dificultad, hasta la esquina de Príncipe de Vergara, donde estaba la parada de taxis. «Vamos, vida mía. Qué ganas tengo de verte la carita».

A las diez de la mañana Elena entraba en la Maternidad y a la enfermera que estaba en el mostrador le dijo, tranquilamente:

—Buenos días, he roto aguas hace media hora. Creo que estoy de parto. Pero aún no tengo contracciones regulares.

La enfermera llamó inmediatamente a un auxiliar y la sentaron en una silla de ruedas.

—¿Viene usted sola, señora?

—Sí, en un rato llegarán mi marido y mi madre.

—Pues vamos para arriba. Deme la maleta y el bolso, que yo se los llevo.

En la sala de dilatación Elena estaba sola. Era una sala alargada, con cuatro camas separadas por cortinas. La pusieron en la segunda y la matrona se presentó.

—Hola, Elena. Soy Ana, su matrona. ¿Cómo va? Ha roto aguas, ¿verdad? ¿Nota contracciones?

—Estoy muy bien. Rompí aguas sobre las nueve menos cuarto. No he comido nada desde anoche, no tengo hambre pero sí bastante sed. He tenido una contracción dolorosa y varias sin dolor, pero no regulares ni largas.

—Perfecto, Elena. Pues, mire, lo primero le voy a poner un enema para limpiar todo el tracto intestinal, ahí al fondo está el baño. Y también voy a rasurarle el pubis. No sé si lo sabe, pero lo hacemos de manera rutinaria, por profilaxis.

—Sí, tranquila, lo he leído.

—Si quiere, quítese el reloj. Vamos a monitorizarla y nosotros controlaremos a partir de ahora todo el proceso, así que el reloj solo va a servir para ponerla nerviosa.

—Como quieras, Ana, pero aunque te parezca raro, estoy absolutamente tranquila. Tutéame, por favor, vamos a vivir juntas algo muy importante. Al menos para mí.

—Muy bien. Desnúdate, deja tu ropa en esta silla, ponte esta bata con las aberturas hacia atrás y túmbate de lado. Ahora vendrá la tocóloga para reconocerte. Llámame cuando estés lista, que esto ya está en marcha.

Durante las siguientes once horas, hasta las diez de la noche, Elena vivió en aquella sala de dilatación las horas más intensas de su vida. Tardaba en dilatar, incluso con oxitocina. Seguía sola y las enfermeras se entretenían charlando de la cena que había organizado una de ellas por el cumpleaños de su marido. Contaba a sus compañeras todo lo que habían pedido cuatro parejas, la calidad y cantidad de cada plato, lo barato que había sido a la hora de pagar la cuenta, los regalos que les habían hecho... Ana se acercaba de tanto en tanto, comprobaba su dilatación, le contaba que Mario y su madre estaban fuera, que si quería que él estuviese durante el parto...

—Mejor no —contestó Elena—, si puede entrar un ratito ahora, o cuando ustedes vean, por mí perfecto. Pero en el parto ni a él le hace especial ilusión, ni a mí tampoco. No es necesario.

Cerca de las dos de la tarde apareció Mario con un gracioso gorrito verde en la cabeza, una bata blanca y patucos verdes en los pies. Se acercó y a ella le dio la risa.

—Mira cómo me encuentras, con las patas en alto. Nada sexy, ¿verdad?

—No digas tonterías, Nena. ¿Cómo vas? Las enfermeras dicen que va para largo, que estás parada en no sé cuántos centímetros y no terminas de dilatar. ¿Te duele mucho?

—Ya, les he preguntado si me iban a poner la famosa epidural, que ahora se la ponen ya a mucha gente, pero dicen que estoy de más de cinco centímetros y ya no está indicada, pero que todavía me falta mucho para los diez. La verdad es que no me duele ni nada, tengo contracciones, muy molestas, pero no es dolor exactamente. No sabría decir cómo es. Se pone todo duro, pero dolor, dolor... por ahora no.

—Bueno, cariño, me voy. Estamos tu madre, mi madre y yo en la sala de espera, vamos a ir ahora a comer algo ahí al lado, y luego vendrá Lola, pero le hemos dicho que no tenga prisa, que va para largo. Marisol también ha hablado con tu madre, y ya le ha dicho que cuando nazca la niña ya le avisaremos. Y mi hermana y Tana vendrán luego, se habían preparado para irse a La Paz, pero ya les he dicho que al final te viniste para acá. Anda, date prisita, que el champán está esperando, ¡a ver si la niña va a venir al mundo ya con la tesis leída!

Elena sonrió, cansada, y vio con alivio cómo su marido se alejaba. De pronto no sentía ningún apego hacia él. Le daba igual todo lo que pudiera pasar fuera de aquellas cuatro paredes. Y entonces pensó en Julia Ye. En su niña de tres años, con actitudes de señora de cincuenta y educada por una *nanny* casi adolescente pero ya revieja, rancia y antigua. Pagada con el dinero que sus padres ganaban, como mínimo, transitando por los arcenes de la ley. Y lo tuvo claro. Todo aquello no iba a ser su vida. De alguna manera rompería con ellos. Con su hermana, la que verdaderamente manejaba los hilos manipulando a toda la familia, contando a cada uno lo que tenía que escuchar y decidiendo lo que todos tendrían que aceptar, lo quisieran o no. Y con Mario, el hombre que aparentemente la amaba, pero que solo la amaría si seguía siendo tonta, como hasta ahora. Se sentía cansada. No se podía mover, prisionera de un gotero. Ya era de noche, el tiempo pasaba sin dejar rastro. Le dolía la espalda, las piernas —subidas en aquellos incómodos y humillantes estribos—, la cabeza y la garganta. Tenía muchísima sed. Cada persona que se acercaba a ella, la comadrona, la tocóloga, un residente que venía con ella todo el rato..., todos se sentían con la confianza de meterle la mano prácticamente entera por el mismísimo... Nada, nunca en su vida había vivido una situación tan..., tan animal como aquella. Pero sabía que la recompensa estaba esperando su momento, al final de aquel larguísimo camino, llamado canal del parto. Unos mínimos centímetros que en aquel momento eran tan largos como toda su vida. Las contracciones empezaron a ser más fuertes, casi no había un segundo de recuperación entre una y otra, y ahora sí, dolía de verdad. Elena no dijo nada. Estaba demasiado agotada incluso para llorar o quejarse. Al ver su cara, al cabo de unos minutos se acercó la chica que había sustituido a media tarde a Ana, otra chica muy joven, embarazada de al menos seis meses. Elena le sonrió, agotada.

—No sé cómo con este trabajo y viendo esto todos los días eres capaz de quedarte embarazada —le dijo.

La chica sonrió.

—Dentro de un rato me vas a entender perfectamente. Ya verás. ¿Te duele? Ahora viene la doctora, tranquila, ya la he avisado. Y mira, está ingresando ahora otra mujer, vamos a ponerla aquí en esta cama a tu derecha.

—Oye, esto está muy tranquilo, ¿no? ¿Es que ya no está de moda tener hijos?

—Uy, no te fíes, tú te has adelantado unas horas, pero anoche hubo luna llena y hoy sigue bien redondita. Seguramente de aquí a dos horas se llena esta sala e igual hasta la de al lado. Mañana habrá por lo menos cinco niños más en el nido, tenlo por seguro. Pasa siempre, las noches de luna llena son muy moviditas por aquí.

—Sí, algo había leído...

—Elena, soy la doctora María de Juan. Acabo de entrar de guardia. He estado hablando hace un rato con Tana López, tu ginecóloga durante el embarazo y colega mía. Te explico. Tu proceso está muy parado, en nueve centímetros desde hace ya demasiado tiempo, y no terminas de dilatar. Así que entre Tana y yo hemos decidido que vamos a hacerte un fórceps. No sé si sabes en qué consiste.

—Bueno, algo sé... Me vais a anestesiar, ¿verdad?

—Sí, será una anestesia general, pero muy poco rato, el mínimo imprescindible. El fórceps es un aparato parecido a las tenacillas de la chimenea, pero adaptado a la cabecita del bebé. Con él agarraremos a tu niña por las orejas, que está muy a gustito ahí contigo y no quiere salir..., tan pequeña y ya con ideas propias. —La doctora sonreía también. Todo el mundo estaba muy sonriente aquella noche—. No te tienes que preocupar, el instrumental tiene la forma de la cabecita de la niña, eso que dicen de que los niños que nacen con fórceps vienen con el cráneo aplastado es una leyenda urbana. Solo notarás unas pequeñas marcas, pero desaparecerán en unos días. Y quizá ni eso. Ni tú ni ella vais a esperar ni a sufrir un minuto más.

—Gracias por explicármelo, doctora, es usted muy amable.

—Tienes buenas valedoras. Tana y tu cuñada Yolanda son buenas compañeras y ya sabes, entre compañeros, hoy por ti...

En aquel momento llegaron dos enfermeros, la trasladaron a una camilla y, uno empujando a Elena y el otro con la percha de la oxitocina, la llevaron hacia un quirófano junto a la sala grande donde había estado todo el día. La volvieron a tumbar en otra camilla, colocaron de nuevo sus pies en los estribos, sus brazos en los brazos de aquella cama rara..., llevaron varios cacharros y los colocaron alrededor de Elena, que los miraba sin interés, deseando que acabara todo aquello. Que naciera la niña. Que la sacaran de las orejas, que la rajaran en canal y la sacaran agarrada de un pie, pero que se acabase todo aquello de una vez. No supo si le habían inyectado o le habían dado algo a respirar. Estaba tan agotada que casi no se daba cuenta de lo que sucedía a su alrededor. Lo último que recordó fue la cara de la doctora con un gorrito verde encima de la suya, un zumbido que venía de su propia cabeza, voces inconexas...

Despertó sedienta, y mareada, en la sala de recuperación de la anestesia. Una enfermera se acercó a ella nada más abrir los ojos y le preguntó cómo se sentía.

—Tengo mucha sed. —La voz le salía ronca, le dolía muchísimo la garganta.

—Lo entiendo, es normal, pero ahora mismo no puedo darle agua. Le voy a mojar unas gasas en agua fresquita, para que pueda chuparla, eso le aliviará la sequedad de la boca. Procure no hablar, si quiere algo hágame una señal y yo me acerco.

—¿Y mi hija? ¿Está bien? ¿Dónde está?

—Bueno, yo no la he visto, pero seguro que está perfectamente en el nido. Seguro, no se preocupe de nada. En un ratito la subiremos a planta, y allí podrá ya estar con su hija y con sus familiares.

Elena cerró los ojos, y aunque no se durmió, se dejó llevar por la semiinconsciencia de la anestesia. Poco a poco fue despejándose su mente, hasta que a las doce y media, según marcaba un reloj en la pared de la sala, llegó un chico joven con una carpeta, la puso en los pies de la cama y se la llevó rodando en silencio hacia el ascensor. En la puerta de su habitación, en la planta 2, había un enorme cesto lleno de rosas blancas, por lo menos cien, con unas cintas blancas horrorosas llenas de caracteres chinos pintados en rojo y dorado. Elena sintió un escalofrío. Junto a aquel transatlántico floral, al menos otros cinco ramos de flores, todos alrededor de su puerta. Y dentro de la habitación Mario, su madre, su suegra, su cuñada, Lola, Ernesto y Marisol. Todos esperándola en medio de un verdadero guirigay, llenando la pequeña habitación. Besos, enhorabuenas, llantos de su madre...

—¿Y la niña?

—Es preciosa, cariño —decía su madre—. Y tan perfectita. Es un milagro, hija, un milagro. Es igualita que tú cuando naciste. La misma carita, la misma boquita, la piel blanquita... Es una preciosidad, hija. Y qué bien le cae el nombre, Clara.

Es clarita y blanquita, un botoncito de algodón... Cómo me estoy acordando de tu padre, lo que hubiera disfrutado.

—La hemos visto en el nido, ahora te la traerán para ponértela al pecho y que empiece la tortura china —decía Lola, eufórica—. Mamá, calla un rato, por Dios, que nos tienes la cabeza loca.

Trajeron a la niña. Todos la cogieron por turnos, la besaron en la cabecita. Y una enfermera enseñó a Elena a cogerla, a ponérsela en el pecho, aunque todavía no le había subido la leche. «Pero así ella misma va acelerando el proceso con la succión», le decían. Le dejaron un biberón con un preparado alimenticio, mientras subía el primer calostro. Elena estaba como en una nube. El pecho le dolía y tenía muchísimo calor, como si tuviera fiebre, quizá la tenía. Pero no le importaba. Miraba a Mario feliz, embobado con su hija, cogiéndola en sus brazos con toda la delicadeza del mundo y dudaba de la frialdad que había sentido hacia él durante el día. Ya no sabía qué sentía. Solo sabía que no había nada más grande en su vida que aquella personita que llenaba su corazón y lo desbordaba, llenando el tiempo y el espacio. Nada de lo sucedido antes de ella tenía importancia. Toda su vida. Aquellos nueve meses de infarto habían sido en realidad su proceso de crecimiento, madurando con un único objetivo: que ella, Clara, llegara a su vida.

Poco a poco, ya pasadas las dos de la mañana, las enfermeras consiguieron echar de allí a todos los visitantes. Mario fue el último en marcharse, dejando a la niña dormidita en el cuco, junto a la cama de Elena. Le dio un beso en los labios, le acarició la cara y le dio las gracias por haber hecho aquel milagro. Elena le sonrió. Y cuando él salió, cerró los ojos, con una mano sobre el cuerpecito de su hija en la cuna, sintiendo cómo su pechito subía y bajaba, maravillosamente vivo. Cogió a la niña, dormidita. Olió su piel. Se la puso sobre el pecho. Se sintió completa, segura, en paz.

Una sombra en la puerta la sobresaltó. Una bata de médico se asomaba a su habitación, con un sencillo ramo de margaritas en la mano. Una mirada gris y cálida, inesperadamente dulce. Y una sonrisa.

—Ángel. O Paco, perdona.

—Ángel, por favor. Disculpa que me haya presentado tan tarde, pero antes había tanta gente…

—Pasa, Ángel, mira qué bonita.

—Desde luego, la niña más bonita del mundo, sin duda.

Se miraron sin hablar. No hacía falta.

—Qué has pensado. Qué vas a hacer.

—No lo sé, Ángel. De verdad que no lo sé. Si quisieras entender, si pudieras esperar… Ahora mismo solo puedo decirte como Escarlata O'Hara: «Después de todo, mañana será otro día».

—Muy bien, pequeña Escarlata. Mañana.

Este libro se publicó
en el mes de febrero de 2017